TERUGKEER NAAR BRIGHTON

D1136276

Van dezelfde auteur zijn de volgende titels verschenen:

Robert Goddard

TERUGKEER NAAR BRIGHTON

ZILVER POCKETS
UITGEVERIJ BZZTôH

Voor
Marcus Palliser
1949-2002
Zeeman, schrijver, disputant, zwerver
en zeer gemiste vriend

Zilver Pockets® worden uitgegeven door Muntinga Pockets,
onderdeel van Uitgeverij Maarten Muntinga bv, Amsterdam

www.zilverpockets.nl

Een gezamenlijke uitgave van Muntinga Pockets, Amsterdam en
Uitgeverij BZZTôH bv, 's-Gravenhage

www.bzztoh.nl

Oorspronkelijke title: *Play to the End*
© 2004 Robert and Vaunda Goddard
© 2004 Nederlandse vertaling Uitgeverij BZZTôH bv,
's-Gravenhage
Vertaling: Bob Snoijink
Omslagontwerp: Mariska Cock
Foto voorzijde omslag: Corbis / Zefa
Druk: Bercker, Kevelaer
Uitgave in Zilver Pockets februari 2006
Alle rechten voorbehouden

ISBN 90 417 6133 0   NUR 332

[Transcript van een bandopname, gemaakt in Brighton gedurende de eerste week van december 2002]

ZONDAG

Wat ik vanmiddag voelde toen ik uit de trein stapte, was niet wat ik had gedacht. De reis was net zo beroerd verlopen als je op een zondag in december misschien wel had kunnen verwachten. De meeste anderen reizen liever via Londen en arriveren pas morgen. Ik had dat ook kunnen doen, maar ik verkoos de trage boemel langs de kust. En terwijl er een naadloze opeenvolging van saaie achtertuinen langs de groezelige ramen van mijn coupé trok, had ik volop de gelegenheid om mijn geestesgesteldheid te analyseren. Ik wist natuurlijk best waarom ik niet via Londen was gereisd. Ik wist precies waarom het uitgaansleven niet goed voor me was. In feite zou ik Brighton misschien nooit hebben gehaald als ik wél naar de grote stad was gevlucht. Misschien had ik de laatste week van deze steeds uitzichtlozer tournee wel overgeslagen, en dan had Gauntlett maar een proces tegen me moeten aanspannen als hij daar zin in had. Dus koos ik de enige manier die me zeker hier zou brengen. En dat gebeurde ook. Laat, koud en neerslachtig. Maar ik was er. En toen ik uit de trein op het perron stapte...

Dat gevoel van vanmiddag maakt dat ik nu tegen dit apparaat zit te praten. Ik kan het niet goed onder woorden brengen. Het was niet echt een voorgevoel. Geen opwinding. Zelfs niet iets van verwachting. Waarschijnlijk iets van alledrie. Iets van huiver: een rilling, nekhaartjes die overeind gaan staan, een spook dat op z'n tenen over mijn graf loopt. Er hoorde me in Brighton niets anders te wachten dan de prolongatie van een grote teleurstelling. Maar nog voor ik het station uit was, kreeg ik vrij sterk het gevoel dat me iets meer boven het hoofd hing. Negatief of positief, het was in elk geval te prefereren.

Ik vertrouwde dat gevoel natuurlijk helemaal niet. Waarom zou ik? Maar nu wel. Omdat het al begonnen is. Misschien had ik eerder moeten beseffen dat de tournee een reis was. En dit is het einde van de reis.

De bandjes waren niet het idee van mijn agente. Nou ja, ze heeft wel een dagboek gesuggereerd in die zonnige zomerdagen toen dit stuk nog geen flop leek te worden, en alleen al het vooruitzicht op theatersucces voldoende was voor een lunch in het River Café. Een kroniek over de wijze waarop acteurs hun rol bijschaven en de diepere lagen van het scenario ontdekken alvorens ze naar West End gaan; zoiets stond Moira voor ogen. Volgens haar zat er een serie in voor een krant, als aanvulling op de tweeduizend pond per week die Gauntlett me met toenemende tegenzin betaalt. Het klonk wel goed. (Zoals veel van wat Moira zegt.) Ik schafte er zelfs een zakdictafoon voor aan, terwijl de Cloudy Bay mijn gedachten nog beheerste. Nu ben ik er wel blij mee.

Maar die blijdschap is min of meer voor het eerst. Ik had het idee van dat dagboek al laten varen voordat ik eraan was begonnen, in Guildford waar het Yvonne en Arnaud-theater de wereldpremière van onze trotse productie beleefde. Is het pas negen weken geleden? Het voelt meer als negen maanden, de spanne van een moeizame zwangerschap, met een miskraam als zekere uitkomst sinds Gauntlett ons heeft laten weten dat de transfer naar West End er niet in zit. Ik dank de Heer voor het pantomimeseizoen, zonder welk hij misschien in de verleiding was gekomen om ons op tournee te houden in de hoop op de een of andere magische doorbraak. Zoals het er nu voor staat, zal aanstaande zaterdag het doek vallen en waarschijnlijk voorgoed.

Zo had het niet moeten lopen. Toen vorig jaar wereldkundig werd gemaakt dat er een onbekend stuk van wijlen de gelauwerde Joe Orton was ontdekt, werd alom aangenomen dat het een meesterwerk was, zuiver en alleen op grond van de naam van de auteur. Meer bewijs was toch niet nodig? Dit was de man die ons *Entertaining Mr. Sloane*, *Loot* en *What the Butler saw* had gegeven. Dit was ook de man die zijn reputatie als anarchistisch genie had gevestigd door jong te sterven, vermoord door zijn minnaar Kenneth Halliwell, in hun appartement in Islington in augustus 1967. Ik heb alle feiten van zijn buitengewone biografie bij de hand, omdat ik daarmee heb rondgezeuld, en met een uitgave van zijn dagboeken. Ik dacht dat ze me misschien zouden inspireren. Ik dacht een heleboel dingen. Er is weinig van terechtgekomen.

Het scenario van *Lodger in the Throat* was door een loodgieter gevonden onder de vloer van het appartement waar Orton en Halliwell hadden gewoond. Ik stel me zo voor dat Orton de omstandigheden van de vondst wel leuk zou hebben gevonden. Misschien had hij het wel voor de grap verborgen. Of misschien had Halliwell het daar verborgen gedurende de laatste fase van zijn psychische aftakeling, niet lang voordat hij Orton de hersens insloeg met een hamer en vervolgens een eind aan zijn eigen leven maakte door een fatale hoeveelheid Nembutal te slikken. Dat is mijn voorkeurstheorie. De Orton-deskundigen dateren het stuk in de winter van 1965/'66, en denken dat hij het opgaf toen *Loot* nieuw leven was ingeblazen na een rampzalige eerste theaterronde. Nu ik erbij stilsta, vertoonde die tournee een griezelige gelijkenis met de ervaringen van de cast die ik dit najaar heb proberen aan te voeren. De tweede keer werkte *Loot* natuurlijk wel omdat Orton nog leefde, en bereid was om het stuk te herschrijven. De ironie is dat hij niet beschikbaar is om *Lodger in the Throat* te redden, het stuk dat hij naar de onderste la (of misschien de kruipruimte onder vloer) had verbannen om zich weer over *Loot* te buigen. We zijn op onszelf aangewezen. En tjongejonge, zo voelt het ook.

Genoeg over het stuk. Wij, mijn medespelers en ik, hebben de mogelijkheden en problemen ervan geanalyseerd tot we het beu werden. Beu en moe. Het was bedoeld om mijn carrière weer op de rails te krijgen, of althans van het zijspoor te halen waar die een aantal jaar daarvoor op onverklaarbare wijze terecht was gekomen. Ik ben de man die op de nominatie heeft gestaan om de nieuwe James Bond te worden toen Roger Moore er de brui aan gaf, iets wat ik tegenwoordig moeilijk te geloven vind, ook al weet ik dat het zo is. Wat ook zo is, is dat je pas beseft dat je niet meer stijgt als je al op je retour bent.

Er zijn natuurlijk talrijke voortekenen, als je slim genoeg bent om ze in de gaten te hebben, of als je jezelf toestaat er oog voor te hebben. Mijn naam staat boven aan de aanplakbiljetten, maar

Martin Donahue, die de rol van mijn jongere broer speelt, is er op de een of andere manier in geslaagd voldoende krediet uit onze mistroostige tournee te slepen om mijn hoofdrol te laten verbleken, als we ooit weer eens samen gecast zouden worden, waartegen ik me natuurlijk met hand en tand zou verzetten. Er was een tijd dat Mandy Pringle, onze ambitieuze plaatsvervangende toneelmeester, mij prefereerde boven Donahue, maar dat is verleden tijd. Niet zo lang, maar toch. Misschien verheugen ze zich op een weekje Brighton. Wat ze zeker niet zullen denken is dat ik me verheug op onze week in Sussex aan zee. Maar dat is wel zo. Nu althans.

Gisteravond regende het in Poole, en dat deed het nog toen ik vanmorgen op de trein stapte. Brighton moest ook ten prooi zijn gevallen aan de wolkbreuk, maar het was droog toen ik het station uit liep en zuidwaarts in de zachte, grijze avondschemer over Queens Road de kant van de donkergrijze lap zee op ging. Ik had mijn rare voorgevoel van me afgezet. Ik had het voorspelbare, onaantrekkelijke karakter van de komende zes dagen al geaccepteerd. En het idee om ze op de een of andere manier te boekstaven was wel het laatste wat in me opkwam.

Ik sloeg af in Church Street, een redelijke route naar mijn bestemming, maar zo kon ik ook een omweg maken langs de vertrouwde historische voorgevel van het Theatre Royal in New Road. Dit wordt mijn vierde reeks professionele optredens op zijn antieke podium en ik zou met liefde de acht voorstellingen van *Lodger in the Throat* die me te wachten staan, willen inruilen voor een van die eerdere.

Ik bleef staan om het aanplakbiljet te bekijken en vroeg me af of ik zichtbaar ouder was geworden sinds die foto drie maanden geleden was genomen. Het was moeilijk te zeggen, niet in de laatste plaats omdat ik de afgelopen tijd weinig in de spiegel heb gekeken. Maar ik was het wel. En daar stond mijn naam bij de andere, om het te bewijzen. *Leo S. Gauntlett presenteert* Lodger in the Throat *van Joe Orton, met Toby Flood, Jocasta Haysman, Martin Donahue, Elsa Houghton en Frederick Durrance, van maandag 2 tot en met zaterdag 7 december, aanvang 19.45 uur. Donderdag en zaterdag middagvoorstelling om 14.30 uur.* Een deel van mij wilde graag een sticker met GEANNULEERD over het aanplakbiljet zien, maar die zat er niet en zou er ook niet komen. We moesten op. Er was geen ontkomen aan. Tot het eind van de week.

Ik bleef niet rondhangen, liep om het Royal Pavilion naar de Old Steine en vervolgens in oostelijke richting door St. James's Street. Het Sea Air Hotel is niet de chicste, noch de goedkoopste logiesgelegenheid van Madeira Place, een van de straten vol pensions en hotels die op de Marine Parade uitmonden, maar Eunice is een buitengewoon acteurvriendelijke pensionhoudster die zomaar bereid is voor mij haar wintersluiting op te schorten. Nu de tournee van kwaad tot erger gaat en de nabije toekomst van het stuk steeds minder succes belooft, ben ik gaan bezuinigen op onderdak om tenminste nog een beetje geld aan mijn inspanningen over te houden, al is er dan van roem geen sprake. Ik zou waarschijnlijk hoe dan ook voor Eunice hebben gekozen, maar deze keer heeft het Sea Air, afgezien van de prijs een aantal voordelen, en het belangrijkste is dat geen van de anderen er zal logeren. Dat heeft Eunice me bezworen.

'Een gezelschap zou te veel voor me worden, Toby. Al dat in en uit geloop. Al dat badwater. Jij bent me wel genoeg.'

Ik ben er altijd alleen maar buiten het seizoen geweest, om de eetzaal te delen met de geesten van de zomergasten. Het is een vreedzaam pension dankzij Eunices serene temperament en afkeer van allerlei soorten kabaal. Zelfs haar poes Binky heeft geleerd niet al te hard te spinnen. Eunice is mevróuw Rowlandson, inclusief trouw- en verlovingsring, maar de heer Rowlandson is een onderwerp dat nooit wordt aangeroerd; zijn bestaan wordt aangenomen, maar over zijn lot zijn geen bijzonderheden bekend. Het kan zijn dat Eunice niet in staat is zich van de ringen te ontdoen, al zou ze dat willen. Slank is ze niet. En nu minder dan ooit. Uit haar kelderappartement steeg een bakgeur op toen ze me voorging door de smetteloze, met veloutépapier behangen gang en naar boven, via de trap met zijn Axminster-loper, naar de slaapkamer aan de voorkant van de eerste verdieping, die was ingericht als een art-decomuseum met het uitzicht door een erker op zijn haveloze tweeling aan de overkant.

'Kopje thee?' vroeg Eunice. Ze sloeg me vanuit de deuropening gade toen ik zwijgend mijn tas in de stille kamer liet vallen.

'Heel graag,' antwoordde ik.

'En een plakje cake? Je ziet eruit alsof je dat wel kunt gebruiken.'

Daar had ze gelijk in. Groot gelijk zelfs. Ik glimlachte. 'Cake zou ook erg lekker zijn. O, heb je ook een *Argus* van gisteren, Eunice?'

'Die kan ik waarschijnlijk wel voor je vinden, maar er staat weinig boeiends in.'

'Ik wil alleen de bioscoopagenda. Misschien dat ik wel een filmpje pik, vanavond.'

'Hm.' Ze trok een weifelend gezicht.

'Wat is er?'

'Ik zou maar geen vaste plannen maken.'

'Waarom niet?'

'Er is voor je gebeld.'

Daar keek ik van op. Degenen die wisten waar ik logeerde, zouden me eerder op mijn mobiel hebben gebeld. 'Door wie?' vroeg ik meteen.

'Je vrouw.'

'Mijn vróuw?'

De verwondering maakte direct plaats voor mystificatie. Jenny en ik waren technisch gesproken nog wel getrouwd, maar alleen maar omdat de definitieve scheiding nog ongeveer een maand op zich liet wachten. Omdat het landgoed – zo klinkt Wickhurst Manor mij althans in de oren – van haar aanstaande maar een paar kilometer ten noorden van Brighton ligt, had ik me in de trein afgevraagd of Jenny misschien zin had om naar een van de voorstellingen te komen. Ik nam aan van niet. Ze zou afstand houden. Ze zou mijn aanwezigheid in de stad van zich af zetten. Maar blijkbaar had ze dat niet gedaan.

'Heeft Jenny hierheen gebeld?'

'Ja,' knikte Eunice. 'Ze wil je spreken, Toby.'

Het is tijd voor de waarheid. Het is tijd om te zeggen wat ik allang weet. Ik hou van mijn vrouw. Althans van mijn aanstaande ex. Ik heb altijd van haar gehouden. Ik heb het gewoon niet altijd willen zien, of me ernaar gedragen. Acteurshuwelijken zijn berucht instabiel, net als acteurs zelf waarschijnlijk. Soms vergeten we waar de rol eindigt en wijzelf beginnen. Soms verzinnen we een rol als er geen echte is. Doorgaans zijn we eerder spelers dan scheppers, dus nemen we een rol van de plank: die van de zuipende, hard rijdende rokkenjager die altijd aan de boemel is. Het is makkelijker een masker op te houden, uit angst voor wat er tevoorschijn komt als je het afzet.

Dat is maar een van de problemen tussen Jenny en mij. En ironisch genoeg is het een probleem dat de laatste paar jaar ruimschoots is opgelost. Ik ken mezelf nu, misschien een beetje te goed. Maar die zelfkennis is een tikje te laat gekomen. Je hoort niet te wachten tot je vijftigste om de mechanismen van je eigen geest te begrijpen. Beter dan nooit misschien, hoewel sommige mensen het daar waarschijnlijk niet mee eens zijn.

We hadden het, denk ik, toch nog kunnen redden, ondanks mijn ontrouw en schaamteloosheid, de verloren weekeinden en gebroken beloften, als er niet iets was gebeurd wat we geen van tweeën hadden kunnen voorzien. We hadden een zoon en verloren hem. Zo. Dat is er ook uit. Hij heette Peter. Hij werd geboren. Leefde vierenhalf jaar en daarna ging hij dood. Verdronken in een veel te groot zwembad bij het veel te grote huis dat paste bij de levensstijl die we meenden te moeten aannemen.

We gaven elkaar de schuld. En gelijk hadden we. Maar we hadden de schuld met elkaar moeten delen in plaats van elkaar te bestrijden. Je kunt het verleden niet veranderen. En misschien de toekomst evenmin. Maar het heden kun je goed verknallen. O, jawel. Dat kun je heel goed verstieren.

Toen Jenny bij me wegging, hield ik mezelf voor dat het maar het beste was. Platitudes zoals: 'Het is tijd dat we allebei onze eigen weg gaan' rolden regelmatig over mijn lippen. Ik denk dat ik er zelfs in geloofd heb. Althans een poosje.

Maar nu niet meer. Ik had haar nooit mogen laten gaan. Ik had de dingen anders moeten aanpakken. Heel anders. Je kijkt nooit zo scherp als wanneer je terugkijkt. Het legt de waarheid bloot.

En de grauwe waarheid is dat ik niets kan doen om de schade te herstellen die ik heb aangericht. Er is geen weg terug. Althans, dat zou ik tot vanavond hebben gezegd.

Jenny had Eunice een mobiel nummer gegeven. Toen ik dat belde, nam ze direct op. En bij wijze van begroeting kon ik alleen maar 'Met mij' uitbrengen.

'Het zal je wel verbazen iets van me te horen,' zei ze na een lange stilte.

'Dat kun je wel zeggen, ja.'

'Kan ik je spreken?'

'Heb ik daar ooit bezwaar tegen gemaakt?'

Ik hoorde haar zuchten alvorens te antwoorden. 'Nou?'

'Ja, natuurlijk.'

'Vanavond?'

'Goed.'

'Heb je het niet druk?'

'Wat dacht je?'

Weer een zucht. 'Dit heeft geen zin als je...'

'Ik ben er voor je, Jenny. Oké?' Ik had kunnen vragen waarom ze me wilde spreken en misschien had ik dat ook moeten doen. Maar ik durfde het niet. 'Waar en hoe laat?'

De Palace Pier om zes uur kon bijna niet verlatener zijn. De meeste cafés en attracties waren dicht, hoewel het Palace of Fun nog open was voor iedereen die graag geld in de fruitmachines wilde pompen. De zee sabbelde loom aan het strand beneden. In een van de schuilhokjes zat een ineengedoken stelletje, dat zo te horen Hongaars sprak, een zak patat te eten. Al met al leek het rendezvous me onwaarschijnlijk ver verwijderd van Jenny's dagelijkse omgeving.

Maar toen ik het eind van de pier bereikte waar de achtbaan en de draaimolen in het winterse duister waren gehuld, bedacht ik iets anders. Misschien wilde Jenny me hier spreken juist vanwege het gebrek aan getuigen, vooral getuigen die haar misschien kenden. Ze wilde niet met mij gezien worden. Daar ging het juist om. De pier was een locatie waar ze iemand heel privé kon spreken.

Halverwege de andere kant stond ze tegen de balustrade geleund, gekleed in een lange, zwarte jas en laarzen. Ze staarde wezenloos naar het strand en haar gezicht ging schuil onder de rand van een hoed met een bontrand. Als ik niet naar haar had gezocht, was ze me misschien niet eens opgevallen. Maar ik haar waarschijnlijk wel.

'Geweldige avond voor een wandeling,' zei ik stompzinnig toen ik op haar af liep. 'Zullen we daarna gaan barbecuen?'

'Hallo Toby.' Ze draaide zich naar me toe en keek me aan met een nerveus, flauw glimlachje. 'Bedankt dat je bent gekomen.'

'Je ziet er goed uit.' (Dat was nog voorzichtig uitgedrukt. De scheiding had haar duidelijk goed gedaan. Of ze had een goede schoonheidssalon in Brighton gevonden. Dat laatste geloofde ik liever.)

'Zullen we ergens gaan zitten?' vroeg ze.

'Als we een stoel kunnen vinden.' Dat wekte niet eens een flauwe glimlach.

Het bankje in het dichtstbijzijnde schuilhokje was overdekt met regendruppels die fonkelden in het licht van de lantaarn. Ik meende een paar woorden Hongaars op te vangen vanuit de andere kant van het gebouwtje toen ik een deel van de nattigheid wegwiste. We gingen zitten.

'De patattent is open,' zei ik met een hoofdgebaar over mijn schouder naar het stalletje dat ik zojuist was gepasseerd. 'Heb je zin in een zak?'

'Nee, dank je.'

'Wanneer hebben we voor het laatst een zak patat aan een winderig strand gedeeld, denk je?'

'Hebben we dat ooit gedaan?'

Dit ging niet goed. Jenny scheen het in de verste verte niet leuk te vinden om me te zien. Wat merkwaardig was, want dit rendez-vous was haar idee.

'Hoe loopt het stuk?' vroeg ze plotseling.

'Wil je dat echt weten?'

'Ik heb het bericht over Jimmy Maidment gelezen.'

Dat verbaasde me niets. De klaarblijkelijke zelfmoord van een beroemde komedieacteur – zij het niet zo beroemd als hij ooit was geweest – heeft talrijke voorpagina's gehaald. Jimmy heeft zichzelf voor de metro geworpen daags voor hij moest optreden in de première van *Lodger in the Throat*. Misschien was het zijn typisch bondige manier om de rest van de cast duidelijk te maken dat hij betwijfelde dat het stuk zijn loopbaan nieuw leven in zou blazen, noch die van iemand anders. Maar misschien was hij gewoon dronken en is hij gestruikeld. De rechter van instructie zal eerdaags zijn zegje wel doen. Hoe dan ook, het was geen goed voorteken. Ik mis hem. En het stuk mist hem ook.

'Dat moet een schok zijn geweest,' zei Jenny. 'Was hij depressief?'

'Constant, denk ik.'

'De recensenten schijnen te denken...'

'Dat we de sigaar zijn zonder hem. Ik weet het. En dat is ook zo. Fred Durrance kan niet aan Jimmy tippen. Maar dat is niet het enige probleem. En je hebt vast niet om dit onderhoud gevraagd voor een analyse wat er allemaal mis is gegaan, dus...'

'Het spijt me,' onderbrak ze me en haar stem klonk wat zachter.

Er viel een korte stilte. De zee ruiste kalmerend onder de pier. 'Mij ook,' mompelde ik.

'Gaat het stuk nog naar Londen?'

'Geen schijn van kans.'

'Dus dit is het einde.'

'Blijkbaar.'

'Het spijt me echt, weet je.'

'Voldoende om me terug te nemen?' Ik glimlachte flauw in het licht van de lantaarn. 'Grapje.'

'Ik ben heel gelukkig met Roger,' zei ze. Kennelijk ging ze ervan uit dat ik zo mijn twijfels had, wat niet het geval was. 'We hebben een datum voor de trouwerij vastgesteld.'

'Jammer dat ik mijn agenda in het Sea Air heb laten liggen.'

Jenny zuchtte. Ik stelde haar geduld op de proef, een kunst die ik onbedoeld al lang geleden had verfijnd. 'Kom, we gaan een eindje lopen,' zei ze. Ze stond op voordat ze was uitgesproken en liep in de richting van de vaste wal. Haar laarshakken tikten op de planken van de pier.

'Waar gaan we heen?' vroeg ik toen ik haar had ingehaald.

'Nergens,' antwoordde ze. 'We lopen maar wat.'

'Hoor eens, Jenny, mag ik gewoon zeggen... dat ik blij ben dat je gelukkig bent? Het klinkt misschien raar, maar ik heb altijd gehoopt dat je dat zou worden. Als ik iets kan doen...'

'Dat kun je.' Ze klonk beslist, maar verre van vijandig. Op dat moment raadde ik wat haar zo gespannen maakte. Ze wilde me een gunst vragen. Maar omdat voorgoed uit haar leven verdwijnen de laatste gunst was die ze me had gevraagd, was het een delicate situatie, hoe je het ook bekeek. 'Wil je iets voor me doen, Toby?'

'Met alle plezier.'

'Je hebt nog niet gehoord wat.'

'Je zou het niet vragen als het niet door de beugel kon.'

Misschien moest ze daar wel om glimlachen. Ik weet het niet zeker. 'Ik zit met een probleem.'

'Ga door.'

Maar ze ging pas door toen we het begin van de pier hadden bereikt en over de boulevard naar het westen waren afgeslagen. Links lag het verlaten strand, rechts de boulevard met zijn schaarse verkeer. Er moest zelfs een volle minuut zijn verstreken voordat ze aan haar verklaring begon, wat ze deed met een onthutsende vraag: 'Heb ik je ooit iets over Brimmers verteld?'

'Nee,' was het beste antwoord dat ik kon geven, omdat ik het gevoel had dat het niet het juiste moment was om erop te wijzen dat ze me al heel lang helemaal niets had verteld.

'Dat is een hoedenwinkel van me in de Lanes. Ik vond het echt leuk om die te beginnen. Hij is best een succes geworden.'

'Je hebt altijd je eigen zaak willen hebben.'

'Ja. En die heb ik nu.'

'Geweldig.'

'Roger heeft er geen moeite mee.'

'Mooi. En wat doet Roger zelf?'

'Bedrijfsinvesteringen.' Ik vroeg me af wat dat precies inhield, maar ze vervolgde bruusk: 'Luister, dit heeft niets met Roger te maken. Waar het om gaat, is dat er een of andere rare snuiter rond de winkel hangt. Aan de overkant is een koffiehuis waar hij eindeloos aan het raam zit thee te drinken en naar Brimmers te staren. Hij staat op de stoep als ik de winkel open en sluit. Ik heb hem ook in de buurt van Wickhurst gezien. Er loopt een pad vlak bij het huis. Daar kan ik niet wandelen zonder hem tegen het lijf te lopen.'

'Wie is hij?'

'Ik weet het niet.'

'Heb je het niet gevraagd?'

'Ik heb hem een paar keer aangesproken, maar hij reageert niet. Als ik vraag: "Kan ik u helpen?" antwoordt hij met: "Nee." Daarna staart hij nog wat en loopt hij weg. Hij begint op mijn zenuwen te werken. Ik denk niet dat hij kwaad in de zin heeft, maar hij wil gewoon niet weggaan.'

'Heb je de politie gesproken?'

'Om waarover te klagen? Een man die in een koffiehuis zit en over een openbaar voetpad loopt? Ze zouden denken dat ik hém stalk.'

'Stalkt hij jou?

'Dat gevoel heb ik wel.'

'Zeker weten dat je hem niet kent?'

'Ja.'

'Wat is hij voor iemand?'

'Een griezel.'

'Dat zegt me niets.'

'Oké. Hij is... van middelbare leeftijd, zou ik zeggen, maar ook een beetje kinderlijk. Hij heeft iets van een uit zijn krachten gegroeide puber. Hij draagt een duffelse jas met allerlei... insignes.'

'Dus duidelijk een gevaarlijke gek.'

'Als je dit niet serieus wilt nemen...' Ze maakte een hoofdgebaar dat ik me maar al te goed herinnerde.

'Wat vindt Roger?'

'Die heb ik het niet verteld.' Ze leek moeite te hebben om het te bekennen, al moest ze die vraag verwacht hebben.

'Echt niet?'

'Nee, echt niet.'

Ik kan nu wel toegeven dat ik iets van verwrongen behagen schepte in de ontdekking dat Jenny een geheim had voor haar rijke en ongetwijfeld knappe verloofde, en dat geheim met mij deelde. Het genoegen leidde me enigszins af van het mysterie. Waarom had ze niets tegen Roger gezegd? Ze kwam algauw met een antwoord.

'Roger is vaak op reis voor z'n werk. Ik wil niet dat hij zich zorgen om me maakt of voor mij thuisblijft.'

Maar dat klonk onwaarachtig. Jenny had beter moeten weten dan me zoiets op de mouw te spelden. Daar kende ik haar te goed voor. Wat ze ook zei, in mijn ogen was Roger het beschermende type, om maar niet te spreken van het bezitterige. Wat haar echt dwarszat, was dat haar onafhankelijkheid op het spel stond als ze de nieuwe man in haar leven vroeg haar te behoeden voor de stalker van de Lanes. En Jenny is gesteld op haar onafhankelijkheid. Uitermate.

'Bovendien,' voegde ze eraan toe, 'wat kan hij doen?'

Ik kon wel een paar dingen bedenken, al bracht ik de drastische maatregelen maar niet onder woorden. Ik kon net zo goed vragen wat ík kon doen. 'Hij zou de man misschien herkennen.'

'Nee.'

'Hoe weet je dat?'

'Onlangs waren we met z'n tweeën toen die knaap ons passeerde. Op dat pad waarover ik het had. Ik heb Roger gevraagd of hij die man kende. Hij zei van niet. Beslist niet.'

'Maar de betekenis van je vraag heb je niet uitgelegd.'

'Natuurlijk niet. Bovendien...'

'Nou?'

'Ik weet misschien wat de ontbrekende schakel tussen die vent met mij is. En Roger is het niet.'

'Wat dan wel?'

'Je bedoelt wie dan wel.'

'Oké, wie dan?'

'Jij, Toby.'

'Wat?'

We bleven allebei staan en keken elkaar aan. Ik kon Jenny's gezicht in de schaduw van haar hoed niet goed zien. Maar het mijne kon ze lezen als een boek. Dat heeft ze altijd gekund. En wat ze gezien moest hebben was ongeloof.

'Ik?'

'Ja, jij.'

'Maar dat kan niet. Ik bedoel... dat slaat nergens op.'

'Maar toch...'

'Hoe weet je dat?'

'Ik weet het gewoon.'

'Oké,' bond ik in. 'Hoe kom je daarbij?'

Jenny wierp een blik over haar schouder. Ze had eerder dan ik gezien dat er een groepje jongeren naderde. Ze tikte me op de arm en loodste me naar de zijkant van de promenade. De waarschuwing bleek overbodig, want op hetzelfde moment holden de jongeren naar de Odeon Cinema aan de overkant. Toch liet ze haar stem dalen. 'Mijn assistente bij Brimmers, Sophie, gaat dikwijls naar het koffiehuis waar die vent zit. Hij is haar ook opgevallen. Nou, vorige week zag ze een video die hij had gekocht naast hem op tafel liggen. Hij had hem uit een tas gehaald om te bekijken. Raad eens welke het was.'

Ik dacht even na en staarde naar het karkas van de West Pier die zwart afstak tegen de blauwzwarte lucht. *'Dead Against,'* mompelde ik.

'Hoe weet je dat?' vroeg Jenny oprecht verrast. *Dead Against* was de laatste van mijn veel te zeldzame Hollywood-rollen. De film was minstens elf jaar oud, had slechte kritieken gekregen en amper publiek getrokken. Het was een Hitchcock-achtige thriller waarin ik een Engelse privé-detective speelde die jacht maakt op een chique huurmoordenares in Los Angeles, en toepasselijk genoeg was *Dead Against* helemaal niks. Maar mijn tegenspeelster, Nina Bronsky, heeft daarna betere rollen gekregen. Dat was volgens Moira de reden dat een aantal van haar eerdere films opeens hun weg naar de videotheken vindt. Misschien zal een royaltycheque over anderhalf jaar mijn jaloezie stillen. Maar misschien ook niet.

'Er zijn niet al te veel video's in roulatie waarmee ik iets te maken heb, Jenny. Het moest wel *Dead Against* zijn. Maar het betekent misschien niets. Misschien is de man wel een fan van Nina Bronsky. Hij lijkt me haar type wel.'

'Doe nou even serieus, Toby. Ik maak me echt zorgen over die vent.'

'Nou, als hij een fan van mij is...' Ik haalde mijn schouders op. 'Misschien maakt dat me op de een of andere manier wel verantwoordelijk.'

'Ik beschuldig je goddorie helemaal niet. Ik wil alleen dat die engerd opduvelt.'

'Hoe kan ik dat voor elkaar krijgen?'

'Je kunt morgenochtend naar dat koffiehuis gaan. Kijken of je hem kent. Of misschien herkent híj jóu wel.'

'Zoveel ben ik in elf jaar niet veranderd. Het zou wel gek zijn als hij me níet herkent.'

'Praat dan met hem. Zie erachter te komen wie hij is en wat hij wil. Kijk of je hem niet kunt...'

'Lozen?'

'Ik wil hem alleen maar kwijt, Toby.'

'En dat hij me vertelt waarom hij achter jou aan zit. Als dat zo is.'

'Het heeft iets met jou te maken, dat kan niet anders. Die video is het bewijs. Hij is erachter gekomen dat wij met elkaar getrouwd zijn geweest en...'

'Dat zijn we nog, in feite. Getrouwd, bedoel ik.'

Jenny reageerde met een blik naar de zee en een korte stilte. Daarna vroeg ze: 'Wil je het doen of niet?'

'Natuurlijk,' glimlachte ik. 'Voor jou doe ik alles, Jenny.'

Ik meende het. Ik meen het nog steeds. Maar het verhaal was niet compleet en ik denk dat Jenny dat donders goed wist. De video op zich zei niets. Als die vriend in de duffelse jas belangstelling voor mij had, kon hij ook weleens belangstelling voor Roger hebben. Jenny zei dat ze niet wilde dat Roger zich zorgen maakte. Maar misschien vertrouwde ze Roger niet helemaal. Misschien wilde ze op eigen houtje te weten komen wat er eigenlijk aan de hand was. Als het tenminste iets anders was dan de dagelijkse gewoonten van een hoedenfetisjist. En misschien wist ze wel dat ze op mij kon vertrouwen om de waarheid boven water te krijgen, omdat ik nog altijd van haar hou en nog steeds de hoop niet heb opgegeven dat ze weer helemaal opnieuw van mij gaat houden. Ze speelde een gevaarlijk spelletje, mijn vroegere en toekomstige Jenny.

'Hoe laat moet ik er zijn?' vroeg ik.

'Hij is er altijd om tien uur.'

'Dan kan ik maar beter op tijd naar bed gaan.'

'Niet naar de winkel komen. Dan denkt hij dat ik je heb gestuurd.'

'Ik zal m'n best doen. Improvisatie is altijd een sterke kant van me geweest.'

'Dankjewel, Toby.' Ze klonk oprecht opgelucht, en misschien lag er ook iets van genegenheid in haar stem, hoewel ik moet toegeven dat ik mezelf misschien voor de gek hou. 'Ik kan je niet zeggen hoe dankbaar ik ben.'

'Moet ik je bellen... naderhand?'

'Ja, graag.'

'Maar je hebt liever niet dat ik langskom om verslag uit te brengen.'

'Dat is het niet. Ik...'

'Misschien zou Roger niet blij zijn. Als hij ervan hoort.'

'Dit heeft niets met Roger te maken.'

Jenny veegde een lok onder de rand van haar hoed om mijn blik te mijden. 'Toevallig is Roger momenteel op zakenreis,' zei ze.

'O ja?'

'Ja,' antwoordde ze koeltjes.

'Dus dit is tussen jou en mij.'

'En zo zou ik het graag houden.'

'Ik begrijp het.' Dat was zo. En ik begrijp het nog. Er is zonder meer sprake van een verstandhouding. Maar die moet niet al te uitgesproken worden. We zijn geen van tweeën erg eerlijk.

'Ik moet ervandoor,' zei Jenny met een bruuske hoofdbeweging. 'Ik krijg vrienden te eten.'

Jenny heeft altijd goed vrienden kunnen maken; ik besefte pas hoe goed toen ze bij me wegging en de meeste meenam.

'Dag Toby.'

Ik keek haar na toen ze overstak en langs de bioscoop door West Street liep. Daarna draaide ik me om en liep weer terug, de kant van de Palace Pier op en naar het Sea Air verderop.

Toen ik terugkwam, zei Eunice dat ik er vrolijker uitzag dan daarvoor. Dat zou ze waarschijnlijk ook hebben gezegd als het niet zo was, want ze koestert een romantisch Burton en Taylor-visioen wat mij en Jenny betreft. Maar een blik in de spiegel in de gang bewees dat ze gelijk had. Ik bespeurde iets wat ik niet één keer gedurende onze lange tourneeweken had gezien: een vaag optimistisch lichtje in m'n ogen.

Na een aanval op de *steak-and-kidney-pudding* van Eunice was ik aan een wandeling toe. Tijd besteed aan verkenning is zelden verspild, zoals mijn oude vader placht te zeggen, dus liep ik naar de Lanes en scharrelde wat rond tot ik Brimmers na wat heen en weer lopen had gevonden.

Jenny's goede smaak bleek duidelijk uit de stijlvolle etalage en het zuurstokachtige kleurschema. Van het interieur zag ik maar weinig en als ik Jenny zou gehoorzamen, zou dat ook niet veranderen. Maar wie weet? Ik niet. Ik blijf hopen.

Koffiehuis Rendezvous was ook dicht, zoals wel te verwachten was. Het uithangbord beloofde koffie, lichte lunch en thee. Achterin was een toonbank, in het midden stonden tafeltjes en stoelen en aan de voorzijde was een brede vensterbank met krukken, waar klanten hun voorkeursdrankje kunnen gebruiken terwijl ze het leven buiten in de Lanes aan zich voorbij zien trekken. Vandaar kon je Brimmers natuurlijk makkelijk in de gaten houden, hoewel niet zonder zelf in het oog te lopen, hetgeen misschien wel de bedoeling van mijn zogenaamde fan was. Dat zouden we wel zien. Morgen, zoals beloofd.

Na de verkenning kuierde ik naar een café in Black Lion Street waar ik doorgaans beland als we Brighton op een tournee aandoen, de Cricketers – naar verluidt de favoriete kroeg van Graham Greene – om peinzend een groot glas bier te drinken. Zondag in Brighton was mijn verwachtingen reeds ontstegen, wat niet zo moeilijk was, moet ik bekennen, maar ik besefte niet dat me nog een verrassing wachtte.

Ik zat aan een hoektafeltje dat niet zichtbaar was vanaf de deur en bezag met weinig belangstelling hoe een getrouwde man van middelbare leeftijd en een vrouw die duidelijk zijn echtgenote niet was, langzaam maar zeker een stuk in hun kraag dronken. De zondagavond kan je buitengewoon zwartgallig maken. Tegenwoordig is het mijn enige vrije avond in de week, dus ik kan het weten. Maar vanavond voelde ik me prima.

Daarom zonk de moed me waarschijnlijk niet in de schoenen toen zich een man van de bar losmaakte, 'Mag ik erbij komen zitten?' vroeg en zich op een stoel naast me liet vallen.

Op het eerste gezicht kwam hij op me over als de eerste de

beste praatzieke, vervelende kroegloper. Klein en gezet, vochtige blauwe ogen, beaderde neus en wangen, dun peper-en-zoutkleurig haar en een tong die te dik voor zijn mond leek. Hij droeg een blazer met een wapen die hij waarschijnlijk nooit om zijn buik dicht kon krijgen, een crèmekleurig overhemd en een gevlekte broek van dubbelgekeperde wol. In zijn ene hand had hij een glas rode wijn en in zijn andere een pamfletje waarop reclame voor *Lodger in the Throat* werd gemaakt.

'Als jij Toby Flood niet bent, ben ik een kanariepietje,' zei hij.

'En jij bent geen kanariepietje,' antwoordde ik.

'Wil je iets van me drinken?'

'Nee dank je, voorlopig heb ik wel genoeg.'

'Om je de waarheid te zeggen, is het een opluchting om je te zien.'

'Opluchting?'

'Ik heb een kaartje voor dinsdagavond.' Hij stak het pamfletje omhoog. 'Dus is het goed om te weten dat het je is gelukt om te komen. Syd Porteous, aangenaam.' Hij stak een grote hand met worstvingers uit. Ik moest hem wel een hand geven.

'Ga je vaak naar de schouwburg, Syd?' vroeg ik.

'Nee, nee. Althans vroeger niet. Maar ik probeer... mijn horizon wat te verbreden... sinds ik wat meer vrije tijd heb.'

'Net met pensioen?'

'Dat niet precies. Meer... het slachtoffer van bezuiniging. Je moet toch ergens onderduiken in deze plaats. Hoewel ze het tegenwoordig een stad noemen. Mooi voor de gemeenteraad, maar voor het volk dat die lui aan het werk houdt, maakt het geen ruk uit. Hoe dan ook, ik kan niet zeggen dat ik dit jaar vaker naar de schouwburg ben geweest dan naar de paardenrennen, maar volgend jaar misschien wel, hè? Binnenkort moet ik m'n goeie voornemens voor het nieuwe jaar maken, en ik heb meer blaadjes omgeslagen dan een doorsneekonijn heeft gegeten, dus...'

De manier waarop hij het gesprek was begonnen wekte de indruk dat ik het slachtoffer kon worden van een eindeloze monoloog tot sluitingstijd. Ik begon zelfs net een excuus te verzinnen om hem aan zijn lot over te laten, toen ik me ervan bewust werd dat er een klein stiltepunt was in de mallemolen van zijn gedachtestroom. En dat was ik.

'Is er nog kans op een nieuwe serie van *Long Odds*, Toby?' vroeg Syd opeens. 'Daar was ik verslaafd aan.'

Helaas behoorde Syd wat dat betreft tot een kleine minderheid. Mijn tv-serie uit 1987 over een gokverslaafde die daarnaast een beetje de privé-detective uithangt (of was het andersom?) zal waarschijnlijk net zoveel kans maken om nieuw leven ingeblazen te worden als Peyton Place. 'Ik vrees dat daar geen schijn van kans op is.'

'Ik zie je niet zoveel op de buis de laatste tijd.'

'Ik concentreer me op de schouwburg. Podiumwerk is uitdagender.'

'Ja, nou ja, dat zal best. Je fans moeten je tenslotte in het echt kunnen zien.'

'Precies.'

'Met dit stuk moet je een hoop bekijks trekken. Ik verheug me erop.'

'Mooi.'

'Ik heb hem een keer ontmoet, weet je.'

'Wie?'

'Orton.'

Tegen beter weten in was mijn nieuwsgierigheid geprikkeld. 'O, ja?'

'O, ja.' Syd liet zijn stem melodramatisch dalen. 'Hier, in Brighton. Een paar weken voor zijn dood. In de zomer van zevenenzestig.'

Ik ken de dagboeken die Orton van december 1966 tot zijn dood in augustus 1967 heeft bijgehouden goed genoeg om Syds opmerking op zijn minst in eerste instantie als authentiek op te vatten. Orton en Halliwell kwamen eind juli 1967 naar Brighton om een lang weekeinde door te brengen bij Oscar Lewenstein, de co-producent van *Loot*. Orton verveelde zich stierlijk tijdens dat bezoek. Maar ik kon me niet herinneren dat er een jongere versie van Syd Porteous ten tonele was verschenen. 'Hoe kwam dat zo?' informeerde ik achteloos. Ik kreeg het beeld van een rendez-vous in een openbaar toilet, gezien Ortons seksuele gewoonten, maar Syds antwoord was nog onthutsender.

'Ik liep hem in deze kroeg tegen het lijf. Op een zondagavond, net als nu. We kletsten een beetje over koetjes en kalfjes. Hij zei niet wie hij was, hoewel zijn naam me niets zou hebben gezegd als hij zich wel had voorgesteld. Ik was maar een domme snotneus. Maar een week of twee later herkende ik zijn gezicht in de krant. Dat was best schrikken. Terugblikkend denk ik dat hij me wilde versieren. Raar, hè?'

'Wat is er precies zo raar aan?'

'Nou ja, eerst hij en nu jij op zondagavond in de Cricketers. Als dat niet raar is, wat is het dan wel?'

'Ik zou het toeval noemen.' (Als het waar was, wat ik nogal betwijfelde.) 'Vagelijk toevallig.'

'Toch moet je uitkijken. Zelf ben ik niet zo bijgelovig, maar acteurs horen dat toch wel te zijn? Het Schotse spel. De vloek van Superman. Al dat soort ongein.'

'Ik zal proberen me geen zorgen te maken.'

'Luister, ik ken Brighton als m'n broekzak. Mijn moeder heeft een rolletje gespeeld in *Brighton Rock*. Zelf heb ik gefigureerd in een menigte in *Oh, what a lovely war!* Dus ik voel me bijna erelid van het acteursgilde. Als ik iets voor je kan doen zolang je hier bent – maakt niet uit wat – hoef je maar te kikken. Ik zal je mijn mobiele nummer geven.' Hij krabbelde het nummer op een bierviltje en drukte het in mijn hand. 'Er is weinig dat ik niet te pakken kan krijgen in Brighton. Begrijp je wat ik bedoel?' Hij knipoogde.

Ik wist niet of ik wel wilde weten wat hij bedoelde, dus glimlachte ik zwakjes en stak het viltje in mijn zak. 'Ik zal het onthouden.'

'Doe dat, Toby.' Hij knipoogde nog een keer en nu overdrevener. 'Ik zou niet graag willen dat je in de nesten kwam omdat je geen goede raad hebt gekregen.'

Het viel niet mee om Syd te lozen. Hij was er helemaal voor om nog 'ergens anders' heen te gaan. Ik moest een aanzienlijke reserve aan charme opdiepen om te voorkomen dat ik hem voor het hoofd zou stoten. Op de een of andere manier betwijfelde ik of hij daar makkelijk mee om kon gaan. Met zo'n persoonlijkheid kun je je dat niet veroorloven.

Nu ik hier weer terug ben in de Sea Air, heb ik de kans gehad om

Ortons dagboeken na te lezen op eind juli 1967, en dat heeft meer vragen opgeroepen dan beantwoord. Hij en Halliwell arriveerden op donderdag de 27ste, brachten drie dagen door in huize Lewenstein in Shoreham en vertrokken op maandag de 31ste. Zo'n beetje de enige keer dat Orton alleen was geweest, was curieus genoeg de bewuste zondagavond. Hij was met Halliwell en de familie Lewenstein naar het Odeon-theater gegaan voor de nieuwe Bond-film *You Only Live Twice*, maar de bioscoop was uitverkocht. De anderen kozen in plaats daarvan voor *In Like Flint*, maar Orton verkoos om in zijn eentje op zoek te gaan naar een seksueel tussendoortje. Hij slaagde erin zich door een dwerg in een openbaar toilet te laten afzuigen. Daarna dronk hij een kopje thee in het station en wandelde terug naar Shoreham.

Er wordt dus niet gerept over de Cricketers, noch over iemand die kon doorgaan voor Syd Porteous, de domme jonge snotneus. Orton was volgens eigen zeggen en volgens anderen bepaald geen kroegtijger. Het incident lijkt me niet waar. Syd, concludeer ik, heeft me iets op de mouw gespeld.

Of niet? Hij was zeker geen Orton-deskundige, dus hoe kwam het dan dat hij zoveel feitelijkheden wist? Toevallig was zondag 30 juli 1967 de enige avond dat hij de grote en weldra wijlen Joe Orton in een kroeg in Brighton had kúnnen ontmoeten.

Bovendien kan ik niet ontkennen dat het verhaal van Porteous iets onthutsends heeft. Ortons weekeinde aan zee was niet geheel verstoken van bijgelovige betekenis. Zijn agent, de legendarische Peggy Ramsay, had een huis in Brighton. Ze voegde zich zaterdagavond bij het gezelschap en ze gingen bij haar huis langs toen ze uit eten gingen. Daar maakte Orton een paar kenmerkende, minachtende opmerkingen over een *horus* die ze hem liet zien, een Egyptisch houtsnijwerk in de vorm van een vogel, die volgens overlevering op graven werd geplaatst om de ziel van overledenen naar het hiernamaals te begeleiden. Peggy vond dat zulk gebrek aan respect de goden verzoeken was. En ja hoor – als je geneigd bent zo te denken – Orton was een paar weken later dood.

Natuurlijk ben ik niet geneigd zo te denken. Althans dat probeer ik. Maar Eunice heeft *The Argus* van gisteren desgevraagd naar boven gebracht en ik zie dat de jongste Bond-film in het

Odeon draait, net als in juli 1967. Ik heb hem nog niet gezien. Dat had best gekund, al was het alleen maar om boos en jaloers naar Pierce Brosnan te kijken. Maar de omstandigheden hebben me de voet dwars gezet. Net zoals bij Orton.

En nu houd ik een soort dagboek bij. Net als Orton.

Denken, drinken en dazen. Ik heb te veel van alledrie gedaan. Ik moest maar eens vroeg onder de wol, zoals ik mezelf heb beloofd. Maar mijn bioritme is afgesteld op de rest van de week, wanneer ik tot in de kleine uurtjes wakker zal zijn. Ik schijn me maar niet te kunnen ontspannen. Maar ik kan wel ophouden met praten. Daarover heb ik tenminste wel iets te zeggen. Bovendien valt er niets meer te zeggen. Voorlopig.

MAANDAG

De wekker heeft me vanmorgen om halfnegen wakker gemaakt, *hora incognita* wat mij aangaat, de laatste tijd. De nieuwigheid maakte de ervaring niet betoverend. Ik tuurde uit het raam en zag een grauwe lucht en een hamburgerdoosje dat door de wind over straat werd gekegeld. De man wiens gezicht ik in de scheerspiegel begroette, zag er niet op zijn best uit.

Dat was nog steeds zo na het ontbijt en een wandeling naar het strand. Maar ik moest me aan m'n belofte houden en ik wilde niet wachten tot mijn bioritme het daarmee eens was. Ik liep de kant van de Lanes op.

Het was al tien uur geweest toen ik bij de Rendezvous was. Ik zag de knaap toen ik doelbewust op de deur afliep, maar ik keek net zomin naar hem als naar Brimmers. Ik zag een gestalte in een duffelse jas uit mijn ooghoek en dat was voldoende om het ontaard vroege begin van de dag te rechtvaardigen. Of de eigenares van Brimmers toekeek weet ik niet, hoewel ik hoopte dat Jenny zo verstandig was om niet al te veel in het oog te lopen. Dit was een optreden dat geen publiek behoefde.

Het was een rustig moment in de Rendezvous, tussen werklui die een cafeïneshot behoefden en winkelend volk dat even wilde uitrusten. Het koffiehuis pretendeerde een continentale ambiance met een heleboel donker hout en sepiakleurige foto's van het Parijs van de Derde Republiek, maar het was het niet helemaal, dankzij opgewekt en vriendelijk personeel en duidelijke niet-continentale klanten. Onze man was een goed voorbeeld. Met zijn duffelse jas, spijkerbroek en booties deed hij meer aan Aldermaston March dan aan de Champs-Elysées denken. Van de plek waar ik met mijn espresso-met-chocolaatje plaatsnam kon ik niet zien wat de insignes voorstelden, maar er moesten er minstens een stuk of vijf op zijn jas hebben gezeten, vaag weerspiegeld in het raam waardoor hij naar Brimmers aan de overkant zat te staren. Er lag een open boek voor hem, maar veel aandacht kreeg het niet.

Ik evenmin trouwens, hetgeen vraagtekens opriep bij Jenny's bewering dat ik de sleutel was tot zijn belangstelling voor haar. Het deed ook de vraag rijzen hoe ik hem het best kon benaderen, iets waarover ik nog niet had nagedacht. Hij had de video van *Dead Against* niet bij zich en had geen enkele blijk van belangstelling gegeven toen ik de zaak betrad. Hij had nog niet eens een blik mijn kant op geworpen.

Mijn indruk, gebaseerd op driekwart profiel, was dat Jenny wel zo'n beetje gelijk had. Een moedersjongen van middelbare leeftijd, of zijn moeder nog leefde of niet. Onder zijn jas droeg hij een duidelijk met de hand gebreide trui. Hij had een peper-en-zout-kleurige bos haar die langs een bloempot afgeknipt leek. De bril die halverwege zijn neus zat, was al een jaar of vijftien uit de mode. Als hij een slok nam, bracht hij zijn kopje met beide handen voorzichtig naar de lippen. Hij had gistermiddag, op het moment dat mijn trein het station van Brighton binnenreed, geen gek figuur geslagen als hij daar met een blocnote in zijn hand aan het eind van het perron had gestaan.

Maar iedere acteur weet dat het riskant is om van stereotypen uit te gaan; even vervelend om te ondergaan als misleidend om toe te passen. Ik moest voorzichtig te werk gaan. Na de espresso nam ik nog een *latte* en verzon het minst ongeloofwaardige smoesje dat me te binnen wilde schieten. Daarna ging ik naar hem toe.

'Neemt u me niet kwalijk,' zei ik, 'bent u hier bekend?'

'Ja zeker,' zei hij, en hij draaide zijn hoofd langzaam mijn kant op. Hij sprak even langzaam als hij zich bewoog en lispelde een beetje. Er blonk geen herkenning in zijn ogen.

'Ik ben vreemd in Brighton. Misschien kunt u me de weg wijzen.'

'Misschien.'

Ik zag dat de insignes in wezen geëmailleerde buttons waren met personages uit de Kuifje-boeken van Hergé: kapitein Haddock, Bobbie, professor Zonnebloem, de tweeling Jansen en Jansens en natuurlijk de legendarische reporter zelf. 'Ik zoek de bibliotheek,' zei ik. (Een vrij slap excuus, maar 't is niet anders.)

'Die is misschien... wat lastig te vinden.' Hij glimlachte flets. 'Ze zijn namelijk verhuisd.'

'Zo?'

'Naar New England Street.'

'O. En waar kan ik die...' Mijn blik ging naar het boek dat hij voor zich had, dat ironisch genoeg de vergeelde kantlijnen en het plastic kaft van een bibliotheekboek vertoonde. Daarna zag ik de titel boven aan de bladzijde. *The Orton Diaries*. Ik zei niets, maar mijn ogen moeten groot van verbazing zijn geworden.

Op dat moment – ongelegener kon het niet – ging mijn mobiel. 'Iemand moet u hebben,' zei de man toen ik het apparaatje uit mijn zak opdiepte.

'Sorry,' stiet ik uit. 'Neem me niet kwalijk.' Ik had het verrekte apparaat in mijn hand, draaide me om en liep terug naar het tafeltje waar ik had gezeten. 'Ja?' snauwde ik.

'Met Brian, Toby. Ik hoop niet dat ik je wakker heb gemaakt.'

Als Brian Sallis, onze onvermoeibare toneelmeester me uit een welverdiende slaap had gewekt, had ik me minder geïrriteerd gevoeld. Wat moest hij in godsnaam van me? Ik kreeg snel, maar wat mij betreft verre van bevredigend antwoord.

'Ik wilde even weten of je gisteren een goede reis hebt gehad.'

'Ik ben op de plaats van bestemming, ja.'

'Mooi.'

'Hoor eens, Brian...'

'Je bent de persconferentie van vanmiddag toch niet vergeten, hoop ik?' Dus dat was de reden waarom hij belde; om ervoor te zorgen dat ik niet afwezig zou zijn bij de persbijeenkomst. 'Om halfdrie in de schouwburg.'

'Ik zal er zijn.'

'En de repetitie om vier uur.'

Iedere maandagmiddag van de tournee was hetzelfde geweest: persconferentie om halfdrie, technische repetitie om het gevoel voor het nieuwe podium te krijgen om vier uur. Brian dacht toch niet dat ik het vergeten was? Waarschijnlijk maakte hij zich meer zorgen over mijn geestestoestand, en die was in feite niet best, zij het om redenen waarvan hij geen weet kon hebben. 'Ik zal er zijn,' herhaalde ik. 'Oké?'

'Mooi. Ik wilde alleen...'

'Ik moet nu ophangen.'

'Alles verder goed met jou, Toby?'

'Prima. Tot vanmiddag.'

Ik verbrak de verbinding voor Brian zelf afscheid kon nemen en wendde me weer naar onze man.

Maar die was er niet. Zijn kruk was onbezet, zijn koffiekop leeg en verlaten. Onze man was verdwenen, inclusief *Orton Diaries* en Kuifje-buttons.

Ik vervloekte Brian Sallis, greep mijn jas en haastte me naar buiten. Onze man was in geen velden of wegen te bekennen, maar in de smalle, slingerende Lanes hoefde dat geen verbazing te wekken. De richting die hij was ingeslagen was een fifty-fiftygok.

Ik keek even hoopvol als zorgelijk door de etalageruit van Brimmers naar binnen. Jenny had ofwel niets gezien, waardoor ze me niet kon helpen, of ze was getuige geweest van een zeperd, en dan zou ze...

Ze droeg een elegant broekpak met daarboven een heel onvriendelijk gezicht met een frons als het enige teken van ergernis dat ze zich in het bijzijn van klanten kon veroorloven. Ze keek naar me door het smalle gezichtsveld tussen de hoeden door. Ik trok een grimas. En ze neigde het hoofd naar rechts.

Ik sloeg links af, haastte me de volgende hoek om en wierp onderweg een blik in winkels en zijstraten. Mijn inspanningen werden niet beloond met een glimp van een duffelse jas, en binnen enkele minuten bevond ik me in North Street te midden van het verkeerslawaai en het drukke voetgangersverkeer.

Maar ongelooflijk genoeg zag ik hem aan de overkant bij een drukke bushalte ijsberen. Hij duwde zijn bril hoger op zijn neus en tuurde verwachtingsvol de kant op vanwaar hij de bus verwachtte. Het feit dat zijn medewachtenden hun tassen oppakten en wandelwagentjes opvouwden verried dat hij eraankwam. Ik wierp een blik naar links en zag een dubbeldekker naderen.

De bus was gestopt en de mensen stapten al in toen het me was gelukt zigzaggend de overkant te bereiken. Ik zag onze man aan boord gaan, en toen ik door het raam tuurde, zag ik zijn booties naar de bovenverdieping klimmen. 'Waar gaat deze bus heen?' vroeg ik een gekwelde moeder voor me, en noemde de bestemming tegen de chauffeur toen ik aan de beurt was. 'Patcham, alstublieft.' Maar er bleek een eenheidstarief van een pond te zijn. Waar ik heen wilde was mijn zaak.

Maar in wezen ging het er natuurlijk om waar onze man heen ging. Ik ging halverwege de benedenverdieping zitten en wachtte af tot hij weer zou afdalen. De bus maakte een rondje bij het Royal Pavilion, nam nog meer passagiers aan boord en reed in noordelijke richting.

Na tien trage minuten waren we in London Road in het zicht van de Duke of York's Cinema. Een aantal mensen stond op toen we een bushalte naderden. Vervolgens verschenen de booties om de hoek van de trap. Onze man ging uitstappen. Ik stond discreet op achter een jongen met een brede rug en stapte als een na laatste passagier uit.

Onze man liep inmiddels in noordelijke richting de kant van de stoplichten bij een kruising op. Ik volgde hem op wat ik een veilige afstand achtte, en toen hij bij de stoplichten was, wachtte ik in een portiek tot ze op rood sprongen en haastte me achter hem aan toen hij overstak.

Nu liep hij in oostelijke richting door Viaduct Road waar het verkeer langs haveloze Victoriaanse rijtjeshuizen raasde. Hij liep met gebogen hoofd en vertoonde niet de geringste belangstelling voor zijn omgeving, noch de neiging om een blik over zijn schouder te werpen. Als hij de Rendezvous zo abrupt had verlaten omdat ik zijn argwaan had gewekt, zou hij meer op zijn hoede moeten zijn. Ik kwam tot de conclusie dat hij waarschijnlijk was vertrokken omdat hij er klaar voor was. Zo eenvoudig was het. Het had niets met mij te maken.

Vlak voordat hij bij een huis was, dat er nog vervallener uitzag dan zijn buurhuizen, zag ik hem een sleutelbos uit zijn zak halen en hij ging naar binnen. Ik hoorde de deur in het slot vallen toen ik dichterbij kwam. Ik liep door en nam het nummer in het voorbijgaan in me op: 77. Daarna bleef ik staan en liep ik terug voor een tweede, wat betere blik op het huis.

Nummer 77 was een gewone Victoriaanse arbeiderswoning met twee kamers boven en twee beneden. De blauwe verf op het houtwerk was donker geworden van het vuil en de verwaarlozing. De verf bladderde van de schuiframen. De voordeur was niet oorspronkelijk. Hij was saai en solide, maar was er niet veel beter aan toe dan de rest van het huis.

Ik stond bijna stil en brak me het hoofd over wat me vervolgens te doen stond. Ik was erachter waar hij woonde. Dat was tenminste iets. Maar het was bij lange na niet genoeg. Misschien moest ik de deurklopper proberen, maar als hij opendeed zat ik met het volgende probleem. Wat moest ik zeggen?

Toen ging de deur opeens open en keek ik in het gezicht van onze man. 'Wilt u niet binnenkomen, meneer Flood?' vroeg hij.

'Nou, ik...'

'Na al die moeite kunt u net zo goed even binnenkomen.'

Daar zat iets in. Ook was er geen spoor van dreiging. Maar dat kon ook een teken van mijn schuldgevoel zijn. Ik voelde me niet zo'n klein beetje mal. 'Weet u dan wie ik ben?'

'Ja.'

'Dan heeft u een voorsprong op mij.'

'Mijn naam is Derek Oswin.' Hij duwde zijn bril weer omhoog. 'Komt u binnen?'

'Goed. Graag.'

Ik liep langs hem de smalle gang in. Voor me voerde een steile, smalle trap naar de eerste verdieping. Rechts was een zitkamer en aan het einde van de gang een keuken. De zitkamer zag er ouderwets gemeubileerd maar netjes uit. Door de toestand van de buitenkant van het huis had ik me op een troep voorbereid, maar wat ik zag was het tegendeel.

De voordeur ging achter me dicht. 'Mag ik uw jas?' vroeg Oswin.

'Eh... dank u.' Ik trok mijn jas uit en hij hing hem naast zijn duffelse jas aan een van de drie haakjes aan de muur. Op de muur van de gang zat een soort structuurbehang met een patroon dat me vaag bekend voorkwam. Het was het soort dat een van mijn oudtantes zou hebben gekozen en waarschijnlijk ook hád.

'Wilt u een kop thee?' vroeg Oswin.

'Oké, graag.'

'Ik ga even water opzetten. Loopt u maar door.' Hij gebaarde naar de deur achter me. Ik draaide me om, ging de huiskamer in en hij liep door naar de keuken.

Het was een onberispelijk kamertje, gedomineerd door een lichtgroen, driedelig bankstel. In de ene hoek stond een tv met een videorecorder en in de andere een boekenkast, aan weerskanten van een kleine, betegelde open haard. Op de wanden zat hetzelfde structuurbehang als in de gang. De ouders van Derek Oswin – of misschien zijn grootouders – hadden blijkbaar besloten het eenvoudig te houden.

'Ik ben bang dat de koekjes op zijn,' zei mijn gastheer toen hij in de deuropening verscheen.

'Geen probleem.'

'Ik neem aan dat u zich afvraagt... hoe ik weet wie u bent.'

'En waarom u in de Rendezvous deed alsof uw neus bloedde.'

'Ja.' Hij grijnsde nerveus. 'Inderdaad.' De ketel floot. 'Neem me niet kwalijk.'

Hij verdween weer en ik keek nog eens om me heen. De video van *Dead Against* lag op de boekenkast. Maar het bleek alleen de plastic houder. De band zelf zat er niet in. Op de voorplaat stond Nina Bronsky in haar zwarte, leren huurmoordenaarstenue. Van mij zag je alleen het gezicht op de achtergrond.

'Zo,' zei Oswin. Hij verscheen weer in de deuropening met een blad met twee bekers, een theepot en een fles melk. Hij zette het blad op de kleine salontafel naast de bank. 'Ik hoop dat u geen suiker gebruikt. Die heb ik... nooit in huis.'

'Alleen melk is prima.' Ik hield de video omhoog. 'Een van mijn vragen is al beantwoord.'

'Niet echt.'

'O, nee?'

'Die had ik niet nodig om u te herkennen, meneer Flood. Ik herinner me u als Hereward the Wake.'

Daar keek ik echt van op. Mijn tv-debuut van een kwart eeuw geleden als leider van het verzet tegen de bezetting van de Noormannen is zelfs voor mij maar een vage herinnering.

'Ik ben altijd een fan van u geweest.' Oswin zweeg even om thee in te schenken. 'Wilt u niet gaan zitten?' Zelf nam hij plaats in een leunstoel. Ik ging aan het eind van de bank zitten en schonk wat melk bij mijn thee. Ik had een herdenkingsbeker van het huwelijk van Charles en Di, net als Oswin zelf. 'Ik heb er een dozijn van gekocht,' legde hij uit, alsof hij de behoefte voelde om een verklaring te geven. 'Bij wijze van investering.'

'Dan zou u ze niet moeten gebruiken.'

'Geeft niet. Het was een heel slechte belegging.'

Ik nam een slokje thee. 'Wat heeft dit allemaal te betekenen, meneer Oswin?'

'Zegt u maar Derek, alstublieft.'

'Oké, Derek. Waarom val je mijn vrouw lastig?' Het leek me niet langer zinvol om te doen alsof Jenny mij hier niet toe had aangezet. Blijkbaar had Derek alles wat er was gebeurd al voorzien.

'Bent u dan nog steeds getrouwd? Ik dacht, nu ze bij meneer Colborn woont...'

'Onze echtscheiding is nog niet definitief,' zei ik grimmig.

'O, ik begrijp het.' Derek keek me aan over de rand van zijn beker. 'Dat is interessant.' Hij sprak 'interessant' als vier verschillende lettergrepen uit. Ik besefte dat ik een merkwaardige mengeling van onhandigheid en precisie voor me had, van onzekerheid en opmerkzaamheid.

'Hoezo interessant, Derek?'

'Het spijt me van het... toneelstukje... van daarnet. Misschien vond ik het... wel leuk om een loopje met u te nemen. Bovendien dacht ik... dat we hier meer vrijuit konden spreken.'

'Spreek dan maar.'

'Het was niet mijn opzet om mevrouw Flood schrik aan te jagen,' glimlachte hij.

'Zij heeft blijkbaar het gevoel dat je daar juist je uiterste best voor hebt gedaan.'

'Ik begrijp wel waarom zij dat denkt, maar het is niet zo. Ik kon gewoon geen andere manier verzinnen om een onderhoud met u voor elkaar te krijgen.'

'Heb je haar lastiggevallen in de hoop dat ik zou komen om je te vragen daarmee op te houden?'

'Ja.' Hij trok een schaapachtig gezicht. 'Ik denk het wel. Het spijt me.'

Ik had bozer moeten zijn dan ik was. Maar Oswins bedeesde kwetsbaarheid was ontwapenend. Bovendien was ik hem op een perverse manier dankbaar dat hij indirect de reden was geweest van een andere ontmoeting. 'Dat was niet zo slim van je, Derek.'

'Ik geef toe dat het niet zo vriendelijk van me was. Maar niet slim? Nou, ik vind eigenlijk van wel. Tenslotte bent u hier toch? Zodra het Theatre Royal aankondigde dat u in aantocht was, wist ik dat ik een poging moest wagen. Maar hoe kon ik er zeker van zijn dat u mij zou willen spreken? De kans bestond dat het niet zou lukken.'

'Je oplossing lijkt me anders behoorlijk riskant.'

'Dat is waar. Maar ik heb tijd genoeg, meneer Flood. Geweldig veel tijd. Dus het was de moeite van een poging waard.'

'Hoe wist je dat mijn vrouw de eigenares van Brimmers is?'

'Toen de winkel openging, heeft er een vraaggesprek met haar in *The Argus* gestaan. Er was maar één kleine verwijzing naar u. Maar die is me niet ontgaan.'

Vast niet. Derek Oswin spoorde op de een of andere manier niet, dat lag voor de hand. Hij was excentriek, als je het vriendelijk wilde stellen. Obsessief, misschien op het manische af, als je dat niet wilde. Maar was hij gevaarlijk? Ik had het gevoel van niet. Niettemin moest de lakmoesproef nog komen. 'Waarom wilde je mij zo graag spreken, Derek?'

'Omdat ik dat altijd heb gewild. Sinds uw rol als Hereward. U bent mijn held, meneer Flood. Ik heb alles gezien wat u ooit heeft gedaan. Zelfs *Lodger in the Throat*. Ik ben naar de matinee in Guildford gegaan toen het stuk in première ging.'

'Wat vond je ervan?'

'Fantastisch. Absoluut fantastisch.'

'Ik ben bang dat niet iedereen er zo over denkt.'

'Nee, nou ja, dat spreekt voor zich. De meeste mensen zijn te dom om te begrijpen waar het om gaat. De intrige is niet aan ze besteed. Ze lachen alleen maar om de grapjes.'

'Deden ze dat maar.'

'Orton deed alsof hij grof en hardvochtig was, maar in wezen was hij gevoelig en zachtaardig. Ik lees zijn *Diaries* en dat is wat ik ervan begrijp. Kijk maar naar de wijze waarop hij zich er niet toe kon brengen om Halliwell in de steek te laten, zelfs toen die gewelddadig werd. Hij heeft het met zijn leven moeten bekopen.'

'Ik ben blij dat het stuk naar je zin was, Derek.'

'O, zeker, meneer Flood, dat was het zeker. Weet u, het decor deed me denken aan... nou ja, aan dit huis.'

Ik keek om me heen en zag wat hij bedoelde. Het decor van *Lodger in the Throat* is een treurige huiskamer in een eengezinswoning in de lagere middenklasse, ergens in de Midlands. Als het stuk begint, hebben de drie kinderen Elliott met de vrouw van een van hen zich daar verzameld na de begrafenis van hun moeder. Ik speel James Elliott, de oudste van de drie. Jocasta Haysman is mijn vrouw Fiona. Martin Donahue speelt Tom, mijn rancuneuze broer, en Elsa Houghton is onze zus Maureen. Het overlijden van mama na de verdwijning van vader vijftien jaar daarvoor, heeft de weg vrijgemaakt om het huis te verkopen en de opbrengst te verdelen. Dat willen we maar al te graag, zodra we ons kunnen ontdoen van moeders onaangename commensaal en vermoedelijke minnaar Stanley Kedge, de rol die Jimmy Maidment op het lijf was geschreven, maar Fred Durrance op de een of andere manier niet. De explosieve stijging van de onroerendgoedprijzen had dit aspect van de intrige een extra pikant tintje moeten geven, maar dat is tijdens de tournee verloren gegaan, tezamen met een heleboel andere dingen. 'Eigenlijk is het hier veel te netjes om voor het decor door te gaan.'

'Dank u.'

'Hoe lang woon je hier al?'

'Mijn hele leven.'

'En je ouders?'

'Allebei dood.'

'Broers en zussen?'

'Nee, ik ben enig kind.'

'Dus geen gelijkenis met de Elliotts.'

'Nee, helemaal niet.' Hij lachte, een zacht, hinnikend geluid. 'Maar ik vind de wijze waarop Orton het gezin neerzet echt heel goed. En de manier waarop u speelt. U denkt dat je Kedge wel even klein kunt krijgen, maar dan begint hij jullie een voor een te ondermijnen, jullie geheimpjes te ontmaskeren. De toestand van jouw huwelijk met Fiona. Toms werkloosheid. Het feit dat Maureen lesbisch is. In zekere zin speet het me dat Orton er zoveel klucht in heeft verwerkt, in plaats van jullie gewoon stuk voor stuk door Kedge te laten fileren.'

'Dat zou meer Tsjechov zijn dan Orton.' Zoals Derek in de tweede persoon over mij sprak als hij het over James Elliott had, beviel me niet zo. De identificatie zat en zit me een beetje te dicht op de huid. Maar toch kon ik niet ontkennen dat zijn analyse van het stuk goed was. Als Kedge de Elliotts zonder veel resultaat heeft zitten jennen, speelt Kedge zijn zeer on-Tsjechoviaanse troef halverwege de eerste akte uit. Vader is vijftien jaar geleden niet zomaar verdwenen. Moeder heeft hem vermoord. *Doodgestoken met een vleesmes, als een slecht doorbakken zondags braadstuk*, zoals Kedge het zegt. Hij laat hun de bloedvlekken op de planken onder het kleed zien en vertelt hoe hij het lijk in de tuin heeft begraven. Nu kunnen ze het huis natuurlijk niet verkopen, hè? Uit angst dat de nieuwe eigenaar het lijk zal ontdekken en dat de politie concludeert dat zij er alles van af wisten. Maar misschien kunnen ze het wel, als ze wanhopig genoeg zijn om het risico te nemen. Alleen komt er aan het eind van de eerste akte een beambte van het waterleidingbedrijf langs, ene Morrison, die meldt dat er een lek is getraceerd naar het deel van de waterleiding onder hun tuin. Er zal gegraven moeten worden. *Maar weest u niet bang*, zegt Morrison, *alles wordt weer in zijn oude staat teruggebracht.*

'Ik heb u een keer in Tsjechov gezien,' zei Derek. 'In *Oom Wanja*, in Chichester.'

'Vind je dat ik James Elliott meer moet neerzetten als een gekwelde ziel dan als een inhalige eikel?'

'Misschien. Ik bedoel... Jullie schijnen geen van allen je moeder te missen... noch je vader. Er is geen... liefde.'

'Mis jij je moeder en vader, Derek?'

'O, ja.' Hij wendde zijn hoofd af. 'Dagelijks.'

'Het spijt me. Ik wilde je niet...'

'Dat is niet erg.' Hij glimlachte ongemakkelijk. 'Het is vriendelijk dat u het vraagt.'

'Je zult Orton de schuld moeten geven van de liefdeloosheid in het stuk.' En ons van het feit dat we die er niet uit halen, bedacht ik. Aan het begin van de tweede akte, de volgende morgen bij zonsopgang, struikelt James de huiskamer in om Tom wakker te maken die de nacht op een slaapbank heeft doorgebracht. Opeens schoot het me te binnen dat ik hem niet meteen hoef wakker te maken, en om me heen kan kijken naar de platen en ornamenten, alle herinneringen aan onze kindertijd, en dat ik in een paar onthullende ogenblikken iets van gevoel, iets van liefde, in het stuk kan introduceren, alvorens de klucht wordt hervat. Derek Oswin was er op de een of andere manier in geslaagd om me zin te geven mijn spel te verbeteren. Ook al was het welbeschouwd niet de moeite waard.

'Misschien. Hoewel je aan kunt voeren... dat het liefdevol eindigt.'

'Inderdaad.' De paniek onder de Elliotts neemt toe naarmate de tweede akte vordert. Het is zaterdag en het waterbedrijf komt maandag graven. Er ontspint zich een discussie of ze het lijk in de tussentijd moeten opgraven, vooropgesteld dat ze Kedge zover kunnen krijgen om de exacte plek aan te wijzen. Maar Kedge heeft een ander voorstel. Hij weet iets van Morrison, iets impliciet seksueels. Als de Elliotts hem daar laten wonen, zal hij ervoor zorgen dat de tuin ongemoeid wordt gelaten. Daar gaan ze met tegenzin mee akkoord. Maar vlak voordat ze vertrekken, duikt er een oude man op die beweert een verloren gewaand familielid te zijn, en dat blijkt inderdaad het geval: hij is hun vader. Zijn terugkeer uit de zogenaamde dood ontmaskert Kedge als een oplichter en Morrison als zijn handlanger. De rollen lijken totaal omgekeerd, totdat de vader erop wijst dat het huis nu van hem is en hij niet van plan is het te verkopen, noch om Kedge eruit te zetten. Kennelijk zijn ze voormalige minnaars, kunnen ze dat nu openlijk toegeven en zijn ze vrij om samen te leven nu mama geen roet meer in het eten kan gooien.

'Maar Durrance doet het niet zo goed, hè?'

'Nee, inderdaad, Derek.'

'Was meneer Maidment beter?'

'Stukken.'

'Dat dacht ik al.'

'Hij was een van de redenen dat ik de rol heb geaccepteerd.'

'En toen ging hij dood.'

'Ja.'

'En dat heeft alles veranderd.'

'Nou, dat doet de dood nu eenmaal, hè?'

'Denkt u aan uw zoon?'

Ik keek Derek onthutst aan. Het was waar. Ik moest aan Peter denken, zoals hij zo dikwijls om de hoek van de deur komt kijken, als die door mijn gedachten op een kier wordt gezet. Ik had kunnen weten dat Derek Oswin op de hoogte zou zijn. Maar op de een of andere manier had ik er niet aan gedacht.

'Nu is het mijn beurt om me te verontschuldigen.'

'Dat hoeft niet.' Ik dronk mijn beker leeg. 'Ik moet er trouwens vandoor.'

'U heeft een drukke middag voor de boeg.'

'Nogal, ja.' Ik stond op. 'Ik zou mijn vrouw graag vertellen dat je niet meer bij die winkel zult rondhangen.'

'Komt in orde. Dat beloof ik. Het zou zinloos zijn, nu we elkaar hebben gesproken.'

'Dank je.'

'Ik hoop dat het stuk deze week goed loopt.'

'Kom je nog kijken?'

'Ik was het... niet van plan. Ik heb geen kaartje.'

'Daar kan ik wel voor zorgen.'

'Nou, dat is erg vriendelijk. Dank u wel.'

'Welke avond zou je het beste schikken?'

Derek dacht even na. 'Woensdag?'

'Woensdag. Dan ligt er een kaartje voor je bij de kassa.'

'Oké. Ik verheug me erop.' Hij kwam overeind en gaf me een hand. 'Het was een hele eer om u te ontmoeten, meneer Flood.'

'De volgende keer moet je me maar rechtstreeks benaderen.'

'Is er dan een volgende keer?'

'Ik zou niet weten waarom niet.' Hij had zo'n gretige hondenblik dat ik er impulsief aan toevoegde: 'Je kunt met ons mee na de voorstelling van woensdag. Dan gaan we met een paar mensen ergens eten.'

'Meent u dat?'

Ik glimlachte geruststellend. 'Ja.'

'Jeetje. Dat is echt heel vriendelijk. Reuze bedankt.'

'Tot woensdag dan maar.'

'Tot woensdag. Ondertussen probeer ik een ander koffiehuis.'

'Doe dat.'

'Wilt u mijn verontschuldigingen aan mevrouw Flood overbrengen?'

'Dat doe ik zeker.'

Voor iemand die aanvankelijk zo door Derek Oswin in de maling was genomen, voelde ik me opmerkelijk tevreden toen ik over London Road in zuidelijke richting liep. Ik had Jenny's probleem opgelost en had het gevoel dat ik misschien wel munt uit haar dankbaarheid kon slaan. Roger Colborns afwezigheid voor niet nader genoemde zaken leek me zonder meer een voordeel. Weliswaar had ik niets ontdekt om hem in diskrediet te brengen, zoals ik had gehoopt, maar er was toch voldoende reden om aan te nemen dat ik een nieuwe afspraak met Jenny kon ritselen. Ik stak de Open Market over om bij The Level te komen, kocht onderweg een sappige appel en at die op een bankje bij het speelterrein op. Daarna belde ik haar.

'Hallo.'

'Met mij, Jenny.'

'Hopelijk heb je beter nieuws dan ik verwacht.'

'Dat heb ik inderdaad.'

'Heus?'

'Ik heb hem gesproken, Jenny. Hij heet Derek Oswin en is onschuldig. Een beetje maf zoals je al zei, maar in wezen oké. En hij zal ophouden je lastig te vallen. Dat heeft hij beloofd.'

'Wat is die belofte waard?'

'Je zult geen hinder meer van hem hebben. Ik beloof het je ook.'

'Zeker weten?'

'Honderd procent.'

'Nou...' Ze klonk iets vriendelijker. 'Dankjewel, Toby. Reuze bedankt zelfs.'

'Graag gedaan.'

'Derek Oswin, zeg je? Die naam zegt me niets.'

'Dat geloof ik best.'

'Wat voerde hij in z'n schild?'

'Dat is een lang verhaal. Dat ik je graag wil vertellen. We kunnen wel samen gaan lunchen.'

'Lunchen?'

'Waarom niet? Je eet toch nog?'

Er viel een lange stilte. Toen zei ze: 'Ik weet niet of het zo'n goed idee is om elkaar weer te zien.'

'Wanneer komt Roger terug van zijn zakenreisje?'

'Morgenavond, maar...'

'Laten we dan morgen gaan lunchen. Dan heb je nog tijd. Ik zou het liever vandaag doen, maar ik heb om halfdrie een persconferentie en heb geen zin om me te haasten.'

'O, mijn god.' Haar stem verried een zweem van ergernis, maar ook een vage ondertoon waarin nog een restje genegenheid doorklonk. Ze ging niet dwarsliggen. Dat durfde ze niet. Bovendien was een lunch wel het minste dat ze me schuldig was. 'Nou, misschien...'

'Een uurtje maar, Jenny. Er is geen verborgen agenda. Een vriendschappelijk hapje. Anders niet.'

Ze zuchtte.' Goed dan.'

'Prachtig.'

'Ik haal je om halfeen op bij het Sea Air.'

'Dan sta ik klaar.'

'Oké, tot dan. Maar Toby...'

'Nou?'

'Niet proberen hier iets van te maken, goed?'

'Nee,' loog ik. 'Natuurlijk niet.'

Onderweg naar de schouwburg at ik iets in een eetcafé, maar onthield me nobel van alcohol. Bij aankomst had ik de indruk dat ik er een stuk vrolijker uitzag dan Jocasta of Fred, de twee andere leden van de cast die regelmatig naar voren werden geschoven voor gesprekken met de pers. (Al eerder tijdens de tournee had ik maatregelen genomen om te voorkomen dat Donahue met journalisten zou spreken.) Het was de laatste keer dat we het moesten doen, maar er klonk weinig eindeseizoenvrolijkheid door in onze verklaringen tegenover de allesbehalve dynamische vertegenwoordigers van de plaatselijke pers die door Brian Sallis in de aula waren bijeengebracht.

Fred maakte zijn afgezaagde grapjes. Dat doet hij min of meer automatisch en droomt ondertussen natuurlijk van een soapcontract voor de tv. Jocasta verklaarde met haar dapperste gezicht – en een dapperder gezicht ken ik niet – hoe heerlijk ze het vond om weer eens in Brighton te zijn. Ik herinner me dat ze vrijwel hetzelfde heeft gezegd over Guildford, Plymouth, Bath, Malvern, Nottingham, Norwich, Sheffield, Newcastle en Poole. Het was duidelijk dat ze er beiden van opkeken toen ik opeens de nieuwe vraag opwierp of Elliotts gebarsten relaties soms een weerspiegeling waren van Ortons eigen familiegeschiedenis. Ik betwijfel of het de krant haalt, maar wat geeft dat? Vreemd genoeg voelde ik de behoefte om het te zeggen.

'Zeker bij je psychiater geweest gisteren, hè Toby?' informeerde Fred naderhand bij een kop thee. 'Het is een beetje laat om op de freudiaanse toer te gaan.'

'Ik wilde alleen de veranderingen inluiden,' antwoordde ik.

'Luid kassagerinkel is het enige wat Leo ervan zou hebben weerhouden om er een punt achter te zetten. En dat hebben we niet gehoord. Dus heeft het geen zin om nu nog eens met het scenario te gaan rommelen.'

'Ik kan er niets aan doen,' zei ik schouderophalend. 'Ik ben nu eenmaal kunstenaar.' Waarop Fred alleen maar hard moest lachen.

Terwijl ik beledigingen uitwisselde met Fred, werd er een briefje in mijn handen gedrukt. Ik nam niet de moeite om het te lezen voordat ik mijn kleedkamer indook om naar de wc te gaan voor het begin van de technische repetitie. De inhoud was zacht gezegd een verrassing. *Bel Jenny alsjeblieft. Dringend.* Ik belde direct.

'Hallo.' Zelfs die twee lettergrepen verrieden een tastbare spanning.

'Met mij, Jenny.'

'Waar ben jij in godsnaam mee bezig, Toby?'

'Hoe bedoel je?'

'Je had gezegd dat... Oswin of hoe hij ook mag heten... me niet meer lastig zou vallen.'

'Dat klopt.'

'Nou, het tegendeel is het geval. Hij zit daar weer. Hij monopoliseert nog steeds een kruk in de Rendezvous en staart naar de overkant. Naar míj.'

'Dat kan niet.'

'Jawel hoor. Hij zit er al de hele middag.'

'Dat is onmogelijk. Hij heeft me bezworen...'

'Hij zít daar, Toby. Ik geef je mijn woord. Zoals ik jou op je woord heb geloofd, alleen ben ik er niets mee opgeschoten.'

Even was ik te verbijsterd om iets uit te brengen. Wat voor spelletje speelde Derek Oswin? Hij had volkomen oprecht geklonken toen hij beloofde Jenny met rust te zullen laten. En zo snel zijn belofte verbreken was dubbel gestoord.

'Wat moet ik nu doen?' snauwde Jenny.

'Laat het maar aan mij over. Ik zal...'

'Aan jóu overlaten?'

'De technische repetitie begint over een kwartier. Daarna kan ik pas weg. Ik ga wel weer naar zijn huis. Om te horen wat de moeilijkheid is.'

'Ik dacht dat je dat al had gedaan.'

'Blijkbaar niet. Maar hij naait me niet nog een keer een oor aan. Daar kun je op rekenen.'

'Kan ik dat?'

'Ja, dat kun je, Jenny.' Ik trok een grimas in de spiegel van de kaptafel. 'Ik laat je niet in de steek.'

Van de technische repetitie staat me nog maar heel weinig bij. Ik probeerde vergeefs Derek Oswins duivelse drijfveren te ontrafelen. De praktische zaken van het podium hadden opeens niets meer te betekenen. Martin Donahue maakte een grapje over het feit dat ik een paar verbeteringen in petto had, als mosterd na de maaltijd. Fred had kennelijk iets gezegd over mijn commentaar tegen de media, maar daar was ik helemaal niet mee bezig. Ik had helemaal geen suggesties, behalve dat we zo gauw mogelijk klaar zouden zijn. En daartegen had niemand bezwaar. Binnen een uur was het gebeurd.

Naderhand liep ik meteen naar de toneeluitgang en vroeg me af of ik eerst naar de Rendezvous moest alvorens Oswins thuisadres te proberen. Maar de vraag was amper gerezen of hij was al beantwoord. Tijdens de repetitie was er een brief bij de portier afgegeven. 'Van een knaap in een duffelse jas.' Oswin was me nog steeds minstens één stap voor.

Ik liep naar buiten, Bond Street in, scheurde de envelop open en las het briefje dat erin zat. Het was geschreven met een balpen en het handschrift was klein en precies.

Beste meneer Flood,
Het spijt me dat ik u vandaag heb misleid. Ik had niet verwacht dat u zo snel contact met me zou zoeken. Ik was niet goed voorbereid. Ik heb u niet de hele waarheid verteld. Nu moet dat wel, vind ik. Het betreft meneer Colborn. Dus als u wilt weten waar het om gaat, kom dan vanavond om acht uur naar het spoorweg-viaduct over Hollingdean Road. Ik besef dat het een heel ongelegen tijdstip voor u is, maar ik vind dat ik een offertje van u mag vragen als bewijs van goed vertrouwen. Ik zal er zijn. U ook, hoop ik. Dat zou het beste zijn. U krijgt geen tweede kans om te horen wat dit allemaal te betekenen heeft. En als u de gelegenheid laat lopen, zult u daar spijt van krijgen, neem dat maar van mij aan. Ik verheug me erop u straks weer te zien.
Hoogachtend,
Derek Oswin

Gistermiddag had ik nog nooit van Derek Oswin gehoord. Nu, zes uur na onze kennismaking, wilde hij me al naar zijn pijpen laten dansen. Binnensmonds vervloekte ik hem hartgrondig toen ik door de drukke North Street de kant van het Sea Air op liep en worstelde met het vraagstuk hoe ik op zijn boodschap moest reageren.

Hij zat natuurlijk niet in de Rendezvous, al was die nog open. Thuis zou ik hem ook niet treffen. Hij zou er wel voor zorgen dat ik geen kans kreeg om hem voor het door hem vastgestelde tijdstip van 20.00 uur te spreken. En wilde ik hem op dat tijdstip spreken, dan moest ik me aan de voorstelling onttrekken, want die begon om 19.45 uur. Dat was het blijk van goed vertrouwen dat hij had bepaald, om zijn curieuze formulering te gebruiken. Mijn gezonde verstand zei dat ik me niet door hem moest laten ontbieden. Beroepstrots zette daar nog eens een streep onder. Maar in zijn laatste regels school zonder meer iets dreigends. Het zou me bezuren als ik niet kwam opdagen. Dat stond vast. En alleen hij wist de aard van de tol.

Het Sea Air bereikte ik uiteindelijk niet. Ik maakte rechtsomkeert naar Bond Street en hing wat rond aan de overkant van de toneeluitgang. Toen ik vertrok, had Brian nog gerepeteerd met de invallers, maar volgens mij zou dat niet lang duren. De laatste week van een tournee die Londen niet zou halen, is geen tijdstip om meer dan het minimum te doen. En ja hoor, ik had er nog geen tien minuten gewacht toen Denis Maple met Glenys Williams naar buiten kwam.

Ik holde naar de overkant en haalde hen voor de hoek in. Ze keken er terecht van op om me te zien.

'Hallo, Toby,' zei Glenys. 'Wat is er?'

'Niets,' zei ik. 'Kan ik jou even spreken, Denis?'

'Ja, hoor,' fronste Denis.

'Ik ben gevoelig voor stille wenken,' zei Glenys. 'Tot straks dan maar.'

Ze verwijderde zich gehoorzaam. Denis had nog steeds een frons op zijn voorhoofd. 'Zullen we even naar binnen gaan?' vroeg hij met een hoofdbeweging naar de toneelingang.

'Nee. Zullen we ergens iets gaan drinken?'

'Is dat wel verstandig?'

'O, ja.' Onder normale omstandigheden zou drank vlak voor de voorstelling heel onverstandig zijn. Maar dit waren geen normale omstandigheden. Integendeel. 'Beslist.'

Ik loodste de verbaasde Denis naar een jongerencafé in North Laine, waar de anonimiteit voor een stel acteurs van middelbare leeftijd min of meer gegarandeerd was. Denis werkt zich na hartproblemen langzaam weer het toneel op, en ik was me er terdege van bewust dat hij niet op de stress zat te wachten die ik op zijn bord ging leggen. Het minste wat ik kon doen was hem de kans geven om aan het idee te wennen dat vanavond niet hetzelfde zou zijn als alle andere avonden van de tournee.

Ik bestelde whisky en haalde hem over mijn voorbeeld te volgen. Daarna ploften we zo ver mogelijk van de dichtstbijzijnde rock tetterende luidspreker neer, en dat was niet ver.

'Zit je ergens mee, Tony?' moedigde Denis me aan.

'Ja.' Ik nam een slok whisky en viel met de deur in huis. 'Jij speelt vanavond James Elliott.'

'Wat?'

'Jij gaat voor me invallen, Denis.'

'Hoezo?'

'Precies zoals ik het zeg. Ik ben er niet.'

'Maar... er is toch niets mis met je?'

'Ik moet ergens anders zijn.' Ik zou gefluisterd hebben, maar de muur van kabaal zorgde ervoor dat we schreeuwend moesten converseren.

'Geef je er de brui aan?'

'Alleen vanavond. Morgen heb ik weer gewoon dienst.'

'Dat meen je niet.'

'Jawel, ik meen het serieus, Denis. Jij mag op.'

Hij keek me een ogenblik aan, zei 'Godverju' en sloeg het grootste deel van zijn whisky in één teug achterover.

'Nog een?'

'Beter van niet als ik vanavond op moet.' Hij dacht even na en zei toen: 'Toch maar liever wel,' en stak zijn glas uit. 'Niets voor jou om te spijbelen. Toby.'

'Ik heb geen keus.'

'Wil je me dat uitleggen?'

'Kan ik niet.'

'Ga je je ziek melden?'

'Nee. Brian zou sneller in het Sea Air zijn dan jij een Lemsip kunt inschenken. En daar zou hij me niet vinden. Dus vroeg ik me af of...'

'Wil je dat ík het ze vertel?'

'Zou je dat willen doen?'

'Godverju.' Denis trok een gekweld gezicht. 'Wat moet ik zeggen?'

'Precies wat er is gebeurd.'

'Dat zal niet lekker vallen.'

'Ik denk het ook niet.'

'Dat krijgt Leo te horen.'

'Natuurlijk.'

'Dat zal een minpunt voor je zijn.'

'Niet het eerste.'

'Maar toch...' Denis en ik hebben met elkaar samengewerkt in een aantal afleveringen van *Long Odds*. We kenden elkaar goed genoeg om aan een half woord genoeg te hebben. De consequenties van mijn afwezigheid zouden natuurlijk ongemakkelijk zijn, maar gezien de ernstig beperkte toekomst van *Lodger in the Throat* zou het daar wel bij blijven. Meer dan een geringe hoeveelheid plaatselijk ongemak hadden we geen van beiden te verwachten. 'Je weet toch wel wat je doet, hè Toby?'

'Ik denk het wel.' Ik glimlachte. 'Bovendien zul je ze verpletteren, Denis.'

Toen Denis en ik afscheid namen, had ik nog ruim een uur te gaan voor ik Derek Oswin zou ontmoeten. Ik liep naar de boulevard en staarde uit over zee. Ik had nog van gedachten kunnen veranderen. Dat deed ik eigenlijk ook – meer dan eens zelfs – toen ik nadacht over de gevolgen van wat ik ging doen. Leo zou me als producer de wind van voren geven. En ik kon er amper iets tegen inbrengen. De voorstelling in de steek laten was een grove nalatigheid voor een acteur, al was het maar één avond. Een deel van me vond het al verschrikkelijk dat ik het overwoog.

Maar wat deed het er uiteindelijk toe? Ze kunnen zeggen wat ze willen. Ze kunnen me zelfs korten op mijn gage als ze dat willen. Het stuk is toch verloren. Dat weten we allemaal. Terwijl mijn rendez-vous met Derek Oswin...

Eensklaps besefte ik dat ik misschien helemaal niet hoefde te kiezen. Ik holde het grootste stuk naar de standplaats in East Street en sprong buiten adem in een taxi. Tien minuten later waren we in Viaduct Road. Ik liet de chauffeur wachten, holde naar de voordeur van nummer 77 en hamerde erop met de klopper.

Er kwam natuurlijk geen reactie, en er brandde ook geen licht.

Zoiets had ik eigenlijk wel verwacht, maar het was de moeite van een poging waard geweest voor het geval Oswin wel thuis was. Ik gokte erop dat hij al op de afgesproken plek op me wachtte. Ik sprong weer in de taxi en noemde de naam van die plek als volgende halte.

Hollingdean Road is een van de ledematen van de 'Vogue Gyrotary' zoals de chauffeur het ingewikkelde knooppunt van doorgangswegen in de buurt van het warenhuis Sainsbury aan Lewes Road noemde. Hij stopte vlak voor de spoorbrug op de oprit van een tweedehandsautohandel, en ik zei dat hij weer moest wachten. De kubistische skyline van een modern industriegebied torende boven me uit toen ik bij de oude bakstenen overspanning uitstapte. Je zou zeggen dat Brighton alleen maar bestaat uit een pier en theaters, en wat mij betreft hoeven daar geen vraagtekens bij, maar Oswin had me naar een heel wat grauwer en grimmiger deel van Brighton gelokt. Ik kon alleen maar hopen dat ik er weer als een haas vandoor kon.

Ik haastte me naar de brug en keek op mijn horloge. Het was inmiddels zeven uur geweest. Het *point of no return* kwam rapper naderbij dan ik had gedacht. Aan de overkant boog de weg scherp af naar rechts en een toegangsweg voerde rechtstreeks naar een halfverlicht complex van depots en fabrieken. Daarbovenuit torenden in het westen twee kale flatgebouwen. Ik keek om me heen. Oswin was nergens te bekennen.

Er ging een minuut voorbij. En nog een paar ogenblikken. Toen wist ik het. Oswin zou niet te vroeg zijn. Ik zou hem niet te slim af zijn. De voorwaarden die hij had gesteld waren alles of niets. Ik liep weer naar de taxi.

'Waar nu heen?' vroeg de chauffeur toen ik het portier opentrok en naast hem plofte.

Ik keer weer op mijn horloge. Het was 19.05 uur. Ik kon nog steeds om tien over zeven in de schouwburg zijn, zo'n beetje het laatste aanvaardbare tijdstip voor de cast om te verschijnen. In professioneel opzicht en voorzichtigheidshalve zou ik dat moeten doen. Het was bezopen om me door Oswin te laten ringeloren. Dat hoefde niet. Dat wilde ik ook niet. En toch... *U krijgt geen tweede kans om te horen wat dit allemaal te betekenen heeft.*

'Terug naar het centrum?' informeerde de chauffeur.

'Ja,' zei ik zacht. 'Doe maar.'

Hij reed de weg op en vervolgens achteruit de poort weer in om te keren en dezelfde weg terug te nemen. Ik moest denken aan Jenny en het ware karakter van de kans die Oswin mij misschien bood.

'Nee,' zei ik opeens. 'Ik heb me bedacht. Ik blijf hier.'

Om tien voor halfacht moest Denis het nieuws hebben aangekondigd. Jocasta en Elsa zouden zich misschien zorgen maken over me. Freds reactie zou naar sarcasme neigen. Brian zou ongelovig en stomverbaasd reageren. Maar hij zou er wel aan moeten. En wat Donahue misschien zou zeggen...

Om twintig minuten voor acht zou Brian zijn vruchteloze pogingen om me via mijn mobiel of in het Sea Air te bereiken staken en toestemming geven voor een aankondiging voor het publiek. *In de voorstelling van vanavond zal de rol van James Elliott worden vertolkt door Denis Maple.*

Om kwart voor acht, toen het doek opging, stond ik onder de spoorbrug over Hollingdean Road te kijken en te wachten. In stilte wenste ik Denis geluk, en mezelf ook.

'Meneer Flood?' Ik hoorde Oswin roepen voordat ik hem uit de schaduwen van de toegangsweg zag glippen. 'Hier ben ik.' Het was klokslag acht uur.

Ik liep naar hem toe. Zijn gezicht was een bleek masker door het natriumlicht. Op dat moment koesterde ik geen twijfel meer dat ik een krankzinnige voor me had. Maar ik wist al dat hij aan een heel vreemd soort krankzinnigheid leed. Die had bijna iets van een alternatieve geestelijke gezondheid.

'Bedankt dat u bent gekomen,' zei hij.

'Je hebt me weinig keus gelaten.'

'U had ook uw contract met Leo S. Gauntlett Productions kunnen eerbiedigen. Net zoals ik me aan mijn belofte om mevrouw Flood met rust te laten had kunnen houden.'

'Waarom heb je dat dan niet gedaan, verdomme?'

'Dat heb ik in de brief uitgelegd. U had me overdonderd. Ik...
was in paniek.'

'Is dat nog zo?'

'Een beetje. Ik dacht dat u misschien... boos zou zijn.'

'Dat zal ik ook worden.' Ik deed een stap dichterbij en keek hem
recht in de ogen. 'Als je me niet als de donder vertelt wat dit allemaal te betekenen heeft.'

'O, dat ga ik doen. Natuurlijk, meneer Flood. Het hele verhaal.'

'Om te beginnen: wat doen we hier?'

'Vroeger heb ik hier in de buurt gewerkt. Net als mijn vader. En
diens vader. Wij hebben allemaal in onze tijd voor de Colborns
gewerkt.'

'Wat deden jullie?'

'Wat ons werd opgedragen. Ik zal u de plek laten zien.' Hij ging
me voor, een flauwe helling op, en ik ging naast hem lopen. 'Dat is
de groothandelsmarkt voor vleeswaren,' zei hij, wijzend op een
lang, laag gebouw aan onze rechterhand, dat langzaam maar zeker rechts onder ons kwam te liggen. 'En dat is het depot van de
technische dienst van de gemeente.' Hij wees op een grauw, on-
regelmatig gebouw links. 'Hier was vroeger de ingang van de NV
Colbonite.'

Waar ging dit allemaal in hemelsnaam om? vroeg ik me af. We
waren inmiddels bij een gaashek met een hangslot, dat de toegang
afsloot tot een terrein van schuren met schuine daken, vervallen
werkplaatsen en binnenplaatsen vol troep. Ik staarde langs Oswin
naar het donkere, troosteloze terrein en zag niets wat me ook
maar het geringste zei.

'Het fabrieksterrein besloeg het hele gebied tussen deze plek en
de spoorlijn,' vervolgde hij. 'Vroeger was er een zijspoor naar een
van de loodsen. Tegen de tijd dat ik begon, meteen na school in
1976, was hij al in onbruik geraakt. Mijn hoge cijfers kwamen me
niet zo van pas bij Colbonite, maar mijn vader vond dat ik... mijn
steentje bij moest dragen.'

'Wat deed Colbonite?'

'Ze produceerden dingen, meneer Flood. Alle mogelijke dingen
van plastic. Keukengerei. Tuinmeubilair, radio- en tv-kasten. En
dozen. Erg veel dozen. De overgrootvader van meneer Colborn

heeft de zaak in 1883 opgericht. En honderdzes jaar later heeft zijn vader de zaak gesloten. Sindsdien heb ik geen vast werk meer gehad. Ik heb er dertien jaar gewerkt en dertien jaar geleden voor het laatst.'

'Nou, ik...'

'Het ziet er niet zo indrukwekkend uit, hè?'

'Nee, maar...'

'Waarom zou het ook? Dat is wat u denkt. Bedrijven komen en bedrijven gaan. Net als de kostwinning. Nou en? Wie kan het wat schelen?'

'Jou blijkbaar wel, Derek.'

Hij keek me in het donker van opzij aan. Ik kon niet zien wat voor uitdrukking hij op zijn gezicht had, als daar überhaupt sprake van was. Het verkeer raasde onder de brug achter ons door. Ergens blafte een hond. De wind rammelde aan een golfplaten dak aan de andere kant van wat ooit het fabrieksterrein van de NV Colbonite was geweest.

'Kun je ter zake komen?' vroeg ik. Ik had moeite om het ongeduld uit m'n stem te houden.

'Ja. Sorry. Zullen we doorlopen?'

'Waarheen?'

'Terug naar Viaduct Road. De weg naar huis die ik dertien jaar lang iedere dag heb gelopen.'

Het weggetje boog scherp af naar links en steeg tussen een hoge muur aan de ene kant en het terrein van Colbonite aan de andere kant door. Er was geen sterveling te bekennen. Wat bezielde me eigenlijk om door zo'n gribus te wandelen met een borderliner als gezelschap, terwijl ik eigenlijk op het toneel van het Theatre Royal had moeten staan? Tot nu toe was ik niets wijzer geworden, behalve wat ongevraagde en ongewenste informatie over zijn enige periode van vast werk. Hij had voor de Colborns gewerkt. En nu deed hij dat niet meer. Zoals hijzelf al had gezegd: nou en?

'Sinds mijn ouders zijn overleden,' vervolgde hij, 'heb ik een heleboel vrije tijd gehad. Te veel, denk ik. Als je op jezelf woont, krijg je... vaste gewoonten.'

Dat was een feit. Maar je hebt gewoonten... en de gewoonten van Derek Oswin. 'Je zei dat je ter zake zou komen.'

'Dat doe ik ook, meneer Flood. Dat doe ik. Colborn is waar het om draait. Ik heb zijn geschiedenis bestudeerd, ziet u. Daar ben ik inmiddels in gespecialiseerd.'

'O, ja?'

'Ik weet er waarschijnlijk meer van dan meneer Colborn zelf. Wilt u iets over meneer Colborn horen? Ik bedoel Colborn junior? Vast wel. Is hij mevrouw Flood waard? Die vraag moet u zich ook heb gesteld.'

'Wat vind jij?'

'Ik vind van niet. Hij heeft een… verraderlijk karakter.'

'Maar het was zijn vader die de zaak heeft gesloten.'

'Onder druk van zijn zoon. Roger Colborn wilde de zaak sluiten vanaf het moment dat hij erbij betrokken raakte. Colbonite had het patent op een kostbaar verfprocédé. Hij vond het lucratiever om te verkopen dan ons aan het werk te houden. Waarschijnlijk had hij gelijk.'

'Vind je dat verraderlijk?'

'Dat vind ik inderdaad. De arbeiders hebben geen cent gezien van het geld waarvoor Colborn het patent heeft verkocht. Het enige wat ze hebben gekregen was… ontslag.'

'Niettemin…'

'En dat was niet het enige. Lang niet. Dus besloot ik mijn grote hoeveelheid vrije tijd nuttig te besteden. Ik heb een gedetailleerde geschiedenis van Colborn samengesteld. En ik heb het hele verhaal opgeschreven. Van a tot z.'

Het weggetje had inmiddels weer een bocht gemaakt, en nu waren we bij een drukke weg die naar het centrum voerde. Heel in de verte was een fel verlichte tanker te zien die zich over de zwarte wig van de zee bewoog. We liepen heuvelafwaarts die kant op.

'Dit is Ditchling Road,' zei Derek. Van hier heb je direct zicht op St. Peter's Church en de Palace Pier. Dat is altijd een prachtig uitzicht geweest om mee naar huis te lopen.'

'Dat zal het zeker, maar…'

'Ik wil de geschiedenis publiceren, meneer Flood. Daar gaat het om. Ik kan de gedachte niet verdragen dat ik al die moeite voor niets heb gedaan. Ik heb meneer Colborn om steun gevraagd. Daar heeft hij vast wel de juiste connecties voor. Of hij kan de publicatie zelf financieren. Dat kan hij zich best veroorloven. Maar hij piekert er niet over. Natuurlijk is niet alles wat er in staat... even vleiend voor hem, maar het is wel de waarheid. Komt het daar niet op aan?'

'Als het goed is wel, Derek.'

'Niet de hele waarheid, natuurlijk. Dat kan ik niet beweren. Er zijn dingen die ik weet, dingen die meneer Colborn weet, die er niet in staan. Dat zou hij beseffen als hij het zou lezen.'

'Maar heeft hij dat dan niet gedaan?'

'Ik denk het niet. Ik heb hem een kopie gestuurd. Meer dan een, in feite. Ik dacht dat hij de eerste misschien was kwijtgeraakt. Hij reageert niet op mijn boodschappen. Daarom probeer ik zijn aandacht op andere manieren te trekken.'

Roger Colborn had dus gelogen. Hij kent Derek Oswin. Vermoedelijk kent hij hem maar al te goed. De leugen stelt natuurlijk niets voor. Waarom zou je je verloofde met zo'n verhaal opzadelen? Een halvegare van een oud-werknemer, die een ongetwijfeld onleesbare bedrijfsgeschiedenis heeft geschreven en nu wil dat jij die laat publiceren, is iemand die iedereen met recht uit zijn kennissenkring zou weren. En de sluiting van Colborn plus de verkoop van een patent zou in de ogen van veel mensen gewoon goed zakendoen zijn. Weliswaar hard, maar niet per se onmenselijk.

'Het is me duidelijk geworden dat mijn moeite voor niets is geweest, wat betreft meneer Colborn,' zei Derek.

'Dat kan best.'

'Ik heb hogere verwachtingen van u, meneer Flood.'

'Echt?'

'Uw agent Moira Jennings vertegenwoordigt niet alleen acteurs, maar ook schrijvers.'

'Hoe weet je wie mijn agent is?'

'Het was niet zo moeilijk om daarachter te komen. Je kunt een heleboel dingen te weten komen, als je maar de tijd hebt.'

'Je wilt dat ik je geschiedenis van Colborn gepubliceerd krijg?'

'Hij heet *De mannen van plastic*. Wat vindt u van de titel?'

'Niet slecht. Maar...'

'Hoe dan ook, ik verwacht geen wonderen van u, meneer Flood. Ik wil gewoon dat het boek... serieuze aandacht krijgt. Als het commercieel niet haalbaar wordt geacht, zal ik dat aanvaarden.'

'O, ja?' Dereks plotselinge realisme had me van m'n stuk gebracht.

'Ik zal wel moeten.'

'Ja, nou ja, je...'

'Zou u mevrouw Jennings willen vragen er een blik op te werpen?'

'Misschien.' Ik bleef staan. Derek liep nog een stukje door en draaide zich om. 'Op één voorwaarde.'

'Ik beloof dat ik mevrouw Flood niet meer lastig zal vallen.'

'Dat heb je al eerder beloofd.'

'Ja. Dat spijt me. Ik zal mijn woord niet nogmaals breken.'

'Hoe kan ik dat zeker weten?'

'Omdat ik me niet aan mijn belofte heb gehouden en u heb verplicht uw optreden van vanavond over te slaan; om een heel speciale reden. Dat was om u te helpen.'

'Míj te helpen?'

'Ja zeker.'

'Hoe kom je daar in godsnaam bij?'

'Kunt u dat niet raden?'

'Nee, Derek.'

'Dan kan ik het maar beter uitleggen.'

'Ja, inderdaad.'

'Het is een tikje... delicaat.'

'Ik kan er vast wel tegen.'

'Ik bedoel... Waarom gaan we niet terug naar mijn huis om het te bespreken? Dan kan ik een kopje... chocola maken.'

Sommige aanbiedingen zijn te mooi om af te slaan. Chocolademelk drinken met Derek Oswin hoort daar niet bij. Maar weldra zaten we daar in zijn keurige huiskamer met twee dampende bekers en een bordje mariakaakjes tussen ons in. Hij had kennelijk inkopen gedaan na mijn bezoek eerder op de dag.

'Dit kan maar beter de moeite waard zijn, Derek.'

'Maakt u zich geen zorgen, meneer Flood. Dit is cacao van Cadbury. Niet een of ander supermarktspul.'

De man maakte grapjes. Geen beste. En niet vaak. Maar een

beetje humor is waarschijnlijk beter dan niets. Het mijne neigde naar melancholie, omdat we inmiddels in de pauze van het Theatre Royal zaten.

'Ik heb onze afspraak niet zo geregeld om uw ernst op de proef te stellen,' vervolgde hij met een dun glimlachje. 'Ik twijfelde er niet aan dat u alles zou doen om uw vrouw te helpen.'

'Waarom dan?'

'Nou ja, wat is er gebeurd nadat ik vanmiddag naar de Rendez-vous ben gegaan?'

'Zij heeft me gebeld.'

'En wat gebeurt er nu we elkaar weer hebben gesproken?'

'Dat valt nog te bezien.'

'Maar u laat haar natuurlijk de uitkomst weten, hè?'

'Ja,' knikte ik behoedzaam.

'En daarvoor heeft u uw medeacteurs laten zitten en de woede van de heer Leo S. Gauntlett opgewekt.'

'Ik ben blij dat je dat inziet.'

'Dat doe ik. En mevrouw Flood zal het ook inzien, nietwaar?' Zijn glimlach ontspande. 'Begrijpt u wel? Ik heb ervoor gezorgd dat ze nog meer bij u in het krijt staat. Ik heb het eenvoudiger voor u gemaakt om haar... terug te winnen.'

'Niet te geloven,' zei ik. Maar ik geloofde het wel. Derek Oswin, de onwaarschijnlijkste koppelaar van heel Brighton, had besloten Roger Colborn op alle manieren die hij kon bedenken te straffen omdat hij geen belangstelling had voor zijn manuscript.

'Ik wil uw vrouw geen kwaad doen, meneer Flood. Helemaal niet. Maar... als u haar de indruk wilt geven dat ik dat wel wil... teneinde meer tijd met haar door te kunnen brengen...' Hij tuitte zijn lippen en keek me vriendelijk aan. 'Daar zou ik niets op tegen hebben.'

Ik nam zuchtend een slok chocola. Je kon makkelijk kwaad op die man worden, maar het was moeilijk om het te blijven. 'Gebroken huwelijken zijn niet zo makkelijk te herstellen, Derek. Echt niet.'

'Dat weet je niet voordat je het probeert.'

'Oké. Maar luister...' Ik stak mijn wijsvinger naar hem uit. 'Van nu af aan laat je het mij al dan niet proberen zoals ík dat wil. Begrepen?'

'Absoluut.'

'Je bemoeit je er niet meer mee.'

'Mevrouw Flood zal mij niet meer zien tenzij we elkaar op straat passeren. Ik ga niet meer naar de Rendezvous. Ik zal zelfs niet meer voorbij Brimmers lopen.'

'Daar hou ik je aan.'

'Natuurlijk.'

'Ik kan mijn agente vragen je boek te overwegen, maar ik kan haar ook vragen het niet te overwegen.'

'Dat begrijp ik, meneer Flood.'

'Goed. Geef het maar.'

Hij sprong op, opeens gretig. 'Ik heb vanmiddag een kopie voor u gemaakt. Wacht maar even, dan ga ik het halen.'

Hij ging de kamer uit en naar boven. Ik nam nog een slok chocola en draaide me om voor een blik op de boekenkast die vlak achter me stond. Ik herkende de Kuifje-boeken van mijn gastheer aan de rij smalle, rode ruggen. Het zag ernaar uit dat hij de complete serie had. Ik trok er een willekeurig exemplaar uit – *De zaak Zonnebloem* – en sloeg het open op de titelpagina, waarop naast een plaatje met voornoemde professor die over een landweggetje loopt, met vulpen was geschreven: *Voor onze liefste Derek, van mama en papa, Kerstmis 1967.*

'Bent u een liefhebber van Kuifje?' klonk het uit de deuropening. Ik draaide me om en zag Derek met het manuscript in zijn handen me vragend aankijken.

'Nee. Ik kijk alleen maar.' Ik sloeg *De zaak Zonnebloem* dicht en schoof hem weer tussen de andere.

'Dat is niet erg.' Maar het klonk wel erg. Hij klonk een beetje gespannen. Hij keek langs me heen naar de rij boeken. Hij liet het manuscript met een plof op tafel vallen, liep om mijn stoel en haalde *De zaak Zonnebloem* voorzichtig van de plank. Daarna duwde hij twee andere exemplaren uiteen met zijn tong uit de mond van concentratie en duwde het ertussen. 'Ze stonden niet meer op volgorde, meneer Flood. *De zaak Zonnebloem* is nummer achttien.'

'Aha. Ik snap het.'

'Volgorde is belangrijk, vindt u niet?'

'Ja. Waarschijnlijk wel. Tot op zekere hoogte.'

'Maar waar ligt die hoogte precies? Dat is de vraag.'

'En wat is het antwoord?'

'Dat moeten we allemaal voor onszelf uitmaken.' Hij richtte zich op en liep weer terug. 'En daarna moeten we het bewaren. En zo nodig verdedigen.'

'Dus dit is *De mannen van plastic*,' zei ik. Ik bukte me om het manuscript te bekijken, blij om het over een ander onderwerp te hebben, al wist ik niet goed wat het vorige onderwerp was geweest.

'Ja, dat is het.'

Het manuscript zag er niet zo lijvig uit als ik had gevreesd. Dus geen epos van duizend pagina's, waar ik blij om was, al zou het alleen maar zijn voor Moira. Maar het was met de hand geschreven, te oordelen naar de bovenste bladzijde, waarop stond: DE MAN-NEN VAN PLASTIC, *de geschiedenis van de* NV *Colbonite en zijn Werknemers, door Derek Oswin.* In een rechthoek in het midden van de pagina waren sporen van regels. Toen ik doorbladerde, zag ik dat alle pagina's hetzelfde waren. Derek had het boek op A5-formaat met vage regels geschreven, zodat de woorden door het fotokopiëren tussen brede, witte kantlijnen waren geïsoleerd. Niet bepaald een conventionele presentatie.

'Gaat u het zelf lezen, meneer Flood, of stuurt u het rechtstreeks naar uw agent?'

'Je wilt vermoedelijk zo snel mogelijk antwoord.'

'Nou ja, inderdaad.'

'Dan kan ik het maar het beste meteen opsturen.' Dat had ik mooi bedacht, vond ik. Moira moest het maar door iemand laten doornemen. Dat was tenslotte haar werk. 'Op die manier heb je waarschijnlijk voor Kerstmis een reactie.'

'O, mooi. Dat zou prachtig zijn.'

'Ik kan haar alleen maar om een eerlijk oordeel vragen, Derek. Je weet toch wat dat betekent, hè?'

'Dat ze het misschien weigert. O, ja. Dat is vrij duidelijk. En wel zo eerlijk. Meer vraag ik ook niet.'

'Als ze nee zegt, wil ik niet horen dat je je gezicht weer in de Rendezvous laat zien.'

'Dat zal niet gebeuren.'

'Dat zal je geraden zijn, Derek. Geloof me maar.'

'Dat doe ik, meneer Flood. Echt.' Hij keek zo berouwvol dat ik er week van werd, sentimentele gek die ik ben.

'Ik weet dat je vanmiddag het beste met me voor had, en ik ben je dankbaar voor je zorgen. Maar het blijft stom. Het mag niet meer gebeuren.'

'Nee.' Hij glimlachte, waarschijnlijk in een poging me gerust te stellen. 'Dat garandeer ik u.'

'Mooi.'

'Hoewel...'

'Wat?'

'Ik vroeg me alleen af...'

'Nou?'

'Wanneer bent u van plan uw vrouw weer te spreken?'

'Dat gaat je niets aan.'

'Nee, natuurlijk niet. Maar als ik iets kan doen...' Hij glimlachte weer verlegen. 'Meneer Colborn is er momenteel niet, wist u dat?'

'Dat weet ik. Maar hoe weet jíj dat?' Domme vraag eigenlijk. Hoe komt hij überhaupt aan al zijn informatie?

'Ik, eh... Ik leg mijn oor te luisteren. Hoe dan ook, het kwam me voor... dat u misschien een bezoekje zou willen brengen aan... Wickhurst Manor. Meneer Colborn is er toch niet.'

'Dat lijkt me geen goed idee.'

'Nee? Nou, dat is aan u, meneer Flood, helemaal aan u.'

'Inderdaad.'

'Ik noem het Kasteel Molensloot.' Hij stiet weer zo'n hinnikend lachje uit. 'Maar als je geen Kuifje-fan bent...'

'Daar woont Kuifje in die boeken. Dat weet ik nog wel, Derek.'

'Ja, goed zo. Eigenlijk is het kasteel van kapitein Haddock en wonen Kuifje en professor Zonnebloem bij hem in. Maar dat is niet altijd zo geweest. Oorspronkelijk was het van de corrupte antiquair Max Vogel. In *Het geheim van de eenhoorn*...' Hij zweeg en werd rood. 'Sorry. Dat interesseert u allemaal niet. Hoewel er wel een merkwaardige toevalligheid is. Meneer Colborn leidt zijn zaak vanuit Wickhurst Manor. Net zoals Max Vogel de zijne vanuit Molensloot dreef. En ze hebben allebei de gewoonte om het meest voor de hand liggende over het hoofd te zien.'

Dat leek me helemaal niet toevallig, al zou het zo zijn, maar ik hield het beleefdheidshalve maar voor me. Ik maakte aanstalten om op te staan. 'Goed, ik kan nu maar beter...'

'Wilt u foto's van het huis zien?'

'Van Wickhurst Manor?'

'Ja.'

Ik had het aanbod van de hand moeten slaan, maar ik hoorde mezelf 'Oké' zeggen.

'Het duurt niet lang.' Hij ging weer de kamer uit en de trap op.

Ik keek naar Dereks gekoesterde manuscript. De geschiedenis van een ter ziele gegane plasticfabriek. Mijn god! Ik sloeg de titel-pagina om. Derek had tot mijn verbazing een soort motto ge-schreven, een parafrasering van het begin van een gedicht van T. S. Elliott, *The Hollow Men*:

> We are the plastic men
> We are the moulded men
> Leaning together
> Headpiece filled with polymer.

Ja, Moira zou razend enthousiast zijn volgens mij.

Toen kwam Derek weer terug met een fotomapje. Hij ging zit-ten en spreidde de inhoud behoedzaam uit naast het manuscript op tafel. Eén foto, had hij gezegd, maar in werkelijkheid had hij een heel rolletje van vierentwintig opnamen van een afstandje aan Wickhurst Manor opgeschoten.

Uit welke hoek je het ook bekijkt, het kolossale neo-Georgiaan-se huis van rode baksteen is absurd groot voor twee mensen. Het vierkante middenstuk heeft twee vleugels met erkers en een in-gang met een portaal dat bij de erkers past en uitsteekt over een geplaveid terras met potplanten. Aan de achterkant zijn ook vleu-gels. Een daarvan is verbonden met een gelijkvloerse uitbouw die iets omsluit wat op een moestuin lijkt. Achter is een groot gazon met bomen eromheen, voor ligt een kleiner grasveld dat wordt doorkliefd door een slingerende oprijlaan. Tegenover het huis aan de kant van de moestuin is een parkeerterrein. Op de meeste foto's staan tien à twaalf voertuigen.

De bomen waren vol in blad. Het zonlicht weerkaatste van de daken van de auto's en de crocketpoortjes op het gazon aan de achterkant. Dit was Wickhurst Manor in hoogzomer. Toen de fotograaf het makkelijkst dekking kon vinden, besefte ik.

'Ik heb de meeste foto's vanaf het overpad geschoten,' zei Derek. Zijn delicate gebruik van het woord 'meeste' ontging me niet. 'De grootvader van meneer Colborn heeft het in 1928 laten bouwen op de fundamenten van een middeleeuws landhuis. Tot die tijd had de familie in Brighton gewoond, in een van de villa's aan Preston Park Avenue. Het was duidelijk dat de zaken floreerden, al konden de salarissen bij Colbonite in die tijd niet lager zijn.'

'Wat doet Colborn nu?'

'Algemene investeringen. Hij goochelt met zijn geld om zoveel mogelijk te verdienen. En hij adviseert andere mensen op hetzelfde gebied. Vandaar het personeel. Het is een arbeidsintensief bedrijf. Meneer Colborn gelooft in het uitbenen van elk voordeel, hoe gering ook.'

'Misschien moet dat wel om dat huis in stand te houden.'

'Misschien wel.'

'Handig voor jou, dat overpad.'

'Dat is ook de bedoeling van overpaden. Ik vind dat ze gebruikt moeten worden.'

'Dat geloof ik best.'

'Het pad voert erheen vanaf Devil's Dyke, steekt Fulking Road over, loopt door de bossen bij Wickhurst en gaat vervolgens in noordwestelijke richting naar Henfield.'

'Het lijkt wel of je me de richting wijst, Derek.'

'Nou ja, als u ooit de richting wilt weten...'

'Dan vraag ik het wel.' Ik stond op. 'Nu moest ik maar eens gaan.'

'Goed.' Derek verzamelde de foto's en stopte ze weer in de map. 'Tussen haakjes...' Hij keek me aarzelend aan. 'Geldt uw aanbod van dat kaartje voor woensdag nog?'

Ik glimlachte. 'Natuurlijk. Behalve als jouw stunt van vandaag de directie ertoe heeft gebracht om mijn privileges in te trekken.'

'Jeetje.' Hij zette grote ogen op, waardoor zijn bril naar het midden van zijn neus zakte. 'Zou dat kunnen?'

'Een en ander in aanmerking genomen...' Ik veinsde onverschilligheid. 'Denk ik van niet.'

Ik verliet huize Oswin met *De mannen van plastic* in een boodschappentas van Sainsbury en had het laatste restje avond nog voor de boeg. De schouwburg zou weldra leeglopen. Brian Sallis had waarschijnlijk een stuk of tien boodschappen op mijn voicemail ingesproken en die wilde ik geen van alle horen. Ik had ook weinig zin om eerder dan nodig was naar het Sea Air terug te keren, waar me ongetwijfeld nog meer boodschappen wachtten. Ik ging een café halverwege London Road in om achter een glas whisky te bedenken wat me te doen stond. *Wanneer bent u van plan uw vrouw weer te spreken?* Had Derek gevraagd. Het was een goeie vraag, want ik wist dat ze zo gauw mogelijk wilde weten wat ik had bereikt. En er was maar één antwoord. Ik sloeg de whisky in één teug achterover en liep naar de taxistandplaats bij het station.

Een halfuur later bevond ik me in de killere, donkere wereld voorbij de heide en drukte ik op een knopje naast het roostertje van de intercom in een van de pilaren waartussen een hoog smeedijzeren spijlenhek hing, aan het begin van de oprijlaan van Wickhurst Manor.

Er klonk gesputter. Daarna hoorde ik Jenny's stem die nerveus 'Ja?' zei.

'Ik ben het, Jenny.'

'Toby?'

'Ja.'

'Wat doe jij hier?'

'Mag ik binnenkomen?'

'Waarom heb je niet gebeld?'

'Ik dacht dat je persoonlijk wilde horen wat ik te vertellen heb.'

'O, mijn god.' Er viel een stilte. Daarna zei ze: 'Nou ja, nu je hier toch bent...' Er klonk een zoemer en het hek zwaaide open.

Ik liep terug om af te rekenen met de taxichauffeur en vervolgens haastte ik me door het hek en liep de oprijlaan op.

Het geluid van de taxi verdween in de verte. Het enige wat ik daarna hoorde was het ruisen van de wind in de bomen en mijn eigen voetstappen op het asfalt van de oprijlaan. Ik liep om een haag van struikgewas en zag het licht van het huis op het grasveld. Vervolgens zag ik het huis zelf. In het helverlichte portaal stond een gestalte me op te wachten.

Jenny droeg een spijkerbroek en een sweater. Het was een schril contrast met het tenue waarin ik haar in Brimmers had gezien. Maar haar gezichtsuitdrukking was vrijwel hetzelfde, besefte ik toen ik naderbij kwam. Ze keek niet vriendelijk. Daarna blafte er een hond die aan haar zijde verscheen. Het was een geruststellend vreedzaam ogende labrador.

'Van jou of van Roger?' vroeg ik met een knikje naar de hond, die over het terras liep om me te begroeten.

'Oorspronkelijk van Rogers vader,' zei Jenny. 'Hier, Chester.' Chester trok zich gehoorzaam terug. 'Kom binnen.'

'Dank je.' Ik volgde het tweetal een brede hal in met een lambrisering van licht hout. Hier en daar lagen dikke tapijten met een levendig patroon.

'Je had niet moeten komen, Toby,' zei Jenny kalm maar beslist. 'Dat had ik je gevraagd.'

'O ja?'

'Het was vrij duidelijk.'

'Maar we hebben elkaar niet altijd even goed begrepen, of wel, Jenny?'

Ze zuchtte. 'Waarom ben je gekomen?'

'Om je te vertellen wat er is gebeurd.' Ik hield de plastic tas omhoog. 'Dit is een deel van de prijs die ik heb betaald om Derek Oswin het veld te laten ruimen. Voorgoed, dit keer.'

'Weet je zeker dat ik geen last meer van hem krijg?'

'Waarschijnlijk is er niets zeker. Maar ik heb er alle vertrouwen in. Hierdoor.'

'Wat zit erin?'

'Ik weet niet of je me wel zult geloven.'

'Probeer het maar.'

'Waarom gaan we... niet even zitten?'

'Dit was zomaar een excuus om hier rond te neuzen, hè?'

'Niet *zomaar*, nee.'

'Goed, kom maar mee naar boven.' Ze ging me voor, een elegante, gebogen trap op. 'In de kamers beneden heeft Roger zijn kantoor. We wonen voornamelijk op de eerste verdieping.'

Trap en overloop waren smaakvol en weelderig aangekleed. Op de wanden zat behang in een zachte tint en ze hingen vol schilderijen, van moderne, abstracte werken tot landschappen en portretten uit een verder verleden. We betraden een woonkamer waar houtblokken in een grote open haard lagen te knetteren. Daarvoor had Chester zich al genesteld. De inrichting paste op de voorplaat van een tijdschrift voor woninginrichting: kleedjes, tapijten en grote vazen, dikke boeken op tafel, slanke kandelaars op de schoorsteenmantel. Ik wist zeker dat Jenny's smaak eenvoudiger was, dus Colborn had de spullen waarschijnlijk al laten aanrukken op advies van de een of andere lifestyleconsulent. Weerzin voor hem voelen bleek doodeenvoudig.

'Wil je iets drinken?' vroeg Jenny. Ze stak een fles Laphroaig omhoog.

'Graag.' Ze schonk een glas voor me in en reikte het aan. 'Ik had Roger voor een Glenfiddich-man gehouden.'

'Je hebt Roger nooit ontmoet.' *En dat zul je ook nooit*, voegden haar ogen eraan toe.

'Derek Oswin wel. Vele malen.'

Als Jenny iets van een reactie vertoonde, verborg ze dat kunstig door plaats te nemen. Ze gebaarde naar een leunstoel tegenover haar en ik liet me erin zakken. Daarna zei ze: 'Vertel het maar gewoon, Toby.'

'Goed. Oswin heeft vroeger voor Colbonite gewerkt. Weet je van het bedrijf?'

'Natuurlijk. Rogers vader heeft het gesloten... jaren geleden.'

'Dértien jaar geleden.'

'Kijk eens aan. Prehistorie dus. Roger zou zich niet één werknemer van de... weet ik hoeveel herinneren.'

'Deze wel. Curieus dat je het over geschiedenis hebt, want die zit in deze zak. Oswins geschiedenis van Colbonite. Hij heeft geprobeerd Roger over te halen om hem te helpen het manuscript gepubliceerd te krijgen. Roger wilde er niets van weten. Maar Oswin is een doorzetter, dus heeft hij op zijn eigen, maffe manier getracht Roger onder druk te zetten om van gedachten te veranderen... door jou lastig te vallen. Het feit dat hij een fan van mij is... is puur toeval.'

Jenny leek opgelucht met die verklaring. Ze glimlachte zelfs. 'Aha. Dus Roger heeft gedaan alsof hij Oswin niet herkende om mij niet bezorgd te maken. Terwijl ik het niet over Oswin had om hém niet bezorgd te maken.'

'Mogelijk,' beaamde ik met tegenzin.

'Wat moet jíj met het manuscript?'

'Het maakt deel uit van de transactie die ik met hem heb gesloten. Ik laat Moira er een blik op werpen. In ruil daarvoor laat hij jou met rust.'

'Maar het is vast niet te publiceren.'

'Dat zou ik ook zeggen. Maar hij is al tevreden als er serieus naar wordt gekeken. Waarschijnlijk was dat Rogers vergissing. Door te weigeren er maar een blik op te werpen.'

'Ik denk eerder dat hij Oswin van vroeger kent en hem een mislukkeling vindt.'

We wisselden een veelzeggende blik. Vroeger ergerde Jenny's medeleven met het wrakhout van de samenleving me weleens. Maar daarvan was nu niets te bekennen. Ik vroeg me af of die hardheid het gevolg was van haar relatie met Roger Colborn, de man van plastic die zich tot arbitrageant en landjonker had getransformeerd.

'Houdt Oswin zich aan je transactie als Moira nee zegt tegen het boek?'

'Hij zegt van wel.'

'En geloof je hem?'

'Ja. Hij weet dat hij dan niets meer kan doen.'

Jenny leek niet al te overtuigd. 'Nou, op z'n minst krijg ik een adempauze. Daar ben ik blij om. Hoe heb je dit zo snel kunnen bekokstoven?'

'Ik heb de avondvoorstelling overgeslagen.'

'Wát?'

'Het was het enige tijdstip waarop Oswin me wilde spreken.'

'Waarom heb je je in hemelsnaam door zo iemand laten...'

De telefoon ging. Ik staarde ernaar en Jenny ook. Volgens mij wisten we allebei wie er aan de andere kant van de lijn was. Jenny boog zich opzij en nam de hoorn van de haak.

'Hallo?' Ze glimlachte. 'Dag lieveling... Ja... Ja, erg rustig.' Ze was opgestaan en glipte door een zijdeur een belendend vertrek in. De deur ging achter haar dicht en haar stem werd een gedempt gemompel. Chester deed een oog open, registreerde haar afwezigheid en verzonk weer in een diepe slaap.

Ik wierp een schuine blik om me heen en vroeg me af of ik een van de voorwerpen zou zien die ze had gehouden toen we uit elkaar gingen. Maar er was niets, niet één bekend voorwerp, alleen maar meer van de onberispelijk geordende inhoud van een idyllisch huishouden op het platteland. 'Is dit nou wat je echt wilt?' mompelde ik, maar ik onthield me van het al te eenvoudige antwoord.

Toen zag ik een ingelijste foto op het kersenhouten meubel van de geluidsinstallatie. Ik stond op en liep erheen om hem te bekijken. Het was Jenny, zorgeloos en blij, lachend naar de camera met haar arm om de nieuwe man in haar leven. Haar metgezel moest Roger Colborn zijn. Ze stonden tegen elkaar aan bij het roer van een jacht. Boven hen was een driehoekje zeil te zien en achter hen een fonkelend stuk zee. Colborn zag er slank, gespierd en misselijkmakend knap uit. Hij had een dikke bos zwart haar dat grijs werd aan de slapen, blauwe ogen, een stevige kaak en diverse kenmerken van een ongepolijst soort mannelijkheid. Als klap op de vuurpijl leken Jenny en hij reuzeverliefd. Ik draaide me zuchtend om, maar toen zag ik mezelf in de spiegel boven de open haard. Mijn haar was dunner en grijzer dan dat van Colborn, mijn taille minder strak en mijn spieren traden minder op de voorgrond. Ik kon alleen maar mijn schouders ophalen.

De deur ging open en Jenny kwam weer binnen. 'Neem me niet kwalijk,' zei ze. 'Roger belt altijd omstreeks deze tijd als hij op reis is.'

'Attent.'

'Luister, Toby...'

'Ik denk zomaar dat hij ongeveer van mijn leeftijd is,' zei ik met een hoofdgebaar naar de foto.

'Ja.' Jenny klemde haar lippen op elkaar. 'Dat klopt.'

'Alleen beter geconserveerd.'

'Hier doe ik niet aan mee, Toby. Ik ben je dankbaar voor wat je aan Derek Oswin hebt gedaan, maar...'

'Heb je het met Roger over hem gehad?'

'Nee, natuurlijk niet.'

'Dat zou ik maar wel doen. Geheimen in dit stadium van de relatie... kunnen riskant blijken.'

'Ik zal het er waarschijnlijk over hebben als hij terug is.' Ik had de indruk dat ze wilde zeggen dat ik me met mijn eigen zaken moest bemoeien. Maar ik had haar een dienst bewezen, dus kon ze dat niet. 'Laat dat maar aan mij over.'

'Ja. Natuurlijk. Sorry.' Ik glimlachte en daagde haar uit om ook te glimlachen. 'De oude gewoonte om je van advies te dienen wil maar moeilijk slijten.' Hetzelfde gold voor een paar andere gewoonten. Haar aanraken bijvoorbeeld. Dat wilde ik heel graag, maar dat mocht niet meer.

'Ik ben je echt dankbaar, Toby.'

'Het was wel het minste wat ik kon doen.'

'Het spijt me dat je er een voorstelling voor hebt moeten missen. Krijg je daar geen gelazer mee?'

'Ik overleef het wel.'

'Dat zul je vast.'

'Gaat die lunch nog steeds door, morgen?'

'Nee, eigenlijk niet.' Ze glimlachte gegeneerd. 'Roger komt eerder terug dan hij had verwacht. Hij stelde voor... om me te komen halen voor de lunch.'

Ik vroeg me irrationeel genoeg af of Roger op de een of andere manier lucht had gekregen van mijn contact met Jenny en had besloten om maar snel naar huis te komen om een spaak in het wiel te steken. Het was natuurlijk een absurd idee, maar op dat moment opmerkelijk geloofwaardig. 'Misschien kunnen we er een triootje van maken,' stelde ik voor om mijn teleurstelling met sarcasme te verdoezelen.

Jenny keek me een poosje zwijgend aan en zei toen: 'Ik moest je maar eens naar Brighton terugbrengen.'

Jenny heeft een van die nieuwe Mini's met vissenogen gekocht. Ze is altijd al dol op Mini's geweest. Ik herinner me nog het exemplaar dat ze had toen we elkaar leerden kennen. Toen we vanavond in de moderne, opgedirkte versie zaten, kwamen er bij ons allebei heel wat herinneringen boven. Maar we spraken er niet over. In gedachten worstelde ik met een glibberige kluwen dingen die ik wilde en moest zeggen, maar voor me hield. De tijd was opeens te kort. En ik kon de kans alleen maar voorbij laten gaan.

Terneergeslagen van de gedachte dat we elkaar misschien niet meer zouden zien voor mijn vertrek uit Brighton, zei ik toen ik de Duke of York-bioscoop zag en we Preston Circus naderden: 'Derek Oswin woont in Viaduct Road. Op nummer 77.'

'Moet ik dat weten?' vroeg Jenny.

'Misschien wel.'

'Ik hoop het niet. Als Oswin mij met rust laat, zal ik dat met alle plezier ook met hem doen.'

'Als je het er met Roger over hebt, ga je mij dan ook ter sprake brengen?'

'Wat denk je, Toby?'

'Ik denk het niet.'

'Echt?'

'Ja, echt.'

'Nou dan.'

'Maar heb ik het goed?'

Het duurde zo lang voor ze antwoord gaf dat ik dacht dat het nooit zou komen. Maar ze moest iets zeggen. 'Ik heb je alleen gevraagd om Oswin te benaderen omdat ik echt dacht dat jij de sleutel van zijn belangstelling voor mij was. Ik ben je dankbaar dat je hebt aangetoond dat dit niet het geval is. Maar nu je dat hebt gedaan...'

'Wil je dat ik afstand houd.'

Er volgde weer een stilte. We waren inmiddels voorbij St. Peter's Church en reden in zuidelijke richting over de Grand Parade. Ik zag dat Jenny haar kaakspieren spande en ontspande. Toen zei ze: 'Dat is wat scheiding betekent, Toby.' Ze keek me even van opzij aan. 'Loslaten.'

Terug in het Sea Air bleek Eunice al naar bed, maar ze had een briefje op de tafel in de gang gelegd.

> *Brian Sallis heeft gebeld. Of je hem persoonlijk wilt bellen. Blijkbaar ben je stout geweest, Toby. Hopelijk weet je wat je doet. Nou ja, voor alles moet een eerste keer zijn, niet dan?*
> *E.*

Hoewel ik me niet al te vrolijk voelde, moest ik even grinniken om Eunices karakteristiek opgewekte kijk op de gebeurtenissen. Morgen moest ik wat herstelwerkzaamheden doen, dat was zeker.

Ik ging naar mijn kamer, sprak mijn noodvoorraad whisky aan en moest denken aan Jenny's afscheidswoord: *loslaten*. Fraai hoor. Ze heeft zich tot mij gewend voor hulp en ik ben haar ter wille geweest. Nu wil ze niet alleen Derek Oswin kwijt, maar mij ook. Zo eenvoudig is het leven niet, Jen, hoe zoet en comfortabel die minnaar van je het je de laatste tijd ook heeft gemaakt. Ik laat dit niet los. Nog niet althans. Morgen stuur ik *De mannen van plastic* naar Moira en dan... zien we wel verder.

En hoe zit het met *De mannen van plastic*? Ik moet iets hebben om me in slaap te brengen. Laten we eens een nachtelijke blik op het chef-d'oeuvre van de kleine man werpen. Laten we maar eens voorbij de titelpagina en het motto bladeren om te zien wat daar staat.

Een *Inleiding* nog wel.

De Oxford English Dictionary omschrijft plastic als 'behorend tot een omvangrijke en gevarieerde klasse van geheel of gedeeltelijk synthetische stoffen die organisch van samenstelling en polymeer van structuur zijn en een definitieve vorm kunnen krijgen via gietvormen, extrusie of andere methoden gedurende fabricatie of gebruik.'

De meeste mensen weten wat het woord betekent zonder de chemie van polymerisatie te begrijpen. Acryl. Alkatheen. Araldiet. Bakeliet. Bandalasta. Kalanderstof. Celluloid. Cellofaan. Eboniet. Ivoride. Jaxoniet. Lycra. Lemanine. Moldensiet. Nylon. Parkesine. Perspex. Plasticine. Polytheen. Polystyreen. PVC. Rayon. Styron. Teryleen. Tufnol. Tupperware. UPVC. Vinyl. Viscose. Vulcaniet. Xy-

loniet. Op z'n minst een aantal daarvan kennen we allemaal.

Het eerste semi-synthetische plastic, gebaseerd op cellulosenitraat, is uitgevonden door Alexander Parkes in de jaren vijftig van de negentiende eeuw. Hij noemde de stof Parkesine en stelde hem tentoon op de Wereldtentoonstelling van 1862. In 1866 richtte hij de Parkesine Company op om producten op de markt te brengen die van het bewuste materiaal waren gemaakt. Parkes was een briljante uitvinder, maar een slechte zakenman. In 1869 zag hij zich gedwongen zijn patenten te verkopen aan de Xylonite Company. Maar hij gaf het niet op. Toen die patenten waren verlopen, zette hij weer een onderneming op en begon hij in 1881 de London Celluloid Company met zijn broer Henry. Die mislukte ook.

De opzichter van Parkes, Daniel Colborn, besloot op eigen houtje verder te gaan. Hij keerde terug naar zijn geboortegrond Brighton en bouwde een werkplaats in Dog Kennel Road (de vroegere naam van Hollingdean Road), waar hij in 1883 zijn bedrijf begon als de N V Colbonite.

Aanvankelijk had Colbonite maar weinig personeel. Maar het aantal nam weldra toe omdat het de onderneming voor de wind ging. Er was voldoende aanbod op de plaatselijke arbeidsmarkt. Ten zuiden van de werkplaats was een grote arbeiderswijk, die later werd gekenschetst als een sloppenwijk. Toen de Eerste Wereldoorlog uitbrak, had Colbonite bijna honderd werknemers. Een van hen was mijn grootvader George Oswin, die in 1910 op veertienjarige leeftijd een baan kreeg waarbij hij vijfenvijftigeneenhalf uur per week in de zuurwerkplaats van Colbonite moest werken tegen een salaris van anderhalve penny per uur. Zijn beschrijving van zijn werkende bestaan is een van de voornaamste bronnen van informatie waaruit ik heb geput voor de samenstelling van deze geschiedenis, vooral waar het de beginjaren betreft.

Voordat ik begin met een verslag van de arbeidsomstandigheden van die periode bij Colbonite en de industriële procédés die er bij de fabricage van plastic werden toegepast, moet ik wat van de achtergrond proberen te beschrijven.

Het fabrieksterrein van Colbonite besloeg ruwweg een driehoek, begrensd door de spoorlijn van Brighton naar Lewes, het gemeentelijke slachthuis en de joodse begraafplaats in Florence Place. Het slachthuis ging in 1894 open op de plek van de Union Hunt Kennels waaraan Hollingdean Road zijn oorspronkelijke naam ontleende.

Naar het zuiden lag de kleine en grotendeels middenklasseparochie van St. Saviour. De volgende parochie naar het zuiden was die van St. Bartholomew, waar de meeste arbeiders van Colbonite in dicht opeengepakte rijtjeshuizen woonden.

De meeste van die huizen zijn in het sloppenbeleid van 1955/'56 gesloopt. Alleen foto's en herinneringen kunnen ons vertellen hoe de wijk er voor die tijd heeft uitgezien. St. Bartholomew's Church, die het hoogste schip heeft van alle parochiekerken in Engeland, werd gebouwd tussen 1872 en 1874 op instigatie van de eerwaarde Arthur Wagner, als inspiratie voor zijn straatarme parochianen. Hij torende tot wat een ontzagwekkende hoogte moet zijn geweest boven de smalle straatjes, net zoals hij nog steeds uittorent boven de parkeerterreinen en verlaten bouwterreinen die na de sloop overbleven.

Mijn grootouders begonnen hun huwelijksleven letterlijk in de schaduw van de kerk, in een huis in St. Peter's Street. Mijn grootvader liep elke dag 's morgens om halfzeven langs de kerk naar zijn werk bij Colbonite, waar hij om zeven uur in moest klokken. In London Road kon hij de tram nemen die hem er grotendeels heen kon brengen, maar dat deed hij alleen bij slecht weer. Meestal stak hij London Road over, liep hij door Oxford Street naar Ditchling Road en wandelde hij in noordelijke richting heuvelopwaarts naar Hollingdean Lane, die met een bocht naar Colbonite voerde.

Ik stel me hem voor – zoals ik graag wil dat u zich hem voorstelt – op het laatste stuk van zijn wandeling, bij een zonsopgang boven Brighton op een koude ochtend in maart, omstreeks 1930, als hij zijn bestemming nadert. Hij kent de omgeving als zijn broekzak. Achter hem loopt het spoor, dat tevoorschijn komt uit een inkeping tussen de huizen. Misschien tuft er een trein in oostelijke richting, die stoom uitbraakt als hij op snelheid komt nadat hij het station aan London Road heeft verlaten. Aan zijn linkerhand bevindt zich de met klimop begroeide muur van de joodse begraafplaats. Voor hem, iets lager, ligt het slachthuis, waar waarschijnlijk op hetzelfde moment gedoemde wezens worden uitgeladen uit een rij wagons die op een zijspoor, dat ook Colbonite bedient, is gerangeerd. Achter het slachthuis stijgt rook op uit de schoorsteen van de zogenaamde gemeentelijke *vuilverbranding, waar het verzamelde afval van Brighton dagelijks tot as wordt gereduceerd. Het is geen oogstrelend panorama, hoewel ieder willekeurig panorama voor mijn grootvader ongetwijfeld oogstrelend was nadat hij vier jaar aan het westelijk front van de Eerste Wereldoorlog had overleefd. De 'Great War' zoals hij die altijd noemde. (Hij is meneer Colborn altijd dankbaar gebleven omdat die zijn baan gedurende de oorlog beschikbaar had gehouden.)*

Hij werpt een blik naar rechts als hij door de bocht in het weggetje loopt en ziet de bakstenen werkplaatsen met hun golfplaten dak van Colbonite. Hij gaat door de poort onder het bord van de firma door. COLBONITE LTD, PLASTICS MANUFACTURER, EST. 1883. Hij knikt naar de portier en steekt het terrein over naar de schuur waar zijn klompen en werkbroek zijn opgeslagen. Hij is op zijn werk.

Het eerste hoofdstuk van deze geschiedenis is een poging om tot in de bijzonderheden te beschrijven hoe een doorsneewerkdag van een doorsneewerknemer van Colbonite, zoals mijn grootvader, er destijds uit heeft gezien. In latere hoofdstukken ga ik in op de pogingen van het bedrijf om gelijke tred te houden met de veranderingen in de plasticindustrie over de hele wereld, en de wijze waarop die veranderingen van invloed waren op het personeel. De laatste hoofdstukken zijn een analyse van de omstandigheden die hebben geleid tot de sluiting van het bedrijf in 1989 en het lot van degenen die als gevolg daarvan op straat kwamen te staan.

Hm. Een 'doorsneewerkdag' van een 'doorsneewerknemer' van een dode plasticfabriek ruim zeventig jaar geleden. Ik ben er niet zeker van of ik dat wel wil weten. Of iemand dat überhaupt wel wil weten. Ik betwijfel nog meer of Moira bereid zal zijn een poging te doen om het manuscript aan de man te brengen. Sorry, Derek. Ik denk niet dat we hier een bestseller hebben.

Opeens ben ik moe. Vermoeider dan ik geweest zou zijn als ik vanavond gewoon mijn werk op de planken had gedaan. Het is een lange dag geweest. En een merkwaardige. Het is tijd om te gaan slapen.

DINSDAG

Ik mag gisteravond dan wel moe zijn geweest, vanmorgen was ik toch vroeg wakker; voornamelijk door het onrustige voorgevoel van de verwijten over mijn afwezigheid die me natuurlijk boven het hoofd hingen. Tijdens het douchen en scheren ontwikkelde ik een soort strategie, die neerkwam op preventief door de knieën gaan.

Ten eerste wilde ik *De mannen van plastic* kwijt. Ik schreef een begeleidend briefje voor Moira (dat natuurlijk weinig inzicht in de recente gebeurtenissen gaf) en was vlak na openingstijd bij het postkantoor in St. James's Street. Ik kocht een grote, gewatteerde envelop, stopte het manuscript en het briefje erin en stuurde het geheel aangetekend naar mijn geachte agent. Morgenmiddag om twaalf uur heeft ze het.

Het was een droge, maar grauwe, bewolkte ochtend. Brighton moet het van zonneschijn hebben om er een beetje aantrekkelijk uit te zien. Maar die bleef uit toen ik naar het strand liep en vervolgens in westelijke richting afsloeg naar het Belgrave Hotel, waar Brian Sallis logeerde. (In theorie samen met Mandy Pringle, hoewel die in de praktijk vrijwel zeker bij Donahue in het Metropole sliep.) Ik was van plan Brian vroeg te verrassen, misschien zelfs aan het ontbijt, voordat hij zich goed en wel kon herinneren hoe boos hij op me was.

Maar zijn dag bleek verder gevorderd dan ik had verwacht. Toen ik het Belgrave naderde, zag ik hem voor me op de promenade, gekleed in joggingpak. Met een hand aan de balustrade boven het strand deed hij een paar stretchoefeningen voor de bilspieren alvorens weg te hollen voor een rondje van een paar kilometer. Ik riep hem.

Zijn eerste reactie was verrassing. Daarna kwam verbazing,

weldra gevolgd door ergernis. 'Goeiemorgen, Toby,' zei hij met een spottend glimlachje. 'En krijg de klere.'

'Mijn excuses voor gisteravond, Brian,' zei ik.

Hij keek me aan en legde een hand achter een oor. 'Is dat het eind van de toespraak?'

'Wat kan ik nog meer zeggen?'

'Je zou kunnen proberen me te vertellen dat ik je afwezigheid slechts heb gedroomd; dat je onverklaarde, onaangekondigde en uiterst onvergeeflijke nalatigheid om datgene te doen waarvoor we je betalen – en nog royaal ook – iets is wat ik me maar heb verbeeld.'

'Ik ben bang van niet.'

'Aan de andere kant kun je me misschien een fatsoenlijk excuus geven waarom je ons allemaal in de steek hebt gelaten, al vrees ik dat je dat niet kunt. Of, als dat inderdaad niet gaat, kun je gewoon de waarheid vertellen, Toby. Ja, een en ander in overweging genomen, heb ik dat laatste het liefst.'

'Het was iets persoonlijks, Brian. Een kritieke situatie. Ik had geen keus. Ik moest ergens anders zijn.'

'Ga je me nog vertellen wat die kritieke situatie was?'

'Nee. Maar die is bezworen. Duurzaam bezworen. Erewoord.'

'Ik had gistermiddag wel een woordje van je willen horen, Toby. Een waarschuwing dat je ervandoor zou gaan.'

'Ik heb het tegen Denis gezegd.'

'Je werkt niet voor Denis. Je werkt voor Leo. En als Leo's vertegenwoordiger had ik recht op uitleg.'

'Ja. Zoals ik zei, het spijt me. Ik verwacht niet te worden betaald voor de voorstelling van gist...'

'Dat kun je inderdaad wel vergeten.' Hij maakte een nijdig gebaar met zijn hoofd en gaf de balustrade een stomp met de muis van zijn hand. 'Leo wilde je voor de rest van de week ontslaan. Ik heb het uiteindelijk uit zijn hoofd gepraat. Niet omdat ik je zo graag de hand boven het hoofd houd, integendeel, maar...'

'Dan zou je minder kaartjes verkopen.'

'Ja,' beaamde Brian met tegenzin.

'Wat Leo zelf gauw genoeg beseft zou hebben zodra hij was uitgeraasd. Ik begrijp het best. We kunnen ons niet uit onze commerciële omhelzing losmaken.' Dit was niet bepaald door het stof kruipen, het klonk míj zelfs uitdagend in de oren. Ik probeerde de boodschap direct te verzachten. 'De rest van de week ga ik er voor honderd procent tegenaan.'

Brian zuchtte. 'Dat is tenminste iets, waarschijnlijk.'

'Meer kan ik niet doen.'

'Maar verwacht in de nabije toekomst geen aanbiedingen van Leo.'

'Nee.'

Brian keek me fronsend aan. In de grond een goedzak, had hij zijn woede gelucht en dat maakte weer ruimte voor vriendelijker gedachten. 'Je zit toch niet in de problemen, Toby?'

'Geen problemen waarbij jij me kunt helpen.'

'Wat wil je daarmee zeggen?'

'Ik weet het niet.' Ik glimlachte geforceerd. 'Het zijn dingen van de midlifecrisis. Plus een aanstaande scheiding van een vrouw met wie ik veel liever getrouwd was gebleven. Problemen zat, zonder nog eens een van de leidende impresario's van West End tegen de schenen te schoppen.'

'Wat je zegt.' Brian liet mijn litanie van ellende even tot zich doordringen alvorens te vervolgen: 'Heeft het iets met Jenny te maken? Ik heb begrepen dat ze tegenwoordig in Brighton woont.'

'Inderdaad.'

'En?'

'En niets. Vertel maar eens hoe de voorstelling is gegaan... zonder mij.'

'Het is dat je het vraagt, maar Denis heeft het schitterend gedaan. Hij heeft een prachtvoorstelling gegeven.'

'Misschien heb ik hem dan wel een dienst bewezen.'

'Misschien. Maar laat er geen misverstand over bestaan: dit was maar voor één keer. Als je het nog eens flikt, sta ik er niet voor in wat Leo gaat doen.'

'Het zal niet meer gebeuren.'

'Officieel was het de vierentwintiguursgriep.'

'Dan ben ik voortijdig genezen.'

'Zorg maar dat het echt over is. Ik wil je graag vroeg in de schouwburg zien, vanavond. Zeg maar om halfzeven.'

'Komt in orde.'

'En in de tussentijd...'

'Nou?'

'Moet je niet in kritieke situaties komen.'

'Zeker weten.'

'Goed.' Hij begon een beetje droog te joggen. 'Je moet gaan hardlopen, Toby. Misschien helpt dat wel.'

'Ik zal erover nadenken.'

'Tot vanavond dan maar.' Hij draaide zich om en jogde in de richting van Hove.

'Tot vanavond!' riep ik hem na.

Mijn avondoptreden als James Elliott was in feite de enige zekerheid gedurende de dag die voor me lag. Gisteravond had ik mezelf zo vol zelfvertrouwen voorgehouden dat ik wel achter Roger Colborns geheimen kon komen, in de hoop er een paar te vinden die Jenny's relatie met hem zouden verzuren. Dat was natuurlijk gemakkelijker gezegd dan gedaan. Ik liep langzaam de kant op waarheen Brian Sallis was weggehold en moest bekennen dat ik geen goede reden had om aan te nemen dat er zulke geheimen waren, laat staan een goede methode om ze boven water te krijgen.

Ik bleef staan, leunde tegen de balustrade en keek chagrijnig naar de grijze, lusteloze deining. Het was nog niet te laat om Eunice over te halen een ontbijt voor me klaar te maken. Voeding zou misschien wat inspiratie brengen. Ik besloot naar het Sea Air terug te gaan.

Mijn mobiel ging voor ik me in beweging kon zetten. Dat was Moira waarschijnlijk. Vermoedelijk had het gerucht van mijn wangedrag haar al bereikt. Maar het was Moira niet. En evenmin iemand anders van wie ik had verwacht iets te zullen horen.

'Ha, Toby. Met Denis.'

'Denis? Wat doe jij zo vroeg op? Je had de slaap der rechtvaardigen moeten slapen na zo manhaftig voor me te zijn ingevallen. En nog wel zo indrukwekkend, hoor ik van Brian.'

'De voorstelling is prima gegaan, dat is waar. Het was goed... om weer eens op de planken te staan.'

'Waarom klink je dan zo neerslachtig?'

'Kunnen we iets afspreken, Toby? Ik moet even babbelen. Liefst... nu.'

'Best. Maar... wat is er? Ik kan je verzekeren dat ik er vanavond wel zal zijn.'

'Dit heeft niets met het stuk te maken.'

'Waarmee dan?'

'Dat vertel ik zo wel.'

Daar moest ik het mee doen en we spraken voor een kwartier later af in de Rendezvous. Denis had natuurlijk geen reden om aan te nemen dat de keuze van locatie iets te betekenen had. Ik maakte mezelf wijs dat het logisch was om te kijken of Derek Oswin was opgehouden Jenny lastig te vallen. Maar misschien was de nabijheid van Jenny de werkelijke reden.

Ik was er het eerst en had al een croissant weggewerkt toen Denis verscheen. Gelukkig was Derek in geen velden of wegen te bekennen. Ik trakteerde Denis op een kop koffie en we gingen aan een hoektafeltje zitten, waar hij met slecht verborgen nervositeit een sigaret opstak.

'Ik dacht dat je was gestopt,' zei ik bewust tussen neus en lippen door.

'Dat was ik ook.'

'Hopelijk is dit geen reactie op de voorstelling van gisteravond. Het is niet m'n bedoeling geweest om...'

'Vergeet het stuk, Toby. Het gaat om wat erna is gebeurd.'

'Erna?'

'Ik heb getwijfeld of ik het je wel zou vertellen. Maar ik vind... dat je het beter wel kunt weten.'

'Wat?'

'Eerlijk gezegd geneer ik me. Ik had het nooit mogen laten gebeuren. Maar... de avond was zo goed gegaan. Ik had gewoon het gevoel dat het steeds beter ging.' Hij schudde zijn hoofd. 'Stom. Verrekte stom.'

'Waar heb je het over, Denis?'

'Oké, ik zal ter zake komen.' Hij liet zijn stem dalen en boog zich samenzweerderig naar me toe. 'Na de voorstelling ben ik met wat lui van het gezelschap iets in de Blue Parrot gaan drinken. Ken je die tent? Iets voorbij de schouwburg. Hoe dan ook, ik had daar amper vijf minuten gezeten toen er een meisje naast me kwam zitten om me te feliciteren met mijn optreden. Het was echt een stuk. Ze noemde me Toby en zei dat ze het een hele eer vond om me te ontmoeten. Ik ging ervan uit dat ze de aankondiging had gemist dat ik voor jou was ingevallen en ik weet niet waarom, maar... ik liet het maar zo. Nou ja, ik weet het natuurlijk wel. Ik was bang dat het een teleurstelling voor haar zou zijn. Ik bedoel, het was echt een spetter en... ze sjanste met me en...'

'Je dacht dat je iets lekkers aan de haak had geslagen.'

'Ja.' Denis knikte mismoedig. 'Daar komt het wel op neer. Ze sprak niet zo goed Engels. Ze was duidelijk géén Engelse. Ik dacht dat daar die persoonsverwisseling ook mee te maken had. Maar daar maakte ik me niet druk om. Waarom zou ik ook? Het gebeurt me niet vaak dat ik door zo'n lekker jong ding word versierd. Ze stelde voor dat we naar een club zouden gaan die ze kende. Ik was al half bezopen en... behoorlijk in m'n sas met mezelf. Dus liet ik de rest aan z'n lot over en ging met Olga – zo heette ze – naar de een of andere jazzkelder aan deze kant van North Street. Daar zijn we niet zo lang geweest. Ik bedoel, ze kon maar niet van me afblijven, Toby. Net een groupie, en zo geil als boter.'

'Waarom heb ik het gevoel dat dit slecht is afgelopen?'

'Omdat ik het je anders niet zou vertellen. De volgende halte na de jazzkelder was haar huis. Ze woont in Embassy Court. Althans, daar nam ze me mee naartoe. Ken je het? Een art-decoblok aan de boulevard dat betere tijden heeft gekend. Aan de buitenkant ziet het er gewoon vervallen uit, maar binnen is het een zwijnenstal. Ik had me om moeten draaien en weg moeten lopen.'

'Maar dat deed je niet.'

'Nee. We gingen naar haar appartement. Inmiddels was ik behoorlijk... high. Ik denk dat ze iets in mijn drankjes had gedaan. Ik was... voor alles in. En Olga ook. Voor ik wist wat er gebeurde, begon ze zich uit te kleden. Nou, daar heb ik een handje bij geholpen. Wie zou dat niet doen onder die omstandigheden? Ik dacht dat het mijn geluksavond was. Maar het tegendeel bleek het geval. Ik was net bij haar g-string aanbeland toen er een deur van een belendende kamer openvloog en een grote kerel – en ik bedoel écht groot – ons uit elkaar rukte. Hij was angstaanjagend sterk. En boos. Maar kwaaier op Olga dan op mij. "Dit is de verkeerde!" schreeuwde hij tegen haar. "Dit is Toby Flood niet, stomme trut!" Daarna smeet hij me eruit. Letterlijk. Ik mag blij zijn dat ik behalve een paar blauwe plekken niet ook een stel gebroken ribben heb. Ik weet nog dat ik letterlijk tegen de muur aan de overkant van de gang stuiterde en de deur van het appartement achter me dicht zag slaan. Binnen hoorde ik Olga gillen. Volgens mij... sloeg hij haar.' Denis liet zijn hoofd hangen. 'Ik ben er als de sodemieter vandoor gegaan.'

Ik was een poosje sprakeloos. Het was duidelijk dat iemand het meisje in de arm had genomen om mij – Toby Flood – naar een woning in Embassy Court te lokken. Waarom? Wat waren ze in feite met me van plan geweest? En wie waren het? Beter gezegd: voor wie werkten ze?

'Misschien had ik hulp moeten halen,' vervolgde Denis. 'Ik voel me verantwoordelijk voor wat die kleerkast met Olga heeft gedaan toen ik met de staart tussen de benen was afgedropen. Ik hád haar tenslotte om de tuin geleid.'

'Maar je denkt ook dat ze iets in je drankje had gedaan, Denis. Vergeet dat niet.'

'Niettemin...'

'En waar had je die hulp willen halen? Bij de politie?'

Denis draaide met zijn ogen. 'Het leek me verstandiger om terug te kruipen naar mijn hotel en te doen alsof er niets was gebeurd.'

'Maar dat was niet zo.'

'Maar ik vond wel dat ik het tegen jou moest zeggen. Iemand had je op de korrel, Toby. Dat staat als een paal boven water. Misschien is Olga wel minderjarig. Ik bedoel, tegenwoordig is daar gewoon geen peil op te trekken. Vooral niet als je om te beginnen al niet helder kunt denken. Het had akelig kunnen aflopen. Heel akelig.' Hij glimlachte grimmig naar me door zijn sigarettenrook. 'Alleen zou jij waarschijnlijk zo verstandig zijn geweest haar in de Blue Parrot al van je af te schudden.'

'Dat zou ik graag denken.'

'Had je zoiets verwacht? Heb je daarom niet opgetreden gisteravond?'

'Absoluut niet. Daar kun je van op aan, Denis. Ik had – en heb – geen reden om aan te nemen dat iemand mij... moet hebben.'

'Maar dat is wel zo, jongen. Daar kun je donder op zeggen.'

'Olga heeft je zeker geen achternaam gegeven?'

'Nee. En ook haar sofinummer niet. Waarschijnlijk is ze hier illegaal. En voordat je het vraagt, ik ben vergeten het nummer van haar huis te noteren. Ik weet niet eens meer op welke verdieping we precies waren. Ik was niet op m'n scherpst. En je zou er waarschijnlijk weinig mee opschieten als ik dat wel was geweest. En wat die kleerkast betreft, ik zou een heleboel straatjes omlopen als ik jou was..'

'Ja, maar...' Ik werd onderbroken door de riedel van mijn mobiel, griste hem uit mijn zak. Nu wel Moira? Weer mis.

'Hallo, Toby.'

'Hé, Jenny.'

'Wat doe je daar?'

'O. Je hebt me dus gezien.' Ik keek reikhalzend door het raam naar Brimmers, maar zag weinig anders dan rook, beslagen ramen en een handjevol voorbijgangers. 'Nou, ik wilde even kijken of Derek Oswin woord houdt. En gelukkig is dat zo.'

'Dat zie ik.'

'Maak je geen zorgen. Ik zal er geen gewoonte van maken.'

'Is dat Denis Maple die daar bij je zit?'

'Ja. Wil je hem even spreken?'

'Nee, nee. Maar doe hem de hartelijke groeten.'

'Zal ik doen.'

'Dag, Toby.'

Ze verbrak de verbinding. Denis trok een wenkbrauw op. 'Jenny?'

'Ze woont in Brighton. Ze is zelfs de eigenares van dat winkeltje aan de overkant.'

'O, ja?' Hij tuurde naar Brimmers. 'Heb je daarom hier met me afgesproken?'

'In zekere zin. Je moet trouwens de groeten hebben.'

'Je had haar nooit moeten laten gaan.'

'Vertel mij wat.'

'Is het te laat om... de schade te herstellen?'

'Waarschijnlijk wel.'

'Maar niet definitief?'

'Nee, niet definitief.'

'Je hebt de rest van de week om eraan te werken.'

'Inderdaad.'

'Aha!' Er ging Denis blijkbaar een licht op. 'Ben je daarmee bezig geweest, gisteravond?'

'Misschien.'

'Dus maar goed dat Olga de verkeerde te pakken had. Het zou geen beste indruk op Jenny hebben gemaakt, hè? Als de politie je zocht voor wat er in dat appartement is gebeurd.'

'Nee, Denis. Volgens mij kunnen we daar wel van uitgaan.'

Ik liet Denis zo goed en zo kwaad als het ging bekomen van zijn ervaringen van de avond tevoren, liep weer terug naar de boulevard en zette koers naar Embassy Court. Ik kon me het gebouw vaag herinneren als een opvallend blok art deco uit de jaren dertig: met witgepleisterde balkons in lagen, als een slank uitgevoerde bruidstaart. Maar tegenwoordig heeft het weinig meer van een bruidstaart. Er zijn brokken pleisterwerk af gevallen. Een paar vensters zijn dichtgetimmerd. Roest werkt zich door de balkons.

Ik ging bij het Peace Statue aan de zeekant van de boulevard naar het gebouw staan kijken en vroeg me af of Olga toevallig naar beneden keek en mij zag staan. Misschien was het maar goed dat Denis zich niet herinnerde naar welke flat ze hem had meegenomen. Ik kon er niet voor instaan wat er zou gebeuren als ik haar zou vinden.

Maar iemand had haar gebruikt voor de val van gisteravond; dat lag voor de hand. Wie had er baat bij het bezoedelen van mijn reputatie? Ik kon maar één kandidaat bedenken, maar die was niet eens in Brighton, laat staan dat hij enige reden had om aan te nemen dat ik ook maar de geringste bedreiging voor hem vormde.

Toen schoot me iets anders te binnen, een gedachte die even onthutsend was als op een curieuze manier geruststellend. Waarom had ik de voorstelling gemist? Omdat Derek Oswin me daartoe had gedwongen. Als blijk van goed vertrouwen, had hij ge-

89

zegd. Maar kon het zijn dat hij me naar Hollingdean Road had gelokt om ervoor te zorgen dat me elders niets zou overkomen? Was het mogelijk dat hij zich tot mijn schutspatroon had uitgeroepen?

Zo ja, dan wist hij ook wie het op mij had voorzien. Ik haastte me naar Western Road en stapte op de eerste de beste bus's.

Mijn mobiel ging net toen de bus wegreed van de halte Royal Pavilion. Driemaal is scheepsrecht: nu was het wel Moira.

'Een heel goede morgen, Toby. Hoe is het met je hoofd?'

'Kristalhelder, Moira. Hoezo?'

'Je laat het dus niet van schaamte hangen? En je neemt er ook niet een tegen de kater, ergens bij het Theatre Royal?'

'Aha, je hebt zeker met Leo gesproken.'

'Ja. En ik verwacht vandaag ook iets van zijn advocaten te horen.'

'Nee, nee. Hij zal de honden terugroepen als hij hoort dat ik weer van de partij ben. De kassa zou zonder mij te ernstig getroffen worden. Ik heb het boetekleed al aangetrokken. Maar ik heb m'n baantje nog. Je hoeft je geen zorgen te maken over je commissie.'

'Ik maak me eigenlijk meer zorgen over jou, schat. Je hebt nooit eerder blijk gegeven van zulk artistiek temperament. Wat is er gebeurd? Is het je allemaal te veel geworden?'

'Er was een persoonlijke crisis. Die is nu voorbij. Zo eenvoudig is het.'

'Klinkt anders niet bepaald eenvoudig.'

'De volgende keer dat we lunchen zal ik je er alles over vertellen.'

'Daar hou ik je aan.'

'Ondertussen, wil ik... eh... je om een gunst vragen.'

'Je bedoelt afgezien van het redden van je professionele reputatie?'

'Ja, Moira, afgezien daarvan.'

Tegen de tijd dat ik aan het eind van London Road uitstapte, was Moira ermee akkoord gegaan, zij het verwonderd, om een van de literaire specialisten van haar agentschap snel een serieuze blik te laten werpen op *De mannen van plastic* zodra ze het had ontvangen. Ze had me ook aangeraden om Leo Gauntlett te bellen voor een mea culpa-telefoontje dat aan het kruiperige grensde, in het belang van het herstel van mijn geschonden reputatie. Ik vond dat ik eerst een paar stevige borrels moest drinken alvorens dat te doen, en dat was een van de goede redenen om de taak voor me uit te schuiven.

De kans op een verhelderend gesprek met Derek Oswin was de tweede. Maar op Viaduct Road 77 werd niet opengedaan. Wat hij ook uitspookte in plaats van bivakkeren in de Rendezvous, thuis-blijven was het blijkbaar niet. Ik had ook geen mobiel nummer van hem. Ik betwijfelde zelfs of hij een mobiel had. Zelfs een ge-wone telefoon was niet zeker. Ik had bij hem thuis geen telefoon gezien. Het leek me echt iets voor hem om technologisch onbe-reikbaar te zijn.

Ik liep weer terug naar de stad over Ditchling Road, langs de Open Market. Ik moest denken aan Dereks verslag in de inleiding van *De mannen van plastic*, over de route die zijn grootvader naar zijn werk liep, dus liep ik via Oxford Street naar London Road. Recht voor me was de kolossale, torenhoge flank van St. Bartho-lomew's Church. Ik probeerde me de wijk voor te stellen in de tijd van de oude man. Trams, gaslantaarns en evenveel paard-en-wa-gens als voertuigen met een benzinemotor. Alle mannen met een hoed op, alle vrouwen in een rok. Zoveel anders was het niet. Niet echt.

Maar bij de kerk besefte ik dat het niet waar was. Waar waren alle huizen? Waar waren al die rijen arbeiderswoningen? Weg. Ge-sloopt. Gewist. Zo krachtig is de greep van de gemeente. Maar die greep heeft zijn grenzen. Het verleden kan niet worden uitgewist. Het kan alleen het heden herschrijven. En lippendienst aan de toekomst bewijzen.

Opeens moest ik aan Syd Porteous denken. *Als ik iets voor je kan doen, maakt niet uit wat, hoef je maar te kikken.* En zijn mobiele nummer had ik wel. Waarom zou ik niet zijn beweerde encyclope-dische lokale kennis aanspreken? Daar was niets op tegen. Ik haal-de het bierviltje met zijn nummer uit mijn zak en belde hem.

'Hallo?'

'Syd Porteous?'

'In de roos. Dat klinkt als... wacht even, wacht even, laat de grijze cellen even malen... Toby Flood, de acteur.'

'Juist.'

'Hoe is het met jou, Tobe? Dat zou ik weleens willen weten. Volgens mijn contacten in de theatergemeenschap heb je gisteravond de fans in de steek gelaten. Ik heb een kaartje voor vanavond, weet je wel. Moet ik mijn geld terugvragen?'

'Nee, nee, vanavond ben ik er weer.'

'Geweldig. En ik ben je meer dan dankbaar voor deze persoonlijke geruststelling. Goed zo, Tobe.'

'Dat is niet de enige... reden dat ik je bel.'

'O, nee?'

'Je hebt gezegd... als er iets is wat je voor me kon doen...'

'Iedere vorm van steun, groot of klein, zal me een genoegen en een voorrecht zijn. Dat weet je.'

'Ik vroeg me af of we... ergens kunnen afspreken. Om een paar dingen door te nemen.'

'Absolutelijks. Hoe laat had je in gedachten?'

'Zo gauw mogelijk. Met de lunch misschien?'

'Prima. Weer in de Cricketers?'

'Waarom niet?'

'Okidoki. Twaalf uur?'

'Nou, ik...'

'Grrrroots.' Ik weet niet of Syd zijn best deed om Tony de Tijger van de Frosties-reclame na te doen, maar zo klonk het in elk geval wel. 'Tot straks dan maar.'

Ik had nog ruim een uur om een smoesje te verzinnen voor de vragen die ik Syd wilde stellen. In ging de kerk in, niet zozeer om inspiratie te vinden, als wel om een rustig plekje te zoeken om na te denken, en bevond me gek genoeg in een enorme en merkwaardig lege ruimte die meer weg had van een byzantijnse ruïne dan van een anglicaanse kerk. De eerwaarde Wagner was zo slim geweest zijn parochianen een zo groot mogelijk contrast met hun onderkomens te bieden. Ik vroeg me af of de kleine Derek hier op zondag met zijn ouders en grootouders was gekomen. Ik vroeg me af of hij naar het dak hoog boven hem had gekeken en ervan had gedroomd om de hemel aan te raken. Op dat moment besloot ik de smoes te laten varen en Syd een versie van de waarheid op te dissen.

Zijn lunchkleding voor dinsdag was dezelfde als zijn zondagse pak, maar nu dronk hij bier in plaats van wijn en hij bood mij ook een pilsje aan. 'Tenzij je op werkdagen methodist bent,' zei hij met een knipoog.

'Bier is prima,' zei ik. Ik kon zijn humor maar net volgen.

We gingen met twee halve liters Harvey aan een tafeltje bij de open haard zitten. 'Echt te gek om je zo gauw alweer te zien, Tobe,' zei hij toen hij een flinke slok had genomen. Dat *Tobe* vond ik niet zo'n klein beetje vervelend klinken en ik besefte dat ik het dus niet verkeerd had verstaan toen ik hem aan de lijn had, maar ik moest het me laten aanleunen. 'Waar heb ik dat aan te danken?'

'Nou, het is eh... een delicaat probleem.'

'Delicate zaken zijn m'n specialiteit.'

'Mijn vrouw en ik zijn een paar jaar geleden uit elkaar gegaan.'

'Het spijt me dat te horen. Beroepsrisico, hoor ik weleens.'

'Het komt vrij veel voor onder toneelspelers, dat is zeker. Hoe dan ook, de echtscheiding is nog niet definitief, maar...'

'Hebben we het hier over een valreepverzoening?'

'Nee, nee. Jenny woont samen met een man. Ze willen zo gauw mogelijk trouwen. Ik... Nou ja, ze wonen eigenlijk in de buurt van Brighton. Waar het om gaat, is dat Jenny en ik als vrienden uit elkaar zijn gegaan. Ik maak me nog steeds... druk om haar. Dus wil ik me er graag van vergewissen dat die gast niet...'

'De verkeerde is?'

'Ja, precies. En hij is van hier. Dus toen ik nadacht over wat jij zondagavond had gezegd, vroeg ik me af of... jij misschien iets van hem weet.'

'Hoop je wat vuiligheid op te graven, Tobe? Iets waardoor Jenny zich wel bedenkt om met hem te trouwen?'

'Als er vuiligheid op te graven is, prima. Zo niet, ook goed.'

'Ik snap het.' Syd boog zich zo ver over het tafeltje als zijn pens het toeliet. 'Wie is het?'

'Roger Colborn.'

Syd fronste peinzend. 'Colborn?'

'Ken je die naam?'

'Misschien wel. Wat weet je nog meer?'

'Hij is een soort zakenman. Woont in een groot huis in de buurt van Fulking. Wickhurst Manor.'

'Dat dacht ik al,' grijnsde Syd. 'Zijn vader zat in plastic.'

'Ja. De NV Colbonite.'

'Precies. Colbonite. Walter Colborn – Sir Walter, zoals hij later heette – was Rogers ouweheer. Hij had nog een jongere broer, Rogers oom Gavin. Gav en ik zijn jaargenoten geweest op Brighton College.'

'O ja?'

'Je hoeft niet zo verbaasd te kijken. Mijn vader had hooggespannen verwachtingen van me. Zijn timing was geweldig. Een jaar na mijn studie is hij pas failliet gegaan. Maar dat is een ander verhaal. Gav schopte het tot *senior prefect* en ging naar Oxford, al is hij daar weinig mee opgeschoten. De tijd heeft ons beider prestatiecurve gladgestreken, zou ik zeggen. Tegenwoordig moet hij net als ik de eindjes aan elkaar knopen, maar hij heeft er de aanleg niet voor. Te oud, te lui en meestal te dronken om er moeite voor te doen. Dat is zo'n beetje alles wat er over hem te zeggen valt.'

'Hoe goed ken je hem?'

'Redelijk tot goed. We zijn niet echt vrienden.'

'En zijn neef?'

'Die heb ik een paar keer ontmoet. Meer niet. Gav heeft hem niet hoog, dat kan ik je wel vertellen. Maar of dat belastend is... is moeilijker te zeggen. Gav heeft niets uit de familiezaak gekregen, zie je. Pa had alles aan Wally nagelaten. Waarschijnlijk terecht. Dat heeft Gav al die jaren wel dwarsgezeten. Dus het neefje dat alles heeft geërfd is niet zijn favoriet.'

'Dus misschien maakt dat Gavin wel erg... loslippig... wat Roger aangaat.'

'Dat is heel goed mogelijk.'

'Is er een kans dat...'

'Je hem kunt spreken voor een babbeltje? Ik denk dat ik dat wel kan regelen, Tobe. Omdat jij het bent.'

'Dat zou geweldig zijn.'

'Moet niet al te moeilijk zijn. Mag ik hem vertellen dat Rogers huwelijk in de wielen rijden onderdeel van het plan kan zijn?'

'Als jij denkt dat hij daardoor nog happiger zal zijn om met me te praten.'

'Vast en zeker, zou ik zeggen.'

'Dat stel ik op prijs, Syd. Echt.'

'Graag gedaan. Ik kom wel bij je aankloppen als ik een wederdienst nodig heb.' Syd bulderde van het lachen. 'Maak je geen zorgen. Ik heb geen nichtje met sterallures dat via de achterdeur op de toneelacademie wil. Af en toe een vrijkaartje, dat is het enige waarvoor ik je misschien zal aanschieten.'

'Altijd goed.'

'Nu ik het erover heb...' Hij zag er bijna schaapachtig uit terwijl hij met het idee speelde.

'Wat?'

'Nou, ik eh... ik neem vanavond iemand mee naar de schouwburg. Een dame. Je weet inmiddels dat ik nergens doekjes om wind, Tobe, dus moet ik je bekennen dat Audrey nog niet zo lang weduwe is. Ik ga dus omzichtig te werk. Ik probeer een beetje te scoren. Als jij nou kans zou zien om... na de voorstelling een hapje met ons te gaan eten... zou ik waarschijnlijk enorm in haar achting stijgen.'

Onder de gegeven omstandigheden kon ik moeilijk nee zeggen. Syd was me niet voor het eerst te slim af, want blijkbaar moest ik hem een wederdienst bewijzen voordat hij mij in feite een gunst had bewezen. 'Met alle genoegen, Syd.'

'Grrrrooots.' Hij straalde me toe als een tijger. 'We gaan naar The Latin in the Lane. Ken je die tent?'

'Ik denk het wel, ja.'

'Misschien kun je ons daar treffen als je je hebt verkleed. Bij wijze van verrassing, snap je wel.'

'Oké.'

'En dan....' Hij knipoogde. 'Heb ik misschien wel bericht van mijn ouwe schoolmakker.'

Een etentje met Syd Porteous en de begeerde weduwe Audrey zou niet mijn voorkeursamusement voor 's avonds laat zijn, maar het klonk in elk geval veilig. En tegen de achtergrond van wat Denis had doorgemaakt, was dat onmiskenbaar positief.

Om een langdurig onderhoud in de Cricketers te vermijden, verontschuldigde ik mezelf met het voortreffelijke excuus dat Syd me die avond natuurlijk op mijn best wilde zien en ik at patat met vis bij wijze van middagmaal. Gavin Colborn beloofde een waardevol contact te zijn, misschien zelfs onbetaalbaar: een verbitterde oom die me het allerergste over zijn rijke, mooie neefje zou vertellen. Of het allerbeste: het was maar hoe je het bekeek.

Ik moest een paar uur slapen voor vanavond. Met dat als enige streven toog ik naar het Sea Air. Maar halverwege Madeira Place kwam er iets tussen.

Ik zag een flitsende, donkerblauwe Porsche aan de overkant staan. Ik keurde hem maar één bewonderende blik waardig. Toen hoorde ik een portier dichtslaan en mijn naam roepen. 'Toby Flood?' Ik draaide me om.

En daar stond Roger Colborn, in een spijkerbroek, leren jasje en sweater. Hij leunde tegen het portier aan de chauffeurskant en keek naar me. Er speelde een flauw glimlachje om zijn lippen, alsof hij me uitdaagde om te doen alsof ik niet wist wie hij was.

'Kunnen we even praten?'

Ik stak over nadat ik uitvoerig had gekeken of er geen verkeer aankwam, om mijn brein de kans te geven te bedenken wat hij in zijn schild voerde. Het was vergeefs. 'Roger Colborn,' zei ik neutraal.

'Aangenaam kennis met je te maken, Toby.' Hij gaf me een hand. 'Ik heb net met Jenny geluncht.'

'O ja?'

'Ze heeft me verteld hoe je haar hebt geholpen... met die etter van een Oswin.'

Ik knikte. 'Juist.'

'Ik ben vandaag wat eerder thuis. Dus ik dacht, ik ga je even bedanken. Persoonlijk.'

'Dat hoeft niet.'

'Als iemand zijn best doet voor me, wil ik dat graag.'

'Maar ik heb... mijn best niet voor je gedaan.'

'Voor mij, voor Jenny, maakt niet uit.' Zijn glimlach werd breder. 'Heb je iets te doen?'

'Niet echt, nee.'

'Ga dan een eindje met me rijden. Ik vind dat we... elkaar maar eens moesten leren kennen.'

'O, ja?'

'Dat zal mogelijke... misverstanden in de toekomst helpen voorkomen. Kom mee, deze schoonheid heeft op stal gestaan toen ik weg was. Ik moet haar uitlaten. Zin om mee te gaan? Onderweg kunnen we wel praten. En laten we wel wezen: dat is nodig, Toby.'

Colborn had gelijk. Hij had ook iets bikkelhards onder het dunne laagje jovialiteit. Ik had wel redenen kunnen bedenken om zijn uitnodiging af te slaan. Maar er was veel meer voor te zeggen om van hem persoonlijk alles te weten te komen wat ik maar kon.

We reden in noordelijke richting. De Porsche rommelde met een diep keelgeluid door de straten van de stad en vervolgens reden we oostwaarts in de richting van de renbaan. Colborns voornaamste zorg scheen te zijn om uit te leggen waarom hij en Jenny elkaar in het ongewisse hadden gelaten wat Derek Oswin betrof, hoewel hij moest hebben beseft dat ik mijn eigen conclusies zou trekken, wat hij ook zei.

'Er is sprake geweest van wancommunicatie, Toby. In dit geval met de beste bedoelingen. Ik ken Oswin natuurlijk van vroeger. Ik heb hem genegeerd in de hoop dat hij vanzelf weg zou gaan. Het was nooit bij me opgekomen dat hij Jenny zou gaan lastigvallen. Omdat hij met een video van een van jouw vroegere films was gezien, dacht zij natuurlijk dat zijn belangstelling voor haar iets met jou te maken had. Zo zit het.'

'Dat begrijp ik best.'

'Daar ben ik blij om. En zoals ik zeg, ook dankbaar. Eerlijk gezegd, vind ik het positief dat we elkaar op deze manier leren kennen. Jij en Jenny zijn heel lang bij elkaar geweest. Het heeft geen zin om te doen alsof je relatie met haar nooit heeft bestaan. Die is een deel van haar. Jij en ik zijn allebei volwassen mensen. We weten hoe dat gaat. We zouden daar allebei mee om moeten kunnen gaan.'

'Vind ik ook.'

'Geweldig. Nou, wat staat er na dit stuk op het programma?'

'O, er zijn diverse mogelijkheden.' Ik had geen zin om de toestand van mijn loopbaan met Colborn te bespreken, hoe volwassen en rationeel we ook geacht werden te zijn. We moesten het maar over iets anders hebben. 'Ik ben wel nieuwsgierig naar Oswin. Wat weet je van hem?'

'Hij heeft vroeger voor mijn vaders bedrijf Colbonite gewerkt. Dat heb ik zelf ook een poosje gedaan. Op een ander niveau dan lieden als Oswin natuurlijk. God-mag-weten wat hij allemaal heeft gedaan sinds de sluiting.'

'Niets, wat reguliere kostwinning aangaat.'

'Verbaast me niks. Het is een mislukkeling.'

'Maar hij heeft wel contact met je gehad.'

'Helaas wel, ja. Hij heeft me gebombardeerd met brieven en telefoontjes over de geschiedenis van Colbonite die hij heeft geschreven. Hij heeft me er zelfs exemplaren van gestuurd.'

'Gelezen?'

'Ik heb wel wat beters te doen, Toby. Ik heb tijd noch trek om me door de herinneringen van Derek Oswin te worstelen. Mijn vader heeft Colbonite dertien jaar geleden opgedoekt. Het was gewoon een goedkoop, middelmatig plasticbedrijf. Eén obscuur slachtoffer van de langzame ondergang van de Britse industrie. Wie kan dat nou wat schelen?'

'Oswin zei iets over een waardevol patent.'

'O, ja?' Colborn fronste even en daarna concentreerde hij zich op zijn spiegeltje omdat we de A27 in oostelijke richting op reden. Een dot gas bracht de Porsche op zijn gewenste kruissnelheid. Maar de chauffeur was kennelijk afgeleid.

'Was het waardevol?'

'Hm?'

'Dat patent.'

'O, redelijk. Het was een formule om verkleuring door zonlicht tegen te gaan. Een van de schamele kroonjuwelen van de firma. Maar de verkoop ervan heeft mijn vader geen fortuin opgeleverd, dat kan ik je wel vertellen.'

'Maar meer dan de ontslagen employés, neem ik aan.'

'Die zijn er niet slecht van afgekomen. Oswin heeft niets te klagen.'

'Ik weet niet óf hij wel klaagt. Althans niet daarover.'

'Wat gaat je agent met dat boek doen?'

'Lezen en weigeren, denk ik.'

'Ik hoop dat Oswin daar genoegen mee neemt.'

'Ik denk het wel.'

'En jij vindt dat ik iets dergelijks had moeten regelen voordat dit uit de hand ging lopen. Nou, ik denk dat je gelijk hebt.' Colborn wierp een blik opzij. 'Bedankt dat je me uit het gat hebt gehaald dat ik zelf heb gegraven, Toby. Je hebt niet alleen Jenny een dienst bewezen, maar mij ook. Dat zal ik niet vergeten.'

Hoe edelmoedig van hem. En van mij. Als het zo doorging, zou hij me zo meteen nog uitnodigen voor een rondje golf op zijn club. We waren twee beschaafde mannen van de wereld en omzeilden subtiel onze compromissen en tegenstellingen, omdat de een Jenny's verleden en de ander haar toekomst belichaamde.

Allemaal flauwekul natuurlijk. In werkelijkheid hield Roger Colborn zich bezig met risicotaxatie. Was ik een luis die weldra uit eigen beweging uit zijn pels zou kruipen? Of een uitdaging die hij tegemoet moest treden?

Een eindje voorbij Lewes sloeg hij af van de hoofdweg en reed hij over een steil landweggetje de heuvels in. Bovenaan was een parkeerterreintje met naar alle kanten een weids uitzicht: een lappendeken van akkers en bos in het noorden, een grijze plak zee in het zuiden.

'Zin om een eindje te lopen. Toby?' vroeg hij in de stilte die er viel toen hij de motor had afgezet. 'Een frisse neus helpt me vaak mijn gedachten te ordenen. En er is iets wat ik echt graag helder wil hebben.'

Ik stemde zonder veel enthousiasme in. We stapten uit in de gure wind. Ik staarde over de rug van de heuvels, waar een paar wandelaars de enige mensen in de wijde omtrek waren. Het leek me toe dat het een kille en modderige wandeling zou worden. Ik liet me overhalen om een reservepaar laarzen aan te trekken en we vertrokken. En Colborn stortte zijn hart uit.

'Jenny heeft een beter mens van me gemaakt, Toby. Misschien heeft ze dat ook voor jou betekend. Zo ja, dan moet de scheiding een hele klap voor je zijn geweest. Althans, ik zou niet graag weer willen zijn wie ik was voordat ik haar leerde kennen. Dat was de grootste bonus van mijn leven. Ik zal nooit iets doen om haar te kwetsen. Dat zweer ik je. Ik hou van haar, en ik geloof echt dat het altijd zo zal blijven. En ik weet dat ik haar altijd zal beschermen. Ze is veilig bij me. Het is belangrijk dat je dat begrijpt. Misschien ben ik niet zo goed voor haar als zij voor mij. Maar ik ben goed genoeg, zonder meer.'

'Dat zal vast,' loog ik.

'Maar hoe zit het met jou. Toby? Waar ga jij naartoe? Jenny zegt dat het er niet al te rooskleurig voor je uitziet. Als je vindt dat ik me met mijn eigen zaken moet bemoeien, zeg je het maar hoor, maar ik begrijp dat je huidige stuk geflopt is, om het maar cru te stellen.'

'Het gaat niet zo goed als we gehoopt hadden.'

'En je filmwerk is zo goed als verleden tijd...'

'Ik zou niet...'

'Je hoeft je niet te verdedigen.' Hij stak een hand op om me het zwijgen op te leggen. 'Waar het om gaat, is dat ik contacten in de filmwereld heb. Weliswaar niet in Hollywood, maar in Europa. Coproductie heet dat. Ik heb een belang in een aantal projecten.'

'Waar wil je naartoe?'

We bleven staan. Hij draaide zich naar me toe en de wind speelde door zijn haar. 'Ik bedoel dat ik je wel een rol kan bezorgen. Zodat je weer op het scherm komt. In een redelijk grote productie. Waar je ook thuishoort.'

Hij meende het. Dat lag voor de hand. En of hij me nu een gunst bewees of een steentje uit zijn schoen verwijderde, het resultaat was hetzelfde. De oplossing van een wederzijds probleem. Ik besefte opeens dat dit zakendoen was. Een aantrekkelijke aanbieding doen. Het sluiten van productieve transacties. Kosten-batenplaatjes. Winstmarge. Het eindresultaat.

'We hoeven elkaar niet te mogen, Toby. Wederzijds respect is voldoende.'

'Waarom de mislukkeling uithangen als je een winnaar kunt zijn? Bedoel je dat soms?'

'Zoiets.'

'Dus zou ik wel gek zijn om je aanbod te weigeren.'

'Precies. Maar ik kom vaak gekken tegen. Ik ben het gewend dat mensen gouden kansen weigeren.'

'Ik ben een ploeterende acteur, Roger. Ik kan het me niet veroorloven om nee te zeggen.'

'In dat geval moesten we er maar eens voor zorgen dat er weldra iets lucratiefs opduikt waar je ja tegen kunt zeggen.'

'Dat zal mijn agent als muziek in de oren klinken.'

Colborn glimlachte. 'Vind je het niet geweldig om pragmatisch te zijn?'

'Het is nieuw voor me,' antwoordde ik neutraal.

'Je went er zo aan.' Zijn glimlach werd breder. 'Dat beloof ik je.'

We liepen weer naar de auto en reden terug naar Brighton. Colborn gaf een korte, heldere uiteenzetting over de aard van zijn lucratieve, pragmatische broodwinning.

'Het komt allemaal op timing aan, Toby. Wanneer je ergens een belang in moet nemen. Wanneer je er weer uit moet. En de sleutel tot timing is dezelfde als de voorwaarde die God heeft gesteld toen hij de mens de vrijheid gaf: eeuwige waakzaamheid. Daar heb ik mijn personeel voor. Om de zaak goed in de gaten te houden. Zodat ik mijn blik vrij heb om in de breedte te kijken. Ik heb geleerd niets te verwerpen zonder het te overwegen. En om bereid te zijn alles te verwerpen. Dat heeft goed voor mij gewerkt.'

'Heb je nog familie of andere mensen die financieel afhankelijk van je zijn?'

'Ex-vrouwen en kinderen, bedoel je? Nee. Dat helpt natuurlijk. Je kunt makkelijker risico's nemen als je je om niemand druk hoeft te maken. Ik moet bekennen dat ik een beetje risicoschuwer ben geworden toen Jenny in mijn leven kwam, ook al is ze heel wel in staat om zichzelf te onderhouden, wat wel blijkt uit het succes van Brimmers. Eerlijk gezegd ben ik altijd langetermijnrelaties uit de weg gegaan, deels omdat ik wist dat ik dan misschien minder doortastend te werk zou gaan. Maar ik ben in het stadium gekomen dat ik me wel enige zorgzaamheid kan veroorloven. Jenny is de veranderingen die ik in mijn leven heb moeten aanbrengen dubbel en dwars waard.'

Het klonk allemaal redelijk geloofwaardig, die gladde versie van zichzelf die Colborn presenteerde. Maar ik was niet overtuigd. En niet alleen niet omdat ik dat niet wilde. Ik had een zwakke plek in zijn logica ontdekt. Waarom strekte zijn open instelling ten opzichte van alle mogelijke zakelijke voorstellen zich niet uit tot Derek Oswins geschiedenis van Colbonite? En hoe was precies de verhouding tussen de winst die hij uit zijn sluw getimede transacties sleepte en de stapel geld die hij ongetwijfeld van zijn vader had geërfd: het residu van die goedkope, middelmatige plasticfabriek? Het was niet zozeer een kwestie van timing als wel van redigeren. En als je een verhaal redigeert, loop je altijd het risico van een paar losse eindjes. Ik besloot er een rukje aan te geven.

'Waar was je kantoor gevestigd voordat je Wickhurst Manor erfde, Roger?'

'Ik heb... de zaak eigenlijk pas na mijn vaders dood opgebouwd.' Een-nul voor mij. En hij wist het. Hij ging snel en onhandig op een ander onderwerp over. 'Ik hoop dat je niet al te zeer in de problemen bent gekomen toen je gisteravond de voorstelling moest missen.'

'Ik red het wel.'

'Mooi.' Hij wachtte even alvorens te hervatten: 'Hoe heeft je invaller het gedaan?'

Dat was een rare vraag. Wat kon hem dat schelen? Het enige antwoord dat me te binnen wilde schieten bracht me van m'n stuk. Het was al erg genoeg om te beseffen dat Denis misschien het slachtoffer was geworden van een mislukte hinderlaag die voor mij was bedoeld. Maar op de een of andere manier was het nog veel erger om te veronderstellen dat de hinderlaag helemaal niet was mislukt; dat het feit dat Denis op het nippertje aan een ramp was ontkomen opzettelijk zo was geregisseerd om mij een boodschap te sturen: een demonstratie van wat me kon overkomen als ik zo dom was om het aanbod niet te accepteren.

'Ik hoop dat hij het niet al te goed heeft gedaan,' vervolgde Colborn grinnikend. Je wilt niet de naam krijgen dat je niet... onmisbaar bent.'

Weldra waren we weer terug in Madeira Place. 'Bedankt voor het ritje,' zei ik toen ik uitstapte. 'Graag gedaan,' antwoordde hij. Ik deed het portier achter me dicht en keek hem na. De auto sprintte het korte stukje naar het eind van de straat. Zijn remlichten gloeiden op. Daarna draaide hij Marine Parade op, en weg was hij.

Ik stak over. Slapen kon ik wel vergeten, maar ik moest op de een of andere manier even rusten. Een blik omhoog op de erker van de salon op de eerste etage van het Sea Air zei me echter dat het me niet gegund zou worden. De salon had leeg moeten zijn omdat ik nu eenmaal de enige gast was. Daarom dacht ik even dat het gezicht dat ik naar beneden zag turen een hallucinatie was. Maar nee hoor. Melvyn Buckingham zat daar echt. Hij keek reikhalzend om de hoge leuning van zijn stoel om een blik naar buiten te werpen. Onze beroemde regisseur bracht me een bezoek.

In de gang liep ik Eunice tegen het lijf, die met een dienblad met thee op weg was naar de salon. 'Het spijt me écht, Toby, ik kon hem toch niet de deur wijzen? Nadat hij die hele reis had gemaakt?'

'Je had geen cake voor hem hoeven bakken,' gromde ik, omdat ik de geur rook van haar heerlijke zelfgemaakte cake.

'Die heb ik voor jou gebakken. Hier.' Ze gaf me het dienblad. 'Neem jij dit maar, dan kan ik weer aan m'n werk.'

Ik keek haar fronsend na toen ze een beetje nors naar de kelder afdaalde. Daarna haalde ik diep adem en begaf me naar de salon met de regisseur.

Ondanks Melvyns grootstedelijke levensstijl droeg hij zijn geliefkoosde landjonkerstweed. Zijn gezicht, waarop zich tijdens repetities in rap tempo goedkeurende grijnzen en pijnlijke grimassen konden aftekenen, was momenteel gefixeerd in een frons die op boosheid of stomme verbazing kon wijzen.

Ik zette het blad neer en glimlachte naar hem. 'Brian heeft niet gezegd dat je erover dacht om te komen.'

'Ik wilde je verrassen,' antwoordde Melvyn. 'Sinds Leo me heeft verteld dat het stuk niet naar Londen gaat, wilde ik zelf al komen kijken waar we de mist in zijn gegaan. Ik was vorige week op de Canarische Eilanden om een beetje in de zon te liggen, dus ik kon niet eerder. Ik had het gisteren aan de lunch met Leo over dit uitstapje. Zoals je wel zult begrijpen, bleek het nog noodzakelijker dan ik me had voorgesteld. Vanmorgen heeft Leo me op een goddeloos uur gebeld om te vragen, om er zelfs op te stáán dat ik je namens hem de mantel uitveeg.'

'Hij reageert overdreven. Ik heb één voorstelling gemist. Anders niet.'

'Dat kan wel zijn, maar wie overdreven betaalt, mag overdreven reageren.'

'Wil je een kop thee?'

'Ik wil een stevige borrel, beste jongen. Maar als dat niet kan, geef me dan maar een kalmerend kopje.'

Ik schonk in, gaf hem zijn kopje en zei op mijn verleidelijkst: 'De cake kan ik warm aanbevelen.'

'Die ziet er inderdaad lekker uit.' Melvyns vraatzucht heeft altijd zijn professionele oordeel gekleurd. Hij was verkocht. 'Goed dan.'

Ik gaf hem een plak cake en hij nam een hapje. Hij kauwde nog op zijn eerste hap toen Eunice de kamer in zwierde, een bordje met nog een plak op mijn armleuning zette en weer verdween.

'Leo wil graag horen dat de zaak van de week niet ontspoort,' sputterde Melvyn door de rozijnen heen.

'Beloofd.'

'Gelukkig heeft *The Argus* geen probleem gemaakt van je... ziekteverzuim.' Hij knikte naar de krant op de grond naast zijn stoel. 'Er heerst griep.'

'Maar ik ben beter.'

'Dat mag ik hopen.'

'Leo hoeft zich nergens zorgen over te maken.'

'Hij schijnt daar anders over te denken. Ik vrees dat de brief hem van zijn stuk heeft gebracht.'

'Welke brief?'

'Weet je dat niet?'

'Ik heb geen idee waar je het over hebt.'

'O.' Hij veegde een paar kruimels van zijn mond. 'Dan moet je maar eens kijken.' Met enige moeite haalde hij een stuk papier uit de zak van zijn jasje en gaf het aan mij. 'Die heeft Leo vanmorgen op kantoor gekregen.'

Zodra ik het papier had opengevouwen, herkende ik het handschrift. Aan de ene kant was het geen verrassing. Aan de andere...

Viaduct Road 77
Brighton
BN 4ND
2 december 2002

Geachte heer Gauntlett,

Ik wil niet dat u zich zorgen maakt als u hoort dat de heer Flood de voorstelling van Lodger in the Throat *van vanavond heeft gemist. Zoals u misschien weet, woont de vervreemde echtgenote van meneer Flood hier in Brighton. Sinds meneer Flood gisteren is gearriveerd, heb ik hem zo goed mogelijk geholpen bij zijn pogingen om een verzoening met mevrouw Flood te bewerkstelligen. Ik weet zeker dat u zo'n ontwikkeling niet in de weg wilt staan. Tenslotte zou meneer Flood er gelukkiger van worden en daardoor ook als acteur zelfverzekerder.*
Toevallig kan meneer Flood vanavond niet in het Theatre Royal verschijnen. Hij zal zijn afwezigheid waarschijnlijk niet willen toelichten en daarom schrijf ik om er de nadruk op te leggen dat het eenvoudigweg onvermijdelijk is, als we zijn toekomstige welzijn willen garanderen. Onder de gegeven omstandigheden heb ik er alle vertrouwen in dat u het ongemak voor uw gezelschap door de vingers wilt zien.
Tussen haakjes, misschien mag ik van deze gelegenheid gebruikmaken om aan te geven dat de tegenvallende voorstelling van het stuk naar mijn mening grotendeels is toe te schrijven aan de weinig ingeleefde regie van de heer Buckingham, die het stuk met alle geweld heeft willen behandelen als een salonkomedie en niet als de genadeloze satire op het gezinsleven die het in feite is.
Hoogachtend,
Derek Oswin

Ik moest aan de naam Edna Thorpe denken toen ik de brief uit had. Dat was het pseudoniemfantoom dat Joe Orton had bedacht om plagerige en tendentieuze brieven te sturen naar instituten wier arrogantie naar zijn smaak moest worden doorgeprikt. Soms schreef ze een preutse klacht naar de krant over een van Ortons eigen stukken; tenslotte is alle publiciteit goede publiciteit. Ik was er onmiddellijk en instinctief van overtuigd dat Derek in de geest van Edna Welthorpe naar Leo had geschreven. Hij was ervan uitgegaan dat ik de grap zou doorzien, maar Leo en Melvyn niet. Maar hoewel ik de grap er wel van inzag, was ik er toch het slachtoffer van. Derek was echt gek, in de Ortoniaanse betekenis. Er was geen peil te trekken op wat hij in zijn schild voerde. Als ik soms dacht dat ik de situatie in de hand had, bewees deze brief wel dat ik mezelf voor de gek hield.

Ik gaf hem weer aan Melvyn. 'Ik heb kennelijk een grappenmaker aan mijn fiets hangen,' zei ik met een gemaakte glimlach. 'Nogal gênant, hè?'

'Maar die meneer Oswin ken je toch wel?'

'Ja. Maar hij is geen tussenpersoon van mij, of...'

'Waarom heb je de voorstelling dan gemist?'

Mijn glimlach bevroor. 'Goeie vraag.'

'Wie is hij?'

'Niemand om wie jij je druk hoeft te maken. Eigenlijk zegt dat het precies. Hij is niemand.'

'Ik wou dat Leo het ook zo zag. Hij scheen te denken dat het nare ettertje nog gelijk had ook.' Melvyn werd rood. 'Over mijn regie.'

'Oswin probeert ons gewoon een beetje te stangen.'

'Maar waaróm heb je die voorstelling gemist?'

'Oké.' Ik hief mijn handen omhoog in een gebaar van overgave. 'Het had inderdaad iets met Jenny te maken... en met mijn pogingen om haar over te halen... de echtscheiding te annuleren. Maar Oswin... helpt me op geen enkele manier.'

'Hoe weet hij er dan zoveel vanaf, als ik het vragen mag?'

'O, god.' Ik stond op en keek uit het raam. Het uitzicht op de langzaam vallende duisternis was te verkiezen boven Melvyns blik. 'Ik garandeer je dat er geen Edna-brieven meer zullen zijn.'

'Edna?'

'Laat maar. Vergeet Derek Oswin, alsjeblieft. Laat hem maar aan mij over.'

'Graag.'

'Ik regel het wel met hem.' Ik knikte mijn vage spiegelbeeld bevestigend toe. 'Voor eens en voor altijd.'

Uiteindelijk lukte het me om Melvyn kwijt te raken op grond van het feit dat ik even moest rusten voor de voorstelling, iets waartegen hij amper bezwaar kon maken. Het was ongetwijfeld waar. Maar toen ik op bed lag en het enige licht in de kamer afkomstig was van het mistige amber van de dichtstbijzijnde straatlantaarn, wilde de rust maar niet komen. Wat voor spelletje speelde Derek Oswin? De vraag zou al onthutsend genoeg zijn zonder Roger Colborns schaamteloze poging om me om te kopen, die heel waarschijnlijk was onderbouwd met de dreiging van nog grovere middelen. Waar was ik in godsnaam in beland? En nog belangrijker: hoe redde ik me hieruit?

Niet door naar Viaduct Road te stormen om de briefschrijver van nummer 77 te kelen, redeneerde ik, hoe verleidelijk dat idee ook was. Derek zou waarschijnlijk beweren dat hij Leo had geschreven in de oprechte hoop dat hij hem kon overhalen mij niet al te zwaar te vallen, net zoals hij me alleen maar zover had gekregen om de voorstelling te missen om Jenny gunstig over mij te laten denken. Het kon nog waar zijn ook. Ik wist niet of ik hem over- of onderschatte. Hij had Leo de brief geschreven voordat hij zeker wist of ik zijn spelletje wel mee zou spelen, wat een groot vertrouwen in zijn aanpak verried. Maar zelfvertrouwen en krankzinnigheid gaan dikwijls hand in hand.

Maar niet in het geval van Roger Colborn. Hij is de ultieme rationalist. Bovendien heeft hij geen gebrek aan zelfvertrouwen. Het kwam me voor dat hij en Derek merkwaardig veel van elkaar weg hebben, ondanks hun voor de hand liggende verschillen. Ze denken allebei dat ze me in de peiling hebben. En misschien hebben ze gelijk. Ik heb hén in elk geval niet in de peiling. Nog niet althans.

Gavin Colborn kan mijn loods zijn naar de waarheid. En ik vertrouwde erop dat Syd Porteous me bij hem zou brengen. Dus voor mijn souper met Syd en zijn vriendin na de voorstelling kon ik niets uitrichten. Derek zou moeten wachten. Alles moest wachten. Tot na mijn werk op het podium. Waarin sommige mensen weinig vertrouwen schenen te hebben.

Maar daar hoorde ik niet bij. De voorstelling van *Lodger in the throat* van vanavond was zelfs een bevrijding voor me. Ik kon ophouden met piekeren over de ingewikkelde aspecten van de driehoek Jenny-Roger-Derek en opgaan in de rol van James Elliott, een eerbare man van middelbare leeftijd uit de middenklasse, die opeens merkt dat zijn zorgvuldig geregisseerde leven als een kaartenhuis instort. Ik hield op met effectbejag en speelde de rol zoals ik hem zag. Voor het eerst kon ik geloven dat ik de persoon was die ik geacht werd te zijn. Ik besefte dat Orton inderdaad geen komedie met een serieuze ondertoon had geschreven. Hij had een tragedie geschreven die zo mistroostig was dat je erom moest lachen.

En gelachen hebben ze. Het publiek in Brighton bevindt zich natuurlijk aan de geletterde kant van het spectrum dat we bespelen, maar de reacties verrasten me toch. Als dat net zo was geweest aan het begin van de tournee, hadden we ons misschien kunnen verheugen op een nieuw jaar in Londen. We waren te laat op dreef gekomen.

Dat we überhaupt op dreef waren gekomen, werd door een superopgewonden en benevelde Melvyn Buckingham toegeschreven aan mijn assertievere greep op de rol van James Elliot. En dat was dankzij het feit dat we de rol eerder op de dag intensief hadden bestudeerd.

'Raar,' fluisterde ik glimlachend tegen Jocasta, 'daar herinner ik me niets van.'

'Iets heeft je begeesterd, Toby,' zei ze. 'Ook al was het niet Melvyn.'

'Ik denk eerder dat het komt van het alom verspreide gerucht over hoe goed Denis het gisteravond heeft gedaan.'

'Dat is ook zo. Maar hij kon nog steeds niet aan je tippen, in elk geval niet wanneer je in vorm bent. Dat stukje in het begin van de tweede akte, waar je even wacht voordat je Tom wekt en een navrant rondje over de set maakt... waar komt dat vandaan?'

'Ik weet het niet. Het... kwam gewoon.'

Ik wist het natuurlijk wel. Hoe onwaarschijnlijk het ook klonk, Derek Oswin had een betere James Elliott van me gemaakt. Ik wist niet of ik zijn invloed nu moest omhelzen of vervloeken. Hoe dan ook, je kon hem amper een conventionele bron van artistieke inspiratie noemen. Wél een uitermate verontrustende, hoe je het ook bekeek.

Melvyn was kennelijk van plan zijn avondje Brighton gedenkwaardig te maken. Ik moest me met enige moeite losmaken van het groepje dat hij verzamelde en liep de kant op van The Latin in the Lane.

Het restaurant was voor drie kwart vol en er heerste een bruisende bedrijvigheid in de beste traditie van de Italiaanse late avond. Te oordelen naar het geroezemoes en de talrijke blikken die ik trok toen ik door het restaurant liep, waren veel gasten net uit het Theatre Royal gekomen. Onder hen was Syd Porteous, die een das had toegevoegd aan zijn gewone plunje. Hij zag er versleten en dun genoeg uit om een oude schooldas te zijn. Hij begroette me alsof we we elkaar al jaren kenden – wat op een rare manier ook zo voelde – en stelde me voor aan zijn gepast verraste metgezel.

'Sydney, stiekemerd,' riep ze uit. 'Je had me helemaal niet verteld dat we meneer Toby Flood zouden ontmoeten.'

'Een avond met mij is een safari naar het onverwachte,' antwoordde Syd en hij rolde even met zijn ogen. 'Deze heerlijke dame is Audrey Spencer, Tobe.'

Audrey was inderdaad heerlijk, ondanks een uitdossing die vijftien jaar geleden misschien flatteus zou zijn geweest, maar die nu aan het goedmoedig sarcastische grensde. Er was een heleboel boezem en een kanten beha-randje te zien. En haar roze broek zat strak om een achterwerk dat camouflage behoefde in plaats van accentuering; ik kon niet helpen dat mijn oog erop viel toen ze later naar de wc ging. Maar wat leeftijd niet kon laten verwelken noch onderstrepen, was de vonk in haar ogen, haar ondeugende, scheve grijns en haar stralende, innemende persoonlijkheid.

'Ik weet niet hoe lang het geleden is dat ik zo heb genoten in de schouwburg,' zei ze opgetogen. 'Die Orton was me d'r eentje, hè?

Niet dat de woorden veel zouden voorstellen als jij ze niet zo goed bracht, Toby. Sydney zegt dat hij Orton een keer echt heeft ontmoet. Heeft hij jou dat al verteld?'

'Ja, inderdaad,' antwoordde ik met een blik naar Syd.

'Ik had geen idee dat hij zich in zulke verheven kringen bewoog, weet je. Ik begin te beseffen dat hij een mysterie is. Maar goed dat ik wel van een goed mysterie houd, niet dan?'

Waarop Syd aan zijn das pulkte en probeerde zijn zelfingenomen grijns een mysterieus tintje te geven.

Dat gekeuvel zette zich voort toen we ons eten bestelden en een flinke bres sloegen in de Piedmont-kant van de wijnkaart. Syd was niet de karigste als het ging om dames of acteurs. Ik feliciteerde mezelf niet zo'n klein beetje met wat onze beste voorstelling van *Lodger in the Throat* geweest moest zijn, dus volgde ik het voorbeeld van mijn gastheer van harte, vooral met het oog op het resultaat waarop ik hoopte.

Dat kreeg ik tijdens de eerste expeditie van Audrey om haar neus te poederen. Syd liet zijn stem dalen tot een schor gegrom, boog zich naar me toe en zei: 'Zoals beloofd, heb ik contact met Gav Colborn gehad, Tobe. Hij wil je graag spreken. Schikt het jou morgenmiddag om twaalf uur in de Cricketers? Zelfde tijd en plek maar? We kunnen het net zo goed eenvoudig houden.'

'Ik zal er zijn.'

'Perfecto. Hoewel je toevallig niet zo lang hoeft te wachten op een paar boeiende inlichtingen over de Colborn-clan.'

'O, nee?'

'Nee. Wacht maar tot Aud terug is. Dan kan zij het vertellen.'

'Audrey?'

Ik moest me tevredenstellen met Syds bespottelijk dramatische knipoogjes. Maar een paar minuten later voegde Audrey zich weer bij ons, waarop Syd haar vroeg om me te vertellen wat zij al eerder hadden besproken.

'O, dát.' Audrey keek meelevend naar mij. 'Weet je wel zeker dat Toby dat wil horen, Sydney? Het is echt niet zo opwindend. Of leuk. En dit zou toch een leuke avond worden?'

'Ik hoop dat je die ook hebt, schat,' zei Syd. Hij gebruikte het woord *schat* voor het eerst, voorzover ik wist. 'Tobe zal met ge-spitste oren luisteren, dat beloof ik.'

'Goed dan.' Ze wendde zich tot mij. 'Sydney vroeg of ik weleens van de plasticfabriek Colbonite had gehoord, maar hoe hij kon weten dat ik er wel iets van wist...'

'Vraagt en gij zult ontvangen,' mompelde Syd.

'Nou,' vervolgde Audrey, 'het is raar, maar die naam ken ik in-derdaad. Ik ben secretaresse van een van de specialisten van het Royal Sussex Ziekenhuis. Hij is oncoloog. In de loop der jaren heeft hij een heleboel mensen behandeld die voor Colbonite heb-ben gewerkt. Waar het op neerk...'

De riedel van mijn mobiel was wel het laatste waarop ik zat te wachten. Met een gestamelde verontschuldiging viste ik het appa-raat uit mijn zak om korte metten met de beller te maken. Wed-den dat het die benevelde Melvyn was die wilde dat ik weer van de partij zou zijn? Maar het was Melvyn niet.

'Toby, met Denis. Waar zit je?'

'In een restaurant in de Lanes.'

'Is er een kans dat je... naar me toe kunt komen... Ik bedoel nu meteen?'

'Ik zit halverwege de maaltijd, Denis.'

'Ik zou het je niet vragen als ik niet... ten einde raad was.' En het was waar; hij klonk behoorlijk ten einde raad. Zij stem trilde van angst.

'Wat is er?'

'Die kleerkast die me uit Embassy Court heeft gesmeten, is in mijn pension geweest. Ze moeten me hebben, Toby. God-mag-weten waarom. Maar ik ben bang, dat durf ik best te bekennen. Ik weet niet wat ik moet doen.'

'Waar ben je nu?'

'Bij een bushalte in North Street, met een heleboel studenten die op de bus van twaalf uur naar de universiteit wachten. Ik ga er maar van uit dat ik veilig ben in de menigte. Maar die menigte is straks weg als de bus komt.'

Ik moest mijn best doen om mijn ergernis te onderdrukken. Als Denis echt in de penarie zat, was het waarschijnlijk mijn schuld, besefte ik. 'Oké, oké,' zei ik. 'Ik kom zo gauw mogelijk.'

Ik verbrak de verbinding en glimlachte mijn verbaasde disgenoten quasi-zielig toe. 'Dit spijt me heel erg. Een vriend van me zit... in moeilijkheden. Ik moet erheen om te zien wat het probleem is.'

'Ga je ons verlaten, Tobe?' Syd leek duidelijk van zijn stuk. 'Dat meen je niet.'

'Ik ben bang dat ik geen keus heb.'

'We begrijpen het wel, Toby,' zei Audrey. 'Daar zijn vrienden toch voor? Om je uit de nood te helpen?'

'Dat is waar,' gaf Syd met tegenzin toe.

'Heb je nog de tijd om mijn verhaal over Colbonite aan te horen?' vroeg Audrey. 'Om je de waarheid te zeggen stelt het niet veel voor, hoor.'

'Nou...' Ik keek op mijn horloge. Het was bijna kwart voor twaalf, wat betekende dat Denis nog even in veiligheid was. 'Ik kan nog wel even blijven.' Ik wilde dat verhaal over Colbonite inderdaad horen. O, jawel. 'Je zei dat je baas een heleboel arbeiders van Colbonite heeft behandeld. Was dat voor kanker?'

'Ja, voor het merendeel blaaskanker. Maar ik weet niet of het er een heleboel zijn. Het heeft meer weg van een regelmatig aanbod. Meestal terminale gevallen, vrees ik.'

'En dit gaat door... ook sinds het bedrijf is opgedoekt?'

'Ja. Nou ja, kanker ontwikkelt zich dikwijls lang na blootstelling aan... wat ook maar de oorzaak is.'

'En wat is de oorzaak... in die gevallen?'

'Ik weet het niet.'

'Maar Gav misschien wel,' zei Syd.

'Ja. Misschien hij wel.' Ik keerde me weer naar Audrey. 'Over hoeveel gevallen hebben we het?'

'Ik zou het niet weten.'

'Toe maar. Doe maar een gokje. Ik zal het niet tegen je gebruiken.'

'Nou...' Ze dacht even na en zei toen: 'Minstens enkele tientallen.' En daarna dacht ze nog een poosje na. 'Misschien wel meer.'

Ik moet The Latin in the Lane later hebben verlaten dan ik dacht. Toen ik in North Street kwam, was het vijf over twaalf. De voornaamste doorgaande weg van de stad lag er koud en verlaten bij. Er stond geen luidruchtig clubje studenten op de bus terug naar de universiteit te wachten. En Denis was nergens te bekennen.

Pas toen besefte dat ik het mobiele nummer van Denis niet had. Dat had ik hem best kunnen vragen. Dat had ik móeten vragen, maar dat had ik niet gedaan.

Ik bleef bij een van de verlaten bushaltes staan en vroeg me af wat me te doen stond. Denis was misschien in de studentenbus gestapt, hoewel een ritje naar Falmer hem alleen maar zou opzadelen met de vraag hoe hij weer terug moest komen. Of misschien had hij de moed bijeengeraapt en was hij teruggegaan naar zijn pension. Maar daar belandden we weer bij een gapende kloof in mijn inlichtingen. Ik wist niet waar hij logeerde.

Omdat ik niets beters wist, belde ik Brian Sallis. Hij nam op met een dikke tong en geroezemoes op de achtergrond. Hij zat waarschijnlijk ergens in een restaurant met Melvyn en het grootste deel van de cast. En ze hadden het waarschijnlijk erg naar hun zin, heel anders dan ik.

'Toby? Waar zit je?'

'In een bushalte in North Street, als je dat zo graag wilt weten.'

'Wát? Kom hierheen. We zijn in The King and I in Ship Street. Heerlijke calamares, dat kan ik je wel vertellen.'

'Goed idee, Brian, maar ik moet Denis Maple zien te vinden. Heb jij z'n mobiele nummer?'

'Denis ligt vast al onder de wol.'

'Ik denk het niet. En dit is belangrijk. Héb je zijn númmer?'

'Je hoeft niet zo te schreeuwen, ouwejongen. Wacht even.' Ik hoorde scharrelgeluiden en toen klonk zijn stem weer. 'Hier.' Ik schreef het nummer op dat Brian voorlas en daarna herhaalde ik het. 'Klopt,' zei hij.

'Bedankt. Waar logeert hij overigens?'

'Dat weet ik niet. Die informatie heb ik niet bij de hand, Toby. Ergens in Kemp Town, denk ik. Wacht, ik zal het even vragen.' Maar daar schoot ik niets mee op. Niemands geheugen deed het erg goed. Ik verbrak de verbinding toen Brian halverwege een nieuwe aanmoedigingspoging was om me van de partij te krijgen, en belde het nummer van Denis.

Hij nam niet op. Ik probeerde het opnieuw, voor het geval ik het verkeerde nummer had getoetst. Hij nam weer niet op. 'Waar zit je, Denis?' vroeg ik me hardop af. 'Waar zit je, in godsnaam?'

Was hij misschien naar het Sea Air gegaan? Dat was een mogelijkheid die ik vrij gemakkelijk kon controleren. En het lag min of meer de kant van zijn pension op, dus er school een broos soort logica in. Ik zette er flink de pas in.

Binnen een paar minuten was ik in de Old Steine. Er was weinig verkeer en al helemaal geen bus. De wachthokjes aan beide kanten van de weg waren allemaal verlaten. Ik stak over naar St. James's Street en bleef het nummer onderweg vergeefs intoetsen.

Maar net voor ik het wilde opgeven, hoorde ik een mobieltje overgaan in een raar soort stereo met de beltoon in mijn eigen toestel. Ik was halverwege de stoep aan de noordkant van het plantsoen om de Victoria Fountain. Ik bleef met een ruk staan en spitste de oren; ik kon ze amper geloven. De beltonen gingen over in de voicemail. Ik verbrak de verbinding en belde opnieuw. Het mobieltje begon weer te tjilpen. Ik sloeg rechts af naar de fontein.

Aan de voet van de fontein lag iemand op de grond; je kon hem makkelijk voor een van de vele schaduwen verslijten van het struikgewas, de bankjes en smeedijzeren dolfijnen. Nog voor ik bij hem was, wist ik dat het Denis was. Hij lag met opgetrokken benen op zijn zij. Toen ik me bukte en hem op de rug wentelde, viel zijn mobieltje uit zijn hand.

'Denis? Denis, is het goed met je?' Maar het was verre van goed. Zijn mond hing open, maar hij ademde niet. Zijn ogen staarden me aan zonder iets te zien en het wit weerkaatste een bundeltje licht. Ik voelde onder zijn oor en vervolgens zijn pols. Niets. Ik drukte de 9 op mijn mobiel in. Er opende zich een enorm ravijn van tijd in de stilte en de duisternis om me heen. Uiteindelijk had ik verbinding. Ik riep om een ambulance. Ik stotterde onze locatie. 'Hij ademt niet!' riep ik. 'Ik denk dat zijn hart het heeft begeven. Jullie moeten direct komen.'

Het is rechttoe rechtaan naar het ziekenhuis. Er was geen verkeer. De ambulance was er waarschijnlijk binnen vijf minuten. Het voelde eindeloos veel langer. Ik dregde een paar eerstehulpmaatregelen op uit mijn geheugen en probeerde Denis weer tot leven te wekken met mond-op-mondbeademing en reanimatie. Maar mijn techniek was hoogstwaarschijnlijk te gebrekkig om iets te hebben kunnen uitrichten. Ik voelde me stompzinnig en ten einde raad. En verantwoordelijk. Ja, dat voelde ik me ook.

De dood is de grootste absolute van al. Dan is het toch vreemd dat we zo vaag doen over het moment van zijn komst. Het hart stopt met kloppen. Het lichaam stopt met bewegen. Later, als laatste en met tegenzin, sluit het brein zich af. Wanneer dat precies voor Denis Maple gebeurde – op welk tijdstip hij dit ondermaanse precies verliet – zal een open vraag blijven. Was dat voor ik hem vond? Of toen ik zo vruchteloos met hem in de weer was? Of in de ambulance? Of nog later, in het ziekenhuis? Ik weet het niet en zal het ook nooit weten.

Maar over de bevestiging kan ik wel duidelijk zijn. In de wachtkamer kwam er een verpleegster naar me toe. 'Ik ben bang dat het te laat was,' zei ze. 'We hebben hem niet kunnen redden.' Denis was dood. Het voorlopige vonnis was een hartaanval. Ik had zijn hartklachten ter sprake gebracht, dus het moet een eenvoudig geval zijn geweest voor de artsen. Zoiets behoorde altijd tot de mogelijkheden bij iemand met zijn broze gezondheidstoestand. Alcohol, stress, te grote inspanning, er kon van alles achter zitten. Hij had alleen de pech gehad in zijn eentje te zijn geweest toen het gebeurde.

Pech? Ja, dat had Denis zeker gehad. Misschien was zijn grootste pech dat hij een vriend van mij was geweest. Ik had hem die invallersbaan bezorgd. Hij moest iets hebben dat weinig eisen stelde om geleidelijk weer naar het toneel terug te keren. En hij had het geld nodig. Dus had ik hem geholpen.

Om zeep, naar nu blijkt. De inspanning van de voorstelling van de avond tevoren. Het wespennest waar hij naderhand zijn hoofd in stak. Plus de gebeurtenissen van vanavond. Ik zal hem nooit naar het verslag daarvan of een verklaring kunnen vragen. Daar heb ik zijn hoofd en zijn hart mee opgezadeld.

Ik moet Brian hebben gebeld. Of anders moet ik de zuster hebben gevraagd het voor me te doen. Ik kan me niet goed herinneren hoe het precies ging. Maar op een gegeven moment was hij daar in het ziekenhuis, samen met Melvyn en Jocasta en Mandy. Ze waren er allemaal. En ikzelf.

Maar Denis niet. Die was nergens.

'Wat is er gebeurd?' vroegen ze me. En ik probeerde het hun te vertellen. Maar ik wist het eigenlijk niet. En wat ik wel wist sloeg waarschijnlijk nergens op. Een verward telefoontje. Een zoektocht. Een ontdekking. Een sterfgeval. Je kon proberen wat je wilde om er garen van te spinnen, maar je zou alleen de medische feiten overhouden. Het hart van Denis is gestopt. En daarmee hijzelf.

Ze brachten me naar het Sea Air terug, bang dat ik in shock was en eigenlijk niet alleen mocht worden gelaten. Ik bracht mezelf voldoende bij mijn positieven om hen ervan te overtuigen dat ik me wel zou redden. Uiteindelijk gingen ze weg.

Morgenochtend zal Brian de rest van de cast en het bedrijf op de hoogte brengen. Daarna neemt hij contact op met Denis' naaste familie. Hij zal het waarschijnlijk als een tragisch ongeluk beschrijven. Niet zoals de zelfmoord van Jimmy Maidment. Er is geen reden om aan te nemen dat er een vloek op de productie rust. Wat de rest van ons betreft... Het leven gaat door. En het toneelstuk ook. Laten we het wel in proportie zien. Het ging niet goed met Denis. Een willige acteur, maar wel behept met een kwaal. Zelfs een invalbeurt was hem te veel. Triest dat het moest gebeuren. Wat kun je anders zeggen?

Ik zit hier op mijn kamer met mijn whisky en mijn bandrecorder, en probeer de puzzelstukjes van de gebeurtenissen in gedachten aan elkaar te passen. Toen de tweede akte van het stuk goed en wel op gang was gekomen, zal Denis waarschijnlijk iets met Glenys zijn gaan eten. (Dat kan ik haar morgen vragen.) En toen? Een paar borrels, ergens op eigen houtje? (Glenys is geen nachtvlinder.) Naar de film misschien? Als ik had gekeken, had ik misschien een kaartje voor het Odeon in zijn zak gevonden. Op zich is het natuurlijk een triviaal detail. Feit is dat Denis om een uur of elf bij terugkomst in zijn pension de hulk van Embassy Court aantrof die hem opwachtte; of had hij hem bijtijds in de gaten en is hij er haastig vandoor gegaan? Misschien hadden ze hem gevolgd. Dat zou verklaren dat hij zijn toevlucht zocht bij een rij voor de bus. Misschien dácht hij alleen maar dat hij werd gevolgd. Maar dat was irrelevant. Dus belde hij mij. De enige die hem serieus zou nemen. Maar de bus arriveerde voordat ik ter plaatse was. Hij is niet ingestapt. Hij wachtte op me, maar niet lang. Misschien zag hij de hulk weer. Misschien is hij in paniek geraakt. Is dat ook irrelevant? Ik dacht het niet. Ik was maar vijf minuten te laat. Zo lang had hij toch wel kunnen wachten? Maar ik denk dat hij is vertrokken omdat hij wel moest. Hij werd gevolgd. Of opgejaagd. Was hij op de loop toen de pijn hem velde? Hij moet geweten hebben wat het was. Hij was op weg naar de bankjes bij de fontein om te rusten. Of om zich te verstoppen. Hij haalde zijn mobiel tevoorschijn om te bellen. Om een ambulance, misschien. Of mij. Hoe dan ook, hij kwam niet eens aan het intoetsen van het nummer toe. Hij belandde op de grond. En kwam niet meer overeind. Zijn achtervolger is opgeslokt door de nacht. Er verstreken kostbare minuten. Te veel minuten. Tot ik hem vond.

Wat nu? Ze wilden Denis te grazen nemen om mij een waarschuwing te geven, om me te laten zien waartoe ze in staat waren. Ze hadden vast niet de bedoeling om hem te vermoorden. Ze konden niet hebben geweten dat hij het aan zijn hart had. Maar dat was wel zo. En daarom is hij nu dood. En door hen. En dankzij mij. Iemand moest daar de rekening voor betalen. Jawel. Iemand

WOENSDAG

Vanmorgen werd ik wakker met de vluchtige illusie dat ik de dood van Denis Maple maar had gedroomd. Maar de werkelijkheid had me gauw genoeg weer in de tang. Ik had zeven uur aan één stuk door geslapen, maar ik voelde me slechts oppervlakkig uitgerust. Het was al tien uur geweest. Ik had om twaalf uur een afspraak voor een gesprek met Gavin Colborn. En er was nog iemand die ik daarvóór wilde spreken.

Nu al had ik mijn dag amper onder controle. Voorheen waren mijn dagen op tournee langzaam, kort en leeg geweest. Maar sinds mijn komst in Brighton was dat veranderd.

Ik nam een douche, schoor me en kleedde me haastig aan. Daarna belde ik Jenny. Ze klonk niet verheugd om mijn stem te horen. En ze wilde niet dat ik naar Brimmers kwam. Als ik iets te zeggen had, kon dat wel door de telefoon. Maar dat kon ik niet. Uiteindelijk denk ik dat ze dat begreep. We spraken om 11.15 uur af in de Rendezvous.

Er viel een plensbui uit een loodgrijze lucht en de regen werd diagonaal over Madeira Place geblazen door de rukwinden van zee. In dit weer was de route die ik koos, langs de stormachtige boulevard en Black Lion Street in, een idiote keus. Maar ik was nog niet klaar om de Steine over te steken en de plek bij de fontein te passeren waar ik Denis had aangetroffen. Ik zocht niet alleen naar antwoorden, maar ik vermeed er ook een paar.

Ik vroeg me af of Derek Oswins afwezigheid het personeel van de Rendezvous was opgevallen en of ze mij al als een vaste klant beschouwden. Ze gaven geen blijk van een van beide toen ik een kop koffie bestelde en bij Jenny ging zitten,

Ze keek ernstig en ongeduldig. Volgens mij had ze zich afgevraagd of ik soms net zo'n lastpost zou worden als Derek. Ze had duidelijk geen idee wat ik haar ging vertellen.

'Denis Maple is dood.'

'O, mijn god.' Er viel een geschokte stilte. Toen vroeg ze: 'Wat is er gebeurd?'

'Hartaanval.'

'Dat is vreselijk. Het spijt me, Toby. Jij en hij konden het zo goed vinden. Dat moet een klap zijn. Ook voor de groep... Ik bedoel... zo kort na Jimmy Maidment... Wanneer is het gebeurd?'

'Even na middernacht.'

'En wanneer hoorde jij het?'

'Ik was erbij toen hij stierf, Jenny. Of direct erna. Hij had me gebeld. Hij maakte zich zorgen, snap je. En hij was bang. Bang dat iemand hem volgde. Achternazat.'

'Dat kan toch niet.'

'Dat kan zeker wel. Weet je wat wij hier gistermorgen deden? Denis wilde me iets vertellen. Iets waarvan hij vond dat ík het moest weten.'

'Wat dan?'

Ik keek goed naar Jenny's gezicht toen ik het verhaal over Denis en de gebeurtenissen van gisteravond vertelde. Ik heb de context natuurlijk een beetje vaag gehouden. Ik zei niets over Syd Porteous of het gesprek met de oom van haar verloofde dat hij voor me had geregeld. Ook zei ik niets over het vrijwel onverbloemde aanbod van een filmrol van haar verloofde. De regen gutste tegen het raam achter me. De damp sloeg van het espressoapparaat. En daar, in de lichte trekjes rond Jenny's mond en ogen, las ik het begin van de twijfel. Ze was er niet zeker van – niet absoluut zeker – dat deze hele toestand niets te betekenen had.

'Het spijt me dat Denis dood is,' verbrak ze de stilte die was gevallen toen ik was uitgesproken. 'Hij was een schat van een man.'

'Ja. Wat op zich al tragisch genoeg zou zijn. Maar hij had niet hoeven sterven. Dat maakt het meer dan een tragedie.'

'Je weet niet wat er met hem is gebeurd nadat jullie elkaar hadden gesproken. Je kunt het niet weten. Misschien heeft hij zich... de man bij zijn pension wel verbeeld.'

'Nee, Denis was de nuchterheid zelve.'

'Hij was ook ziek. Weet jij veel, misschien wel zieker dan hij voorgaf.'

'Dat kan wel zijn. Dat is mogelijk, heel goed mogelijk. Maar hij is door iets meer dan zijn eigen verbeelding over het randje geduwd. En dat iets voert terug naar mij.'

'Waar wil je heen?'

'Ik leid precies af wat ik hieruit af moet leiden, Jenny. Dat aandacht aan Derek Oswin besteden geen goed idee is. Dat ik mijn vingers er niet aan moet branden. Dat ik de zaak met rust moet laten.'

'Denis geeft zelf toe dat hij maandagavond een stuk in zijn kraag had en waarschijnlijk was hij ook gedrogeerd. Je kunt niet afgaan op wat hij méénde te hebben meegemaakt in Embassy Court.'

'Ik denk het wel.'

'Nou, dat kun je niet.' Ze keek me boos aan. 'Het is absurd.'

'Je denkt dat ik er helemaal naast zit, nietwaar?'

'Ja, dat denk ik. Waarom zou iemand jou in hemelsnaam ervan willen weerhouden om met Derek Oswin te praten?'

'Waarschijnlijk omdat ze bang zijn voor wat hij me misschien te vertellen heeft.'

'Wat kán hij je vertellen, Toby? Hij heeft voor een plasticfabiek gewerkt en niet voor MI5. Doe in godsnaam even gewoon, zeg.' Ze werd rood en keek om zich heen; opeens besefte ze dat ze met stemverheffing had gesproken. Ze boog zich naar voren en zei zacht: 'Luister. Je bent van je stuk vanwege Denis. Je trekt dit uit proportie. Er is geen sprake van een samenzwering. Het is gewoon... leven... en dood.'

'Waarschijnlijk is een hartaanval beter dan kanker.'

'Wat moet dat nou weer betekenen?'

'Een heleboel werknemers van Colbonite zijn aan kanker gestorven, wist je dat?'

Ze gaf geen antwoord. Misschien kon ze niets uitbrengen. Ze keek me aan, knipperde met haar ogen en deed duidelijk haar best om ter plaatse vast te stellen of wat ik had gezegd iets meer reflecteerde dan mijn verlangen om het ergste van Roger Colborn te denken. Zij wilde natuurlijk het beste van hem denken. Geen van beiden waren we erg onbevooroordeeld, wat maakte dat de waarheid voor beiden moeilijk te bereiken, of te herkennen was.

'Ik heb Roger gisteren misschien de indruk gegeven dat ik afkoopbaar was. Kun jij dat rechtzetten voor me, Jenny? Zeg maar dat er geen sprake van kan zijn.'

Nu was ze wel kwaad. Ik was net iets te ver gegaan. Ik was haar kwijt. 'Niemand probeert je af te kopen, Toby.' Ze duwde haar stoel met veel kabaal naar achteren en stond op. 'Ik ga hier niet meer maar luisteren. Het is...' Ze beheerste zich, hief beide handen omhoog, deed haar ogen dicht en haalde diep adem. Daarna deed ze ze weer open en keek me aan.

'Jenny. Ik...'

'Néé.' Ze keek me nog een seconde aan. 'Geen woord meer.' Ze draaide zich om en liep naar de deur.

Ik bleef achter, keek in mijn koffie en begon aan de al te gemakkelijke taak om te bedenken hoe ik dit gesprek zoveel beter had kunnen aanpakken. De serveerster kwam Jenny's kopje afruimen. Terwijl ze dat deed, viel de lepel van het schoteltje kletterend op tafel.

'Het spijt me,' zei ze.

'Mij ook,' mompelde ik.

Een poosje later zat ik nog steeds over mijn laatste restje koffie gebogen toen mijn mobiel ging.

'Met Brian Sallis, Toby. Hoe voel je je vanmorgen?'

'Vrijwel hetzelfde als gisteravond, Brian. Hoe is het met jou?'

'Nogal van m'n stuk, eigenlijk. Maar ik, eh... wilde alleen maar weten of het goed met je gaat.'

'Ik sta op het toneel vanavond. Daar hoef je niet bang voor te zijn.'

'Dat bedoelde ik niet. Ik bedoelde in het algemeen.'

'In het algemeen? Mistroostig, maar oké, zou ik zeggen.'

'Iedereen is aangeslagen, Toby. Ik ben... de hele morgen bezig geweest met mensen op de hoogte te stellen. Er is een hoop... verdriet.'

'Denis was geliefd.'

'Inderdaad. Luister, nu we het er toch over hebben, wil je mij een plezier doen?'

'Nou?'

'Ik heb daarnet met de broer van Denis gesproken. Ian Maple. Die komt vandaag hierheen. Hij wil weten wat er is gebeurd en nou ja, jij weet meer dan wie ook.'

'Wil je dat ik met hem praat?'

'Ik haal hem van de trein en breng hem naar het mortuarium. Daarna weet ik niet wat hij van plan is. Kan ik jou vanmiddag bellen om iets te regelen?'

'Ja, hoor.'

'Bedankt. Dat is een pak van m'n hart. Het begint me het dagje wel te worden, om je de waarheid te zeggen. We moeten de pers nog te woord staan en... de hele santenkraam. Melvyn is overigens weer terug naar Londen. Ik bedoel, dat was hij hoe dan ook van plan, maar...'

'We zouden niet willen dat Melvyn zijn schema moest veranderen.'

'Nee.' Meestal was Brian de eerste om het voor de regisseur op te nemen, maar deze keer leek hij daar geen zin in te hebben. 'Nogmaals bedankt, Toby. We houden contact.'

Het was bijna twaalf uur toen ik uit de Rendezvous vertrok en van schuilplaats naar schuilplaats schoot op weg naar de Cricketers, waar het slechte weer de klandizie tot het minimum had beperkt.

Maar regen of zonneschijn maakten Syd Porteous weinig uit. Hij had zich al geïnstalleerd met een pul bier en een verfrommelde krant. Hij begroette me met een bezorgde frons en een klopje op de schouder.

'Het spijt me te horen dat jullie een lid van je gezelschap kwijt zijn. Tobe. Dat is een klap in het gezicht.'

Ik keek hem een beetje ontstemd aan, verrast dat het nieuws zich zo snel had verspreid. 'Hoe weet jij dat?'

'Het was vanmorgen op het plaatselijke nieuws.'

'Wat zeiden ze?'

'Niet zoveel. Denis Maple heette hij toch? Invaller. Hartaanval, blijkbaar.'

Ik knikte. 'Inderdaad.'

'De naam klonk me bekend in de oren. Zeg maar als ik me er

niet mee moet bemoeien, Tobe, maar was dat niet die man waar je gisteravond zo snel naartoe moest?'

'Ja.' Ik kon het niet ontkennen.

'Wat... is er dan gebeurd?'

Het was een redelijke vraag. Ik had geen compleet antwoord kunnen geven, al had ik het gewild. Syd wist al meer van mijn zaken dan goed voor hem was. Veel meer dan ik van de zijne wist. Ik moest de feiten weloverwogen redigeren. 'Denis was duidelijk in paniek toen ik hem sprak. Hij voelde zich waarschijnlijk al niet lekker. Tegen de tijd dat ik bij hem was, was hij al in elkaar gezakt. Ik kon niets meer doen.'

'Hij was toch die bookmaker in *Long Odds*?' vroeg Syd.

'Er mankeert niets aan je geheugen.'

'Namen en gezichten.' Hij tikte op zijn voorhoofd. 'Die zijn altijd blijven hangen. Het speet Aud en mij zeer dat je zo snel weg moest. Als we...' Hij zweeg omdat de deur achter me openging. 'Opgelet. Daar heb je Gav.' Daarna voegde hij er haastig fluisterend aan toe: 'We kunnen maar beter niets zeggen over dat voortijdige sterfgeval, hè? Daar wordt hij misschien nerveus van.'

Ik verbaasde me nog steeds over Syds redenering toen hij ons grijnzend aan elkaar voorstelde. Gavin Colborn lachte niet terug. Ik kreeg de indruk dat hij daar eerst les in moest hebben. Hij had een smal, schonkig gezicht met sombere lijnen onder een vooruitstekend voorhoofd. Hij was broodmager, liep enigszins gebogen en droeg een sleets grijs pak en een zwarte coltrui onder het soort regenjas dat Harold Wilson vroeger droeg. Hij was bijna kaal en de enige overeenkomst met zijn neef school in het absurd fraaie azuurblauw van zijn diepliggende ogen. Het idee dat we bang moesten zijn om hem nerveus te maken leek me bespottelijk.

'Goed om je weer eens te zien, Gav,' zei Syd met onweerstaanbaar enthousiasme tussen het bestellen van de drankjes door. 'Dat is te lang geleden. Veel te lang.'

'Ik kom tegenwoordig weinig de deur uit,' zei Colborn. Er sloeg me een zure whiskykegel tegemoet.

'Je kent Tobe's gezicht vast wel van de aanplakbiljetten bij het Royal.'

'Daar ben ik al een poosje niet geweest. Ik ben geen toneelliefhebber, meneer Flood.'

'Ieder z'n meug,' antwoordde ik, en ik vroeg me even af wat Gavin Colborns meug in hemelsnaam kon zijn.

'Ik begrijp dat u het over mijn neef wilt hebben.'

'Koetjes en kalfjes zijn nooit Gavs sterkste kant geweest,' zei Syd toen we met onze glazen naar een tafeltje bij de haard gingen dat inmiddels onze stamplek was. 'Ik heb hem gezegd dat het de sleutel van het succes bij de vrouwtjes is, maar daar trekt hij zich niets van aan.'

'Ik neem aan dat u genoeg te doen hebt, meneer Flood,' zei Colborn terwijl hij een sigaret opstak. 'Ik wil u niet vervelen.'

Als zijn opmerking als afzeiker was bedoeld, schoot hij zijn doel faliekant voorbij. 'We jijen en jouwen hier, Gav,' zei Syd. 'Niet dan, Tobe?'

'Ja, Syd,' zei ik met een ongemakkelijke nadruk.

'Welaan dan... Toby,' zei Colborn. 'Laat me eens zien of ik de situatie goed heb begrepen. Volgens Syd vraag je je af of mijn neef Roger wel geschikt is als echtgenoot voor je ex, om wier welzijn je je nog steeds... bekommert.'

'Dat is juist.'

'Heb je hem gesproken?'

'Ja.'

'Hoe kwam hij op je over?'

'Ze zijn niet slaags geraakt, Gav,' zei Syd.

Colborn zei niets en liet zijn vraag in de lucht hangen. Syd grinnikte. 'Hij is duidelijk niet op zijn achterhoofd gevallen,' zei ik uiteindelijk. 'En hij is charmant. Aantrekkelijk voor vrouwen, stel ik me zo voor.'

'Ja,' zei Colborn peinzend. 'Dat alles is hij zeker.'

'Maar is hij eerlijk?'

'Dat is de kern van je onderzoek, nietwaar... Toby?' (Hij leek nog steeds moeite met mijn voornaam te hebben.) 'Is Roger een eerzaam mens?'

'Nou?'

'Wat denk je?'

'Ik... ben geneigd het te betwijfelen.'

'En terecht.'

'Nog een... specifieke reden?'

'Meer dan één. Maar ik moet zeggen dat ik belanghebbende ben. Of liever gezegd, ik heb een grief. Ik heb mijn huidige situatie aan Roger te danken. Armoede is een ellendige situatie, en dat neemt toe naarmate je ouder wordt. Je kunt arm, gelukkig en jong zijn. Althans dat zeggen ze. Maar arm, gelukkig en oud? Dat kan niet.'

'Je had beter naar mijn tips moeten luisteren in de loop der jaren, Gav,' zei Syd. 'Je moet speculeren om binnen te lopen.'

'Dat was niet nodig geweest als Roger me geen oor had aangenaaid.' Nu klonk er bitterheid in Colborns stem. Hij was geen liefhebbende oom.

'Hoe is dat gegaan?'

'Door zijn vader te manipuleren. Dat was mijn oudste broer Walter, die de leiding van het familiebedrijf Colbonite overnam toen onze vader terugtrad. Hij dacht dat hij het beter zou doen als ik hem niet in de weg liep. Ik werd... weggewerkt.' Een snel rekensommetje wees uit dat Roger nog maar een kind was geweest in de tijd waarover Gavin sprak, en niet in de positie om wie dan ook te manipuleren, maar ik zei niets. Weldra zouden we ter zake komen, had ik het gevoel. 'Ik had een paar aandelen in het bedrijf die gedurende mijn vaders leven in trust werden gehouden en waarmee ik vervolgens kon doen wat ik wilde. Hetzelfde gold voor onze zus Delia. Ze waren niet zoveel waard. Althans dat dacht ik. Roger ging na de universiteit meteen bij Colbonite werken. In de loop van de jaren tachtig... haalde hij me over om mijn aandelen aan hem te verkopen. Hij had het moment goed gekozen. Ik zat in een dip. Ik had het geld nodig. Later kwam ik erachter dat hij hetzelfde bij Delia had uitgehaald. Wat we geen van tweeën wisten, was dat hij al bezig was Walter te bewerken om het bedrijf te sluiten. Door Colbonite te sluiten, hadden ze de handen vrij om een van de waardevolste activa van het bedrijf te verkopen: een verfpatent. Dat heeft Roger geen windeieren gelegd. Omdat hij Delia's en mijn aandelen had, was zijn aandeel navenant groter. En Delia en ik kregen er helemaal niets van. Weet je wat hij zei toen ik het hem voor de voeten wierp? "Niets persoonlijks, oom," zei hij. "Maar zaken zijn zaken." Gewoon zaken? De hufter. Het was een kwestie van tweeënhalf miljoen pond.'

'Jezus!' Syd verslikte zich in zijn bier. 'Ik heb nooit geweten dat het zoveel was.'

'Dan weet je het nu.'

'Geen wonder dat je ernstig over de rooie ging.'

'Begrijp goed dat ik wettelijk geen poot had om op te staan, Toby,' vervolgde Colborn. 'Ik kon alleen maar vragen om wat Roger een aalmoes noemde. Ik kon alleen maar... smeken. En dat heb ik ook gedaan. Vergeefs. Hij wilde me geen cent geven.'

'Wat vond je broer?'

'Walter zei dat het Rogers zaak was. Tenslotte had Roger mijn aandelen gekocht. Dus Walter begon aan een comfortabel pensioen in Wickhurst Manor, Roger verkaste naar Jersey om de belasting te slim af te zijn en ik... moest het zo goed en zo kwaad als het ging zien te redden.'

'Delia waarschijnlijk ook.'

'Nee, Delia bofte. Zij ontmoette een rijke vent met wie ze is getrouwd. Voor haar scheen de zon ook in het water. Ik was de enige die op water en brood zat. Dat is nog steeds zo.'

'Roger heeft min of meer toegegeven dat hij vroeger niet vies was van scherp zakendoen,' zei ik. 'Hij beweert dat hij een beter mens is geworden sinds hij Jenny heeft leren kennen.'

'De liefde van een goede vrouw verricht wonderen,' zei Syd met een weeë glimlach.

'Van mij mag je dat geloven,' zei Gavin. 'Roger wil die indruk natuurlijk graag wekken. Hij was een boosaardig kind. En hij is opgegroeid tot een egoïstische gladakker.'

'De vos verliest wel z'n haren, maar niet zijn streken, hè, Gav?' zei Syd.

'Je kunt het zo stellen.' Gavin zette het op een hees gefluister. 'Als Roger opeens een zachte kern heeft ontwikkeld, hoe komt het dan dat hij de streken die hij heeft geleverd niet heeft rechtgezet? Een aalmoes aan zijn arme oom zou hem niet misstaan na me zestien jaar geleden bestolen te hebben, maar ík heb er niets van gemerkt. En hoe zit het met al die arme sloebers wier leven ernstig is bekort door hun werk voor Colbonite? Wat doet hij voor hen, hè?' Gavin maakte een nul van duim en wijdvinger. 'Zoveel.'

'Heb je het over die... kankerslachtoffers, Gavin?' vroeg ik aarzelend.

'Je bent beter ingelicht dan ik dacht,' antwoordde hij, terwijl hij me veelzeggend aankeek.

'Dat heb ik hem verteld,' zei Syd.

'Ik wist ook niet dat jij het wist.' Gavin richtte zijn blik op zijn vroegere schoolkameraad, maar kameraadschappelijk was anders.

'Ik leg mijn oor te luisteren. Je staat er versteld van wat je allemaal hoort.' (Vooral wanneer je vriendin de assistente van een oncoloog is, dacht ik.)

'Is er een aantoonbaar verband tussen die gevallen van kanker en Colbonite?' vroeg ik.

'Wetenschappelijk staat het niet vast, nee. Walter en Roger hebben een scheikundebolleboos van de universiteit in de arm genomen om een gordiaanse knoop in de discussie te leggen. De meeste betrokkenen zijn trouwens dood. Je hebt natuurlijk hun nabestaanden. Als die de zaak hard kunnen maken, hebben ze recht op schadeloosstelling.'

'Wat op meer dan tweeënhalf miljoen neer zou komen?' informeerde Syd.

'Heel wat meer, natuurlijk. Wat ik ervan heb begrepen, was het kankerverwekkende element een uithardingsmiddel dat ze bij een verfproces gebruikten. De gepatenteerde methode vereiste dat het werd toegepast in een gevaarlijk onstabiele vorm. Als je een aantal jaren de gassen inhaleerde... kon je wel inpakken.'

'Wisten Roger en je broer dat?' vroeg ik.

'Ik denk het wel. Niet in het begin. Maar wel voor het eind. Ze hebben niet het patent verkocht en het bedrijf gesloten omdat het onrendabel was, maar omdat ze bang waren dat de angst voor kanker de waarde zou verminderen. Technisch is Colbonite niet geliquideerd. Het is verkocht aan een lege vennootschap die kort daarop werd opgedoekt. Dat was natuurlijk Rogers idee.'

'Die list zul je moeten uitleggen aan financiële onbenullen als wij, Gav,' zei Syd.

'Het betekent dat Roger niet aansprakelijk kan worden gesteld, al zou een eis tot schadeloosstelling het halen, omdat de verantwoordelijke partij, Colbonite, inmiddels aan iemand anders toebehoorde.'

'Dus gaat hij vrijuit?' vroeg ik.

'Niet helemaal. Als hij van het risico op de hoogte was en dat niet aan de koper heeft meegedeeld, heeft hij zich aan fraude schuldig gemaakt.'

'En wie was de koper?'

'Een Zuid-Koreaanse groep.'

'Die de eis tot schadeloosstelling natuurlijk net zo graag ontloopt.'

'Inderdaad.'

'Dus is het niet waarschijnlijk dat Roger een proces aan z'n broek krijgt.'

'Nee, maar het is in dit land wel mogelijk om een strafzaak tegen hem te beginnen.'

'Theoretisch.'

'Ik moet bekennen dat... het niet waarschijnlijk is.'

'Het ziet ernaar uit dat je gewoon moet blijven dromen, Gav,' zei Syd.

'Ja. Maar dat is niet wat jou interesseert, hè... Toby? Jij wilde weten wat voor moreel vlees je in de kuip had. Nu weet je het.'

'Denk je dat je vrouw nu op hem afknapt, Tobe?' informeerde Syd.

'Als ze het gelooft, wel.'

'Dan hoop ik dat je haar kunt overtuigen,' zei Gavin.

Ik keek hem vragend aan. 'Iets van bewijs zou wel nuttig zijn.' Toen moest ik aan *De mannen van plastic* denken. En Rogers hardnekkige weigering om het te lezen. Misschien wás er wel bewijs waar ik dat het minst verwachtte.

Gavin wist natuurlijk niets van Derek Oswin en zijn minutieuze geschiedenis van Colbonite. Maar dat wilde niet zeggen dat hij me niet een paar vingerwijzingen kon geven. 'Ik weet niet wat voor bewijs jouw vrouw overstag zou doen gaan. Roger heeft de gave van het bedrog, zoals ik tot mijn schande heb moeten ervaren. Van mij zou ze waarschijnlijk niets aannemen. Misschien kun je vragen of Delia eens met haar praat. Als vrouwen onder elkaar. Maar Delia's inzicht in de feiten laat... te wensen over.'

'Hoe vind ik haar?'

'Ik zal je haar nummer geven.' Hij pakte Syds krant, scheurde een stukje van de rand van de voorpagina, schreef er een naam en een telefoonnummer op en gaf het aan mij. 'Als je haar spreekt, doe haar dan... de groeten.'

Het was duidelijk dat de familie Colborn geen hecht nest was. Syd trok een wenkbrauw naar me op toen ik het papiertje in mijn zak stak. Er viel een korte stilte.

Toen zei Gavin: 'Er is nog iets wat je tegen je vrouw kunt zeggen. Na de dood van Walter... waren er een heleboel onbeantwoorde vragen.'

'Het was toch een auto-ongeluk?' vroeg Syd fronsend.

'Walter is aangereden tijdens een wandeling op een landweggetje in de buurt van Wickhurst Manor. De chauffeur is doodslag ten laste gelegd.'

'Dat heb ik nooit geweten,' zei Syd. 'Ik dacht dat het gewoon... een ongeluk was. Maar... dood door schúld?'

'De zaak is nooit voorgekomen. De chauffeur is voor de rechtszaak overleden.'

'Wat heb ik daaraan als ik Jenny wil overtuigen dat Roger het kankeraspect heeft ondergeschoffeld?' vroeg ik.

'De chauffeur is aan kanker overleden,' antwoordde Gavin. 'Hij was een vroegere employé van Colbonite. En hij was al terminaal toen hij Walter doodreed. Als je het mij vraagt, hield hij Walter verantwoordelijk voor zijn ziekte.'

'Bedoel je... dat hij je broer heeft vermoord?'

'In feite wel, ja.'

'Lieve hemel.'

'Ik kan niet zeggen dat ik het hem kwalijk neem.'

'Misschien niet. Maar... wanneer is dat gebeurd?'

'November vijfennegentig.'

'Is die... werkrelatie destijds in de openbaarheid gekomen?'

'Dat weet ik niet meer. Ik wist ervan. Anderen ook. Maar of het *The Argus* heeft gehaald...' Gavin haalde zijn schouders op. 'Roger heeft veel invloed.'

'Dat kun je natrekken, Tobe,' zei Syd. 'In de bibliotheek hebben ze exemplaren van *The Argus* tot achttienhonderdweetikveel.'

'Ja,' zei ik peinzend. 'Dat zal zeker.'

'Ik hoop dat ik je van dienst ben geweest,' zei Gavin.

'Ja. Dat ben je zeker. Bedankt.' Ik moest denken aan de inhoud van Dereks boek. Hoe eindigde de inleiding ook weer? *De laatste hoofdstukken zijn een analyse van de omstandigheden die hebben geleid tot de sluiting van het bedrijf in 1989 en het lot van degenen die als gevolg daarvan op straat stonden.* In het licht van Gavins onthullingen nam het woord *lot* een navrantere betekenis aan. Derek moest van de kanker op de hoogte zijn geweest. Hij kon het onderwerp niet hebben omzeild. Zijn geschiedschrijving van Colbonite kwam neer op een aanklacht tegen Sir Walter en Roger Colborn. Geen wonder dat Roger hem niet met de publicatie had geholpen. Ik vervloekte mezelf dat ik het ongelezen aan Moira had gestuurd. Ik kon het natuurlijk terugkrijgen. En de schrijver kon ik al eerder spreken.

'Had Colbonite een pensioenregeling?' vroeg Syd opeens.

'Ik weet het niet,' antwoordde Gavin kortaf. 'Maakt het wat uit?'

'Ik dacht alleen dat het een ruiltje kan zijn geweest voor Sir Walt en Roger om de schadeloosstelling te ontduiken. De helft van het personeel dood voordat ze van het fonds konden knabbelen? Dat is heel wat onverzilverde contributie.'

'Het moet me van het hart dat je broer niet veel meer scrupules lijkt te hebben gehad dan je neef, Gavin,' zei ik.

'Walter heeft me mijn aandelen niet ontfutseld.'

'Nee. Maar een heleboel personeelsleden wel een lang en gezond pensioen.'

'Onder invloed van Roger. Die jongen kon niets verkeerds doen. Walter heeft nooit zijn ware aard gezien. Bovendien...' Gavin nam een lange haal van zijn sigaret, '... heeft Walter zelf geen lang en gezond pensioen gehad, is het wel? Hij heeft de tol moeten betalen.'

'In tegenstelling tot Roger.'

'Ja. In tegenstelling tot Roger.' Gavin staarde chagrijnig in zijn glas en keek me vervolgens aan. 'Tot nu toe.'

Ik verzon een afspraak in de schouwburg om mezelf los te maken en liet Syd en Gavin de goeie ouwe tijd bespreken, als ze daar zin in hadden. Ik liep naar de taxistandplaats in East Street. Weldra zat ik in een taxi die me met grote snelheid voorbij het station naar een hoog gebouw bracht waarvan de parterre de Centrale Bibliotheek van Brighton herbergt.

Daar ontdekte ik tot mijn ongenoegen dat m'n taxichauffeur geen regelmatige klant van de bibliotheek was, of hij was gewoon een hufter. Want toen ik had afgerekend en het bordes had beklommen, trof ik de deur op slot. De bieb was dicht op woensdag.

Ik schuilde in het portaal en vervloekte de ambtenaar die verantwoordelijk was voor deze verbijsterend onhandige regeling. Daarna zag ik in zuidelijke richting het torenhoge dak van St. Bartholomew's Church en besefte ik hoe dicht ik in de buurt van Viaduct Road was. Misschien was dit toch niet zo'n verspilde reis.

Er werd niet meteen opengedaan toen ik op nummer 77 had aangeklopt. Maar het schuifraam op de parterre stond op een kier. Derek zou vast niet zijn weggegaan zonder het dicht te doen. Ik klopte nog een keer, en toen wat harder.

Ik meende Dereks stem aan de andere kant van de deur te horen. Maar er denderde een vrachtwagen langs en die overstemde een paar seconden lang alle andere geluiden. Ik klopte nog een keer. Daarna hoorde ik zijn stem inderdaad: hij klonk hoog en paniekerig.

'Ga weg. Laat me met rust.'

'Derek,' riep ik. 'Ik ben het, Toby Flood.'

Er viel een stilte. Toen klonk het: 'Meneer Flood?' De paniek leek af te nemen.

'Laat me alsjeblieft binnen, Derek. Het is nat buiten.'

'Bent u... alleen?'

'Alleen ik en ongeveer vijftig auto's per minuut.'

De deur ging open en Derek tuurde naar buiten als een woelmuis die angstig naar het wassende water van een rivier kijkt. 'Sorry, meneer Flood,' zei hij. 'Ik wist niet... Nou ja, ik dacht... dat hij misschien was teruggekomen.'

'Wie?'

Derek loodste me haastig naar binnen en deed de deur dicht. Hij duwde hard tegen de grendel om zich ervan te vergewissen dat hij goed dichtzat en gebaarde naar de huiskamer. Mijn vraag was hem kennelijk ontgaan.

'Wie dacht je dat er was teruggekomen, Derek?'

'Meneer... C-Colborn.'

'Is Roger Colborn hier geweest?'

'J-Ja.' De stress van het bezoek van zijn vroegere baas had Dereks toch al aarzelende spraak enigszins aantast.

'Wat moest hij?'

'Gaat u maar... naar binnen.' Hij wees nog steeds naar de huiskamer.

Ik ging naar binnen en knikte naar het open schuifraam. 'Als je bang bent dat hij nog een keer komt, moet je dat dan niet dichtdoen?'

'O, mijn god, inderdaad.' Hij liep langs me heen, schoof het raam met een klap dicht en wendde zich met een aarzelende glimlach naar mij. 'Sorry. Ik ben een b-beetje... gespannen.'

'Dat zie ik.'

'Meneer Colborn heeft tegen me geschreeuwd. Ik hou niet van... schreeuwen.'

'Ik ga niet schreeuwen.'

'Nee. Natuurlijk niet. Gaat u... zitten.' Het gestotter was, althans voorlopig, geweken. We gingen aan weerskanten van de open haard zitten. Derek sloeg zijn handen ineen en keek er fronsend naar. Daarna keek hij naar mij en vroeg: 'Is het waar... dat meneer Maple dood is?'

De vraag was merkwaardig geformuleerd. Hij wist het ofwel niet, of zou geen twijfel koesteren. 'Ja,' antwoordde ik behoedzaam.

'O, god. Dat... spijt me.'

'Dat klinkt alsof het jouw schuld is.'

'M-misschien... is dat ook zo.'

'Hij is aan een hartaanval gestorven, Derek. Dat was niemands schuld.'

'Dat weet ik nog zo net niet.'

'Hoezo?'

'Zoals... meneer Colborn erover praatte.'

'Wat heeft die dan gezegd?'

'Hij, eh... liet het vallen... en zei...'

'Wat heeft hij gezegd, Derek?'

Derek haalde diep adem om tot zichzelf te komen. Daarna zei hij: 'Hij is hier gekomen om te zeggen dat ik moest ophouden met moeilijkheden maken. Dat ik mijn geschiedenis van Colbonite moest vergeten. Dat ik zijn... uw vrouw... met rust moest laten. En u ook. Hij zei dat ik een paar dagen weg moest gaan. Tot na de laatste voorstelling van *Lodger in the Throat*. Ik heb gezegd dat ik nergens heen wilde. Toen liet hij... het overlijden van meneer Maple vallen. Hij zei dat dit een voorbeeld was van wat er gebeurde met mensen die zich met andermans zaken bemoeien. Hij zei... dat ik het als waarschuwing op moest vatten.'

'Een waarschuwing?'

'Ja. Hoe is... meneer Maple aan zijn eind gekomen, meneer Flood?'

'Dat is moeilijk te zeggen. Ik denk dat hij achternagezeten werd toen zijn hart het begaf. Hij had het aan zijn hart. Na de voorstelling van maandagavond is hij iemand tegen het lijf gelopen die hem met mij verwisselde. Ze beseften niet dat hij een invaller was. Volgens mij hadden ze iets akeligs met me voor. Toen ze hun vergissing doorhadden, hebben ze Denis weggejaagd. Maar gisteravond zijn ze weer achter hem aan gekomen, te oordelen naar een telefoontje dat ik van hem kreeg.'

'Denkt u dat... ze voor meneer Colborn werken?'

'Wat denk jij?'

'Ik weet het niet.'

'Vertel eens, Derek. Heb jij mij zover gekregen om de voorstelling van maandagavond te missen om me te behoeden voor wat ze van plan waren?'

Hij keek me nietszeggend aan en schudde vervolgens zijn hoofd. 'Nee. Ik had geen idee... dat er iets stond te gebeuren.'

'De brief die je aan Leo Gauntlett hebt gestuurd...'

'Heeft die geholpen?' vroeg hij gretig.

'Niet echt.'

'Ik wilde dat hij begreep dat u niet onverantwoordelijk had gehandeld.'

'Echt? Was het niet een heel klein beetje... ironisch bedoeld?'

'Nou...' Derek kleurde verlegen. 'Misschien...'

'Het deed me denken aan een brief van Edna Welthorpe.'

Hij straalde. 'Dat zijn juweeltjes, meneer Flood. Absolute juweeltjes. Herinnert u zich haar briefwisseling met Littlewoods?'

'Je gaat toch geen brieven meer sturen naar collega's van me, hè?' Ik zou wel strenger zijn opgetreden, maar de toestand waarin Colborn hem had achtergelaten was zo breekbaar dat ik het gevoel had dat ik me zelfs geen stemverheffing kon veroorloven. 'Dat moet ophouden, Derek.'

'Ja, natuurlijk.' Als een schuldig schooljongetje liet hij het hoofd hangen. 'Het spijt me.'

'Geen geintjes meer. Geen trucjes. Begrepen?'

'Ja.' Hij keek me ernstig aan. 'Dat beloof ik.'

'Mooi.'

'Bent u daarom gekomen? Vanwege die brief?'

'Gedeeltelijk. Ik... was toch in de buurt.'

'Toch niet op weg naar de bibliotheek?'

'Waarom vraag je dat?'

'Nou, omdat u me de weg naar de bibliotheek hebt gevraagd toen we elkaar maandag in de Rendezvous spraken.'

'Inderdaad. En jij zei dat hij in New England Street was.'

'Dat klopt. Maar eigenlijk is hij... op woensdag dicht.'

'Dat weet ik. Ik kom er net vandaan.'

'O, lieve hemel. Dat moet vervelend zijn geweest voor u. Wat zocht u precies? Als ik ergens mee kan helpen...'

'Ik wilde oude exemplaren van The Argus inzien.'

'Aha. Maar in New England Street is geen archief van The Argus. Daarvoor moet u in de Local Studies Library zijn in Church Street.'

'Ook dicht op woensdag?'

'Ik ben bang van wel. U zult tot morgen moeten wachten.'

'Niet per se, want misschien kun jij me inderdaad helpen, Derek. Ik weet het eigenlijk wel zeker. Ik wilde lezen wat The Argus over de dood van Sir Walter Colborn heeft geschreven.'

'O, dat.'

'Ja. Dát. Ik heb begrepen dat hij is overreden door een oud-werknemer van Colbonite die een terminale vorm van kanker had.'

'Dat klinkt alsof... u er al alles van weet.'

'Klopt het dat een heleboel Colbonite-arbeiders blaaskanker

hebben gekregen nadat ze hadden gewerkt met een kankerverwekkend hardingsmiddel dat bij het verfproces werd gebruikt?'

'Ja.' Derek fluisterde bijna. 'Een soort chlooraniline. Rotspul.'

'Dat heb je natuurlijk in *De mannen van plastic* beschreven.'

'O, jawel, meneer Flood. Het staat er allemaal in. Tot in de bijzonderheden.' Hij glimlachte flauw. 'Er hing een bordje boven de deur van de verfwerkplaats. Iemand had een keer de *v* van *verfwerkplaats* vervangen door *st*. Een morbide grapje.'

'Heb jij ook met dat spul gewerkt?'

'Lieve hemel, nee hoor. Ik werkte op het archief.'

'Maar zijn de meesten die er wel mee hebben gewerkt nu dood?'

'Ja. Ik heb hen allemaal gecontroleerd. Ze staan in een aanhangsel van *De mannen van plastic*. Inclusief namen, leeftijden en doodsoorzaak.

'Wie van hen heeft Sir Walter vermoord?'

'Hem was alleen doodslag ten laste gelegd.'

'Wie was het, Derek?'

'Kenneth Oswin.' Derek keek me aan. 'Mijn vader.'

Ik had het kunnen weten. Hij verweet Roger Colborn niet dat hij Colbonite had opgedoekt. Althans niet alleen. Hij wilde iets veel ergers op zijn bord leggen. 'Waarom heb je dat niet gezegd?'

'Ik dacht dat u dan misschien... af zou knappen.'

'Omdat er een vete tussen jullie families is? Nou, dat verandert het perspectief zeker.'

'Er is geen sprake van... een vete.'

'Beschuldig je in je boek de Colborns ervan dat ze wisten hoe gevaarlijk het hardingsmiddel was?'

'Ik beschuldig hen er niet... rechtstreeks van. Maar...'

'Je laat het wel doorschemeren.'

'Ik denk het wel, ja.'

'Dat is smaad.'

'Hij mag me vervolgen. Dat vind ik niet erg.'

'Je hebt Colborn gevraagd je te helpen met de publicatie van het boek. Waarom? Je moest toch hebben geweten dat hij hemel en aarde zou bewegen om de publicatie juist tégen te houden?'

'Ik wilde alleen... een reactie losmaken.'

'Nou, die heb je gekregen, hè? Meer dan je had verwacht, als ik af mag gaan op de staat waarin je verkeerde toen ik hier net aankwam.'

Derek kronkelde in zijn stoel. 'Ik zie gewoon niet in waarom hij vrijuit mag gaan.'

'Aardje naar je vaartje? Die had kennelijk besloten dat Sir Walter er ook niet ongestraft van af mocht komen.'

'Zo lag het niet.'

'Hoe dan wel?'

'Papa was die dag naar Wickhurst Manor gegaan om Sir Walter te smeken de gezinnen te helpen van de arbeiders die waren gestorven, en van hen die net als hij terminaal waren. Hij had kort na de sluiting van Colbonite kanker gekregen, maar was weer genezen. Later is de ziekte weer teruggekomen. Hij was destijds opzichter van de werkplaats geweest. Hij voelde zich... verantwoordelijk. Hij dacht dat hij Sir Walter wel om kon praten. Die auto had hij een paar jaar daarvoor gekocht, zodat mama hem naar het ziekenhuis kon brengen. Hoe dan ook, later heeft hij me verteld wat er gebeurde toen hij bij Wickhurst Manor kwam. Sir Walter weigerde de kwestie te bespreken. Hij joeg hem van zijn land. Daarna liep hij weg om zijn hond uit te laten. Papa bleef een poosje laaiend in zijn auto zitten. Daarna besloot hij achter Sir Walter aan te gaan voor een laatste poging om hem tot andere gedachten te brengen. Hij had hem zien weglopen over een weggetje dat ten noorden van Wickhurst Manor naar Stonestaples Wood loopt, dus die kant reed hij op. Hij reed te hard. En hij was trouwens nooit een goede chauffeur geweest. Inmiddels had hij ook veel pijn. Hij ging een scherpe bocht door en zag Sir Walter te laat om te stoppen of uit te wijken. Het was een ongeluk, meneer Flood. Meer niet. Gewoon een ongeluk.'

'De politie dacht er kennelijk anders over.'

'Nou ja, papa heeft bepaalde dingen gezegd... over zijn ziekte. Hij wílde dat ze hem doodslag ten laste legden, ziet u. Of nog liever moord. Hij wilde een rechtszaak die veel aandacht zou trekken. De kans om te zeggen wat Sir Walter zijn werknemers had aangedaan. Maar in werkelijkheid was het een ongeluk.'

'Gelooft Roger dat?'

'Ik weet niet wat hij denkt. Maar ik weet zeker dat hij de rechtszaak op de lange baan heeft gekregen. Hij heeft een heleboel vrienden, een heleboel invloed. Het is aan hem te wijten dat papa nooit zijn rechtszaak heeft gekregen.'

'Het spijt me dat te horen, Derek.'

'Dank u, meneer Flood.'

'Wanneer is je moeder...'

'Kort na mijn vader. Het was een geweldige inspanning om voor hem te zorgen. Toen hij was overleden, is ze gewoon... weggekwijnd.'

'Waardoor jij alleen achterbleef om na te denken over Roger Colborn en hoe je die te grazen kon nemen.'

'Ik ben niet uit op wraak.'

'O nee? Nou, hij zal jou je dag in de rechtszaal net zo misgunnen als je vader, Derek. Dat is de waarheid. Je hebt min of meer toegegeven dat je boek lasterlijk is. Geen uitgever zal z'n vingers eraan branden. Het enige wat je kunt doen is de zaak wetenschappelijk bewijzen. En dan nog...' Ik aarzelde. Als Derek niets wist van de verkoop van Colbonite aan een lege vennootschap en over de consequenties van die stap, wist ik niet of ik wel degene wilde zijn om hem in te lichten.

'Ik weet dat meneer Colborn maatregelen heeft genomen tegen alle eventualiteiten. Hij is erg slim geweest.'

'Je bent niet de enige die een wrok tegen hem koestert, als dat een troost is. Ik heb zijn oom Gavin Colborn ontmoet. Die heeft me over de dood van Sir Walter verteld. Alleen heeft hij er niet bij gezegd dat jouw vader achter het stuur zat.'

'Hij was de naam waarschijnlijk vergeten. Er is geen reden om hem te onthouden. We hebben elkaar nooit ontmoet. Ik heb hem wel een paar keer bij Colbonite gezien. Maar... hij mij nooit.'

'Maar jullie hebben wel iets gemeen. Het verlangen om Roger een hak te zetten.'

'Het zou prettig zijn... om iets te doen.'

'Ja. En ik ben die hak, zeker? Als ik Jenny terug kon krijgen...'

'Zou meneer Colborn het niet gemakkelijk hebben.'

'Het is niet wat je noemt dat het recht zijn beloop heeft. Maar het is beter dan niets. De enige moeilijkheid is dat ik niet weet of het me lukt.'

'Maar als mevrouw Flood begrijpt wat meneer Colborn mensen als mijn vader heeft aangedaan...'

'Precies: áls, Derek. O, jawel. Dat zou ze niet kunnen verdragen. Maar hoe bewijs ik het? Hoe overtuig ik haar ervan dat ik geen ongefundeerde beschuldigingen uit om een wig tussen hen te drijven? Waar is het harde, onweerlegbare bewijs?'

Derek tuitte zijn lippen en wiegde een beetje in zijn stoel terwijl hij ons gedeelde probleem overdacht. Vervolgens zei hij met de berustende aanvaarding van het onveranderlijke: 'Dat is er niet.'

'Zie je nou wel?'

Opeens hield Derek op met wiegen. Hij dacht nog even na en zei toen: 'Geen rechtstreeks bewijs. Alleen getuigen.'

'Het verdachte soort, als je mensen bedoelt zoals jij en oom Gavin. Hij stelde zijn zuster Delia voor, maar leek te betwijfelen of ze wel genoeg wist om Jenny overstag te krijgen.'

'Ik denk dat hij vrijwel zeker gelijk heeft. En wat kennis betreft kan ik alleen dr. Kilner voorstellen.'

'Wie?'

'De biochemicus die door Colbonite is "geconsulteerd" over de risico's van het hardingsmiddel. Dr. Maurice Kilner. Hij was faculteitshoofd van de universiteit van Sussex.'

'Wás?'

'Hij is nu met pensioen.'

'Waarschijnlijk met een gouden handdruk van de Colborns.'

'Dat weet ik niet. Als meneer Colborn een zwak heeft, is het gierigheid. Ik heb dr. Kilner een paar maanden geleden in Waitrose gezien. Hij leek me niet iemand die in weelde baadt.'

'O, nee?'

Derek schudde van nee en glimlachte flauw om het idee dat hij me had aangereikt zonder het in woorden te hoeven gieten. 'Nee.'

'Ik kijk ervan op dat je hem hierover nog niet hebt aangesproken.'

'Volgens mij zal hij geen zin hebben om wie ook van de vroegere werknemers van Colbonite te spreken. Hij zou bang zijn voor de consequenties.'

'En iemand die nooit voor Colbonite heeft gewerkt?'

'Misschien ligt dat anders.'

'Er is maar op één manier achter te komen.'

'Inderdaad, meneer Flood.' Derek schraapte zijn keel. 'Wilt u weten waar dr. Kilner woont?'

Toen ik afscheid nam van Derek was hij een stuk rustiger dan bij mijn komst. Het zou niets worden met *De mannen van plastic*. Dat begreep en aanvaardde hij. Maar onze campagne tegen Roger Colborn – áls het al een campagne was en als het ónze campagne was – kon nog wel iets worden. We spraken af dat ik contact met dr. Kilner zou opnemen en Derek na de voorstelling van vanavond zou laten weten of ik iets had bereikt, en zo ja wat.

Het regende niet meer. Ik liep over Londen Road door de drogende voormiddag en vroeg me af met wat voor bondgenoot ik mezelf in Derek Oswin had opgezadeld. Op sommige gebieden is hij te vertrouwen, op andere niet. En hij is bang voor Roger Colborn: dat is niet verwonderlijk. Misschien zou ik ook bang moeten zijn. Maar dringender overwegingen hebben de angst overvleugeld. Ik kan Jenny niet met deze man laten trouwen, ook al lukt het me niet om haar terug te winnen. En ik kan niet de ogen sluiten voor wat er met Denis is gebeurd.

In de Great Eastern aan Trafalgar Square werd nog steeds eten opgediend. Ik ging in een gezellig schemerig hoekje zitten en werkte een late lunch weg terwijl ik nadacht over mijn volgende stap. Ik wist wel dr. Kilners adres, maar ik had geen telefoonnummer. Ik leende een telefoonboek aan de bar, maar hij stond er niet in, dus ik kon hem niet anders benaderen dan rechtstreeks. Ik ruilde het telefoonboek voor een plattegrond van Brighton en vond Pennsylvania Court in Cromwell Road, Hove, vlak achter het cricketveld. Met uitstel schoot ik niets op, behalve als ik mezelf een kans wilde geven om van gedachten te veranderen. En dat wilde ik niet. Ik weerstond de verleiding om nog iets te drinken en liep naar de taxistandplaats bij het station.

De taxi was al bijna op zijn bestemming toen het lot roet in het eten gooide. Brian Sallis belde me op mijn mobiel.

'Ik ben nu bij Ian Maple, Toby. We zijn in het pension van Denis op Egremont Place. Kun je komen?'

Blijkbaar moest dr. Kilner nog even wachten.

Dankzij het feit dat ik al in een taxi zat toen Brian belde, was ik binnen tien minuten op Egremont Place. Brian wachtte voor de deur van nummer 65, een huis aan het noordelijke uiteinde met een smalle gevel en een erker. Hij legde uit dat Ian Maple binnen de eigendommen van zijn broer bekeek.

'Zoals je je wel kunt voorstellen, is hij behoorlijk van slag, Toby, en hij is op zoek naar antwoorden.'

'Antwoorden waarop?'

'Op vragen die zijn gerezen naar aanleiding van een boodschap die hij gisteravond van Denis heeft gekregen. Kijk, hij weet dat jij Denis hebt gevonden en dat jullie heel oude vrienden waren. Kan ik het aan jou overlaten om te vertellen… wat er is gebeurd?'

'Ga je niet mee naar binnen?'

'Ik moet weer naar de schouwburg. Vertel de arme drommel maar zoveel je kunt. Mevrouw Dunn laat je wel binnen. Ze weet dat je komt.'

Zoals beloofd, verwachtte mevrouw Dunn mij inderdaad. Ze had Denis in de loop der jaren meer dan eens te gast gehad en was duidelijk ontdaan.

'Het is vreselijk, meneer Flood. Hij was veel te jong om me dit aan te doen.'

'Ik weet het.'

'Zijn broer is boven. Tweede verdieping voor. Wilt u hem zeggen dat wat we daarnet hebben besproken prima is?'

'Ja, hoor.'

Ik ging naar boven en trof de deur van Denis' kamer op een kier. Een jongere, kalere en forsere versie van wijlen mijn vriend en collega zat op de rand van het bed in de ruimte te staren. Hij droeg een blauwe spijkerbroek en een grijze fleece over een sweatshirt. Hij zag eruit als een stoere jongen die zich momenteel helemaal niet zo stoer voelde.

Het kostte even voordat mijn aanwezigheid tot hem doordrong. Daarna stond hij langzaam op; de bedspiraal rekte zich piepend uit en hij keek me met heldere ogen recht aan.

'Toby Flood?'

'Ja. Prettig kennis met je te maken.' We gaven elkaar een hand en zijn greep was groot en stevig. 'Hoewel het me spijt van de omstandigheden waaronder, natuurlijk.'

'Ja.'

'Mevrouw Dunn vroeg me om tegen je te zeggen dat het prima is, wat jullie daarnet hebben besproken.'

'Ik heb gevraagd of ik een paar dagen kon blijven logeren.'

'Blijf je?'

'Tot ik weet wat Denis zich op de hals had gehaald. Brian Sallis dacht dat jij misschien meer weet.'

Feestelijk bedankt, Brian, dacht ik. 'Hij zei dat jij een boodschap van Denis had gehad.'

'Ja. Op mijn voicemail.' Hij haalde een cassetterecordertje uit zijn zak en zette het op het nachtkastje. 'Wil je die horen?'

'Graag.'

Hij drukte op play. Een elektronische stem meldde: *Volgende nieuwe bericht. Vandaag om 23.53 uur ontvangen.* Daarna sprak Denis tot ons. Hij klonk gedempt en wollig. *Hallo, Ian. Met Big Brother. Jammer dat ik je niet tref. Ik zit een beetje in de nesten. Ik weet niet hoe ernstig het is. Het zou weleens heel ernstig kunnen zijn. Misschien heb ik wel hulp nodig. Ik heb hier geen goed gevoel over, en... geef pa en ma alle liefs van me, wil je dat doen? Het is te laat om ze te bellen. Ik hoop dat alles goed met je gaat. Dag.'*

Ian Maple spoelde het bandje terug en zette het apparaatje uit. 'Wat heeft dit allemaal te betekenen, Toby?'

'Moeilijk te zeggen.' Ik ging op de enige stoel in de kamer zitten om tijd te rekken, al was dat zinloos. Instinctief wilde ik deze man die ik amper kende niet bij mijn affaire met Roger Colborn betrekken. Maar ik kon ook niet alles wat ik wist ontkennen. Ik had aan Glenys moeten vragen wat Denis tegen haar had gezegd. Ik had me moeten voorbereiden. Ik had geen van beide gedaan. Zonder enige repetitie een rol spelen is met vuur spelen. Maar ik moest het wel doen. 'Kort voordat Denis die boodschap op je voicemail insprak, had hij mij gebeld. Hij zei dat iemand hem...

achternazat. Hij gaf me geen bijzonderheden. Hij was bij een bushalte in North Street. We spraken af dat ik hem daar om twaalf uur zou treffen. Toen ik kwam, was hij weg. Ik liep naar mijn hotel, want misschien was hij die kant wel op gegaan. Zo heb ik hem gevonden, bij de fontein in de Steine.'

'Was hij al dood?'

'Ik ben bang van wel.'

Ian ging weer op bed zitten, opnieuw begeleid door piepende veren. 'Denk je dat hij echt achternagezeten werd?'

'Hij zei van wel.'

'Geloofde je hem?'

'Ja.' Ik kon Denis niet als fantast afschrijven, hoe ontwijkend ik ook was. 'Ik geloofde hem.'

'Wie was het?'

'Ik weet het niet,' zei ik naar waarheid.

'Geen enkel idee?'

'Nee.' Dat was niet helemaal waar.

'Ik wil daarachter komen.'

'Succes gewenst. Het zal niet meevallen.'

'Dat zal me niet weerhouden. Mij als jongste broer hebben is niet altijd even makkelijk geweest. Ik ben het aan Denis verplicht om een poging te wagen.'

'Hoe zijn je ouders eronder?'

'Verpletterd. Ik ook, dat kan ik je wel bekennen. Een tweede hartaanval heeft altijd tot de mogelijkheden behoord. Maar je denkt gewoon niet dat het zal gebeuren, hè?'

'Nee, inderdaad.'

'Wanneer heb je Denis voor het laatst gesproken? Ik bedoel persoonlijk?'

'Gisterochtend hadden we samen koffie gedronken.'

'Hoe kwam hij toen op je over?'

'Even opgewekt als altijd.'

'Volgens Sallis was hij de avond tevoren voor je ingevallen.'

'Ja. Ik had griep.'

'O, heus?' Er klonk iets van scepsis in door. Hij keek me onthutsend recht aan. Ik wist nu al dat hij me ervan verdacht dat ik iets achterhield. 'Als je je iets herinnert wat me op weg kan helpen, Toby, hoe klein het ook is, hoe onbenullig het ook lijkt...'

'Dan laat ik het je meteen weten.'

'Volgens Denis had jij hem aan deze baan geholpen.'

'Ik heb een goed woordje voor hem gedaan, anders niet. Dat was wel het minste dat ik kon doen. Denis was een van de beste.'

'Ja. Inderdaad. Daarom is het zo godvergeten ellendig dat het zo moest eindigen.'

Daar kon ik niets tegen inbrengen. Maar ik kon evenmin alles wat ik wist met Denis' broer en wreker-in-spe delen. Dereks toestand was broos genoeg zonder dat Ian Maple hem aan een kruisverhoor onderwierp. Wat Roger Colborn betrof, beschouwde ik Ian niet als een partij. En één gunst die ik Denis verplicht was, was om niet nog een lid van zijn familie in mijn avontuur te betrekken. Als dat kon.

Het begon al donker te worden toen ik de terugtocht naar het Sea Air aanvaardde. Ik was net min of meer tot de slotsom gekomen dat er niet genoeg tijd was om dr. Kilner nog eens te proberen, toen ik in St. James's Street kwam en een bus op me af zag komen die naar Hove ging. Ik sprintte naar de volgende halte en had nog net voldoende adem om de chauffeur te vragen of hij langs Cromwell Road kwam. Dat was het geval, dus betaalde ik en ging zitten.

Zodra ik weer op adem was, belde ik Brian.

'Hoe is het met Ian gegaan, Toby?'

'Zo goed als je kon verwachten, gezien het feit dat je hem hebt verteld dat ik wist waar Denis bij betrokken was.'

'Ik had weinig keus toen ik dat bandje eenmaal had gehoord. Bovendien weet jij het toch? Dat gevoel krijg ik.'

'Als Ian zijn zin krijgt, raakt hij er ook bij betrokken. Dat wil ik graag voorkomen.'

'Daar kan ik je niet bij helpen, Toby. De man mag alles aan iedereen vragen wat hij wil. Hier heeft Leo S. Gauntlett Productions echt niets mee te maken.'

'Geweldig.'

'Sorry, maar zo is het nu eenmaal.'

'Ja, natuurlijk. Luister...' Ik wilde hem het mobiele nummer van Glenys vragen, maar veranderde opeens van gedachten. Wat had het voor zin om erachter te komen wat Denis de avond tevoren al dan niet tegen haar had gezegd? Ik kon moeilijk van haar verwachten dat ze Ian Maple voor mij in onwetendheid zou laten. Ik moest maar zien hoe het uitpakte. 'Laat maar. Tot vanavond, Brian.'

Het toestel zat amper in mijn zak of het ging weer over. Mijn eerste gedachte was dat het Brian weer was die wilde controleren of ik het me niet op een rampzalige manier had aangetrokken. Tenslotte was er nu geen vervanger meer. Maar het was Brian niet.

'Ha, die Tobe. Met Syd. Ik wil graag horen of je tevreden was na je gesprek met mijn oude schoolmakker, de eeuwig opgewekte Gav.'

'Dat gesprek was heel nuttig, Syd. Bedankt voor je hulp.'

'Ga je die zus nog een bezoek brengen?'

'Misschien wel.'

'Nou, áls je gaat, denk ik dat je gesprek misschien wat soepeler verloopt als ik erbij ben. Delia en ik hebben wat je noemt een verleden.'

'O, ja?'

'Het is maar een idee, Tobe. Het kan alle verschil van de wereld maken.'

'Ik zal het zeker onthouden.'

'Je belt maar.'

'Doe ik.' (Waarschijnlijk niet.)

'Nog één ding.'

'Ja?'

'Het is eigenlijk een ideetje van Aud. Maar ik ben er helemaal voor: tuurlijk. Wanneer vertrek je uit Brighton?'

'Zondag.'

'Zin om met ons te lunchen? Aud kan een verrukkelijke rollade maken, neem dat maar van mij aan. Dan breng ik je naar haar huis en naderhand naar het station. Dan heb je je natje en je droogje gehad als je op reis gaat, begrijp je wel? Kunnen we het hebben over hoe de week is gegaan.'

Zondag leek me opeens een eeuwigheid weg. Hoe zal de week zijn gegaan? Op dat moment kon ik er in de verste verte niet eens naar gissen. Maar tegenstribbelen leek me zinloos. Tegen die tijd kan ik makkelijk een smoes verzinnen. 'Oké, Syd, afgesproken.'

'Grrrrooots.'

Pennsylvania Court: een saai appartementencomplex van vijf verdiepingen van rode baksteen, ergens halverwege chic en aftands. Ik drukte op de bel van nummer 28 en schatte de kans op een reactie op tachtig procent. Waar kon een gepensioneerd academicus op een winterse namiddag anders zijn dan thuis? Ik had gelijk.

'Hallo?'

'Dr. Kilner?'

'Ja.'

'Ik vroeg me af of ik u even kon spreken. Mijn naam is Flood.' Ik had geen ijzersterke oplossing gevonden voor de beste binnenkomer. 'Waar het om...'

'Toby Flood, de acteur?'

'Eh... ja. Ik...'

'Kom maar boven.'

De deur zoemde van het slot. Gehoorzaam duwde ik hem open en betrad het gebouw.

Maurice Kilner was een kleine, gezette man met borstelige wenkbrauwen, gepommadeerd haar en een ouderwetse bril met een dik montuur. Ook zijn verkreukelde vest en slobberbroek waren amper modieus. Hij liet me binnen met een welkomstglimlach die zijn waterige grijze ogen niet haalde. Het was een comfortabel appartement zoals kamers van ouderen in het algemeen zijn, maar het meubilair was in het algemeen even sleets als zijn eigenaar. Hij had waarschijnlijk een mooi uitzicht op het cricketveld. En twee boekenplanken vol werken van Wisden deden vermoeden dat Kilner dat wel op prijs stelde.

Minder duidelijk was waarom hij me zo bereidwillig binnenliet. Misschien een fan? Op de een of andere manier betwijfelde ik dat.

'Roger Colborn heeft me gewaarschuwd dat ik een bezoekje van u kon verwachten, meneer Flood.'

'O, ja?' (Die slimme Roger.)

'Maar dit is eerder dan ik had gedacht. Wilt u iets drinken? Whisky misschien?'

'Nee, dank u.'

'U wilt fris blijven voor de voorstelling van vanavond? Heel verstandig. Heeft u er bezwaar tegen dat ik er een neem?'

'Helemaal niet.'

Hij schonk een flinke bel Johnnie Walker voor zichzelf in. Ik vroeg me even af of hij zich moed wilde indrinken, maar het leek me eerder de namiddaggewoonte van een vrijgezel. 'Hoe laat moet u in de schouwburg zijn?' Hij ging zitten en gebaarde naar een andere stoel.

'Even na zeven uur.'

'Dan zal ik u niet lang ophouden. U wilt het kennelijk over Colbonite hebben.'

'Ja, inderdaad.'

'Wat heeft u gehoord?'

'Dat zo'n beetje iedereen die de pech had om in hun verfwerkplaats te werken is doodgegaan aan blaaskanker ten gevolge van een kankerverwekkend hardingsmiddel. En dat Roger Colborn en zijn vader niets hebben gedaan om dat te voorkomen.'

'Colbonite had mij alleen maar in de arm genomen om wat onderzoek voor ze te doen.'

'Dat weet ik.'

'Daar ben ik blij om. Omdat het niets anders was. Onderzoek. Nauwgezet en toegewijd uitgevoerd.'

'Onderzoek waarnaar precies?'

'De dynamiek van carcinogenese door blootstelling aan aromatische amines, meer in het bijzonder gemethyleerde chlooraniline, het beruchte hardingsmiddel.'

'Waaraan u een gezondheidsverklaring heeft verleend?'

'Natuurlijk niet. Het spul is bijna veertig jaar geleden kankerverwekkend bevonden.'

'Waarom gebruikte Colbonite het dan?'

'Omdat er geen substituut is. Het wordt nog steeds gebruikt, meneer Flood. Waar het om gaat is de glijdende schaal van het risico. Gebaseerd op de gebruikte hoeveelheden en de geldende veiligheidsmaatregelen, hebben mijn bevindingen uitgewezen dat

Colbonite zijn personeel niet aan onnodig risico heeft blootgesteld.'

'Hoe komt het dan dat ze allemaal dood zijn?'

'Allemaal is overdreven. En een bepaald percentage van iedere groep mensen krijgt nu eenmaal kanker. Voor het overige zou ik geneigd zijn om als oorzaak het bewust negeren van de veiligheidsmaatregelen aan te wijzen. Mensen die in een riskante omgeving werken, zijn dikwijls hun eigen ergste vijand, weet u. U heeft vast weleens wegwerkers met een drilboor aan het werk gezien zonder de moeite te nemen oorbeschermers op te doen.'

'Het was dus hun eigen schuld?'

'Dat is een mogelijkheid. Een andere is dat Colbonite regelmatig grotere hoeveelheden van de substantie heeft gebruikt dan men mij heeft laten weten. Maar dat acht ik onwaarschijnlijk. Sir Walter Colborn was een ethische en verantwoordelijke werkgever.'

'En zijn zoon?'

'Ik zou hetzelfde van hem zeggen.'

'Misschien was er wel iets op uw onderzoek aan te merken.'

'Dat acht ik nog onwaarschijnlijker,' glimlachte Kilner. 'Werken bij benadering kan misschien in uw beroep door de beugel, maar niet in het mijne, meneer Flood.'

'Laat me even recapituleren. De arbeiders van Colbonite liepen geen ander risico dan datgene waaraan ze zelf schuldig waren?'

'Dat heb ik niet gezegd. Ik heb de mogelijkheid geopperd dat ze de juiste veiligheidsmaatregelen in de wind hebben geslagen als verklaring voor enige buitensporige incidentie van blaaskanker die artsen misschien hebben vastgesteld. Ik zeg *misschien*, omdat het in ieder geval nooit officieel onder mijn aandacht is gebracht. Meneer Colborn heeft me uw belangstelling voor de zaak uitgelegd. Die kun je bepaald niet neutraal noemen, hè?'

'De uwe wel?'

'Per definitie.'

'Hoeveel heeft hij u betaald? Hoeveel betaalt Roger Colborn u nog stééds?'

'Destijds is mij een gepast honorarium betaald. Meer niet.'

'U denkt toch niet dat ik dat geloof?'

'Ik kan u alleen maar de feiten geven zoals die mij bekend zijn.'

'Kunnen die overleden arbeiders u niets schelen?'

'Ze zijn niet overleden door enige nalatigheid mijnerzijds.'

'Dus u heeft een schoon geweten?'

'O, ja zeker.'

'Of misschien helemaal geen geweten.'

Kilner nam een slokje whisky en glimlachte toegeeflijk, alsof ik een student was die tijdens een college provocerende opmerkingen maakte en hij niet van plan was zich te laten provoceren. 'Roger Colborn is een zakenman, meneer Flood,' zei hij zacht. 'Ik raad u aan zaken met hem te doen.'

Toen ik van Pennsylvania Court was vertrokken, liep ik naar de boulevard en vervolgens sloeg ik links af naar Brighton en het Sea Air. Het begon koud te worden en daar was ik dankbaar voor. Na mijn onderhoud met Maurice Kilner had ik behoefte aan de frisse duisternis. Wat voor transactie hij met Roger Colborn had gesloten deed er nauwelijks toe. Hij had er één gesloten die hem schikte en ried anderen aan zijn voorbeeld te volgen. Derek had gesuggereerd dat hij misschien een zwakke plek in het pantser van Colborn was, maar in werkelijkheid was hij onwrikbaar. En daarom des te verachtelijker. Ik vroeg me af of Derek precies had geweten wat voor vlees ik in de kuip had, of hij Kilner misschien had gekozen als voorbeeld van het morele bankroet waarop iemand afstevende die zakendeed met Roger Colborn, die altijd bereid was zaken te doen. Het leek me heel waarschijnlijk. Derek had beloofd zijn streken op te geven. Maar misschien beschouwde hij dit niet als een streek. Misschien was hij van nature zo.

The show must go on. Zoals zoveel clichés is dit afgrijselijk waar. Denis was zo beminnelijk en populair geweest, dat iedereen die bij *Lodger in the Throat* betrokken was vanavond neerslachtig was. Scherts ontbrak, zodat er een lege ruimte moest worden gevuld met treurige uitwisselingen en mistroostige blikken. Freds voorraadje wrange kwinkslagen was opgedroogd. Jocasta had gezwollen ogen en zei vrijwel geen woord. Zelfs het egocentrisme van

Donahue had hem in de steek gelaten. Maar we waren present en compleet. We waren klaar voor de voorstelling.

Een kwartier voor de voorstelling kreeg ik een bezoeker in mijn kleedkamer: Glenys Williams.

'Het spijt me erg dat ik je moet storen, Toby, maar ik heb het gevoel dat je moet weten dat Ian Maple me vanavond wil spreken, om het over... Denis' geestestoestand van gisteravond te hebben.'

'Had je met Denis gegeten?'

'Ja.'

'Hoe was het met hem?'

'Prima, dacht ik. Maar terugkijkend, was hij misschien een beetje nerveus. Hij zei, of liever gezegd, hij liet doorschemeren dat invallen voor jou de avond tevoren hem enigszins in moeilijkheden had gebracht. Hij wilde niet zeggen hoe precies. Maar hij zei wel... dat jij er alles van wist.'

'Aha.'

'Maar zijn broer vertelde me vanmiddag aan de telefoon dat jij hem niet verder had kunnen helpen. Dus ga ik ervan uit dat je liever hebt dat ik Denis' opmerking verzwijg.'

'Ja, inderdaad.'

'Maar heeft Ian niet het recht om het te weten?'

'Ja. En ik zal ervoor zorgen dat hij het uiteindelijk zal horen. Ik kan je niet vragen om te liegen, Glenys, maar... voorlopig althans...'

'Wil je dat ik je dek.'

Ik knikte. 'Wat denk je daarvan?'

Ze liet een grimmig glimlachje zien. 'Denis zei altijd dat men moeilijk nee tegen jou kon zeggen.'

We traden op. Heel goed, vonden we allemaal, maar zonder de hoogte van de avond tevoren te bereiken. Ik werd vaak afgeleid en reageerde dan een tikje traag. Niet dat ik me niet kon concentreren, maar mijn concentratie was elders. Het publiek vermaakte zich wel, maar was niet gebiologeerd.

In de pauze zei m'n intuïtie, of een of ander gevoel, dat ik de kassa moest bellen om te vragen of Derek zijn gratis kaartje had afgehaald. Maar nee, dat was niet gebeurd.

De tweede akte was nog mistiger dan de eerste, omdat ik tussen andermans regels door vergeefs probeerde om me niet af te vragen waarom hij niet was komen opdagen. Hij had gezegd dat hij zou komen. Hij had beweerd dat hij zich erop verheugde. Wat had hem weerhouden?

Na de voorstelling bevestigde de kassa dat zijn kaartje niet was afgehaald en nog in de envelop zat. Er was geen boodschap voor mij. Er was geen bericht van Derek Oswin. Hij was niet gekomen en zou ook niet komen.

We hadden afgesproken elkaar na de voorstelling bij de toneel-uitgang te treffen. Ik wachtte een halfuur en sloeg herhaalde uit-nodigingen van de hand om met de rest van de cast naar een res-taurant te gaan. Daarna belde ik een taxi en ging naar Viaduct Road.

's Avonds laat was het er een stuk rustiger. Er kwamen nog steeds golfjes auto's voorbij op het ritme van de stoplichten op Preston Circus, maar minder dan overdag. De meeste huizen waren in duisternis gehuld. Voetgangers zag ik helemaal niet.

Tot mijn verrassing brandde het ganglicht op nummer 77. Ik zag het schijnsel door de open gordijnen van de huiskamer. De kamer zelf zag er verlaten uit. Ik klopte aan en wachtte tevergeefs. Daarna hanteerde ik de klopper harder en hardnekkiger. Als Derek lag te slapen, mocht dat niet zo blijven.

Nog steeds geen reactie. Ik bukte me om een blik door de brie-venbus te werpen. Ik zag de gang, de onderste helft van de trap en de deuropening van de keuken waar geen licht brandde. Toen zag ik de dikke zoom van Dereks duffelse jas die aan z'n haakje hing. Zonder die jas zou hij niet zijn weggegaan. Hij moest thuis zijn.

Maar toen zag ik nog iets anders. Twee van de spijlen van de trapleuning waren gebroken. De gebroken helften staken uit in een hoek van vijfenveertig graden, alsof ertegenaan was getrapt door iemand die op de trap had gestaan. Misschien dezelfde per-soon die het tapijt in de hal in een harmonica had geschoven; je kon er niet overheen lopen zonder te struikelen.

'Derek!' riep ik door de brievenbus, maar er bewoog zich niets. Ik liep naar het raam van de huiskamer en tuurde naar binnen. Er leek niets van zijn plek, voorzover ik kon zien, hoewel het feit dat zowel de gordijnen als de vitrage open waren, op zich merkwaardig was. Ik herinnerde me dat de vitrage al open was toen Derek eerder op de dag het raam met een klap had dichtgeschoven. Misschien...

Hij had de knip er niet op gedaan. Ik moest hem hebben afgeleid. En daarna moet hij het zijn vergeten. Het raam zat niet op slot.

Ik keek om me heen. Er was geen mens te zien. Ik wachtte even tot er een nieuwe golf verkeer voorbij was en duwde vervolgens het raam omhoog. Het gepiep van het houtwerk klonk hard in mijn oren, maar was waarschijnlijk niets bijzonders. Nadat ik nog een blik in de straat had geworpen, tilde ik een been over de vensterbank en krabbelde ik naar binnen. Daarna deed ik het raam achter me dicht.

Ik werd begroet door de duidelijke, maar ondefinieerbare geur van andermans huis in een algehele stilte die werd geaccentueerd door het zware getik van een klok in de keuken. Mijn ogen wenden aan het halfduister terwijl ik daar stond. Ik zag Dereks boeken in een chaos op de grond aan de voet van de boekenkast liggen. Verder was niets in de kamer van zijn plek. Maar dat hoefde ook niet. Ik wist dat Derek zelfs dat niet zou hebben gedaan. Hij zou nog geen bladzijde van zijn Kuifje-verzameling hebben gevouwen, laat staan dat hij ze in wanorde op de grond zou laten liggen.

Ik liep de gang in en keek de trap op. Op een aantal treden stonden modderige voetstappen. Die van Derek? Waarschijnlijk niet. Ik ging naar boven. Op de overloop brandde ook licht. Er waren een badkamer en twee slaapkamers. In de voorste stonden een tweepersoonsbed en een kaptafel. Waarschijnlijk hadden Dereks ouders daar geslapen en had hij de kamer in zijn oude staat gelaten. Zijn kamer was achter. De deur stond halfopen en binnen brandde licht.

Ik duwde de deur helemaal open. Het bed was onbeslapen. Bij het raam stond een bureau. Precies in het midden lag een bevlekt vloeiblad tussen een verstelbare bureaulamp en een wereldbol. De bureauladen waren opengetrokken. Midden in de kamer lag een houten kist op zijn rug met de deksel open op de grond. De inhoud lag verspreid over het kleed voor de haard: fotoalbums, oude kinderdagboeken, een oude, gekoesterde teddybeer en een massa papier.

Ik bleef staan kijken naar Dereks verspreide aandenkens en probeerde de gebeurtenissen te reconstrueren die voor deze aanwijzingen hadden gezorgd. Ik liep de overloop weer op en keek naar beneden. De gebroken spijlen; het opgeschoven kleed: wat had dat allemaal te betekenen? Ik stelde me voor dat Derek had opengedaan, de trap op was gevlucht, was ingehaald en vervolgens, al worstelend en schoppend naar beneden was gesleurd. Toen zag ik iets glimmends op de deurmat onder me. Ik daalde de trap af om wat beter te kijken.

Het was een van Dereks Kuifje-buttons die met de afbeelding naar beneden lag. Ik draaide hem om en kapitein Haddock grijnsde me toe door zijn pikzwarte baard. Ik stond op met de button in mijn hand en zag de scheur in Dereks duffelse jas waar hij kennelijk van af was gerukt. De gang was smal. Waarschijnlijk was het gebeurd zonder dat iemand er erg in had, zelfs Derek niet.

Er had een korte, maar doelgerichte zoektocht plaatsgevonden. Dat was duidelijk. De boekenkast en de kist in de slaapkamer waren het doelwit geweest. Misschien hadden ze ergens wel gevonden wat ze zochten. *De mannen van plastic* waarschijnlijk. Het manuscript en alle bijbehorende documentatie. Dat moest het zijn. Ik keek weer naar een van de schoenafdrukken op de trap. Er was een modderig eikenblaadje in de loper getrapt. Waar in de buurt van Viaduct Road was de dichtstbijzijnde eikenboom? Ik had natuurlijk geen idee. Maar er stonden wel eiken op Wickhurst. Dat wist ik zeker.

Wat was er gebeurd nadat ze hadden gevonden wat ze zochten? Waarom was Derek niet hier, sidderend en getraumatiseerd? Omdat ze hem natuurlijk hadden meegenomen. Ze hadden waarschijnlijk de chauffeur van een bestelbusje gebeld die ergens stond te wachten, Derek erin geduwd en de aftocht geblazen. Ze waren niet alleen voor het boek gekomen, maar ook voor de auteur.

Zou ik buiten op de stoep soortgelijke schoenafdrukken vinden en misschien bandsporen waar het busje ervandoor was gescheurd? Ik deed voorzichtig de voordeur op een kier om een kijkje te nemen.

De grendel ontglipte aan mijn greep toen de deur plotseling wijdopen werd geduwd en me tegen de borst stootte, zodat ik achterwaarts tegen de muur werd gegooid. Een stevige figuur stapte naar binnen en sloeg de deur achter zich dicht.

'Hallo,' zei Ian Maple. Hij keek me van dichtbij recht in de ogen.

'Jij,' was het enige wat ik uit kon brengen.

'Inderdaad. Ik ben het. Ik ben je gevolgd vanaf de schouwburg. Glenys Williams is geen goede leugenaarster. En jij bent al niet veel beter. Dus... als je me nou eens vertelde wat er verdomme aan de hand is?'

Het scheen dat ik geen geen keus had. We gingen in Derek Oswins leunstoelen zitten, terwijl de keukenklok de seconden, minuten en uren van zijn afwezigheid aftikte. En ik vertelde Ian Maple alles wat er aan zijn broers dood was voorafgegaan. Het had geen zin iets achter te houden. Zoals Glenys had gezegd, hij had er recht op om het te weten. En nu had hij dat recht opgeëist.

'Denis is dus het slachtoffer van jouw ruzie met Roger Colborn geworden,' concludeerde hij terecht en grimmig. 'Anders kan ik het niet zien.'

'Ja,' moest ik beamen. 'Dat ben ik met je eens.'

'En nu heeft Colborn die jongen van Oswin gepakt.'

'Het lijkt er wel op. Hoewel niet Colborn persoonlijk, denk ik.'

'Nee. Zijn trawanten zullen dat hebben gedaan. Dezelfde lui die achter Denis aan zijn gegaan.'

'Ik denk het ook.'

'Geen lekkere jongen, hè? Die Colborn. Behalve in de ogen van jouw vrouw.'

'Zij weet hier niets van.'

'Misschien moet het haar eens verteld worden.'

'Ze zal me niet geloven.'

'Mij misschien wel.'

'Misschien.'

'Wat wil je aan Oswin doen?'

'Dat weet ik niet. De politie bellen?'

Ian keek me sceptisch aan. 'Je hebt geen spatje bewijs tegen Colborn. Al zou de politie geloven dat ze Oswin hebben ontvoerd, dan zullen ze nog niet in Wickhurst Manor gaan zoeken. En als ze dat wel deden, zouden ze toch niets vinden. Uit wat jij me over Colborn hebt verteld, zal hij zijn sporen zeker hebben gewist. Zoals de zaken er nu voor staan, zal de politie eerder ons arresteren dan wie ook. Bovendien denk ik dat Colborn Oswin alleen maar de stuipen op het lijf wil jagen. Hij zal zorgen dat hij hier morgenochtend terug is.' Hij haalde zijn schouders op. 'Zo niet, dan ga ik bij hem langs. Om erachter te komen of hij echt zo'n flinke jongen is.'

En aldus werd besloten, zij het met tegenzin mijnerzijds. We zouden Dereks terugkeer afwachten, erachter komen wat er met hem was gebeurd en dan besluiten wat ons te doen stond. Ian was ervan overtuigd dat hij terug zou komen. Ik was minder zeker van m'n zaak. Colborn is niet van gisteren, hield ik mezelf voor. Door Derek iets ernstigs aan te doen, zou hij vragen om moeilijkheden. En toch...

Voordat we weggingen, vond ik een sleutel van de voordeur in de keukenla en stak hem in mijn zak. We liepen in zuidelijke richting door de kou en onder de sterrenhemel van Brighton. Er werd niet veel gezegd. In Dereks huis hadden we alles besproken wat er te zeggen viel. En we hadden geen van beiden het volste vertrouwen in elkaar.

Bij de rechtbank in Edward Street gingen we uit elkaar. 'In de loop van morgenochtend ga ik weer naar Viaduct Road,' zei ik. 'Ik zal je laten weten of Derek al dan niet thuis is. En zo ja, in wat voor toestand hij is.'

'Ik wacht op je telefoontje.'

Mijn telefoontje, inderdaad. Maar toen ik hem nakeek en kordaat weg zag lopen zonder één keer om te kijken, met zijn brede schouders opgetrokken tegen de kou, had ik duidelijk het gevoel dat wat er vervolgens zou gebeuren, zijn initiatief zou zijn.

Maar zo is het al geweest sinds ik zondag ben aangekomen. Eerst Jenny, toen Derek en nu Ian Maple. Plus Roger Colborn, natuurlijk. Allemaal hebben ze op hun manier mijn agenda gedicteerd. Allemaal hebben ze uitgemaakt wat het beste voor me is. Of het ergste: het is maar hoe je het bekijkt.

Morgen is er een matinee. Vanaf de lunch zou me niets anders moeten bezighouden dan de tragikomische uitdagingen van *Lodger in the Throat*. Zoals het er nu voor staat, is acteren wel het laatste wat me bezighoudt.

Ik ben zo moe dat ik niet eens de vragen die ik mezelf moet stellen op een rij kan krijgen. Heb ik de situatie op Viaduct Road 77 juist geïnterpreteerd? Wordt Derek Oswin echt ergens tegen zijn zin vastgehouden? Van een bepaald soort genadeloze zakenman kun je fraude en corruptie verwachten, maar ontvoering en misschien nog erger? Volgens mij was Colborn daar te slim en te subtiel voor, en wist hij maar al te goed dat minder opvallende maatregelen hem altijd meer zouden opleveren. Misschien had ik het mis.

Zo ja, dan moest ik me niet alleen zorgen maken over Derek, maar ook over Jenny. Wat voor soort man had ze aan de haak geslagen? Doorgaans beschikt ze over een gedegen mensenkennis. Ze moet weten wat voor vlees ze in de kuip heeft. Hij kan haar toch niet zo volledig een rad voor ogen hebben gedraaid, of wel?

Ik weet het niet. Ik weet het niet zeker. Dat niet, en niets eigenlijk. Ik heb het gevoel dat ik iets in mijn ooghoeken zie dat er niet is als ik er mijn blik op richt. Achter Colborns smerige trucjes en nog vuilere zaakjes speelt zich iets af. Ik heb zoveel verschillende en tegenstrijdige dingen gehoord, dat ik maar één ding zeker weet: ik ben niet eens in de buurt van de waarheid geweest, ik heb er zelfs niet aan geroken.

Maar daar gaat verandering in komen.

DONDERDAG

Uiteindelijk moest het wel gebeuren. Na een voedzaam ontbijt van Eunice, waardoor ik op de een of andere manier moed had gevat, verliet ik het Sea Air. De zon scheen; hij stond laag en koud aan de wolkeloze hemel. Ik liep over Grand Parade in noordelijke richting, verkild door de snijdende oostenwind en een knagende onzekerheid over wat ik aan zou treffen.

Bij de Open Market volgde ik de ingebeelde voetstappen van Derek Oswins grootvader op zijn dagelijkse route naar zijn werk, zeventig à tachtig jaar geleden. Maar die bleven heuvelopwaarts gaan naar Colbonite, terwijl ik afsloeg bij Viaduct Road en naar de voordeur van nummer 77 liep.

Er werd niet gereageerd toen ik aanklopte. Dus was het zoals ik had gevreesd. Derek was niet teruggekomen. Ik liet mezelf binnen en trof de onveranderde stilte van gisteravond, Dereks duffelse jas die nog aan het haakje hing, de gebroken spijlen van de trapleuning, de boeken in wanorde op de grond van de huiskamer.

Ik wierp een blik in de keuken en daarna ging ik naar de slaapkamer. Daar was ook niets veranderd. En dat zou waarschijnlijk ook niet gebeuren voordat Derek terug was. Ik ging op het bed zitten en belde Ian Maple.

'Ja?' Zijn stem klonk nors en onverschillig.

'Met Toby Flood, Ian. Ik heb gedaan wat we hadden afgesproken. Hij is er niet.'

'Begrepen.'

'Wat ga jij nu doen?'

'Onze vriend een bezoek brengen.'

'Wees voorzichtig.'

'Ik bel je wel.' En zonder me te verzekeren dat hij voorzichtig zou zijn, verbrak hij de verbinding.

Ian had me niet gevraagd wat ik die dag ging doen. Waarschijnlijk ging hij ervan uit dat ik het druk zou hebben in de schouwburg, zodat hij de handen vrij had om zijn neus in de zaken van Roger Colborn te steken op de manier die hem het beste uitkwam. Maar ik had vier uur tot mijn beschikking voordat ik me moest melden voor de matinee, en was van plan ze goed te besteden.

Ik raapte het fotoalbum op uit de verspreide inhoud van de kist en sloeg de harde leren kaft open. De bladzijden waren van zwart karton en de onderschriften waren in zo'n keurig handschrift, dat het leek alsof het gedrukt was. De fotografische aandenkens van de Oswins begonnen met de trouwerij van Kenneth en Valerie in St. Bartholomew's Church in juli 1955. Kenneth was een magere man met een ingevallen borst, krulhaar en een brede glimlach. Valerie had tere botten, was nog magerder, gracieus en verrassend mooi. (Waarom ik daarvan opkeek, kan ik niet zeggen, maar het was wel zo.) Ook de getuige en de bruidmeisjes waren gekiekt en van namen voorzien, en de getuige verscheen eveneens op andere plaatjes toen ik doorbladerde. Hij was steviger dan Kenneth Oswin, had brillantine in zijn haar en een ernstige blik. Ray Braddock, of 'oom Ray' zoals hij in latere onderschriften werd genoemd, was de een of andere boezemvriend van het gezin of een familielid, te oordelen naar de frequentie waarin hij opdook. Hij stond naast de kinderwagen toen baby Derek in de zomer van 1958 zijn cameradebuut maakte. Grootvader Oswin kwam minder vaak voor. Hij was een oudere versie van Kenneth die maar weinig op de foto's prijkte en nooit met grootmoeder. Die was waarschijnlijk al voor 1955 overleden. Valeries ouders en broers en zussen waren nog zeldzamer. Misschien woonden die elders. De Oswins reisden in elk geval niet ver met hun fototoestel. Beachy Head was zo'n beetje de meest exotische locatie. Het strand van Brighton, Preston Park en de achtertuin van nummer 77 op Viaduct Road waren de meest voorkomende decors. Ongeveer vanaf 1972 waren de onderschriften in een ander handschrift, dat ik herkende als dat van Derek. Dat was het jaar waarin grootvader stierf, als je kon afgaan op zijn abrupte verdwijning uit het album. Maar oom Ray was nog steeds van de partij en bleef dat ook, totdat de foto's ergens in de jaren tachtig ophielden en er nog een paar lege pagina's overbleven. De

Oswins, toch al geen rabiate fotografen, hadden er kennelijk helemaal de brui aan gegeven.

Inmiddels waren Kenneth, Valerie en oom Ray veranderd van twintigers in flegmatieke vijftigers, en Derek van een baby in een jongeman met een dikke bos haar en een onzekere houding. Hij was maar weinig veranderd in de jaren daarop, toen zijn ouders overleden en hem in zijn ouderlijk huis achterlieten, het huis dat zowel zijn toevlucht als zijn gevangenis was geworden. Wat oom Ray betreft...

Ik belde inlichtingen en hoorde dat er inderdaad een R. Braddock in het telefoondistrict Brighton bestond. Ik kreeg zelfs een adres: Buttermere Avenue 9, Peacehaven. Ik probeerde het nummer. Er werd niet opgenomen en er was ook geen antwoordapparaat. Nou, dat kon ik later wel proberen.

Vervolgens zette ik me aan een zoektocht langs alle voor de hand liggende plekken waar Derek het origineel van *De mannen van plastic* kon hebben verstopt. Boven op de klerenkast en erachter. Onder het bed. Onder de trap. In een keukenkastje. Ik wist vrijwel zeker dat het samen met hem was verdwenen. En ik vond inderdaad niets,

Daarna belde ik Moira en duimde dat ik haar in een bereidwillige stemming zou treffen.

'Wat kan ik voor je doen, Toby?' Uit haar toon viel helaas niets af te leiden omtrent haar stemming.

'Heb je gisteren dat manuscript ontvangen?'

'Ja. Maar als je soms dacht dat ik je al een reactie kan geven, dan...'

'Nee, nee, daar gaat het niet om. Ik wil je een andere gunst vragen.'

'Verschrikkelijk nieuws over Denis,' zei ze. Blijkbaar was mijn laatste opmerking haar ontgaan. 'Ik zal hem echt missen, weet je, al zag ik hem bijna nooit. Hij was altijd zo opgewekt.' Pas toen herinnerde ik me dat Denis een klant van haar was geweest, zij het niet een van haar bekendste. 'Volgens Brian Sallis heb jij hem gevonden. Is dat zo?'

'Ja, dat is zo.'

'Als er iets is wat ik kan doen...'

'Dat is er inderdaad. Het gaat om het manuscript.'

'Wat heeft dat met Denis te maken?'

'Lang verhaal, Moira. Ik zal het je met plezier een ander keertje vertellen. Waar het om gaat is dat ik het terug moet hebben.'

'Het manuscript?'

'Ja.'

'Maar je hebt het net gestuurd.'

'Ik weet het. En nu moet ik het terug hebben. Dringend.'

'Waarom?'

'Dat is te ingewikkeld om uit te leggen. Maar neem maar van mij aan dat het belangrijk is.'

'Dit slaat nergens op, Toby. Eerst stuur je me dat... dat... Hoe heet het ook weer, iets met plastic? Je eist een onmiddellijke beoordeling en dan moet je het weer terug hebben.'

'Ik ben me er volledig van bewust dat het bezopen klinkt, Moira. Je zult er gewoon op moeten vertrouwen dat ik er een heel goede reden voor heb.'

'Ik weet dat jij en Denis al heel lang bevriend zijn. Je moet van je stuk zijn. Maar...'

'Ik móet dát manuscrípt hébben.'

'Oké, oké, rustig maar. Als je het wilt, zal het waarschijnlijk wel moeten.'

'Dank je.'

'Ik zal het vanmiddag op de bus laten doen. Waar zit je ergens in Brighton?'

'Moira, eigenlijk...'

'Wat?'

'Hoopte ik dat iemand het me kan brengen. Vandaag nog.'

'Dat meen je niet.'

'Jawel. Je hebt weet ik hoeveel hulpjes tot je beschikking. Een van hen kun je vast wel een paar uur missen. Ik vertrouw liever niet op de post. En het is echt héél dringend.'

'Mag ik je eraan herinneren dat dit kleremanuscript hier alleen maar is omdat jij het me hebt gestuurd, Toby?'

'Dat besef ik. Maar...'

'Kun je de schrijver niet vragen een kopie te maken?'

'Nee.'

'Heeft het zin om te vragen waarom niet?'

'Ook niet. Veeg al mijn bonuspunten maar bij elkaar en bewijs me deze ene wederdienst.'

'Hoezo bonuspunten?'

'Wees nou even redelijk, Moira. Ik vraag je me uit de nesten te halen.'

'Mag ik vragen wie daar verantwoordelijk voor is?' Ze zweeg even, al was het niet lang genoeg om een antwoord te verzinnen. Daarna vervolgde ze opeens een stuk vriendelijker: 'Het spijt me. Ik weet dat je onder een hoop spanning hebt gestaan. Méér dan ik weet, waarschijnlijk. Oké.' In de volgende stilte hoorde ik haar een lange haal aan een sigaret nemen. 'Weet je wat? Vandaag kan ik echt niemand missen, Toby. Maar morgen zou ik thuis werken. In plaats daarvan maak ik er een dagtochtje naar Brighton van, mét het manuscript, en kun je je hart bij tante Moira uitstorten aan de lunch. Hoe klinkt dat?'

Niet perfect, moet ik bekennen. Ik wilde *De mannen van plastic* nu meteen zien, om het uit te vlooien op aanwijzingen over wat er was gebeurd en op bewijsmateriaal dat ik tegen Roger Colborn kon gebruiken. Maar als ik niet zelf naar Londen ging om het te halen, zou ik moeten wachten tot Moira het me bracht. Dankzij de matinee kon ik niet uit Brighton weg. Als ik niet kwam opdagen zonder een invaller, waren de consequenties niet te overzien. Vermoedelijk had Moira aangeboden als koerier te fungeren om zich van mijn geestestoestand op de hoogte te stellen. Ze had tijdens het tournee van *Lodger in the Throat* twee klanten verloren – ze was ook agent van Jimmy Maidment geweest – dus misschien begon ze nerveus te worden.

Zo ja, dan was ze waarschijnlijk niet de enige. Ik verliet het huis en liep de hoek om naar London Road om de bus terug naar het centrum te nemen. Toen ik bij de halte wachtte, belde Brian Sallis.

'Goeiemorgen, Toby. Hoe is het?'

'Je hoeft je geen zorgen te maken, Brian. Om twee uur ben ik er.'

'O, maar daar bel ik niet voor. Denk dat alsjeblieft niet.'

'Ik zal het proberen.'

'Echt. Waar het om gaat, eh...'

'Zeg het nou maar, in hemelsnaam.'

'Oké, sorry. Leo en Melvyn komen naar de matinee. Ik vond dat je dat moest weten.'

'Allebei?'

'Ja.'

'Waarom?'

'Ik denk om te zien hoe het gaat.'

'Lul niet. We zitten twee dagen voor het eind.'

'Ja, maar is dat wel zo?'

'Hoe bedoel je?'

'Ik heb de indruk dat Melvyns rapport van dinsdagavond Leo misschien op andere gedachten heeft gebracht.'

'Dat meen je niet.'

'Ik zou niet weten hoe ik het anders zou moeten verklaren. Als je vanmiddag speelt zoals dinsdag... wie weet? Misschien is het wel erg goed nieuws.'

Brians definitie van goed nieuws en de mijne liepen op dat moment nogal uiteen. Ik ging op de bovenverdieping van bus 5 zitten toen die in zuidelijke richting ronkte, verbaasd over de ironie van mijn situatie. Als Leo echt te elfder ure uitstel van executie voor *Lodger in the Throat* overwoog, en dus een aantal voorstellingen in Londen, zou ik me moeten voorbereiden op een overtuigende en misschien wel doorslaggevende vertolking van de rol van James Elliott. De rest van de cast zou natuurlijk ook alle registers opentrekken. De kans lag voor het grijpen.

Maar voor mij had die kans meer weg van een last. Zoals de zaken er momenteel voor stonden, had ik weinig tijd om aan acteren te denken. Helemaal géén tijd, zelfs. Het komt niet vaak voor dat de werkelijkheid zich in het leven van een acteur opdringt. Het komt tenslotte allemaal aan op doen-alsof, zowel op het podium als elders. Maar voor mij was dat veranderd. Totaal.

Het enige probleem was hoe ik mijn hachelijke situatie op zo'n manier kon uitleggen aan andere mensen dat ze het zouden begrijpen. En ik wist dat ik dat probleem niet zou oplossen.

Alsof Brian dat wilde onderstrepen, belde hij me opnieuw, nog voordat ik was uitgestapt.

'Ik heb Melvyn net gesproken, Toby. Ik ga met hem en Leo lunchen in het Hotel du Vin. Dat is in Ship Street. Je weet wel, waar Henekeys vroeger zat.'

'Het zal vast heel gezellig worden.'

'Ja, maar Leo stelde voor dat jij ook komt, snap je. Daarom bel ik. Niet voor de hele maaltijd natuurlijk. We zouden je niet van je apropos willen brengen.' Zijn lach was niet aanstekelijk. 'Schikt één uur jou? Het is maar tien minuten lopen van de schouwburg.'

Ik zei natuurlijk ja. Ik hoefde er alleen maar aan te denken hoe het afslaan van een lunchuitnodiging van onze geachte producent bij mijn medespelers zou vallen, wier salaris door hem werd betaald, om te beseffen dat ik geen keus had. Ik had zin noch tijd om me in te likken bij Leo en Melvyn, maar niettemin zou ik dat vanaf één uur gaan doen.

Ik stapte uit in de Steine en maakte rechtsomkeert om naar de Local Studies Library in Church Street te sprinten. Toen ik binnenkwam, zag ik een redelijk aantal bibliotheekbezoekers voor microfilmschermen zitten, maar gelukkig waren er een paar lege plaatsen. Ik kon alleen maar hopen dat geen van die mensen de novembernummers van 1995 van *The Argus* raadpleegde.

Maar toen ik omliep naar de informatiebalie, liep ik tegen iemand op die hoogstwaarschijnlijk voor niets anders was gekomen.

'Toby,' zei Jenny, die bezig was een net stapeltje fotokopieën te maken. 'Wat doe jij hier?' Het lag voor de hand dat ik haar hetzelfde kon vragen, maar ik deed het niet. Ik keek haar alleen maar aan. Vervolgens keek ik naar de stapel paperassen in haar hand en herkende in één oogopslag de koppen en -kolommen van een krantenpagina. Bovenaan ontcijferde ik een datum: *Vrijdag 17 november 1995.* Daarna keek ik haar weer aan en zei eenvoudig: 'Aha.'

Een paar minuten later stonden we in het park van het Royal Pavilion bij de ingang van het museum. Het was koud genoeg om zeker te weten dat niemand ons kon horen. Op plekken waar de zon nog niet was gekomen, lag een laagje rijp op het gras. En Jenny's adem zorgde voor kleine wolkjes in de lucht toen ze sprak, wat ze momenteel heel wat meer deed dan ik. Haar wangen waren niet alleen rood van de kou, maar ook van woede.

'Jij hebt me erin laten lopen, hè? Zeker een proefballonnetje om te zien wat ik zou doen? Nou, gefeliciteerd, Toby. Je hebt aan de riem getrokken en ik kom zomaar aan hollen.'

'Ik heb geen idee waar je het over hebt.'

'Ik had natuurlijk kunnen weten dat jij Ian Maple had opgestookt.'

'Hoezo?'

'Hou je maar niet van de domme, Toby. Dat werkt niet.'

'Heb je met Ian Maple gesproken?'

'Dat weet je best.'

'Nee, dat weet ik niet. Wanneer was dat?'

Jenny wendde haar blik af en haalde diep adem. Ze had de zwartwitkopieën nog altijd stevig in haar hand. Ik stak mijn hand uit, gaf er een rukje aan en ze liet ze los.

'Je hebt drukinkt aan je vingers,' zei ik niet ter zake. Ze huiverde. Even kwam ik in de verleiding een arm om haar schouders te slaan, maar dat deed ik natuurlijk niet. 'Waarom gaan we niet ergens een kop koffie drinken?'

'Zeg me de waarheid, Toby.' Ze keek me recht aan. 'Heb jij mij Ian Maple op mijn dak gestuurd?'

'Nee.'

'Hij kwam vlak na openingstijd naar de winkel.' Dat was dus vóór ik hem vanaf Viaduct Road belde, besefte ik. Aardig van hem om me in te lichten. 'Hij was heel... vasthoudend. En wat hij me over Roger vertelde...' Ze schudde haar hoofd. 'Ik geloof er niets van.'

'Dat heb ik hem gezegd.'

'Dus je hebt hem wel gestuurd.'

'Nee.'

'Maar alles wat hij weet...'

'Heeft hij van mij, dat geef ik toe.'

'Inclusief die onzin over de ontvoering van Oswin?'

'Dat is geen onzin.'

'Dat moet wel.'

'Als je dat zo zeker weet, waarom heb je deze dan gemaakt?' Ik zwaaide met de kopieën.

'Om mezelf aan de feiten te herinneren. Die Roger me al lang geleden heeft verteld, voor het geval je je dat afvraagt.'

'En wat zijn die feiten dan, Jenny?'

Ze trok een wenkbrauw op. 'Misschien moest je ze zelf maar even lezen.'

'Waarom vertel je ze me niet gewoon?'

'Omdat je mij misschien niet gelooft.'

'Als we het eens konden zijn over de waarheid, zouden we niet anders kunnen dan elkaar geloven, Jenny.'

Haar mond verstrakte. Ze keek even behoedzaam in de verte. Toen zei ze: 'Goed. We gaan praten. Maar je moet eerst die berichten in The Argus lezen. Dan weten we allebei tenminste waaróver we het hebben. Er is een koffiebar in het museum. Daar wacht ik wel op je.'

Ik ging op een bankje in de zon zitten, beschut tegen de wind door de omringende gebouwen, en legde de kopieën op chronologische volgorde.

Het waren er zeven in totaal en de eerste vijf waren van november 1995. In de krant van 14 november stond een kort maar opvallend bericht over de dood van Sir Walter Colborn met een vage foto van een auto achter politielint op een landweggetje. De kop luidde: PROMINENTE ZAKENMAN GEDOOD BIJ AUTO-ONGE-LUK. Het bericht vervolgde:

Sir Walter Colborn, voormalig president-directeur van de plasticfabriek NV Colbonite in Brighton, is gisteren om het leven gekomen nadat hij was aangereden door een auto tijdens een wandeling op een landweggetje in de buurt van zijn huis, Wickhurst Manor, bij Fulking. Het ongeluk gebeurde even na 15.00 uur. De chauffeur van de auto, een donkerblauwe Ford Fiesta, is niet met name genoemd. Hij wordt vastgehouden om de politie te helpen bij haar onderzoek.

De volgende dag meldde The Argus: VERRASSENDE AANKLACHT VAN DOODSLAG NA OVERLIJDEN SIR WALTER COLBORN:

Gisteren heeft de politie een man in staat van beschuldiging ge-
steld in verband met het overlijden op maandag van de promi-
nente plaatselijke zakenman en politicus Sir Walter Colborn.
Kenneth George Oswin (63) uit Brighton is doodslag ten laste
gelegd en hij zal morgen worden voorgeleid voor de rechter-
commissaris in Lewes.

Op een andere pagina van dezelfde krant stond een kruiperig In
Memoriam van de eminente overledene:

Walter Colborn werd in 1921 in Brighton geboren. Hij was de
kleinzoon van de oprichter van de NV Colbonite, een plasticfa-
briek aan Hollingdean Road, die in 1989 sloot. Walter Colborn
studeerde op Brighton College en ging vervolgens naar Pembroke
College in Oxford, nadat hij zich in de Eerste Wereldoorlog had
onderscheiden in het leger. In 1955 volgde hij zijn vader op als
president-directeur van Colbonite, later diende hij talrijke jaren
als gedeputeerde van West-Sussex, en de laatste jaren als vice-
voorzitter van de Conservatieven. Hij zette zich ook energiek in
voor talrijke liefdadige doelen, was een prominent lid van de
Brighton Society en adviseur van de West Pier Trust. In 1987
werd hij geridderd voor zijn uitmuntende staat van openbare
dienst. In 1953 trouwde hij met Ann Hopkinson. Het paar kreeg
één zoon, Roger, die Sir Walter overleeft. Ann Colborn is in 1982
overleden.

De volgende dag liet de rechter-commissaris van Lewes Kenneth
Oswin in hechtenis nemen, volgens een beknopt berichtje ergens
onder aan een pagina. Maar iemand had lucht gekregen van
zijn connectie met Colbonite, waardoor het profiel van de zaak
de volgende dag in betekenis was gegroeid. MAN BESCHULDIGD
VAN DOODSLAG NA ONGELUK SIR WALTER COLBORN BLIJKT
VOORMALIG EMPLOYE, luidde de kop boven een bericht dat ont-
hulde hoe Roger Colborn reageerde op de kwestie:

Roger Colborn, de zoon van wijlen Sir Walter Colborn, heeft gis-
teren bevestigd dat Kenneth Oswin, de man die na de dood van

Sir Walter op maandag is aangeklaagd wegens doodslag, een
voormalig werknemer was van N V Colbonite, de Brightonse
plasticfabriek, die was gesticht door Sir Walters grootvader en
die in 1989 haar poorten sloot. Meneer Colborn, die zijn vader
bijstond in de leiding van het bedrijf, zei dat hij geen reden zag
waarom meneer Oswin Sir Walter een kwaad hart zou toedra-
gen. 'Meneer Oswin,' voegde hij eraan toe, 'heeft net als de rest
van het personeel een royale afvloeiingsregeling gekregen toen
het bedrijf sloot, een betreurenswaardige maar onvermijdelijke
gebeurtenis, die het gevolg was van de toenemende intensiteit
van de buitenlandse concurrentie.'

Hoe prettig, hoe nietszeggend en hoe uiterst redelijk klonk Roger
toch. Er werd niet gerept over chlooraniline, noch over kanker,
noch over lege vennootschappen, noch over een handig omzeilde
schadeloosstelling. De gemiddelde slecht ingelichte lezer zou
waarschijnlijk concluderen – áls hij al iets zou concluderen – dat
Kenneth Oswin niet spoorde en de een of andere wrok koesterde.
De bijzonderheden zouden tijdens zijn rechtszaak wel aan het
licht komen.

Maar er zou geen rechtszaak van komen, zoals een berichtje in
The Argus op woensdag 7 februari 1996 duidelijk maakte:

Kenneth George Oswin (63), woonachtig op Viaduct Road,
Brighton en de man die in voorarrest zat wegens de doodslag van
Sir Walter Colborn in november jongstleden, is gisteren over-
leden in het Royal County Hospital in Brighton, waarheen hij
onlangs was overgebracht uit de gevangenis van Lewes. Hij leed
al enige tijd aan kanker.

Maar dat was niet helemaal het eind van de kwestie. Twee maanden later volgde een gerechtelijk onderzoek dat een aspect van de
zaak behandelde dat ongetwijfeld door een rechtszaak zou zijn
uitgediept. VONNIS RECHTER VAN INSTRUCTIE: FATAAL ONGE-
LUK SIR WALTER COLBORN WAS WEDERRECHTELIJKE LEVENS-
BEROVING, kopte *The Argus*.

Voor de rechter van instructie is gisteren duidelijk geworden dat het Openbaar Ministerie Kenneth Oswin tijdens de strafzaak zou hebben beschuldigd van doodslag van Sir Walter Colborn, omdat de heer Oswin Sir Walter ernstig en waarschijnlijk fataal letsel wilde toebrengen toen hij hem vorig jaar op 13 november 's middags aanreed op een stil landweggetje in de buurt van Sir Walters woning.

Inspecteur Terence Moore van de recherche van Sussex getuigde voor de rechter van instructie dat de aanrijding zich had voltrokken op een gedeelte van de weg waar het zicht goed was, en dat onderzoek van de auto had uitgewezen dat de heer Oswin Sir Walter eerst had geschampt, waardoor hij kwam te vallen, en hem vervolgens in zijn achteruit heeft overreden. Er is alleen voor een aanklacht van doodslag gekozen en niet van moord vanwege twijfels over de geestelijke toestand van de heer Oswin, die zeer wel een pleidooi voor verminderde toerekeningsvatbaarheid hadden kunnen rechtvaardigen. De heer Oswin leed ten tijde van het ongeval aan kanker, waaraan hij later in voorarrest is overleden. Inspecteur Moore voegde eraan toe dat de heer Oswin consequent heeft ontkend dat hij Sir Walter met opzet heeft gedood, maar weigerde te vertellen wat er de bewuste middag was voorgevallen.

In zijn samenvatting zei de rechter van instructie dat de uitkomst van de rechtszaak tegen de heer Oswin niet voor vanzelfsprekend mocht en kon worden gehouden, maar dat in de kwestie van het overlijden van Sir Walter een uitspraak van wederrechtelijke levensberoving beslist op zijn plaats was. Hij voegde er een persoonlijk eerbetoon aan de overledene aan toe, wiens dood hij beschreef als een groot verlies voor de gemeenschap.

Ik liep het museum binnen en ging naar de koffiebar op de eerste verdieping. Jenny zat te wachten aan een tafeltje dat uitzag op de kunstgalerij. Daarvandaan had ze me kunnen zien aankomen, maar de intensiteit waarmee ze in het restje schuim van haar cappuccino staarde, deed vermoeden dat ze me gemakkelijk over het hoofd gezien kon hebben. Ik haalde een kop koffie en ging bij haar zitten.

'Oké, ik ben op de hoogte van de feiten,' zei ik rustig en legde het stapeltje kopieën op het tafeltje tussen ons in. 'Althans de feiten die *The Argus* heeft afgedrukt.'

'Kenneth Oswin heeft Rogers vader vermoord,' zei Jenny. Ze boog zich naar voren en keek me lang en onderzoekend aan. 'Accepteer je dat?'

'Ja.' Ik moest wel. Dereks voorstelling van zaken dat de aanrijding een ongeluk was geweest, kon hooguit worden geduid als de wens die de vader van de gedachte is. Zijn versie van de gebeurtenis stond haaks op de feiten. 'Maar de vraag is: waarom?'

'Omdat hij Sir Walter de schuld gaf van de kanker die hem sloopte.'

'En terecht.'

'Ja, Toby. Terecht.' Ze bleef me aankijken. 'Vind je dat Roger aansprakelijk is voor zijn vaders onachtzame houding ten opzichte van de gezondheid van de Colbonite-arbeiders?'

'Ik denk dat Roger zijn vader ertoe aanzette zijn verantwoordelijkheid uit de weg te gaan en dat hij hem daarbij hielp, Jenny. En daarmee bedoel ik financiële verantwoordelijkheden. Ik denk ook dat Roger misschien extreme maatregelen heeft getroffen om Derek Oswin dienaangaande het zwijgen op te leggen.'

'Onzin. Ik geloof geen moment dat Roger zelfs maar bij Oswin op bezoek is geweest.'

'Waar is Derek dan?'

'Hoe moet ik dat weten?'

'Zei je dat Roger je dit alles lang geleden heeft verteld?'

'Ja.'

'Hoe komt het dan dat je Dereks achternaam niet kende toen ik die liet vallen?'

'Roger heeft me nooit de naam van de man die zijn vader heeft vermoord verteld, voorzover ik het me herinner. En als hij dat wel heeft gedaan, kan ik die best zijn vergeten. Ik vond het niet belangrijk. Vind ik nog steeds niet.'

'En die kankergevallen dan, Jenny? Geen cent schadeloosstelling. Hoe brengt Roger dat in het reine met zijn geweten? En jij?'

'Sir Walter heeft onmiskenbaar zijn toevlucht gezocht tot dubieuze praktijken toen hij het bedrijf sloot. Roger heeft er destijds tegen geprotesteerd en als gevolg daarvan kreeg hij ruzie met zijn vader.'

'Daar hebben we vermoedelijk alleen Rogers woord voor.'

'Ik geloof hem.'

'Vanzelf. En aangenomen dat het waar is, gewoon ter wille van de discussie; gesteld dat Roger er inderdaad een voorstander van was om schoon schip te maken wat betreft die chlooranilines, maar door zijn oudeheer is afgetroefd: waarom deed hij dan niets toen Sir Walter dood was en hij de middelen erfde om iets aan de reeds langs verschuldigde schadeloosstelling te doen?'

'Hij heeft het overwogen. Hij heeft advies ingewonnen.'

'O, ja?'

'Als hij één geval schadeloos zou stellen, zou hij dat voor ieder-een moeten doen. Dat zou zijn bankroet zijn geweest.'

'Nou, en dat konden we niet hebben, hè?'

'In feite...'

'Nou?'

'Is hij... bijgesprongen... in een aantal echt wanhopige gevallen. Met verpleeghuiskosten en dergelijke. Dat heeft hij... discreet moe-ten doen.'

'Om te voorkomen dat hij in algemene zin aansprakelijk werd gesteld?'

'Ja. Dus daarvan beschuldig je hem, Toby? Dat hij een poging doet om iets van de schade te herstellen die zijn vader heeft aange-richt, zonder zichzelf te gronde te richten?'

'Nee. Dat is jouw visie op wat hij vermoedelijk echt in zijn schild heeft gevoerd. En ik ben niet de enige die dat vermoedt.'

'Volgens Ian Maple heb je Rogers oom gesproken.'

'Ja. Informatieve knaap, die Gavin. Zie je hem vaak?'

'Ik heb hem nog nooit ontmoet. Maar ik weet dat zijn versie van de gebeurtenissen onbetrouwbaar is.'

'En hoe weet jij dat? Misschien omdat Roger je dat heeft wijsge-maakt?'

'Zijn zus Delia zegt het ook.'

'O, ja?'

'Ja. En ik kan ervoor zorgen dat ze het ook tegen jou zegt, als dat nodig is om jou deze... bespottelijke campagne te laten staken.'

'Denis is dood, Jenny. En Derek Oswin wordt vermist. Dat verzin ik allemaal niet. Volgens mij is Roger een gevaarlijk sujet.'

'Aha, dus je probeert me te beschermen.'

'Waarom zou ik dat niet doen?'

'Goeie vraag.' Ze leunde naar achteren en keek me hoofdschuddend aan. 'Je ziet toch zeker wel dat je jezelf maar wat wijsmaakt, Toby? Denis is overleden aan een hartaanval. Dat is treurig, maar het kon ieder moment gebeuren. Wat Derek Oswin betreft: die is ervandoor en heeft zijn huis in een chaos achtergelaten. Nou en? Daar kun je Roger niet van betichten.'

'O, nee?'

'Jij bent niet van plan om íets te geloven van wat ik zeg, hè?'

'Ben jij van plan om iets te geloven van wat ík zeg?'

Jenny zuchtte. 'Godallemachtig...'

'Het mes snijdt aan twee kanten, weet je. Jij denkt dat ik mezelf maar wat wijsmaak. Nou, dat is precies wat ik van jou denk.'

'Ja.' Op dat moment glimlachte ze bijna en kwam er even iets van haar geërgerde genegenheid van vroeger naar boven. 'Waarschijnlijk denk je dat, ja.'

'Wat zou jij als bewijs aanvaarden?'

'Bewijs?' Ze dacht even na en daarna boog ze zich weer naar voren. 'Oké. Delia heeft geen appeltje met iemand te schillen. Althans zeker niet ten gunste van Roger. Hij heeft net zo goed haar aandelen gekocht als die van Gavin en heeft er uiteindelijk een lief sommetje op verdiend. Dus zij zou wat dat betreft ook kwaad op hem moeten zijn. Mee eens?'

'Ja,' antwoordde ik. Ik was opeens op mijn hoede. Gavin had zijn zus afgeschilderd als medeslachtoffer van Rogers chicanes. Hij had zelfs voorgesteld dat ik haar zou vragen om zijn verhaal te onderschrijven. Maar Jenny leek er merkwaardig veel vertrouwen in te hebben dat Delia Rogers versie van de gebeurtenissen zou bevestigen. Als dat zo was, zou ik mijn zaak niet hebben bewezen. Integendeel, ik zou alle moeite hebben gedaan om hem juist te weerleggen.

'Ga met mij bij haar langs. Zij kent de hele geschiedenis. En zij is eerlijk. Dat kan ik je garanderen. Als zij jouw kant kiest... zal ik dat serieus moeten nemen.'

'En zo niet?'

'Dan zul je míj serieus moeten nemen.'

'Hoe weet ik dat dit geen valstrik is?'

'Je zult me moeten vertrouwen, Toby. Zo kom je dat aan de weet.'

Ik nam een slok koffie en bestudeerde Jenny's gezicht over de rand van mijn kopje. Natuurlijk had ze gelijk. Ik moest haar wel vertrouwen. Deed ik dat niet, dan was ik verloren. Maar ze had me in ieder geval verkeerd begrepen. Ik verdacht háár er niet van dat ze me ergens in liet lopen. Niet dat het er echt iets toe deed. Ik had mezelf beroofd van een uitweg. 'Oké, doen we.'

'Wanneer?'

'Zeg jij het maar. Vandaag is er een matinee, dus zit ik niet goed in m'n tijd, maar ik pas het wel in.'

'Ik zal Delia even moeten waarschuwen. Wat vind je van vanmiddag, tussen de voorstellingen in? Ze woont in Powis Villas. Dat is maar een klein eindje lopen van de schouwburg.'

'Ik weet waar ze woont. Ik heb haar adres van Gavin.'

'Goed. Ik zal haar bellen en het uitleggen.'

'Waarom niet nu?'

'Waarom ook niet?' Jenny lachte me uitdagend toe, haalde haar mobiel tevoorschijn en toetste het nummer. Er verstreken enkele ogenblikken. Daarna begon ze te praten, maar alleen om een boodschap in te spreken om Delia te vragen haar zo gauw mogelijk terug te bellen. Ze verbrak de verbinding. 'Ik laat je wel weten wat ik heb geregeld. Het kan best morgen worden. Ik weet niet of Delia beschikbaar is. En nu moest ik maar eens gaan. Ik heb Sophie lang genoeg alleen gelaten.' Ze stond op en wilde de kopieën pakken, maar bedacht zich. 'Die mag je houden.'

'Dank je. Dat bespaart jou de moeite om ze voor Roger te verbergen.' Ik kon m'n tong wel afbijten, maar het was eruit.

Jenny zag op me neer met een onthutst soort medelijden. 'Je begrijpt er echt niets van, hè Toby?'

'O, nee?'

'Nee. En God sta me bij, het lijkt erop dat ik het zal moeten bewijzen.'

Toen Jenny weg was, probeerde ik Ray Braddock weer te bereiken, maar hij nam nog steeds niet op. Ik had zijn adres natuurlijk, maar het had weinig zin om erheen te gaan als hij toch niet thuis was. Ik liep naar buiten de koude, heldere ochtendlucht in, waar de schaduwen lang, maar duidelijk afgetekend waren. Ik wierp een blik opzij naar de minaretten en uivormige koepels van het Royal Pavilion en moest een ogenblik meelevend aan die treurige, dikke, oude George IV denken. Het enige wat hij echt graag had gewild, was iets van huiselijke gezelligheid met mevrouw Fitzherbert, die toevallig volgens iedere betamelijke definitie zijn vrouw was. Toch waren ze gedwongen een gescheiden leven te leiden. Die scheiding was grotendeel de schuld van George zelf geweest, net zoals het verlies van Jenny mijn schuld was. Maar schuld maakt dergelijke levensmislukkingen niet makkelijker te dragen. Integendeel zelfs.

Het was even na twaalven en er was maar weinig nuttigs wat ik kon doen alvorens met de drie musketiers te gaan lunchen. Ik weet niet waarom ik naar de Cricketers werd getrokken, behalve dat het inmiddels min of meer een twaalfuurgewoonte was geworden. Wat ik niet had beseft, was dat het ook de gewoonte van mijn opgedrongen vriend Syd Porteous was.

'Geweldig om je te zien, Tobe. Je kon zeker niet wegblijven?'

'Zoiets.'

'Sta me het buitengewone genoegen toe om je iets aan te bieden. Pul puike Harvey?'

'Doe mij maar een tomatensap. Er is een middagvoorstelling.'

'Dat is waar. Heel verstandig.' Hij bestelde een Virgin Mary en nog een halve liter bier voor zichzelf. 'Zullen we ons bij het vuur vlijen? Buiten is het zo koud dat je ballen eraf vriezen.'

We namen de glazen mee en gingen bij de haard zitten. Syd nam nog een teug bier, smakte met zijn lippen en ik nam een slokje van mijn tomatensap waar te weinig worcestersaus in zat en keek gruwelend om me heen naar de kerstversiering die met het jaar prulleriger werd.

'Verpest de hele maand, vind je niet?' zei Syd, die kennelijk mijn gedachten raadde. 'Kerstliedjes bij wijze van muzak en kantoorfeestjes. Wie zit daar nou op te wachten? Als er geen kantoor is waar je heen moet, hoef je ook geen feestje; zeker weten.'

'Precies.'

'Toch lijkt mijn kerstfeest wat minder wurgend deprimerend te worden, nu Aud op het toneel is. Ze verheugt zich er echt op om je zondag te zien, overigens.'

'Zondag?'

'Ze maakt een lunch voor je klaar, weet je nog?'

Toen wist ik het weer. Ja, natuurlijk. Een zondagse lunch bij Syd en Aud. Waarom had ik daar in hemelsnaam mee ingestemd? Goeie vraag. Maar het retorische alternatief dat ik in werkelijkheid opwierp, was: 'Hoe kon ik dat nou vergeten?'

'Je hebt een hoop aan je hoofd, Tobe. Een tikje vergeetachtigheid was wel te verwachten.' Hij liet zijn stem samenzweerderig dalen. 'Hoe gaat het met de campagne?'

Het viel me op dat hij hetzelfde woord voor mijn activiteiten gebruikte als Jenny. Wat het nog merkwaardiger maakte, was hoe weinig het in míjn ogen van een campagne weg had. 'Het vordert langzaam.'

'Uitstekend. Heb je al besloten of je wilt dat ik je bijrijder word als je langsgaat bij de geurige Delia?'

'Ik hoef je niet lastig te vallen, Syd.'

'Ik zie het niet als lastigvallen, hoor.'

'Maar toch...'

'Het is aan jou. Tobe. Helemaal aan jou.'

'Ik stel je aanbod op prijs, maar...'

'Je doet het liever alleen. Begrepen. Waarschijnlijk viste ik alleen maar naar een excuus om een oude band aan te halen.'

'Hoe kenden jullie elkaar precies?'

'Ach, nou ja, toen ik nog op school zat, heeft Gav me een paar keer uitgenodigd op Wickhurst Manor. Delia is een paar jaar ouder dan wij. Mijn oudste herinneringen aan haar zijn van toen ze een zesdeklasser op Roedean was. Ze was echt een dametje. Ze heeft daar heel wat jaren lesgegeven, wist je dat? Na Oxford of Cambridge, ik weet echt niet meer welke van de twee. Ik heb altijd een oogje op haar gehad, en toen ik bijna dertig en zij iets ouder was, is er een tijd geweest dat ik, nou ja...' Hij spreidde zijn handen. 'Nou ja, ik heb mijn kans verknald. Daar komt het eigenlijk wel op neer. Maar ik denk niet dat ik ooit veel kans hád, hoor. Ik was niet echt van haar klasse. Ik twijfel er geen moment aan dat haar schoonzus haar dat onder de neus gewreven zal hebben. Ann Colborn had altijd de pik op mij. En zij en Delia waren twee handen op een buik.'

'Ann Colborn is jong gestorven, hè?'

'Nogal.'

Ik wachtte tot Syd zou uitweiden, maar dat gebeurde niet. Die reserve was niets voor hem. 'Ik heb het In Memoriam van Sir Walter opgezocht in *The Argus*, Syd,' zei ik bij wijze van aanmoediging.

'Aha. Dus je weet het?'

'Dat zijn vrouw in 1982 is gestorven, ja. Toen kon ze niet veel ouder zijn geweest dan vijftig, te oordelen naar de leeftijd van Sir Walter.'

'Stond er ook bij... hoe ze is gestorven?'

'Nee.'

'Dus je weet het níet.'

'Wat?'

'Zelfmoord, Tobe. Ann Colborn heeft zich van het leven beroofd. Ze is met haar auto van Beachy Head gereden. Mooie auto ook nog. Jaguar 2,4 liter.'

'Zelfmoord?'

'Nou ja, het was in elk geval geen moord.'

'Waarom heeft ze het gedaan?'

'Volgens mij werd er van een depressie gesproken. Je kent dat wel. *Ze was geestelijk labiel.* Laten we wel wezen, je moet ook wel labiel zijn om de Jaguar met je mee te nemen. Hoewel het altijd nog meer klasse heeft dan sterven onder de wielen van een Ford Fiesta.'

Die laatste opmerking van Syd heeft me lang beziggehouden. Gisteren beweerde hij nog niet te weten dat de chauffeur van de auto die Sir Walter had overreden was aangeklaagd wegens doodslag. Dus was het merkwaardig dat hij zich wel het merk van de bewuste auto herinnerde. Toen hij het merk liet vallen tijdens ons gesprek in de Cricketers, stond ik er niet bij stil, omdat ik nog steeds geschokt was door het besef dat Rogers moeder zelfmoord had gepleegd. Maar terugblikkend zie ik het als bewijs van wat ik begin te vermoeden: dat Syds praatzieke manier van doen meer verbergt dan onthult; dat hij meer weet dan hij tot nu toe verkiest los te laten.

'Volgens mij woonde Delia toen nog op Wickhurst Manor. Anns dood moet een vreselijke klap voor haar zijn geweest. Later is ze natuurlijk getrouwd. En warmpjes ook, als je Gav mag geloven. Dus als je een motief zoekt, kun je het denk ik wel aan haar vragen. Ze heeft twintig jaar de tijd gehad om eraan te wennen.' Syd dacht even na, en vervolgde: 'Zeg... je denkt toch niet dat Anns zelfmoord... iets met deze hele toestand te maken heeft?'

'Nee. Jij, Syd?'

Hij haalde zijn schouders op. 'Geen idee. Lijkt me niet erg waarschijnlijk, denk je wel? Ik zou er in elk geval niet veel geld op zetten. Maar aan de andere kant...' Hij grijnsde. 'Ik zou er misschien vijf pond aan wagen.'

Dankzij mijn brainstorm met Syd was ik tien minuten te laat in het Hotel du Vin. In gedachten was ik nog altijd bij de verre mysteries van de familie Colborn. Ik was niet in de stemming en in slechte conditie om een gezellig vierde wiel aan de wagen te zijn met Brian Sallis, Melvyn Buckingham en de halfgod van het West End zelve, Leo Simmons Gauntlett.

Toen ik arriveerde, zaten ze al aan een tafeltje in het grote, drukke restaurant. Melvyn was na een paar glazen gin voor de maaltijd een en al glimlach en het was 'beste jongen' voor en na, maar Leo zag eruit alsof zijn maagzweer weer opspeelde. Hij was iemand die bekendstond om zijn weinig theatrale voorkomen – hij heeft meer van een boekhouder dan van een impresario – en kan als het moet charmeren, kletsen en balletjes opgooien als de beste. Maar zijn natuurlijke temperament neigt meer naar het alledaagse en pragmatische, en soms is hij zonder meer een pessimist. Het was me op slag duidelijk dat hij niet vervuld van hoop naar Brighton was getogen. Maar hij is een sluwe financier, dus houdt hij er niet van om een investering af te schrijven, behalve als het absoluut niet anders kan. Dit was mijn kans om hem ervan te overtuigen dat het in dit geval misschien niet nodig was. Helaas voelde ik me niet tegen de uitdaging opgewassen; integendeel zelfs, de uitkomst kon me geen zier schelen.

'Melvyn dacht dat hij dinsdagavond iets nieuws in de voorstelling waarnam,' zei hij over zijn door de dokter voorgeschreven salade, nadat ik een entree en een mineraalwater had besteld om hen gezelschap te houden. 'Had jij ook het gevoel dat er iets nieuws in zat, Toby?'

'Dat weet ik niet zeker.'

'Niet zeker klinkt me verrekte slap in de oren, zo aan het eind van het seizoen.'

'Meer kan ik je niet vertellen.'

'De dood van Denis is niemand van ons in de koude kleren gaan zitten, Leo,' zei Brian.

'O, ja,' zei Melvyn. 'Edel, arm en rijk maakt de dood gelijk.'

'Ik weet niets van de dood,' zei Leo. 'Ik maak me druk om de vraag of er nog leven in *Lodger in the Throat* zit.'

'Dat is er altijd geweest,' zei ik. 'We zijn er alleen niet zo in geslaagd om het te vinden.'

'Ha, dat klinkt alsof je het eens bent met je vriend Unwin. Het komt allemaal aan op een weinig inlevende regie.'

Melvyn verslikte zich sputterend in zijn zoveelste slok wijn. 'Blijft die vreselijke man met zijn brutale brieven me nou tot mijn dood toe achtervolgen?'

'Hij hcct eigenlijk Oswin, Leo,' zei ik. 'Niet Unwin.' Daarna drong het tot me door dat Melvyn in het meervoud had gesproken. 'Zei je brievén?'

'O, jawel,' antwoordde Melvyn. 'Vanmorgen is er weer een gekomen.'

'Waarschijnlijk raak je er wel aan gewend dat je fanmail een zeker percentage lulkoek bevat,' zei Leo. 'Maar deze heeft me de ogen geopend.'

'Wat staat er in?'

'Lees zelf maar.' Leo haalde met veel zwier een stuk papier uit zijn binnenzak en gaf het aan mij. 'Je mag het wel houden als je wilt.'

Het was typisch Dereks handschrift, dat was zeker. Hij had nog een brief gestuurd, nadat hij had beloofd dat niet te doen. Of was dat wel zo? Waarschijnlijk had hij hem gisterochtend op de post gedaan vóórdat hij toezegde een eind aan de correspondentie te maken. Technisch had hij zijn belofte niet gebroken, maar hij had me evenmin gewaarschuwd dat er al een tweede brief onderweg was. Het was niet voor het eerst dat hij zuinig met de feiten was omgesprongen. Het leek wel een plaatselijke gewoonte. Ik vroeg me af waarom Derek reden had gezien om Leo nog een brief te sturen.

Viaduct Road 77
Brighton
BN 14ND

4 december 2002

Geachte heer Gauntlett,
Als aanvulling op mijn eerdere brief besef ik dat ik ben vergeten iets heel belangrijks over meneer Flood te zeggen. Als iemand die in zekere mate verantwoordelijk is voor het voorspoedige verloop van zijn carrière, moet u weten dat meneer Flood niet alleen moet worden gekoesterd vanwege zijn aanzienlijke acteerpresta-ties. Want ziet u, hij is ook een eerzaam en royaal iemand, zoals ik uit eigen ervaring weet. Hij heeft getracht mij te helpen, net zoals ik heb getracht om hem te helpen. Ik kan me maar moeilijk voorstellen dat iemand anders van zijn status mij zoveel aan-dacht zou schenken. Het is een blijk van zijn nobele inborst, en daar neem ik mijn petje voor af. Ik kan slechts hopen dat een en ander niet in zijn nadeel werkt. Maar doet het dat wel, dan doe ik een beroep op u om alles wat in uw vermogen ligt te doen om hem te helpen. Hij verdient alle vriendelijkheid uwerzijds ruim-schoots, omdat er misschien een tijd zal komen dat hij niet de beste arbiter van zijn eigen belangen is.
Met de meeste hoogachting,
Derek Oswin

'Je had me verzekerd dat hij niet meer zou schrijven, beste jongen,' zei Melvyn toen ik de brief opvouwde en in mijn zak stak. 'Wordt dit een regelmatige correspondentie?'

'Nee. Beslist niet.'

'Eerst betwijfelt hij Melvyns regie,' zei Leo, 'en nu jouw onderscheidingsvermogen, Toby. Verrekte aanmatigend, vind je niet?'

'Ik ben bang dat hij dat inderdaad is. Maar dit is de laatste brief.'

'Echt?'

'Gisteravond had je een kaartje voor hem gereserveerd, Toby,' zei Brian. 'Dat is niet opgehaald.'

'Ik denk dat hij de stad uit is.'

'Beter kwijt dan rijk,' mompelde Melvyn.

Tot op zekere hoogte wilde ik het daarmee eens zijn. Als Derek in moeilijkheden verkeerde zoals ik aannam – in grote moeilijkheden zelfs – had hij die aan zichzelf te danken. Maar ik wilde hem niet alleen redden om Jenny terug te winnen. Ik probeerde Derek ook te helpen voor zijn eigen razend makende bestwil, en dat scheen hij op zijn merkwaardig scherpzinnige manier te begrijpen. Volgens sommige mensen is de tijd nu al aangebroken dat ik niet de beste arbiter van mijn eigen belangen ben. En volgens anderen dat ik dat nooit ben geweest. Maar toevallig ben ik de enige arbiter die telt.

Maar niet wat betreft de toekomst van *Lodger in the Throat*. Die is aan Leo S. Gauntlett.

'Hopelijk ben ik hier niet voor niets gekomen,' gromde hij terwijl hij een kerstomaat aan zijn vork reeg.

'Maak je geen zorgen, Leo, zei ik, terwijl ik wat bravoure opdiepte en mijn metgezellen toestraalde als de veelzijdige acteur die ik ben. 'Ik kan je verzekeren dat je met verende tred en een lied op je lippen naar Londen zult terugkeren.'

Leo keek me een ogenblik zuur aan. Toen zei hij: 'Je gaat er goddorie toch geen musical van proberen te maken, hè?'

Brian en ik lieten Leo en Melvyn aan de koffie (met cognac in Melvyns geval) om tegen twee uur weer in de schouwburg te kunnen zijn. We baanden ons een weg door het publiek dat kerstinkopen deed toen Jenny belde.

'Ik heb Delia gesproken, Toby. Ze kan ons in de namiddag ontvangen. Hoe laat ben je vrij?'

'We zijn om ongeveer kwart over vijf klaar. Ik kan rond... kwart voor zes in Powis Villas zijn.'

'Afgesproken. Als je komt, ben ik er al. Het is nummer 15.'

'Weet ik. Prima. Maar hoor es...' Ik schoof in een portiek en gebaarde naar Brian dat hij door moest lopen, wat hij deed, maar alleen ver genoeg om buiten gehoorsafstand te zijn. 'Jenny, er is iets wat waarschijnlijk te sprake zal komen als ik met Delia praat, en ik weet niet zeker of jij... er al van weet.'

'O ja? Wat dan?'

'Rogers moeder. Ann Colborn.'

'Ja?'

'Die heeft zelfmoord gepleegd, Jenny. Zij en Delia waren blijkbaar heel dik met elkaar. Ik... Nou ja, ik wilde je er niet mee... overvallen.'

Er viel een heel korte stilte voordat Jenny antwoord gaf, maar die stilte sprak boekdelen. 'Natuurlijk weet ik van Rogers moeder, Toby. Dat is geen geheim.'

'Mooi.' *Ik heb je zojuist een grote dienst bewezen, Jenny,* dacht ik. *Besef je dat wel? Je kunt dit voor mijn komst met Delia uitpraten. Dankzij mij.* 'Ik wilde het alleen even... controleren.'

'Nou, dat heb je dus gedaan.'

'Ja, oké. Tot straks.'

Ik haalde Brian in en legde uit dat ik na de voorstelling direct weg moest. Er zou geen tijd zijn voor een nabeschouwing met Leo en Melvyn. Hij was duidelijk van zijn stuk, omdat ze niet zouden blijven voor de avondvoorstelling, maar, zoals ik tegen hem zei: 'Leo zal wel uitmaken wat zakelijk gezien het beste is, Brian. Dat weet je. Met of zonder aanmoediging van mij.'

Ik was blij om weer in de oase van mijn kleedkamer te zijn en in zekere zin opgelucht dat ik zo meteen op kon. Tijdens optredens stuwt de adrenaline niet meer zo door mijn systeem als vroeger, maar ik had er alle vertrouwen in dat er voldoende rondgepompt zou worden om de verwarde complexiteit van mijn betrokkenheid bij de families Colborn en Oswin minstens een paar uur van me af te zetten.

Ik trok mijn kostuum aan, bracht wat make-up op en ging rustig zitten om te proberen in de huid van James Elliott te kruipen. Het kwartier voor de voorstelling werd afgeroepen, en vervolgens de laatste vijf minuten. En toen ging mijn mobiel over, die ik normaal zou hebben afgezet. In het belang van mijn voorbereiding had ik niet moeten opnemen. Natuurlijk deed ik dat wel.

'Ja?'

'Met Ian Maple, Toby. Ik moet je spreken.'

'Ik moet over vijf minuten op.'

'De zaak heeft een... onverwachte wending genomen.'

'Dat zal moeten wachten, Ian.'

'Dat kan niet.'

'Maar het moet.'

'Hoe laat kan ik je spreken? Het moet vanmiddag.'

'Goed. Kom maar over een uur naar de schouwburg. Neem de toneelingang. Ik zal wel zeggen dat ze je naar mijn kleedkamer moeten brengen. Dan kunnen we praten in de pauze.'

'Begrepen.'

Hij hing op en ik liep naar de deur.

Gedurende de eerste akte was ik al mijn concentratie kwijt. Dat is minder erg dan het klinkt. Soms ben ik zelfs op mijn best als ik gewoon alles loslaat en laat gebeuren. Het nadeel is dat ik zo'n optreden op geen enkele manier kan analyseren. Het is wat het is, goed of slecht. De rest van de cast liep waarschijnlijk op eieren nu Leo en Melvyn in de zaal zaten, maar ik heb geen idee hoe zij vonden dat het ging, of liever gezegd hoe zij dachten dat Leo vond dat het ging.

Ian Maple zat zoals afgesproken in mijn kleedkamer te wachten. Hij zag er ernstig uit, maar tot mijn verrassing ook ontspannener dan gisteravond. Toen ik binnenkwam, bleef hij op de divan zitten. Op de grond bij zijn voeten lag een lang, smal voorwerp verpakt in een boodschappentas met de naam Dockerills, een ijzerwinkel in Church Street die ik een paar keer was gepasseerd.

'Bedankt dat je me hebt verteld dat je al bij mijn vrouw langs was geweest, toen we elkaar vanmorgen spraken,' begon ik. Ik draaide de stoel van de kaptafel om en ging tegenover hem zitten.

'Heb je haar gesproken?'

'Ja.'

'Aha.' Hij wreef over zijn ongeschoren kin. 'Ik wist niet dat je dat van plan was.'

'Dat was ik ook niet.'

'Maar ik wel. Dat had ik gezegd.'

'Oké, laten we geen tijd verspillen.' Het was waar, dat konden we ons niet veroorloven. En verwijten maakten blijkbaar toch geen indruk op Ian. Hij wilde spijkers met koppen slaan. 'Wat is er verder gebeurd? Heb je Colborn gesproken?'

'Niet precies. Ik heb hem wel gezien.'

'Bedoel je geobserveerd?'

'Ik bedoel dat ik hem ben gevolgd. Ik heb een auto gehuurd en ben naar Wickhurst gereden. Toen ik aan kwam rijden zag ik Colborn net in zijn Porsche vertrekken, dus ben ik gewoon achter hem aan gegaan.'

'Waarheen?'

'Een parkeerterrein op Devil's Dyke. Waar een vent in een Ford Transit op hem zat te wachten. Een grote kerel. Een reus, godverdomme.'

'De kleerkast van Denis.'

'Dat dacht ik ook. Colborn stopte naast het busje. Ze zaten een poosje te praten. Colborn gaf hem een envelop. Daarna gingen ze ieder huns weegs. Ik ben de kleerkast gevolgd.'

'Weet je zeker dat ze je niet hebben gezien?'

'Het is een mooie dag. Er waren vrij veel auto's op de Dyke. Mensen die hun hond uitlieten en zo. Ik viel ertussen weg. Daar ben ik goed in.'

'Oké. Waar ging de kleerkast naartoe?'

'Fishersgate. Een deel van de bebouwing tussen hier en Worthing. Een ratjetoe van woonwijken en fabrieken. Bij het station van Fishersgate is een verwaarloosd industriegebiedje. Daar ging hij in en hij reed naar een van de gebouwen. Ik heb niemand gezien die op hem wachtte. Tenzij ze binnen waren, natuurlijk. De grote roldeur was dicht. Hij ging naar binnen via een deurtje. Tien minuten later kwam hij weer naar buiten en reed weg. Ik bleef hem volgen. Hij ging naar het centrum van Brighton. Parkeerde het busje in een afsluitbare garage in Little Western Street en daarna ging hij te voet verder. Toen ik de auto had geparkeerd, was ik hem kwijt. Dus ben ik teruggegaan naar Fishersgate om die loods wat beter te bekijken. Geen teken van leven, of van wie de eigenaar was. Een lasser in de werkplaats ernaast wist van niets.'

'Dus wat denk je?'

'Ik denk dat Oswin daar wordt vastgehouden.'

'Waarom?'

'Omdat die kleerkast daarheen ging om iets te controleren na zijn onderonsje met Colborn. En ik ben van plan het te bewijzen.'

'Hoe?'

'We gaan er vanavond heen.' Met zijn voet opende hij de plastic tas op de grond en ik zag de kaken van een forse betonijzerschaar. 'Hiermee komen we door de omheining en het hangslot op het deurtje.'

'Meen je dat?'

'De beste manier om Colborn aan te pakken is door Oswin te bevrijden. Uitstel heeft geen zin. Maar...'

'Wat?'

'Ik heb jou nodig om op de uitkijk te staan. En misschien nog belangrijker: om Oswin te vertellen dat ik aan de goeie kant sta.'

'Dat klinkt riskant.'

'Natuurlijk is het riskant. Wat dacht je? Dat het een eitje zou zijn?'

'Nee, maar... Ik ben goddomme toneelspeler. Ik zou een blok aan je been zijn.'

'Ik kan het niet alleen. En ik kan het aan niemand anders vragen. Doe je het of niet?' Hij keek me recht aan en daagde me uit om de onmiskenbaar begeerde kans om Roger Colborn een hak te zetten te laten voorbijgaan. En dat was ook niet de enige overweging, zoals Ian best wist. 'Uitstel zal Oswin niet helpen, weet je. Hoe langer je iemand als hij in handen van die kleerkast laat, hoe erger het voor hem zal zijn. Neem dat maar van mij aan.'

'Dat neem ik direct aan.'

'Dus?'

'Oké. Ik doe het.'

'Ik haal je om middernacht op aan het einde van Madeira Place, goed?'

Ik knikte. 'Oké.' Er zat blijkbaar niets anders op.

De tweede akte vloog voorbij en ik speelde op de automatische piloot door tot het eind. Het applaus klonk niet al te geestdriftig, maar matinees door de week trekken weinig uitbundig publiek. In een verbrokkeld gesprek zei Jocasta naderhand hoopvol: 'Volgens mij hebben we Leo stof tot nadenken gegeven.'

Misschien had ze gelijk. Maar ook al was dat zo, ik had wel iets anders aan mijn hoofd. Twee voorstellingen van *Lodger in the Throat* en een potje inbreken betekenden zonder meer een drukke werkdag.

'Als ik jou was,' zei ik tegen de spiegel in de kleedkamer toen ik mijn James Elliott-tenue uittrok, 'zou ik het niet doen.'

Toen ik de schouwburg verliet, was de avond al gevallen. In North Street liep winkelend publiek, beladen met geschenken. Het was koud en de kerstsfeer werd me opgedrongen door een vlaag *Jingle Bells* uit een luidspreker bij een winkel in de buurt van de toneelingang. Ik haastte me door Church Street langs de dampende rij trage auto's en liep door Dyke Road naar Clifton Terrace, waar het kil en stil was, en vervolgens naar Powis Villas, een steile straat van twee-onder-een-kaphuizen met stijlvolle veranda's en dure auto's op de oprijlaan.

Jenny deed open op nummer 15 en ze ging me voor naar een huiskamer met hoge ramen die smaakvol en sober was ingericht. Er brandde een gezellig houtvuur onder een schilderij in een vergulde lijst dat ik direct herkende als Wickhurst Manor.

Delia Sheringham stond op van haar stoel bij het vuur om me te begroeten. Ze was lang en slank, had tere botten, was eenvoudig maar elegant gekleed, had grijs haar, maar zag er jonger uit dan haar vermoedelijke leeftijd me had doen verwachten. Haar ogen waren zachter en hadden meer het blauw van vergeet-mij-nietjes dan die van haar broer en neef. Haar glimlach was ook zachter en haar stem een stuk vriendelijker. Maar haar zelfbeheersing was voelbaar. Er was geen peil op te trekken of ze zojuist over de omstandigheden van de zelfmoord van haar schoonzus had zitten praten, of over haar kerstvoorbereidingen.

'Wilt u iets drinken, meneer Flood?' vroeg ze. 'Jenny en ik drinken thee.'

'Een kopje thee graag.'

Jenny schonk in. We gingen allemaal zitten. Ik nam een slokje thee. 'Mijn man en ik hebben kaartjes voor uw zaterdagavondvoorstelling,' zei Delia. 'Daar zullen we vast van genieten.'

'Uw tevredenheid is ons streven.' Of Ortons obscene humor haar zou aanspreken, waagde ik stilletjes te betwijfelen. De geestestoestand van de belangrijkste acteur van zaterdagavond moest ook maar worden afgewacht. Delia's vooruitzichten waren minder zeker dan ze vermoedde.

'Jenny heeft me je... probleem uitgelegd, Toby. Mag ik Toby zeggen? Door je beroep zul je wel last hebben van mensen die overdreven familiair doen. Dat moet vervelend zijn.'

'Helemaal niet. En zeker niet in jouw geval.'

'Heel goed, Toby. Je moet goed begrijpen dat het niet mijn gewoonte is om de zaken van mijn familie met buitenstaanders te bespreken. Sterker nog, ik bespreek ze zelfs niet met andere familieleden.' Ze glimlachte flauw. 'De Colborns dragen het hart niet op de tong. Maar dat wil niet zeggen dat ze geen hart hebben. Noch een geweten. Ik weet dat de ziekte die zoveel arbeiders van Colbonite heeft getroffen, zwaar op Rogers geweten drukt en dat is terecht. Ik hoor dat Jenny je al heeft verteld over zijn pogingen om een aantal mensen te helpen.'

'Ja.' Ik wierp een blik op Jenny. 'Dat heeft ze verteld.'

'Ongetwijfeld vind je die inspanningen niet toereikend. Nou, daar heb je misschien gelijk in. Roger is evenwel aan handen en voeten gebonden, dat moet je goed beseffen. Ik heb zelf iets voor een paar mensen gedaan. En ook dat was ongetwijfeld niet voldoende. Ik heb natuurlijk hoegenaamd geen rol in de leiding van Colbonite gespeeld. Ik had geen idee wat voor... maatregelen... Walter misschien heeft genomen om de zaak draaiende te houden in een tijd dat andere op de fles gingen door de buitenlandse concurrentie. Maar het waren wél Walters beslissingen en van niemand anders. En zeker niet van Roger. Volgens mij heeft die juist zijn best gedaan om iets aan de veiligheidsmaatregelen te doen toen hij bij het bedrijf kwam werken. Voor wat betreft zijn overname van de aandelen van Gavin en mij: die beschouwde ik als blijk van zijn vertrouwen dat hij er een succes van kon maken. Ik heb ze met liefde verkocht. Gavin ook. Roger heeft een risico genomen en erop verdiend. Waarom zou ik hem dat kwalijk nemen? Ik weet dat Gavin dat doet, maar ik vrees dat hij Roger de schuld van zijn eigen fouten wil geven. Je hebt Gavin gesproken, dus je weet wat voor man hij is.'

'Ik moet je de groeten van hem doen.'

Mijn opmerking ontlokte een scherpe blik aan Jenny, maar Delia glimlachte toegeeflijk, alsof ze een terecht verwijt had gekregen. 'Onze familie zou in het jargon van tegenwoordig disfunctioneel worden genoemd. Gavins karakter gaat gebukt onder egocentrisme. En de weigering om de verantwoordelijkheid voor zijn eigen handelingen te nemen behoort tot zijn meest egocentrische trekken.'

'Hij schijnt te denken dat hem zijn erfdeel is ontfutseld.'

'Iets wat je niet hebt verdiend, kan je niet ontfutseld worden, Toby. Dat heeft Gavin nooit begrepen. Maar ik wil hem niet al te hard vallen. Zijn oudste broer was zelf ook niet zonder zonden. Maar dat waren zonden van een heel andere orde. Walter was geen selfmade iemand. Dat kon ook niet anders als derde-generatie-directeur van Colbonite. Maar hij was het wel graag geweest, snap je. En in andere omstandigheden zou hij het waarschijnlijk ook zijn geweest. Het bedrijf had in de jaren vijftig gemakkelijk het loodje kunnen leggen. Walter heeft het vrijwel eigenhandig drijvende gehouden. Vaders bijdrage was inmiddels te verwaarlozen. Dankzij Walter heeft het personeel van Colbonite nog zo'n extra twee à drie decennia werk gehad. Dat vond hij een ware prestatie.'

'Maar er hing wel een prijskaartje aan, hè, Delia?'

'Ja. Dat is nu wel duidelijk. Dat brengt me op Walters grootste gebrek: zijn absolute onvermogen om een fout te erkennen. Gavins strategie is anderen de schuld geven. Die van Walter was ont-

kenning. Ik geloof niet dat hij heel ver is gegaan om de aansprake-
lijkheid voor de kankergevallen te ontlopen vanwege het kolossale
bedrag dat er misschien mee gemoeid zou zijn. Ik geloof dat hij het
heeft gedaan omdat hij zichzelf er niet van kon overtuigen dát hij
aansprakelijk was. Dat zou betekenen dat hetgeen hij had gedaan
om Colbonite in de groene cijfers te houden verkeerd was geweest,
en volgens zijn definitie was dat uitgesloten. Hij moest ook zijn reputatie hooghouden. Hij vreesde de schandpaal veel meer dan een
bankroet. Hij was een koppige en dogmatische persoonlijkheid.
Dat zeg ik hoewel ik dol op hem was. In kleine en grote dingen kon
en zou hij geen fouten toegeven. Het was om woest van te worden.
Soms erger dan woest.'

'Heeft dat zijn vrouw over de rand gedreven?'

Delia vertrok geen spier toen ik wijlen haar schoonzus ter sprake bracht. Ze was er tenslotte op voorbereid. Maar haar gezicht
vertrok een fractie. Het was, zelfs twintig jaar na dato, nog een
heikel onderwerp. 'Ann was geen sterke persoonlijkheid. Dat was
natuurlijk Walters schuld niet. Maar hij heeft de tekenen wel in de
wind geslagen. Hij heeft niet voldoende zorg aan haar besteed. Hij
had het te druk met Colbonite. Met zijn politiek en zijn liefdadig-
heidswerk. Het had niet hoeven gebeuren, maar het is wel gebeurd.' Delia wendde haar blik naar het vuur en zweeg. Ik kreeg de
indruk dat ze zoveel over Ann Colborns fatale duik van Beachy
Head had gezegd als ze aankon.

'Het spijt me dat ik je hieraan heb herinnerd, Delia,' zei Jenny
met een boze blik naar mij. 'Toby wilde met alle geweld het hele
verhaal horen.'

'Ongetwijfeld terecht,' antwoordde Delia. Ze wierp even een
blik op me. Haar gezicht was een tikje uit de plooi na haar kalme
ernst van daarvoor. Jenny kon het merkwaardige, vluchtige vermoeden van ambivalentie in haar ogen niet hebben gezien. Dat
was voor mij bedoeld. Ze had wel meer kunnen zeggen, leek die
uitdrukking te verraden; ze had wel meer kunnen loslaten. Maar
niet meer van hetzelfde. Ik had de officiële versie gehoord. En een
andere zou ik niet krijgen. Maar dat wilde niet zeggen dat die er
niet was.

Jenny bracht me naar de voordeur. Het was duidelijk dat ze me voor mijn vertrek even onder vier ogen wilde spreken.

'Het is niet makkelijk voor Delia geweest om over al die dingen te praten, weet je,' fluisterde ze me toe, toen we in het voorportaal stonden met de voordeur halfopen. 'Ik hoop dat je nu tevreden bent.'

'Vind je dat ik dat moet zijn?'

'Natuurlijk.'

'Nou, dat is dan geregeld.'

'Ik zou je graag horen zeggen dat je het meende.'

'En dat zal ik ook. Als het zover is.'

'Je moet dit laten vallen, Toby.'

'Weet je wat, Jen? Als ik erachter kom dat Roger niets te maken heeft met Derek Oswins verdwijning en de arme drommel netjes en ongedeerd terugkomt... dan geef ik het op.'

'Je hebt beloofd dat je je zou neerleggen bij wat Delia zou zeggen.'

'Nee. Ik heb beloofd dat ik het serieus zou nemen. En dat is precies wat ik zal doen. Wat ik van jou wil, is dat je voorzichtig bent. Ik meende wat ik eerder heb gezegd, dat Roger gevaarlijk is. Hoe moeilijk je dat ook te geloven vindt: daarom ben ik zo'n lastpost.'

'Dat is niet moeilijk te geloven, Toby.' Ze deed de deur wagenwijd open. 'Gewoon onmogelijk. Net zo onmogelijk als jij altijd bent.'

Toen ik uit Powis Villas wegging, had ik nauwelijks een halfuur tot mijn beschikking voor ik terug moest zijn in de schouwburg. Halverwege dineerde ik sober op tomatensap en een zakje nootjes in een saai café. Ik zette mijn mobiel weer aan om te kijken of er boodschappen waren en trof er een van Moira. Bang dat ze zich had bedacht over het terugbrengen van *De mannen van plastic* vroeg ik me af hoe ik er dan in hemelsnaam aan moest zien te komen, en luisterde naar de boodschap.

Met Moira, Toby. Wat is er nou precies aan de hand? Ik dacht dat we hadden afgesproken dat ik dat verrekte manuscript morgen naar je toe zou brengen. Als dat niet goed genoeg was, had je het moeten zeggen. Hoe dan ook, gaat die lunchafspraak nog door of niet? Misschien wil je zo vriendelijk zijn om me dat te laten weten.

Wat bedoelde dat mens in godsnaam? Ik belde haar op kantoor, maar kreeg een antwoordapparaat. Thuis ook. Geërgerd liet ik boodschappen achter op beide apparaten dat onze plannen wat mij betreft ongewijzigd waren en dat ik haar zou afhalen van de trein van 12.27 uur met *De mannen van plastic* stevig onder haar arm geklemd. Ze was er altijd handig in geslaagd om te vermijden mij haar mobiele nummer te geven en nu vroeg ik me af waarom mijn agent mij makkelijker kan bereiken dan andersom.

Maar veel tijd om me dat af te vragen had ik niet. Weldra was ik onderweg door Bond Street naar de toneelingang van het Theatre Royal. Brian begroette me met het nieuws dat Leo en Melvyn zeer tevreden met wat ze hadden gezien naar Londen waren vertrokken. Ik verbeeldde me dat hij me alleen maar gerust wilde stellen en de cast een goede stemming wilde bezorgen, maar anderen leken er geheel van overtuigd dat de gang naar West End was gered uit de kaken van een provinciale flop. Donahue zag er bijvoorbeeld nog zelfvoldaner uit dan anders, al liet Fred in het voorbijgaan doorschemeren dat Mandy Pringle daar eerder verantwoordelijk voor was dan Leo S. Gauntlett. 'Dat komt door Brighton,' knipoogde hij. 'Zeggen ze.'

De voorstelling van vanavond is in mijn herinnering nog mistiger dan die van vanmiddag. Sinds de première in Guildford tien weken geleden ben ik zevenenzeventig maal tweeënhalf uur James Elliott geweest, dus hoeft het geen verbazing te wekken dat de meeste keren deel uitmaken van één vage totaalherinnering. Maar geen van die voorstellingen loste sneller op in die vage brij dan die van vanavond. Deze is maar een paar uur geleden afgelopen, maar het konden net zo goed een paar dagen of zelfs weken zijn. Die paar uur hebben daar wel voor gezorgd.

De anderen moeten gewend zijn geraakt aan het feit dat ik niet van de partij was bij de etentjes na de voorstelling. Niemand deed meer dan een halfslachtige poging om me mee te krijgen. Misschien beseften ze dat ik waarschijnlijk geen goed gezelschap zou zijn.

Toen ik de schouwburg had verlaten, wandelde ik naar de pier, kocht een portie vis met patat en at deze op in de koude nachtlucht, terwijl ik uitkeek over een zee die ik in de inktzwarte duisternis eerder hoorde dan zag. Ik vroeg me merkwaardig onthecht af of ik echt mee zou doen met wat Ian Maple in zijn schild voerde. Ik wist nog steeds niet goed wat ik zou kiezen als het zover was.

Even voor halftwaalf keerde ik terug naar het Sea Air. Dat was later dan Eunices gewone bedtijd, dus verbaasde het me dat haar licht nog brandde, en nog meer toen ze me in de gang tegemoetkwam en er opgewonden en allesbehalve slaperig uitzag.

'Goddank,' begroette ze me buiten adem. 'Ik begon al te denken dat je tot in het holst van de nacht weg zou blijven.'

'Zou dat erg zijn geweest?'

'Doorgaans niet, nee. Maar... na wat er is gebeurd...'

'Wat ís er gebeurd?' Mijn eerste gedachte was dat Binky een ongeluk had gekregen. Wat kon Eunice's huishoudelijke routine anders zo op zijn kop hebben gezet?

'Ik wilde je niet in de schouwburg bellen. Ik wist dat je je op de voorstelling moest concentreren. Maar ik heb me zo druk zitten maken, omdat ik niet wist wat ik ermee aan moest.'

'Wáármee, Eunice?' Ik loodste haar naar de gastensalon en deed het licht aan toen we naar binnen gingen.

'Het is zo'n gedoe geweest. Ik ben op van de zenuwen.'

'Ga zitten en vertel alles maar.'

'Ja, natuurlijk. Je zult je wel afvragen waarom ik zo'n drukte maak.' We gingen tegenover elkaar zitten bij de gashaard. 'Wil je die even aanzetten, Toby? Het is hier zo koud als het graf.'

'Ja zeker.' Ik draaide de gashaard aan en ging weer zitten. 'Dus, wat, eh...'

'Het is gebeurd toen ik vanmiddag boodschappen deed. Jij was natuurlijk in de schouwburg voor je matinee en dus was er niemand thuis. Het lijkt wel alsof ze het wisten. De politieagent die langskwam dacht dat het om een... opportunist ging, zoals hij dat noemde. Waarschijnlijk op zoek naar geld om drugs van te kopen, en dat hij het gewoon heeft opgegeven en is weggegaan toen hij niets vond. Maar dat weet ik nog zo net niet.'

'Hebben we het hier over een inbraak, Eunice?' (Zo ja, dan kon die politieman weleens gelijk hebben.)

'Ik denk het wel, als er iets was meegenomen. Maar dat is het 'm nou juist. Er is niets weggehaald. Ze hebben een ruitje ingeslagen en de grendel geforceerd. De kelder is uit het zicht tenzij je vlak voor het huis staat, natuurlijk. Ze hebben mijn vlijtig liesje vernield toen ze naar binnen klommen. Maar beneden hebben ze nergens aangezeten, voorzover ik kan zien. Als ze op geld uit waren, hebben ze niet zo best gezocht. Ze zijn zo langs mijn Chivas Regal gelopen. Daar moet alles bij elkaar een flinke duit in zitten. Volgens de politie waren ze op papiergeld uit, maar ik heb gevraagd waarom ze zo kieskeurig waren als ze om geld zaten te springen?'

Ik herinnerde me vaag een oude Chivas Regal-fles in de keuken die ze gebruikte als spaarpot voor kleingeld, voornamelijk koperen muntjes, en daarom kon ik dit verslag nog net volgen. Opnieuw moest ik de kant van de politieman kiezen. Maar ik had de indruk dat Eunice daar niet van wilde horen.

'Ik voel me niet veilig voordat de glazenier morgen is geweest. En ik moet ook rekening houden met jou, Toby. Ze zullen het hele huis hebben afgeschuimd, denk je niet? Dat lijkt me logisch. Had jij geld op je kamer? De politieman wilde dat ik je dat vroeg. Boven leek me niets van zijn plek, maar dat weet ik natuurlijk niet zeker.'

'Al mijn contanten heb ik op zak, Eunice. Daar hoef je je geen zorgen over te maken.' Toen drong het tot me door dat er wel iets was om me zorgen over te maken. 'Maar wacht eens even. M'n chequeboekje lag wel boven.'

'O, lieve hemel.'

'Ik moest maar even gaan kijken of het er nog ligt. Blijf jij maar hier en ontspan je. Veel kun je tegenwoordig niet doen met een chequeboek zonder pasje.'

Op mijn kamer zag ik in één oogopslag dat Eunice gelijk had. Geruststellend genoeg zag alles er ongemoeid uit. Ik trok de la van mijn nachtkastje open en daar lag mijn chequeboek, precies zoals ik het had achtergelaten. Alles was in orde.

Maar dat was het niet. Toen ik me omdraaide, viel mijn oog op het tafeltje naast de leunstoel. De dictafoon stond ook nog op z'n plek, maar het klepje van het cassettecompartiment was open. Toen ik erheen liep, wist ik al wat ik zou aantreffen. De cassette ontbrak. Bevend ging ik terug naar het nachtkastje en trok het laatje nog wijder open. De vorige cassette was ook weg.

Alles wat ik gisteren, dinsdag, maandag en zondag in het geheim aan het apparaat had toevertrouwd was weg. Alles wat ik had gezegd en gegist en hoopte en vermoedde kon nu door iemand anders worden beluisterd. Hoe kun je in één gemakkelijke les je vijand een voorsprong geven? Vertel hem gratis wat je hebt gedaan en wat je van plan bent.

De ongebruikte bandjes in hun plastic verpakking waren ongemoeid gelaten, als om me ervan te verzekeren dat de inbreker precies wist wat hij deed. Niemand kon hebben geweten dat ik die opnamen had. In die zin was de diefstal opportunistisch. De inbraak was een visexpeditie geweest. En de vangst moest de verwachtingen hebben overtroffen.

Volgens mijn wekker was het vijf voor twaalf. Misschien wachtte Ian Maple me al aan het eind van de straat op. Het risico dat we zouden lopen was nu natuurlijk verdubbeld. De persoon die de bandjes had zou ernaar luisteren en kon een redelijke gok doen naar wat we van plan waren. Ze wisten weliswaar niet dat Ian de kleerkast naar de loods was gevolgd, maar wel dat we naar Derek zochten. Ze wisten dat we niet werkeloos zouden toekijken.

Het was bijna tijd. Ik ging naar beneden.

Eunice was in slaap gevallen. Haar bezorgdheid was waarschijnlijk afgenomen nu ze wist dat ik in huis was. Ik draaide het vuur uit en maakte haar wakker.

'O, Toby. Daar ben je. Ik moet in slaap... Is alles in orde?'

'Alles is prima, Eunice. Ze hebben niets aangeraakt. Het chequeboekje is nog intact.'

'Nou, dat is een zegen, hoewel...'

'Je moest maar eens naar bed.'

'Ja, ja, dat is waar.' Ze kwam moeizaam overeind en ik liep met haar mee naar de gang. 'Ik ben blij dat je niets mist, Toby. Maar wat mij betreft, maakt dat het alleen maar mysterieuzer.'

'Die verslaafden doen niet altijd rationele dingen. Het had heel wat erger kunnen aflopen.'

'Nou ja, dat is zo.'

'Dan wens ik je maar welterusten. Probeer je geen zorgen te maken. Je hebt je slaap nodig. Wij allebei trouwens.'

Dat laatste was onmiskenbaar waar. Maar voorlopig zou ik geen kans krijgen om m'n ogen dicht te doen. Ik keek Eunice na die naar beneden waggelde en wachtte even toen de kelderdeur dicht was gegaan voor het geval ze terug zou komen. Daarna ging ik naar buiten.

Ian Maple had zijn auto aan het eind van de straat gezet. Hij knipperde met zijn koplampen toen ik uit het portaal van het Sea Air kwam. Tijdens de ongeveer dertig meter trottoir die ik moest afleggen, repeteerde ik wat ik kon zeggen om hem te bewegen er niet mee door te gaan. Het moeilijkst van alles was om uit te leggen dat ik niet had beseft wat de bandjes voor de vijand konden betekenen. Ik had er voorzichtiger mee moeten omspringen, of beter nog: überhaupt nooit mijn gedachten en ervaringen moeten vastleggen. Dat zou hij zeggen. Hij zou het in elk geval denken. Hoe kon ik zo stom zijn geweest? Kon ik een nog grotere hinderpaal zijn?

Maar hij zei of dacht helemaal niets. Want toen ik het portier opendeed en naast hem schoof, wist ik met een plotseling, gegeneerd schokje dat ik het hem niet ging vertellen. Geen woord.

'Klaar?' vroeg hij met een blik opzij.

'Klaar.'

We reden over Kingsway door de koude, lege nacht in westelijke richting. De Regency-rijtjes van Hove maakten plaats voor de twee-onder-een-kaphuizen van rode baksteen in Portslade. Ian hield zich nauwgezet aan de maximumsnelheid. We zeiden geen woord. De reis strekte zich uit in de duisternis voorbij de amberen halo's van de straatlantaarns.

Een poosje nadat de weg landinwaarts was gezwenkt, sloeg hij af naar het grauwe achterland van Fishersgate. We reden onder een spoorwegviaduct door en sloegen weer af in westelijke richting langs een zijstraat met woonhuizen, die doodliep tegen de gesloten poort van een industriegebiedje.

'Hier is het,' zei hij en hij stopte vlak bij het hek.

Daarachter was de chaos van bakstenen loodsen en werkplaatsen verlaten. De vervallen aanblik van de meeste deed vermoeden dat er geen rijkdom te vinden was die inbreken de moeite waard maakte. De nabijheid van woonhuizen en de hoge omheining werkten ook tamelijk afschrikwekkend. 'Je gaat hier toch niet naar binnen?' vroeg ik. 'Er hoeft maar één slapeloze uit het raam te kijken...'

'Kom maar mee,' zei Ian terwijl hij zijn portier opendeed. 'Dan zul je het wel zien.'

We gingen te voet verder. Ian droeg een oude rugzak over één schouder. Ik nam aan dat daarin de betonijzerschaar zat, en ander gereedschap dat hij misschien nodig had. Een slecht verlicht pad voerde langs de tuinmuur van het laatste huis voor het hek naar een voetgangersbrug over het spoor. Van de brug liepen treden naar het verlaten platform van het station van Fishersgate, een kleine, onbemande halte. Ik bleef wat achter toen Ian de trap van de brug afdaalde. Om het perron beneden stond een hek met daarachter een strook niemandsland, en dan volgde de omheining van het industrieterrein. Maar niets verhinderde Ian om aan de voet van de trap over de rails te klimmen en zich op de strook te laten vallen. Hij gebaarde dat ik hem moest volgen, wat ik ook deed, maar heel wat minder handig, zodat hij me een handje moest helpen. Nu waren we op verboden gebied en weldra zouden we de wet nog verder overtreden.

Boven op de omheining om het industrieterrein zat scheermesdraad. Er was geen sprake van dat we daaroverheen konden klimmen. We hurkten in de pikdonkere schaduw aan de onderkant en keken voor alle zekerheid met gespitste oren om ons heen. Maar er bewoog zich niets. Er waren geen slapelozen, en behalve wijzelf geen andere mensen die nog zo laat rondscharrelden. Ian wees naar een loods die met zijn zijkant naar ons toe stond en fluisterde: 'Daar is het.' De roldeur was nog geen twintig rommelige meters bij ons vandaan. Hij liet de betonschaar uit zijn rugzak glijden.

Toen hoorde ik het geraas van een naderende trein. Ian hoorde het ook, dook in elkaar en trok me met zich mee. Ergens achter ons zag ik een vonk van de bovenleiding en vervolgens raasde de trein door het station met schaars bevolkte, felverlichte wagons. Daarna was hij weer weg en denderde hij de kant van Worthing op.

'Maak je geen zorgen,' zei Ian toen we behoedzaam ons hoofd optilden. 'Niemand heeft ons gezien. En al hadden ze ons gezien...'

Hij maakte zijn zin niet af en ging de omheining te lijf met de schaar. Het draad liet zich makkelijk doorknippen en binnen een paar minuten had hij een groot, halvemaanvormig stuk uit het gaas geknipt. Hij trok het naar achteren zodat ik erdoorheen kon kruipen en krabbelde vervolgens achter me aan.

Met oren en ogen op scherp liepen we tussen een roestige vuilniscontainer en een stapel oude autobanden door. Maar er was niets te horen of te zien. Het terrein om ons heen zat niet te springen om patrouilles met waakhonden. En we waren buiten het zicht van de huizen in de buurt. Ik werd iets minder gespannen. Het was duidelijk dat er niemand was. Misschien had de kleerkast niet verwacht dat we zoiets zouden proberen. Of misschien was de loods een opzettelijk doodlopend spoor.

Daar was maar op één manier achter te komen. Ian knipte zijn zaklantaarn aan en scheen op het hangslot van het deurtje. Daarna gaf hij de lantaarn aan mij en klemde hij de U van het slot in de kaken van de schaar. Het slot gaf zich minder snel gewonnen dan het gaas van de omheining. Ians onderarmen trilden van de inspanning en zijn hijgende ademhaling condenseerde in de bundel van de lantaarn.

Opeens begaf het staal het. De U brak, het hangslot viel op de grond en de klamp viel naar voren. Ian deed de betonschaar in zijn rugzak, klapte de klamp weer terug en probeerde voorzichtig de deurkruk eronder. De deur ging open. Hij nam de zaklantaarn van me over en stapte naar binnen. Ik volgde en deed de deur achter me dicht.

Het licht van de zaklantaarn speelde door de ruimte. Ik kon niet zeggen dat het precies was wat ik verwachtte, maar er was in elk geval geen teken van Derek. Het leek erop dat de werkplaats was gebruikt voor autoreparaties. Ik zag een inspectie-oprit en een rek dat halfvol banden lag. Aan de achterkant was een afgeschot kantoortje. Maar Dereks gezicht verscheen niet voor een van de ramen.

Het licht ging weer terug naar de deur. Daarnaast zat een paneeltje met schakelaars. 'Probeer die eens,' zei Ian. 'Kunnen we zien wat er is.'

Ik zette een van de schakelaars naar beneden. Hij bleek van het neonlicht boven ons. Hij trad flikkerend en zoemend in werking. Ik knipte een andere schakelaar aan en een tweede lamp ging branden. De duisternis week.

Maar er kwamen geen geheimen aan het licht. De loods was kaal en stoffig; in de hoeken lag oud gereedschap voor autoreparaties. We bleven even staan en keken om ons heen op zoek naar iets, naar wat dan ook, dat erop kon wijzen dat we op het juiste spoor zaten. Maar er viel niets te zien. En ook niets te horen. Als Derek hier inderdaad werd vastgehouden, zou hij zeker geluid hebben gemaakt, ook al hadden ze hem vastgebonden met een prop in zijn mond. Maar we hoorden niets.

We liepen langs het kantoor naar een open deur aan het eind van de loods. Ian liep erdoor met de zaklantaarn en kwam bijna meteen hoofdschuddend terug. Ik liep terug om het kantoortje te controleren, al zag ik door het raam dat er niets was, op een bureaustoel met een kapotte rugleuning na.

'Het lijkt erop dat we hier voor niets zijn gekomen,' mompelde ik tegen Ian toen ik in het midden van de loods naast hem ging staan.

'Dat kan ik niet geloven.'

'Je ziet het toch?'

'Hij is hier. Ik weet het gewoon.'

'Volgens mij zijn wij de enigen hier.'

'Hij moet hier zijn.'

'Maar het is niet zo.'

'Wacht eens. Wat doen die daar?' Ian wees op een rij van vier stalen platen in de betonnen vloer. 'Zijn dat deksels van een in-spectieput, denk je?'

'Dat moet haast wel.' Ik keek hem aan. 'Wat denk jij?'

'Ik denk dat we eronder moeten kijken.'

Hij liep naar de rechthoek die door de platen werd afgedekt en peuterde de ring omhoog die het verst van de ingang verzonken zat. Hij gaf er een rukje aan, maar er gebeurde niets. De plaat was kennelijk zwaarder dan hij eruitzag. Ian zette zich schrap en trok harder.

Een fractie van een seconde dacht ik dat er een of ander beest – misschien een muis – onder de plaat vandaan was gerend en nu naar de wand snelde. Iets vloog in elk geval sneller dan mijn oog kon volgen die kant op en vervolgens verticaal langs de muur om-hoog. Boven ons klonk een luid krakend geluid. Ik keek omhoog en zag de vallende schaduw van iets groots en zwaars. Ik opende mijn mond om Ian een waarschuwing toe te roepen, omdat die er loodrecht onder stond. Maar hij had het al aan zien komen en dook weg.

Te laat. Met een oorverdovend kabaal dreunde er een peervor-mig stuk beton op de grond. Ian stortte met een schreeuw ter aarde en zijn been zat eronder. Het touw dat de bal omhoog had gehou-den kwam erachteraan in een wolk van stof die was opgeworpen door de klap. De bal wiebelde en rolde van Ian af, maar dreigde vervolgens weer terug te rollen. Ik sprong naar voren om hem te-gen te houden en keek vervolgens omlaag naar zijn bleke, van pijn vertrokken gezicht.

'Godallejezus,' siste hij tussen zijn opeengeklemde kaken. 'Go-dallejezuschristus.'

Mijn blik verplaatste zich naar zijn rechterbeen. De ronding van de betonnen bal had zijn voet en knie gespaard, maar zijn en-kel en het onderste gedeelte van zijn scheenbeen waren een bloe-derige massa. De hoek van zijn voet en een scherp stuk bot dat door een scheur in zijn spijkerbroek die donker was van het bloed naar buiten stak spraken boekdelen. 'Ik hou dit niet lang,' riep ik naar hem. 'Kun je je bewegen?'

'Niet...' Hij sleepte zich sidderend van inspanning een klein stukje over de vloer. 'Niet... ver.'

Maar het was ver genoeg. Ik liet de bal weer op zijn plek rollen en hurkte naast hem. Het zweet parelde op zijn voorhoofd. Hij huiverde en zijn ademhaling was snel en ondiep.

'Een soort valstrik,' zei hij met veel moeite. 'Heel... knap, godverdomme.'

'Je been ziet er niet uit. Gebroken... op z'n minst.'

Hij knikte en liet de informatie op zich inwerken. 'Bloedt het erg?'

'Nee, niet zo heel erg.'

'Laat eens kijken.' Hij duwde zich omhoog op zijn elleboog en tuurde naar zijn been. 'Jezus. Dat ziet er niet best uit.' Hij liet zijn hoofd langzaam op de grond zakken. 'Door die deksel op te tillen... werd dat touw bevrijd. Ik zag het. Maar niet snel genoeg.'

'Ik ook.'

'Wel zo veilig... als je het eerst aan de muur vastmaakt. Anders...' Hij schudde zijn hoofd en dwong zichzelf om zich te concentreren. 'Wat zit er in de put?'

Even was ik vergeten dat we daarachter wilden komen. Ik schopte de losse plaat opzij en tuurde omlaag. Ik zag plastic zakjes met wit poeder, netjes opgestapeld. Ik trok de andere platen weg en zag meer van hetzelfde. 'Het is een drugsbergplaats,' zei ik. 'Er ligt een hele bende.'

'Godverdomme,' was het enige wat hij uit kon brengen.

Ik knielde weer naast hem. 'Ik ga een ambulance bellen,' zei ik. Ik haalde mijn mobiel tevoorschijn en wierp een blik op zijn beenwond. 'Er zit niets anders op.'

'Niet doen.' Hij greep mijn arm. 'Dan arresteren ze ons allebei.'

'We hebben geen keus. Jij kunt niet eens opstaan, laat staan hier weglopen.'

'Nee. Maar... jij wel.'

'Ik laat je hier niet zo achter.'

'Je moet.' Hij hoestte en zijn gezicht vertrok van de pijn die al die tijd moest zijn toegenomen. 'Laat míj die ambulance maar bellen.' Hij stak zijn vrije hand in de zak van zijn fleecetrui en haalde zijn eigen mobiel tevoorschijn. 'En ik zal de politie de waarheid vertellen. Alleen... zeg ik dat ik hier vannacht... alleen ben gekomen. Ik zal zeggen.. dat ik je niet heb verteld wat ik van plan was.'

'Denk je dat ze dat geloven?'

'Ik weet het niet... Maar het is waarschijnlijker... dan wanneer ze ons allebei... als inbrekers beschouwen... of erger... dat we ons uit de nesten proberen te praten... niet dan?'

'Ik weet het niet. Er moet toch...'

'Ik heb de kracht niet voor een discussie. Dit gaan we doen. Jij steunt mijn... verhaal... als je wordt ondervraagd... door de politie... toch?'

'Natuurlijk. Maar...'

'Goed dan.' Hij drukte drie keer op de toets van zijn telefoon en keek me aan.

'Jij kunt er maar beter vandoor gaan.'

Ian op de ambulance en de politie te laten wachten was weliswaar het meest logische, maar dat maakte het nog niet makkelijk. Hij verging van de pijn en zijn toestand zou pas verbeteren als hij de medische zorg kreeg die hij zo hard nodig had. Maar hij had wel gelijk. Als ik bleef, zou ik alleen maar vragen om moeilijkheden. Wat ik aan de situatie kon doen, zou niet lukken vanuit een politiecel.

De sirenes loeiden naderbij door de stille nacht toen ik terug krabbelde door de omheining en mezelf op de trap van de voetgangersbrug bij het station hees. Ik bleef een poosje boven aan de trap staan terwijl ze nog dichterbij kwamen. De zwaailichten van de politieauto en ambulance begonnen zichtbaar te worden boven de daken van de dichtstbijzijnde huizen. Ze waren er bijna. Ik liep naar de andere kant van de brug en daalde de trap af naar de volgende straat. Ondertussen toetste ik Ians nummer in op mijn mobiel.

'Ja?' klonk het schor en ademloos, maar alert.

'De cavalerie is er.'

'Ik hoor het.'

'Hoe gaat het?'

'Ik red het wel, Toby. Maak je geen zorgen. En niet meer bellen... of iets doms doen... zoals... het ziekenhuis bellen. Oké?'

'Oké.'

'Tot kijk.' Hij verbrak de verbinding en ik haastte me de nacht in.

Het was een lange, koude wandeling van Fishersgate naar het Sea Air. Ik had wel de tijd om na te denken en de gebeurtenissen in een of ander logisch kader te plaatsen. Met Ian Maple zou het wel goed komen, afgezien van een lang verblijf in het ziekenhuis en een verhoor door de politie. Ze zouden natuurlijk eerst denken dat hij betrokken was bij een drugstransport. Dat kon ik hun natuurlijk wel uit het hoofd praten, en dat was ik ook van plan. Maar ze konden alleen maar op onze beweringen afgaan dat de kleerkast iets met Roger Colborn te maken had. Drugs en prostitutie konden weleens als het hele verhaal worden beschouwd. Tenslotte hadden we Derek Oswin niet gevonden. We konden niet eens aantonen dat hij gevonden moest worden. En we konden zeker niet aantonen dat Colborn verantwoordelijk was voor zijn verdwijning. Maar we konden wel wat druk op hem uitoefenen. We konden de politie zo ver krijgen dat ze hem een paar pijnlijke vragen gingen stellen. Veel was het niet, maar het was beter dan niets. Colborn had de kleerkast gebruikt om zijn vuile werk op te knappen. Dat was mij wel duidelijk, al zou het niet per se duidelijk hoeven te zijn voor de politie. Maar wat we in de loods hadden aangetroffen zou de kleerkast achter de tralies en dus buiten beeld krijgen. Colborn zou hem niet meer kunnen inschakelen. Hij zou op eigen benen staan. En volgens mij zou hij dat niet prettig vinden.

Ruim een uur nadat ik van het station van Fishersgate was vertrokken, slofte ik Madeira Place in. Ik was verkleumd en uitgeput en het was even moeilijk om de ene voet voor de andere te zetten als om de consequenties van onze misgelopen nachtelijke klus te overzien. Ik stak de sleutel in het slot van de voordeur van het Sea Air en duwde hem open, hunkerend naar de veiligheid van mijn kamer.

Toen bleef ik staan. Er lag een envelop op de deurmat. Die had daar niet gelegen toen ik wegging. Ik raapte hem op, liep ermee naar het tafeltje in de gang en knipte het licht aan. Er stonden geen naam en adres op de effen bruine envelop, en ook geen aanwijzing omtrent de afzender. De inhoud was iets diks met scherpe randen en voelde hard aan. Ik scheurde de flap open en haalde het eruit.

Drie dictafooncassettes, bijeengehouden door een elastiekje.

Niet twee stuks, het ontvreemde aantal, maar drie. Ik haalde het elastiekje eraf en bekeek ze. Ze waren allemaal van hetzelfde merk. Welke van mij waren en welk van de drie het toegevoegde bandje was, viel niet te zien. Alleen waren er twee teruggespoeld naar het begin. Dat had ik niet gedaan. Een eenvoudiger boodschap hadden ze me niet kunnen geven. Ze waren beluisterd en vervolgens genegeerd. Ze hadden ze bijna minachtend teruggestuurd.

Het derde bandje zat een klein stukje op de rechterspoel. Dat was een ander soort boodschap.

Ik haastte me naar mijn kamer, schoof de cassette in het apparaat en drukte op de terugspoelknop. Binnen een paar seconden was het teruggespoeld. Daarna drukte ik op play. En hoorde de stem van Derek Oswin.

'Hallo, meneer Flood. Sorry... voor deze hele toestand. Ik heb ons beiden... een h-hoop l-last bezorgd. Waar het om gaat, nou... Ik moet dit van ze zeggen. Laat de zaak vallen. Alles. G-g-geen vragen meer stellen. L-laat het met rust.' Hij slikte hoorbaar. 'Als u d-dat doet... en zondag rustig naar Londen teruggaat... laten ze me gaan... ongedeerd. En dan loopt... mevrouw Flood geen gevaar. Dat is het enige wat u moet doen, meneer Flood. Helemaal... niets. Anders...'

Ik schonk mezelf een whisky in en luisterde nog een keer naar het bandje. Derek klonk gespannen en nerveus en dat was logisch. Ik voelde mezelf ook niet honderd procent. Het glas beefde in mijn handen en de whisky brandde in mijn keel. Colborn was vastbesloten om me ervan te weerhouden de waarheid boven water te krijgen, omdat de waarheid de macht had om hem te vernietigen. Ik was dicht bij het antwoord, te dichtbij naar zijn zin. De bandjes moesten zijn ergste angst hebben bevestigd, vandaar die andere aanpak. Me afkopen was niet gelukt, dus nu wilde hij me afschrikken. En voor het geval het me niets kon schelen wat hij met Derek uitspookte, had hij er nog een extra dreigement aan toegevoegd dat ik zeker serieus zou nemen. Aan Jenny's adres. En hij had nog wel beweerd dat hij oprecht van haar hield, door haar een beter mens was geworden. Misschien blufte hij. Maar ik wist wel beter dan de proef op de som te nemen. Ik hou namelijk wél van haar. En ik zou nooit iets doen om haar in gevaar te brengen.

Morgen komt de politie me vragen om Ian Maples verhaal te bevestigen. Hoe kan ik dat doen zonder Colborns ultimatum in de wind te slaan? De zoektocht naar de waarheid staken is bijna net zo moeilijk als ermee doorgaan. En beoordelen wat het beste is, is nog moeilijker. Maar ik zal doorgaan met deze opnamen. Dat besluit heb ik alvast genomen. Ik moet er natuurlijk beter op letten. Ik zal de cassettes bij me moeten houden om ervoor te zorgen dat ze niet nog eens in verkeerde handen vallen. In één opzicht zijn ze een last. Maar aan de andere kant zijn ze ook een waarachtig en nauwgezette registratie van de gebeurtenissen. Als dit allemaal achter de rug is, zal ik die misschien nodig hebben. Colborn denkt dat hij me naar zijn hand kan zetten. Misschien is dat zo. We zullen wel zien. Maar al heeft hij gelijk, dan nog is dat misschien niet voldoende. Misschien kunnen we al niet meer terug. Zo ja, dan hoort niets doen niet bij de mogelijkheden. Voor geen van beiden.

VRIJDAG

Vanmorgen maakte Eunice me wakker door op mijn deur te kloppen en mijn naam te roepen. De slaap waaruit ik ontwaakte was zo diep geweest, dat mijn brein verward en wollig voelde. De herinneringen aan de voorgaande dag en nacht groepeerden zich verbrokkeld. Ik had tot god-mag-weten hoe laat wakker gelegen om te overleggen wat ik al dan niet had moeten doen. Vervolgens had zich op een moment dat ik me niet herinnerde een valluik geopend waardoor ik in de vergetelheid storttte.

'Toby, Toby!' klonk de stem van Eunice. 'Ben je wakker?'

'Nu wel,' mopperde ik en ik richtte me op voor een blik op de wekker. Het was blijkbaar acht minuten voor tien. Ik had het gevoel alsof ik wel tot twaalf uur door had kunnen slapen. 'Wat is er?' riep ik schor.

'Beneden zijn een paar mensen van de politie. Ze willen je spreken. Ze zeggen dat het dringend is.'

Dus ze waren er al, zoals ik had verwacht, met een spervuur van vragen waarop ik na slapeloze uren van gepieker geen beter of veiliger antwoord had dan daarvoor. 'Waar gaat het over?'

'Dat wilden ze niet zeggen. Ze willen je gewoon met alle geweld spreken.'

'Oké. Ik kom zo. Maar... ik heb een minuut of tien nodig om me te wassen en aan te kleden.'

'Ik zal het zeggen.'

Toen ik een kwartier later behoedzaam afdaalde naar de gastensalon, werkten mijn hersens niet zo heel veel beter. Ik was ongeschoren en had een dijspier verrekt, waarschijnlijk toen ik op de voetgangersbrug van het station van Fishersgate klom. Ik zag er niet op mijn best uit en voelde me navenant.

Misschien gold dat ook voor inspecteur Addis en brigadier

Spooner van de recherche, zoals ze zich voorstelden. Hun pak was gekreukt en hun gezicht vertoonde norse trekken. Het waren allebei buikige, chagrijnige mannen, gewend aan late nachten en gebakken kantinevoer. Addis, de kleinste en de kaalste van het tweetal, had onthutsende, uitpuilende ogen, een kauwgomverslaving en een licht Black Country-accent. Spooner klonk autochtoon, maar dat maakte hem niet vriendelijker.

'Het spijt me dat we u zo vroeg moeten storen, meneer Flood,' zei Addis een tikje sarcastisch.

'Ik ga na een voorstelling meestal pas in de kleine uurtjes naar bed, inspecteur,' zei ik. Ik voelde blijkbaar al dat ik in het defensief moest.

'Late werktijden zijn een beroepsrisico in zowel uw vak als het onze, meneer,' zei Spooner. 'We hebben zelf weinig slaap gehad.'

'O, ja? Nou, het spijt me dat ik u heb laten wachten. Maar nu ben ik er.'

'Uw hospita heeft ons beziggehouden, meneer. Met een kleurrijke beschrijving van de tekortkomingen van onze geüniformeerde afdeling.'

'Ja,' zei Addis. 'Ik begrijp dat er gisteren is ingebroken.'

'Er is inderdaad ingebroken. Eunice was erg van streek.'

'Maar er is niets ontvreemd.'

'Blijkbaar niet.'

'En ook geen troep gemaakt.'

'Dat zie je niet vaak,' zei Spooner en hij knikte overdreven bedachtzaam.

'Maar ik neem aan dat u niet daarvoor komt.'

'Nee, inderdaad, meneer,' zei Addis. 'Hoewel de reden van onze komst ook... ongebruikelijk is.'

'Kent u een zekere Ian Maples, meneer?' vroeg Spooner.

'Ja. Hij is de broer van een pas overleden collega-acteur, Denis Maple. Denis is van de week aan een hartaanval overleden. Een paar dagen geleden is Ian gekomen om, eh...'

'Uit te zoeken wat er was gebeurd,' zei Addis. 'Ja. Dat heeft hij ons verteld.'

'Hoor eens, inspecteur, waar gaat dit precies om?' Ik probeerde oprecht gemystificeerd te kijken.

'Meneer Maple is gearresteerd, meneer. Althans, dat wordt hij als hij uit de narcose komt. Hij wordt momenteel geopereerd in het Royal Sussex.'

'Geopereerd?'

'Aan een ernstige beenbreuk, meneer,' zei Spooner. 'Hij was er niet best aan toe toen we hem vonden. Heeft u enig idee waarom hij vannacht heeft ingebroken in een loods in Fishersgate?'

'Wat?'

'De grote hoeveelheid drugs die daar lag opgeslagen lijkt de voor de hand liggende verklaring,' zei Addis. Ze liepen warm voor hun dubbelspel en zegden ieder geroutineerd hun tekst op. 'Maar meneer Maple heeft een ander verhaal.'

'Wanneer heeft u hem voor het laatst gezien?' vroeg Spooner.

'Eh... Gistermiddag. Hij kwam me in de pauze van de voorstelling opzoeken.'

'Om het... waarover te hebben, meneer?'

'Nou, eh... Hij had geprobeerd een man op te sporen van wie Denis had gezegd dat hij hem bedreigde. Het leek... ons allebei waarschijnlijk... dat de ontmoeting Denis een heleboel stress had opgeleverd waardoor hij die hartaanval kreeg.'

'Wie is die man, meneer?'

'Ik weet het niet. Ik heb hem nooit ontmoet,'

'Maar Denis Maple had het met u wel over hem gehad?'

'Ja.'

'En u heeft dat weer tegen Ian Maple gezegd?'

'Ja.'

'Heeft u ook gezegd dat die man Denis Maple voor u had versleten?'

'Ik heb gezegd dat Denis dat dacht.'

'Maar u niet?'

'Ik heb geen reden om dat aan te nemen.'

'Geen reden, meneer?' vroeg Addis.

'Dat is juist, inspecteur.'

'Heus?'

'Hoor eens, ik...'

'Kent u een zekere Derek Oswin, meneer?' vroeg Spooner.

'Ja.'

'En ook een zekere Roger Colborn?'

'Ja.'

'En Michael Sobotka?'

'Wie? Nee, ik...'

'Grote vent,' zei Addis. 'Erg groot. Van Poolse afkomst. Een bekende van ons. Vermoedelijk een pooier, drugsdealer en godmag-weten wat nog meer. Het signalement dat meneer Maple ons heeft gegeven van de man met wie zijn broer de een of andere aanvaring had gehad, past precies bij Sobotka. Meneer Maple beweert dat de drugs in de loods van die man zijn.'

'Is dat zo?'

'Dat weten we nog niet, meneer,' antwoordde Spooner. 'Dat zoeken we nog uit.'

'Nou... veel geluk.'

'Weet u een verband tussen Oswin, Colborn en Sobotka?' vroeg Addis. Zijn toon was opeens harder geworden.

'Nee.' De leugen was eruit. 'Dat weet ik niet.'

'Heeft u reden om aan te nemen dat meneer Oswin ontvoerd kan zijn?'

'Nee.'

'Of dat Sobotka die ontvoering misschien heeft gepleegd namens meneer Colborn?'

'Nee.'

'Weet u van een reden waarom meneer Colborn meneer Oswin zou willen ontvoeren?'

'Nee.'

'Of waarom meneer Maple denkt dat hij daar reden voor had?'

'Nee.'

'Vreemd.' Addis keek me lang en kil aan. 'Meneer Maple lijkt ervan overtuigd dat u dat weet.'

'Voordat we hierheen kwamen, zijn we bij meneer Oswin langs geweest,' zei Spooner. 'Er was niemand thuis.'

'Misschien is hij weg.'

'Wanneer heeft u meneer Oswin voor het laatst gezien?' vroeg Addis.

'Eh... woensdagmiddag.'

'Had hij gezegd dat hij van plan was weg te gaan?' vroeg Spooner.

'Niet dat ik me herinner. Maar... Dat zou ik ook niet verwacht hebben. We zijn niet echt dikke vrienden.'

'Hoe heeft u hem leren kennen, meneer?'

'Hij is een fan van me.'

'O ja?' vroeg Addis.

'Ja.'

'Gaat u wel vaker bij fans op bezoek?'

'Ik word niet dikwijls uitgenodigd.'

'Maar meneer Oswin heeft dat wel gedaan?'

'Ja.'

'Waarover heeft u het met hem gehad?'

'Mijn... loopbaan.'

'Uw lóópbaan?'

'Is het waar dat meneer Oswin uw ex-vrouw heeft lastiggevallen, meneer?' vroeg Spooner. Hij keek in zijn aantekeningen. 'Jennifer Flood, eigenares van een hoedenwinkel in de Lanes?'

Mijn god, alleen al de mentale lenigheid om een leugen vol te houden is heel uitputtend. Ik kon alleen maar hopen dat mijn acteertechniek in dit stadium de al te duidelijke zwakke plekken in mijn betoog goedmaakte. 'Zij is nog niet mijn ex-vrouw, brigadier,' zei ik vermoeid. 'Technisch gesproken zijn we nog getrouwd.'

'Maar gescheiden van tafel en bed?'

'Ja.'

'Woont mevrouw Flood momenteel samen met meneer Colborn?'

'Ja.'

'Dus, heeft meneer Oswin mevrouw Flood lastiggevallen?'

'Hij wilde via haar een ontmoeting met mij regelen. Ik ben ermee akkoord gegaan om haar van hem te verlossen.'

'Dat klinkt als ja,' zei Addis.

'Bent u na woensdag nog bij meneer Oswin langs geweest, meneer?' vroeg Spooner.

De sleutel tot een succesvolle leugen is zo weinig mogelijk nevenleugens verzinnen. Aan dat beginsel hield ik me toen vast, hoewel ik in de verleiding kwam om het los te laten. 'Ja,' zei ik. 'Gistermorgen vroeg. Hij was niet thuis.'

'Aha,' zei Addis. 'Nu begrijp ik waarom u denkt dat hij misschien is vertrokken.'

'Is u iets opgevallen aan het huis, meneer?' vroeg Spooner.

'Nee.'

'Niet even een blik door de brievenbus geworpen?' vroeg Addis.

'Nee.' Het was duidelijk de bedoeling dat ik daaruit afleidde dat zij dat wel hadden gedaan.

'Waarom bent u erheen gegaan?' vroeg Spooner.

'Hij had het kaartje voor de woensdagavondvoorstelling dat ik voor hem had laten reserveren niet afgehaald. Ik wilde uitzoeken waarom niet. Ik neem aan dat een spontaan reisje de aannemelijkste verklaring is.'

'U maakt zich geen zorgen over hem?'

'Nee, waarom zou ik?'

'Inderdaad: waarom, meneer?' antwoordde Addis.

'Wat de heer Maple betreft...'

'Ja?'

'Bent u echt van plan hem iets ten laste te leggen?'

'De omstandigheden laten ons weinig keus. We hebben hem op heterdaad betrapt. We onderzoeken natuurlijk alle aspecten van de zaak. Tenzij de drugsbrigade het overneemt. Het was een flinke lading, dat kan ik u wel vertellen. Het ziet er slecht voor hem uit... tenzij u zijn versie van de gebeurtenissen kunt onderschrijven.'

'Ik weet zeker dat wat hij gisteravond heeft gedaan was ingegeven door oprechte bezorgdheid over wat er met zijn overleden broer is gebeurd. Er zullen geen misdadige motieven aan ten grondslag hebben gelegen.'

'Is dat uw mening, meneer?'

'Ja.'

'Maar u kunt het verband tussen Oswin, Colborn en Sobotka niet echt bevestigen?'

'Nee.'

'Dat is voor ons het probleem, namelijk.' Addis onderbrak het kauwen op zijn kauwgom lang genoeg voor een vluchtige glimlach. 'Nou ja, eigenlijk is het meer de heer Maples probleem.'

Toen ze weg waren, bietste ik een beker koffie bij Eunice. Ik stelde haar gerust dat ik niet zou worden opgebracht en wankelde naar boven om me te douchen en te scheren. Ik bleef mezelf maar voorhouden dat ik het enige had gedaan wat ik onder de gegeven omstandigheden kon doen. Ian Maple desavoueren was herstelbaar. Roger Colborn tarten was dat misschien niet. Maar ik was niet zeker van mijn zaak. Ian vrijpleiten zou erop neerkomen dat ik Colborn zou uitdagen om deze of volgende week het ergste te doen. En dat kon slecht uitpakken voor Jenny, die veel meer voor me betekende dan Ian Maple of Derek Oswin. Colborns ultimatum was effectiever dan hij had kunnen hopen.

Toen ik Eunices inmiddels vertrouwde klop op de badkamerdeur hoorde, was mijn eerste gedachte dat Addis en Spooner waren teruggekomen, wat me voldoende van m'n stuk bracht om mijn scheermes steviger vast te klemmen en me als gevolg daarvan in mijn kin te snijden.

'Sorry dat ik je weer moet storen, Toby,' riep Eunice. 'Er is weer iemand voor je.'

'Wie nu weer, verdomme?' riep ik. Ik rukte een stuk wc-papier van de rol om het bloed af te vegen.

'Een zekere meneer Braddock. Een wat oudere heer. Hij is erg hardnekkig en zegt dat hij niet weggaat voor hij u heeft gesproken.'

Ray Braddock die bij mij langskwam in plaats van andersom. Ik voelde me wee worden toen ik mijn spiegelbeeld in de spiegel boven de wastafel zag. Dat voorspelde weinig goeds. 'Oké,' riep ik terug. 'Ik kom zo.'

Een paar minuten later was ik weer in de gastensalon en deed ik mijn uiterste best om een tweede en ietwat andere versie van de gebeurtenissen ten behoeve van mijn laatste bezoeker te verzinnen.

Ray Braddock was een man van een jaar of zeventig met zware ledematen en brede schouders, zij het ietwat gebogen en ingevallen door leeftijd en zwaar werk. Zijn witte haar was gemillimeterd alsof het gehoorapparaat dat met een lus om zijn spectaculaire flaporen zat, moest worden benadrukt. Zijn gezicht had grove botten en was verweerd. Zijn waterige ogen staarden me aan van onder een stel borstelige wenkbrauwen. De regenjas en de platte pet die ik in de gang had gezien waren duidelijk van hem. Ze pasten precies bij het slobberige tweedjasje, de verstelde spijkerbroek en het overhemd met de slappe kraag. Zijn solitaire en zwijgzame aard was voelbaar. Er wachtte thuis geen mevrouw Braddock en die was er ook nooit geweest. Hij was iemand die volledig op zichzelf vertrouwde.

Hij stond op en gaf me een hand. Zijn greep droeg de herinnering aan afgenomen kracht. 'Vriendelijk dat u me wilt ontvangen, meneer Flood,' zei hij met een zware stem.

'U bent volgens mij een vriend van de familie Oswin, meneer Braddock. Derek heeft uw naam laten vallen.'

'Hij heeft uw naam laten vallen tegen mij, meneer Flood. Daarom ben ik hier.'

'O, ja?'

'Ik maak me bezorgd om die jongen, ziet u.'

'Laten we maar gaan zitten.' Ik trok een stoel voor mezelf dicht bij de zijne, waarin hij zich houterig liet zakken 'Waarom maakt u zich zorgen?'

'Blijkbaar is de politie vanmorgen bij het huis in Viaduct Road geweest. Ik ben gebeld door zijn buurvrouw, mevrouw Lumb. Ze hadden haar gevraagd of ze Derek de laatste tijd nog had gezien. Nou, zij had Derek sinds woensdag al niet meer gezien. En woensdagmiddag was hij nog bij mij. Hij was in een... merkwaardige stemming. Dat was de gelegenheid waarbij hij uw naam noemde. Blijkbaar helpt u hem met zijn boek.'

'Nou, ik... heb het naar mijn agent gestuurd, zeker. Om te zien wat zij ervan vindt.'

De frons die al van nature op Braddocks voorhoofd zat werd nog dieper. 'Heeft u het gelezen?'

'Ik heb alleen de eerste paar bladzijden doorgenomen, meer niet. Ik... wist niet goed wat ik ermee aan moest.'

'Dat zal ik u vertellen. Het is het noodlot tarten. Verrekte Colbonite. Waarom kan hij het niet met rust laten?'

'Ik zou het niet weten.'

'Nee.' Hij keek me een ogenblik zwijgend aan en zei vervolgens: 'Dat zal wel niet.'

'Zei mevrouw Lumb nog waarom de politie Derek zoekt?'

'Ze lieten niets los. Welnu, meneer Flood, heeft u Derek na woensdag nog gezien?'

'Nee, ik moet zeggen van niet.'

'Ik was al bang dat u dat zou zeggen.'

'Misschien is hij op stap.'

'Waarheen?'

'Ik zou het niet weten.'

'Nee. En dat zou u ook niet zeggen als u de jongen even goed kende als ik. Hij zou nooit ver weg gaan. Behalve onder dwang. Mevrouw Lumb heeft woensdagavond kabaal gehoord. Ze kon niet horen wat er aan de hand was. Hoe dan ook, daarna heeft ze Derek niet meer gezien. Ze dénkt dat ze gisterochtend een vreemde man uit het huis zag komen, maar ze weet het niet zeker. Misschien draaide hij zich alleen maar om van de voordeur. Ze heeft hem niet goed kunnen zien, jammer genoeg.'

Au contraire, dacht ik. Daar had ik mee geboft. 'Weet u zeker dat hij niet thuis is? Ik bedoel, misschien houdt hij zich alleen maar... gedeisd.'

Braddock schudde zijn hoofd. 'Ik heb een reservesleutel, meneer Flood. Ik ben binnen geweest. Ik was bang... Nou ja, je weet maar nooit, hè? Met iemand als Derek? Hij heeft niet bepaald een ijzeren karakter. Hoe dan ook, hij is er niet, maar er is wel wat schade aangericht. Dingen overhoopgehaald en zo. Ik kan het niet helpen, maar ik maak me zorgen. Hij is mijn petekind, ziet u. Nu zijn moeder en vader overleden zijn, voel ik me... verantwoordelijk.'

'Ik wilde dat ik iets kon doen.'

'Uit wat Derek heeft verteld, leid ik af dat hij het u lastig heeft gemaakt. Door rond te hangen bij de winkel van uw vrouw. Eerlijk gezegd dacht ik dat u de politie op hem af had gestuurd. Ik zou het u niet kwalijk nemen. De jongen is zijn eigen ergste vijand.'

'Maar in wezen goed van karakter; er zit geen kwaad bij. Ik kan u verzekeren dat ik geen klacht heb ingediend bij de politie.'

'Ik neem aan dat u met hem te doen had. Nou, dat siert u. Een man van uw positie hoeft niet om te gaan met types als Derek. Dat weet ik. Hou me ten goede, hij heeft het eh, wel gehad over de... relatie van uw vrouw met Roger Colborn.'

'O ja?'

'Daar heb ik natuurlijk niets mee te maken. Derek eigenlijk ook niet. Maar met Colborn valt niet te spotten, net zomin als met zijn vader. Ik zeg dit niet lichtvaardig, meneer Flood. Als Colborn lucht krijgt van dat boek, zal hij niet aarzelen...' Braddocks kaakspieren maalden erop los in de woordeloze stilte van zijn gedachten. Daarna zei hij: 'De jongen bevindt zich op glad ijs. Daar komt het wel op neer. Als hij de zaak maar met rust wilde laten...'

'Ik weet er alles van, meneer Braddock. Ook over de rol die Dereks vader heeft gespeeld bij de dood van Sir Walter Colborn. Ik begrijp... uw bezorgdheid heel goed.'

'Maar is dat wel zo?'

'Ik ben blij dat u er zo goed uitziet.'

'Voor een oud-werknemer van Colbonite, bedoelt u?' gromde Braddock. 'Ik ben tijdig opgestapt. Zodra ik mijn huid geel zag worden. O, ja zeker. Zo erg is het geweest. Ik heb een slechter betaald baantje bij de Co-op genomen. Ik heb ook geprobeerd Ken te bewegen om weg te gaan, maar hij zei dat hij het geld nodig had, omdat hij Val en Derek moest onderhouden. Hij dacht dat Colbonite de enige plek was waar hij een baan voor de jongen kon vinden. Nou, wat dat betreft had hij waarschijnlijk gelijk. Er waren ook andere redenen. Dat begrijp ik nu. Ken liet zich niet in de kaart kijken, zelfs niet door mij.'

'Derek schijnt te denken dat de dood van Sir Walter een ongeluk is geweest,' zei ik. Ik was me ervan bewust dat ik moest oppassen om de overpeinzingen van de oude man niet aan te moedigen, maar mijns ondanks wilde ik graag tot de kern van het mysterie doordringen.

'Het was geen ongeluk,' zei Braddock met opeengeperste lippen.

'U en Kenneth waren dikke vrienden.'

'Inderdaad. Van jongs af aan.'

'Was u verbaasd... toen hij zoiets drastisch deed?'

'Ja. Ik had niet gedacht dat hij wraakzuchtig was. Hou me ten goede, later ontkende hij tegen mij dat hij het uit wraak had gedaan.'

'Waarom dán?'

'Dat wilde hij niet kwijt. Alleen dat het voor Val en Derek was.'

'Hoe zou dat kunnen?'

Braddock haalde zijn schouders op. 'Hij was stervende. Ik heb nooit goed geweten of hij zelf wel wist waarom hij het had gedaan. Val en Derek konden daar met geen mogelijkheid iets mee zijn opgeschoten. Hij moet... uit zijn nek gekletst hebben.'

'Maar vindt u wel dat Sir Walter zijn verdiende loon heeft gekregen, ongeacht het motief?'

Braddock dacht even over de vraag na en knikte. 'De natuurlijke rechtvaardigheid ervan valt niet te ontkennen. Een heleboel goede jongemannen zijn gestorven om de Colborns hun zakken te laten vullen. Maar zo zit de wereld nu eenmaal in elkaar. Daar kun je niets tegen doen.'

'Misschien was Kenneth Oswin vastbesloten een poging te wagen.'

'Kan. Maar dat moet hij dan maar verantwoorden tegenover de Almachtige. Wat me nu dwarszit is de gedachte dat Derek misschien heeft geprobeerd hetzelfde spelletje te spelen.'

'Wat wilt u eraan doen?'

'Ik kan niets doen. Als ik naar de politie ga, maakt dat de zaak misschien alleen maar erger voor de jongen.'

'Ja,' zei ik, alsof ik het er met tegenzin mee eens was. 'Dat kan.' Het zou ook Addis en Spooner op de gedachte brengen hoe zuinig ik tijdens ons onderhoud met de feiten was omgesprongen. Al met al had ik een heleboel dwingende redenen om Braddock weg te loodsen van de arm van de wet, althans voorlopig. 'Maar zullen ze u niet opzoeken?'

'Alleen als iemand ze mijn kant op stuurt. Mevrouw Lumb weet wel beter. Zij en ik maken het elkaar niet moeilijk.' Hij schraapte zijn keel. 'Ik hoopte dat u misschien... op uw woorden wilt letten... als ze bij u langskomen.'

Het was maar goed dat Braddock niet een uur eerder was gekomen, bedacht ik. Voor ons allebei. 'Daar kunt u van op aan,' zei ik. 'Ik weet zeker dat Derek weldra ongedeerd komt opdagen.'

'Ik wou dat ík dat zeker wist.'

'Als ik iets van hem hoor, laat ik het u direct weten.'

'Dat zou ik erg vriendelijk vinden, meneer Flood. Mijn nummer staat in het telefoonboek.'

'Juist.'

'Nou, ik heb voldoende beslag op uw tijd gelegd. Ik moest maar eens gaan.' Hij stond op, maar maakte geen aanstalten om naar de deur te lopen. Het was duidelijk dat hij nog iets op zijn hart had. Ik kwam overeind en keek hem vragend aan. Er verstreken een paar seconden waarin hij de wijsheid van zijn woorden leek af te wegen. Toen stortte hij schor en zacht zijn hart uit. 'Derek is bijna familie van me, en de enige die ik nog overheb. Ik moet voor hem doen wat in mijn vermogen ligt.'

Het was bijna twaalf uur toen Ray Braddock naar buiten slofte, zodat ik nog geen halfuur had om bij het station te komen en Moira van de trein van 12.27 uur af te halen. Ik trok snel een jas aan een haastte me de koude, grauwe miezerigheid van de middag in. Buiten stond een busje van een glazenier en ik hoorde Eunice in de kelder met de chauffeur praten. Dat was één bezoeker van het Sea Air over wie ik me niet druk hoefde te maken.

Op weg naar de taxistandplaats in East Street schoot me plotseling iets te binnen. Het zou me al eerder zijn opgevallen, maar mijn eigen behoefte om de politie te mijden was zo goed gediend met Braddocks tegenzin dat ik niet de moeite had genomen er vraagtekens bij te zetten. Maar het was een goede vraag: waarom wás de oude man zo wantrouwig jegens de hermandad? Wat had hij te vrezen? Zoals vrijwel iedereen die iets met Derek Oswins tegenspoed te maken had, had hij iets te verbergen. Maar wat? En waarom?

Mijn brein was duidelijk overbelast door zorgen, omdat ik me pas halverwege de rit naar het station Moira's bizarre bericht van de dag daarvoor herinnerde. Ik zette mijn mobiel aan en keek of er nog een bericht van haar was, maar er stond niets op de voicemail. Mijn diverse stekelige antwoorden hadden waarschijnlijk de verwarring verdreven waarin ze zich op de een of andere wijze had

gewerkt. Doorgaans had ik me verheugd op een met alcohol over-
goten lunch met de drankzuchtige roddelaarster, maar omdat de
omstandigheden niet verder van normaal konden zijn, had het
vooruitzicht zijn glans verloren. Zelfs de kans om de hand te leggen op het manuscript van *De mannen van plastic* was verzuurd.
Als het iets van munitie bevatte die ik tegen Roger Colborn kon
gebruiken, kon ik maar beter niet weten wat die munitie behelsde,
bedacht ik.

Die wens stond op het punt op mij terug te slaan. De trein van
12.27 uur was maar een paar minuten te laat en Moira was een
van de eerste passagiers die door het hekje kwamen. Luidruchtig,
roodharig en ampel gevuld als ze is, is ze bij mijn weten nog nooit
niét opgevallen. De jas van nepluipaard en de paarse alpinopet
zorgden ervoor dat de stationshal van Brighton op een saaie de-
cemberdag geen uitzondering was. Maar wat ik wel zag, nog voor
de verplichte omhelzing en drievoudige kus, was dat ze behalve
haar handtas niets bij zich had.

'Waar is het manuscript, Moira?' vroeg ik zodra we elkaar hadden losgelaten.

'Jij hebt het dus niet?' luidde het verbijsterende antwoord. 'Daar
was ik al bang voor.'

'Je zou het meenemen.'

'Ik hoopte dat je boodschappen niet betekenden wat ze leken te
betekenen.'

'Wat is er in godsnaam aan de hand?'

'Dat is een heel goeie vraag, Toby.'

Ik kreeg pas een soort antwoord toen we ons in een taxi hadden
geïnstalleerd en op weg waren naar La Fourchette in Western
Road, een restaurant dat Moira verkoos voor de lunch.

'Kort na je telefoontje gistermorgen moest ik weg,' begon ze. 'Ik
kwam pas na de lunch weer terug op kantoor. Toen hoorde ik wat
er was gebeurd.'

'En dat was?' vroeg ik ongeduldig.

'Nou, ik had Lorraine gevraagd om het manuscript terug te
halen van Ursula omdat je het met spoed terug wilde. Maar ik

had haar niet gezegd dat ik van plan was het je persoonlijk te gaan brengen, dus toen die vent op kantoor kwam...'

'Welke vent?'

'Hij zei dat jij hem had gestuurd om het manuscript op te halen. Vanzelfsprekend dacht Lorraine dat jij tegen mij had gezegd dat je iemand zou sturen, en dat ik vergeten was dat te zeggen. Zo eenvoudig was het. Dus...'

'Zij heeft het hem gegeven?'

'Ik vrees van wel.'

'Heeft ze zijn naam nog gehoord?'

'Eh... nee.'

'Hoe zag hij eruit?'

'Onopvallend. Middelgroot postuur. Ze heeft hem waarschijnlijk niet meer dan één blik waardig gekeurd. Tenslotte...'

'Waarom zou zij meer dan redelijk voorzichtig zijn met iets wat ik jou had toevertrouwd? Goeie vraag, Moira. En ik kan wel een antwoord bedenken. Meneer Niemand komt binnenwaaien, kietelt Lorraine onder haar kin en loopt weg met een manuscript waarop hij geen recht heeft. De gewoonste zaak van de wereld. Volmaakt begrijpelijk. Gebeurt elke dag.'

'Hoor eens, Toby, mijn excuses. Het is allemaal erg... spijtig.'

'Spíjtig?'

'Ik zal Lorraine ernstig onderhouden, daar kun je van op aan. Maar vanwaar al die heisa? Je kunt toch wel een andere kopie van de schrijver krijgen, zoals ik gisteren heb voorgesteld?'

'Het origineel is verdwenen.'

'Wat...?'

'Tezamen met de auteur, overigens.'

Moira staarde me onthutst aan. 'Verdwenen?'

'Zoals in spoorloos verdwenen.'

'Maar dat betekent...' Ze fronste als een bezorgde agent. 'Waar ben jij in verzeild geraakt, Toby?'

Het antwoord behelsde meer dan ik van plan was Moira te vertellen. Colborn moest er via Derek achter zijn gekomen dat ik haar een exemplaar van *De mannen van plastic* had gestuurd. Het origineel – plus eventuele andere exemplaren – had hij uit Viaduct

Road 77 weg laten halen. Een listig uitstapje naar de burelen van Moira Jennings Agency in Soho had zijn verzameling nu compleet gemaakt. Een andere verklaring was er niet. Roger Colborns opportunistische instinct had weer gewonnen.

'Je bent niet van plan om me te vertellen wat dit allemaal te betekenen heeft, hè, Toby?' vroeg Moira nadat we onze lunch hadden besteld en aan een fles Montagny waren begonnen. Dat ze vond recht op een antwoord te hebben werd alleen maar onderstreept door de gêne die ze voelde omdat ze het manuscript kwijt was geraakt. 'Je plaatst me in een onmogelijke positie.'

'Nee, dat ben ik niet van plan. Ik zou je juist in een onmogelijke positie manoeuvreren als ik het je wel zou vertellen.'

'Heeft dit iets met Denis te maken?'

'Ik kan er niet over praten, Moira. Het spijt me. Ik ben aan handen en voeten gebonden.'

'Maar die vent die Lorraine heeft beduveld, maakte deel uit van een soort... samenzwering. Is dat wat je bedoelt?'

'Ik bedoel dat ik er niet over kan praten.'

'En Jenny. Heeft die er iets mee te maken? Ik weet dat ze hier woont. Brian Sallis liet doorschemeren dat het feit dat je maandagavond niet hebt gespeeld door haar kwam.'

'Wanneer heeft hij dat laten doorschemeren?'

'Toen ik hem gistermiddag sprak nadat ik jou had proberen te bereiken.'

'Ik snap het.'

'O ja? Snap je het écht? Als jouw agent moet ik naar het grote plaatje kijken, Toby, en dat is momenteel niet erg aantrekkelijk wat jou aangaat.'

'Wat moet dat betekenen?'

'Dat betekent dat je goed uit moet kijken. De kans bestaat dat Leo besluit om *Lodger in the Throat* toch naar Londen te halen.'

'Nou, dat is toch goed nieuws?'

'Jawel...' Ze dacht even na; blijkbaar was ze daar niet zo zeker van. Toen voegde ze eraan toe: 'Althans, áls jij nog in de cast zit.'

Mijn stekels gingen direct overeind staan. 'Waarom zou dat verdomme niet het geval zijn?'

'Omdat,' antwoordde ze gedempt, 'Leo misschien vindt dat de enig haalbare manier om het stuk naar Londen te halen is door te beknibbelen op de honoraria. En dankzij mijn onderhandeltactiek is jouw honorarium verreweg het hoogst.'

'Dat zou hij niet doen.'

'O nee?' Moira keek me aan over de rand van haar glas. 'Ik durf te stellen dat Martin Donahue bereid zou zijn om jouw rol voor een prikkie over te nemen, alleen al vanwege het opstapje dat zulks voor zijn carrière zou betekenen.'

Dat viel niet te ontkennen. Hoe meer ik over de afschuwelijke mogelijkheid die Moira had geopperd nadacht, des te geloofwaardiger werd het. Ik had de afgelopen dagen maar weinig van mijn medeacteurs gezien. Ik had verstek laten gaan bij alle etentjes na de voorstelling. Ik had me afstandelijk opgesteld en me afzijdig gehouden. Als er werd gefluisterd, zou ik het waarschijnlijk niet gehoord hebben.

'De cast van een onsuccesvolle productie aanvoeren is pure pech,' zei Moira. 'Aan de andere kant is ontslagen worden uit een productie die op het punt staat zichzelf weer in de markt te prijzen iets wat jij je niet kunt veroorloven, Toby. Dat kun je met een gerust hart van tante Moira aannemen. Dat kan absoluut niet.'

Ons eten werd opgediend. Moira viel met wellust op het hare aan, maar ik prikte lusteloos in mijn bord en piekerde over het misselijkmakende vooruitzicht dat ze me had voorgespiegeld. Martin Donahue die mij als James Elliott verving? Zijn naam, en niet de mijne, in het neonlicht van een West End-theater? Deze week werd steeds erger.

Misschien drong mijn beklagenswaardige uitdrukking door Moira's pantser. Of misschien maakte het stillen van haar honger dat het medeleven in haar ziel wieken kreeg. Ze bestelde nog een fles wijn. Dat had ik niet durven voorstellen uit angst dat ze me nog onprofessioneler zou achten dan ze me al vond. Ze stak een sigaret op, reikte over tafel en kneep me troostend in mijn hand.

'Waarschijnlijk zal het niet gebeuren, Toby. Ik wilde alleen dat je je bewust was van de kwetsbaarheid van je positie. Bovendien is toneelspelen maar een baan. Er zíjn belangrijker dingen om over na te denken. Je huwelijk met Jenny bijvoorbeeld.'

'Dat komt volgende maand ten einde, Moira. Dan wordt de scheiding definitief.'

'Moet dat?'

'Ik zou niet weten hoe ik het tegen moest houden.'

'Je kunt proberen te zeggen dat je nog steeds van haar houdt.'

'Dat weet ze. De moeilijkheid is dat zíj niet meer van míj houdt.'

'Ik durf te wedden van wel.'

'Je opvrolijkstrategie mist subtiliteit, Moira. Je hebt Jenny al meer dan een jaar niet gezien. Hoe weet jij nou wat zij voelt?'

'Jullie horen bij elkaar. Zo eenvoudig is dat.' Onze borden werden afgeruimd. Ze leunde naar achteren en sloeg me met samengeknepen ogen scherp gade door een krul sigarettenrook. 'Als jullie Peter niet hadden verloren, hadden jullie elkaar nooit verloren. Dat weet jijzelf beter dan ik.'

Mijn mond werd droog. Mijn zelfbeheersing wankelde. Het is merkwaardig hoe het verdriet, dat ik nooit naar behoren met Jenny heb gedeeld, met het verstrijken van de tijd maar één verdwaald woord verwijderd blijft. 'Met stilstaan bij dingen die ik niet kan veranderen schiet ik niets op,' zei ik stijfjes.

'Heb je Jenny vaak gesproken sinds je in Brighton bent?'

'Niet zo vaak als me lief zou zijn. En ook niet bepaald onder gunstige omstandigheden.'

'Maar je hébt haar wel gesproken?'

'Ja. Een paar keer.'

'Op wiens initiatief?'

'Nou... aanvankelijk op haar initiatief.'

Moira glimlachte. 'Zegt dat jou niets?'

'Ze wilde gewoon dat ik haar een dienst bewees.'

'Echt?'

'Ja. Echt.'

'Als je agent, vriendin en adviseur op het gebied van de vrouwelijke psychologie moet me van het hart dat je af en toe verbijsterend stompzinnig kunt zijn, Toby. Snap je het dan niet?'

'Wat?'

'De boodschap.' Moira drukte haar sigaret uit en boog zich weer over het tafeltje. 'Geen enkele vrouw die gretig de dagen aftelt voordat de definitieve, wettelijke echtscheiding een feit is, vraagt haar ex-echtgenoot in spe wat dan ook, hoe gering ook, hoe onbelangrijk ook, noch neemt zij contact met hem op om wat voor reden ook, behalve als ze in een of ander geheim kamertje van haar geest is gaan twijfelen of ze echt wel de rest van haar leven zonder hem door wil brengen. Dat zal ze natuurlijk niet toegeven. Ze zal het zelfs heftig ontkennen, ook tegenover zichzelf. Maar het is de waarheid. Laten we wel wezen, ik heb een aanzienlijke ervaring in echtscheidingen, dus zul je me als autoriteit op dat gebied moeten erkennen. Jenny hééft je om een gunst gevraagd. Maar dat was niet de gunst die ze met zoveel woorden heeft uitgesproken. Vergeet het excuus maar, Toby. Concentreer je op de onderliggende tekst. Bewijs jezélf een gunst.'

Mannen die hun liefdesleven verklooien was een onderwerp dat Moira blijkbaar aansprak. Toen we La Fourchette weldoorvoed en zeker te weldoorwijnd verlieten, kondigde ze aan dat ze van plan was een excursie door het Royal Pavilion te maken alvorens naar Londen terug te keren. 'Het wordt hoog tijd dat ik het optrekje van die oude zuipschuit eens vanbinnen bekijk.' Ik liep met haar mee door de menigte die kerstinkopen deed naar de ingang van het Pavilion, maar weigerde haar nog verder te vergezellen. Buiten namen we afscheid. Moira flanste het toppunt van een excuus in elkaar voor het verlies van het manuscript van *De mannen van plastic*, door me te adviseren de hele affaire Oswin te vergeten en de rest van mijn vrije tijd in Brighton te wijden aan het terugwinnen van Jenny. Daarna was ze in een benevelde flits van luipaardhuid verdwenen.

Ik liep langs de boulevard en over de pier, en moest denken aan mijn ontmoeting daar met Jenny, afgelopen zondag. Kon Moira gelijk hebben? Was Jenny op haar eigen manier even onwillig om mij los te laten als ik haar op mijn manier? Het was een koude, grauwe middag en de pier was zo goed als verlaten. De zee was een deinende, schuimende massa en grijzer dan de lucht. Een lichte motregen trok een waas voor de verlichte uithangborden. Ik bleef staan en keek naar de kust. Colborn was me te snel te slim af geweest. Hij had me te pakken. Hij had de touwtjes in handen. Maar niet wat Jenny aanging. Zij was zijn zwakke plek. En mijn lichtpuntje.

Tien minuten later duwde ik de deur van Brimmers open en betrad ik de winkel voor het eerst. Twee klanten bespraken de voordelen van een wollige, roze clochehoed met een magere blondine met heldere ogen die Jenny's assistente Sophie moest zijn. Jenny zelf was nergens te bekennen. Ik liep naar de deur waarop privé stond, maar Sophie versperde me de weg.

'Neem me niet kwalijk, meneer,' zei ze, en ze schrok verrast toen ze me ofwel herkende, of besefte wie ik was. 'O,' voegde ze eraan toe. Haar mond hield die vorm terwijl ze me aankeek.

'Ik zoek Jenny.'

'Zij is er... nu niet.'

'Wanneer verwacht je haar terug?'

'Ik verwacht haar eigenlijk niet terug.' Sophie wierp nerveus een zijdelingse blik op het stel met de cloche en zei gedempt: 'Meneer Flood, ik...'

'Waar is ze?'

'Ik... weet het niet.' Ze kon de scepsis van mijn gezicht lezen en liet haar stem nog verder dalen. Ze fluisterde: 'Ze is weggegaan.'

'Daar heeft ze me gisteren niets over verteld.'

'Het is op het laatste moment geregeld. Vanmorgen heeft ze me gebeld. Blijkbaar is er sprake van een dringende familieaangelegenheid. Ze komt pas na het weekeinde terug.'

Ik had Colborn opnieuw onderschat. Jenny was weg, in allerijl ergens anders heen gebracht, buiten mijn bereik. Ik kon geen woord meer uitbrengen. Ik schoof langs Sophie en haastte me naar buiten.

Van een plaats aan het raam in de Rendezvous belde ik Jenny's mobiele nummer. Ik keek er niet van op dat hij uit stond. Ik sprak geen boodschap in. Ik nam een slokje espresso en vroeg me af of er echt sprake van een familiecrisis kon zijn. Het leek me alleszins onwaarschijnlijk. Maar een strategische aftocht naar het huis van haar ouders in Huntingdon of haar zuster in Hemel Hempstead niet. Ik had beide nummers in het Sea Air, maar het was zinloos om hen op te bellen. Ze was ofwel niet naar hen toe gegaan, of ze hadden opdracht om tegen mij te zeggen dat ze daar niet was. Bovendien was er nog een mogelijkheid die ik zelf wel kon verifiëren. En op dat moment wilde ik dolgraag iets meer doen dan zinloze telefoontjes plegen.

De taxi zette me ongeveer honderd meter voor de ingang van Wickhurst Manor af, aan het begin van het weggetje dat in noordelijke richting naar Stonestaples Wood voerde, het weggetje waar Sir Walter Colborn zeven jaar geleden aan zijn eind was gekomen en vanwaar de zoon van de moordenaar, Derek Oswin, die stiekeme foto's van het huis had gemaakt die hij me had laten zien. Ik had voor mijn vertrek uit Brighton een stafkaart van de omgeving gekocht, maar het werd zo snel donker dat die niet lang bruikbaar zou zijn. Een kille, vochtige winteravond kwam snel naderbij toen de taxi wegreed en ik het weggetje opliep.

Derek had het over een overpad gehad dat om Wickhurst Manor liep. Dat moest het groene stippellijntje op de kaart zijn, dat zo'n vierhonderd meter verderop afsloeg van het weggetje. Ik zette er flink de pas in; het was een race tegen de schemering.

Als het pad niet was aangegeven door een paaltje, had ik het makkelijk kunnen missen. Het was een modderig slingerpad tussen de bomen aan de kant van het landweggetje. Het was glad en ik schoot niet op omdat de doornstruiken aan mijn jas en broek bleven haken wanneer ik de diepere plassen probeerde te omzeilen. Maar ik hield vol, want ik vertrouwde erop dat de muur om het landgoed niet ver kon zijn.

En dat klopte. Door de wirwar van struikgewas zag ik de muur al, een eindje verderop. Hij was van vuur- en baksteen, was begroeid met klimop en maar zo'n anderhalve meter hoog. Ik zag de stam van een omgevallen boom er schuin tegenaan liggen en dat leek me de beste plaats om eroverheen te klauteren.

De theorie was goed, maar de praktijk viel tegen. De boomstam was glibberig en zacht door verrotting. Ik klauterde erop en gleed er direct weer af, wat mijn verrekte dijspier geen goed deed en me er ten overvloede aan herinnerde dat ik jong noch lenig genoeg was voor dergelijke bokkensprongen. Maar het moest. Ik klauterde weer omhoog, vond met een hachelijke manoeuvre houvast op de muur en daar bleef ik in elkaar gedoken zitten om het terrein aan de andere kant in me op te nemen.

Maar de schaduwen waren te donker. Ik moest op goed geluk verder. Ik hield me vast aan een randje natuursteen en een tak, liet me behoedzaam zakken en belandde tot mijn knieën in de brandnetels. Ik sprong er onhandig uit en bevond me tussen de varens en doornstruiken aan de rand van een sparrenbos. Hun gesloten gelederen vormden tunnels waardoor ik in de toenemende duisternis het open terrein erachter kon zien. Met pijnlijke plekken en schrammen van brandnetels en doornstruiken liep ik diagonaal tussen de sparren met hun ritselende naalden door.

Toen ik aan het eind van het naaldbos tevoorschijn kwam, zag ik het huis. Een hek van prikkeldraad stond tussen mij en een heuvelachtig parklandschap. Daarachter zag ik de silhouetten van de schoorstenen van Wickhurst Manor zwart tegen de nachtelijke lucht afsteken. Er brandde licht achter een paar ramen op de parterre en ook op de eerste verdieping. Terwijl ik stond te kijken, zag ik een auto over de oprijlaan van het huis wegrijden. Het licht van de koplampen bescheen de kale kruinen van de bomen toen hij de bochtige route naar de poort volgde.

Mijn jas bleef hangen aan het prikkeldraad toen ik me ertussendoor wrong, maar ik trok hem los en vervolgde mijn weg door het park. Een meter of vijftig verder stond weer een omheining. Achter dat hek en een smal pad lag de gelijkvloerse vleugel van het huis die de moestuin omsloot. Ik bevond me aan de kant van het huis dat tegenover Colborns kantoorvertrekken lag. Het was stil. Er was niemand. Maar aan de andere kant, waarom zou er ook iemand zijn? Het was bijna donker en het werd steeds kouder. De motregen maakte plaats voor gewone regen.

Ik kroop onder de omheining door, stak het gazon over en tuurde door het dichtstbijzijnde raam. Waarschijnlijk was dit van oorsprong het bediendeverblijf geweest. Nu zag het eruit als opslagplaats voor tuingereedschap. Ik liep om, op zoek naar een deur.

De eerste die ik zag, zat op slot. Ik liep verder naar het gazon aan de achterkant en verwijderde me een stukje van het huis zodat ik ongezien in de kamer aan het uiteinde kon kijken, vanwaaruit licht op het struikgewas viel.

Het was een van de kantoorvertrekken. Een jonge vrouw in een vormelijk zwart broekpak zat aan een bureau en zei iets in een telefoon terwijl ze op het toetsenbord van een computer tikte. Ik bleef staan kijken en wachtte. Er verstreek een minuut of drie. Ze hing op en bleef aan haar bureau zitten. Daarna ging de kantoordeur open en Roger Colborn kwam binnen. Hij was nonchalanter gekleed in een overhemd zonder das, jasje en spijkerbroek. Ze glimlachten naar elkaar en wisselden een paar woorden. Daarna ging hij weer weg.

Een minuut later was ik ook weg. Ik liep weer terug over het gras naar het onverlichte deel van het huis. Logica en de bouwkundige traditie vertelden me dat er ergens halverwege de muur langs het gazon een achterdeur moest zijn. Die werd zichtbaar toen ik dichterbij kwam. Nu er mensen in huis waren, was die waarschijnlijk niet op slot. Maar ik zette me niettemin schrap en verwachtte min of meer bij iedere stap een oogverblindend veiligheidslicht in werking te zetten.

Er gebeurde niets. Ik kwam bij de deur die schuilging achter een voorportaal. Ik probeerde de knop en de deur ging geruisloos open. Ik ging naar binnen en deed hem voorzichtig achter me dicht.

Wat nu? De vraag drong zich aan me op toen ik in de duistere gang stond en naar de kantoorgeluiden in de verte luisterde. Een telefoon ging. Een printer zoemde. Een archiefkast werd met een klap dichtgeschoven. Ik bevond me op verboden gebied, in Roger Colborns domein, en wie weet speelde ik hem nog in de kaart ook. Mijn eerste en enige gedachte sinds Jenny was vertrokken, was dat ze helemaal niet weg was gegaan; dat Roger haar ofwel tegen haar zin vasthield, of – en dat was waarschijnlijker – dat hij haar zover had gekregen om onder te duiken tot ik uit Brighton was vertrokken. Maar als ik het mis had? Gesteld dat ze ons allebei beu was en was weggegaan om na te denken? Zo ja, dan kon mijn komst hier er hooguit voor zorgen dat ik mezelf voor gek zette.

Maar er waren ergere dingen dan voor gek staan, bedacht ik. Ik was nu te ver gekomen om op mijn schreden terug te keren. Op mijn tenen liep ik door de hal naar de hoek, het gedeelte tussen de voordeur en de trap. Daar brandde licht en toen ik een blik naar boven wierp, zag ik dat daar ook licht brandde. De dubbele deuren van het kantoor konden natuurlijk ieder moment opengaan. Ik kon hier niet blijven treuzelen. Ik liep om de hoofdbaluster van de trap en ging met lichte tred en twee treden tegelijk naar boven.

Ongeveer halverwege moest ik aan de hond denken. Waar was Chester? Dociel of niet, blaffen kon hij natuurlijk wel. Maar het was Rogers hond, niet die van Jenny. Met een beetje geluk had hij een mand in het kantoor en sliep hij daar nu. Ik liep verder.

In de huiskamer brandde licht en de deur stond open. Ik liep de kamer in en verwachtte min of meer dat Jenny bij het vuur een tijdschrift zat te lezen met naast haar een kop thee; misschien lag Chester wel onder zeil op het haardkleedje. Maar het rooster was leeg. Jenny was er niet en Chester evenmin.

De deur naar de belendende kamer waarin Jenny tijdens mijn vorige bezoek was verdwenen om met Roger aan de telefoon te praten, stond op een kier en binnen brandde licht. Ik nam er een kijkje. Er was niemand. Ik maakte rechtsomkeert naar de overloop en probeerde willekeurig een van de andere deuren. Daarachter was een kamer waar geen licht brandde. Ik trok me terug en mijn vertrouwen in mijn eigen redenering nam af naarmate ik vaker bot ving.

Toen hoorde ik boven me een geluid. Een krakende vloerplank. Ik bleef stokstijf staan en spitste de oren. Daar was het weer, heel duidelijk. Er was iemand boven me.

De hoofdtrap eindigde op de eerste overloop. Er moest nog een trap aan de achterzijde naar de tweede verdieping zijn. Ik repte me door de gang en opende een deur aan het uiteinde. En ja hoor, erachter was een smalle trap die naar boven én naar beneden voerde. De bediendetrap, in vervlogen tijden. Ik ging naar boven.

Boven gaf een deur toegang tot een gang die over de hele breedte van het huis liep. Het plafond was schuin vanwege de hoek van het dak. Een paar dakkapellen lieten voldoende licht binnen van de lantaarns bij de hoofdingang om te kunnen zien waar ik liep. Bij tussenpozen waren er deuren aan mijn rechterhand, maar geen daarvan stond open. Evenmin was er onder een van de deuren een streepje licht te zien. Ik liep er geruisloos langs en bleef bij elke deur staan om te luisteren. Er was ook geen geluid. Toch hád ik iets gehoord. Vloerplanken kraken niet uit zichzelf.

Ik was bijna aan het eind van de gang toen het licht aanging. Ik hoorde het lichtknopje achter me. Een fractie van een seconde later knipperde ik met mijn ogen en vertrok ik mijn gezicht in een plotselinge zee van licht.

'Draai je om.' Het was Roger Colborns stem, hard en gebiedend. Ik gehoorzaamde langzaam om tijd te rekken, zodat mijn ogen aan het licht konden wennen.

Hij stond aan het andere eind van de gang. Hij was me ofwel naar boven gevolgd, of hij was geruisloos uit de eerste kamer gekomen die ik was gepasseerd, en dat was waarschijnlijker. Hij had de plank met opzet laten kraken om me naar boven te lokken. Dat werd me duidelijk zodra ik zag wat hij in zijn hand had.

'Dit is een pistool, Toby,' zei hij. 'Als toneelspeler zou je gewend moeten zijn aan goeie imitaties van de echte wapens. Maar dit ís echt. En ik weet hoe ik ermee om moet gaan. Ik ben geen slechte schutter, al zeg ik het zelf. En jij bent een verleidelijk doelwit, neem dat maar van mij aan.'

Het kwam me voor dat hij misschien echt van plan was te schieten. De angst nam bezit van me, vrijwel direct gevolgd door een merkwaardig en kalmerend fatalisme. Vervolgens keerde de logica weer terug. 'Moord, met een huis vol getuigen?' Mijn stem trilde een beetje. Ik kon alleen maar hopen dat het niet al te duidelijk was. 'Is dat wel een goed idee, Roger?'

'De kans is groot dat ik er zonder kleerscheuren vanaf kom.' Roger glimlachte. 'We zitten twee verdiepingen boven het kantoor. Daar zou niemand het schot horen. Ik zou er natuurlijk wel voor zorgen dat je lijk kilometers verderop wordt gevonden. Dat kan ik wel voor elkaar krijgen. En dat zal ik ook, als het moet. Ik wil je niet doden, Toby. Maar als je me dwingt, zal ik niet aarzelen. Is dat duidelijk?'

'Glashelder.' Met een tikje bravoure kom je een heel eind, bedacht ik. Ik moest laten zien dat ik bang was voor het wapen, maar niet voor hem.

'Wat doe je hier?'

'Ik zoek Jenny.'

'Die is weg.'

'Dat zei het meisje in Brimmers al. Maar...'

'Jij dacht dat ze zich hier voor je verstopte. Of misschien dat ík haar verstopte?'

Ik haalde mijn schouders op. 'Zoiets.'

'En jij dacht dat je zomaar binnen kon lopen om haar te redden? Dan ben je een nog grotere malloot dan ik dacht. Ze is hier niet. Ze is echt weggegaan. En wat dat binnenlopen betreft, had je toch kunnen weten dat een beveiligingscamera je heeft gevolgd vanaf het moment dat je binnen twintig meter van het huis was. Ik heb je zien aankomen, Toby. Zowel letterlijk als figuurlijk.'

'Waar is Jenny heen?'

'Daar heb je niets mee te maken.'

'En waarom is ze weggegaan?'

'Idem. Daar – heb – je – niets – mee – te – maken.'

'En hoe zit het dan met Derek Oswin? Wat heb je met hem uitgespookt?'

'Oswin?' De woede laaide op in Rogers ogen. Hij kwam op me af. 'Hoe vaak wordt mij nog gevraagd om me nader te verklaren als het om die etterbak gaat? Je bent erin geslaagd om iets van argwaan – iets van waanzin – bij Jenny te zaaien. Maar probeer mij niet wijs te maken dat je er ook maar íets van gelooft. Dat láát je uit je hoofd.' Hij bleef een meter of tien voor me staan. Het pistool zat nog bewegingloos in zijn hand en wees recht op mij. 'Je gaat haar niet van me afpikken, Toby. Dat zal ik niet toestaan.'

'Dat is aan mij noch aan jou, Roger. Dat is aan haar.'

'Dat zullen we wel zien.'

'Ja. We...'

'Hou je kóp!' Zijn harde stem weergalmde in de gang. Er trok een spier in zijn wang. Ik had geen idee wat hij van plan was. Ik kon me alleen maar vasthouden aan de gedachte dat mij doodmaken voor hem zo'n beetje de zekerste manier was om Jenny te verliezen. 'Haal je mobiel uit je zak.'

'Mijn telefoon?'

'Dóe het nou maar.'

'Oké, oké.' Ik haalde de telefoon uit mijn zak en hield hem omhoog.

'Gooi hem op de grond.'

Ik bukte me, gooide het toestel op de grond en richtte me langzaam op.

'Nu de deur links van je openmaken.'

Ik stak mijn hand uit, draaide aan de knop en duwde de deur open. Het licht van de gang verried niets anders dan een kale vloer met linoleum.

'Naar binnen.'

Met een paar stappen was ik over de drempel. Toen ik me weer had omgedraaid, was Roger in de deuropening verschenen. We stonden nu dichter bij elkaar dan ooit. Maar ik kon niet de vaagste trilling van de hand met het pistool bespeuren. Of hij het trillen van mijn eigen ledematen merkte, was iets anders.

'Doe het licht aan.'

Op de voor de hand liggende plaats aan de muur zat geen schakelaar. Ik staarde naar de lege plek en zag vervolgens een koord van het plafond hangen. Ik gaf er een rukje aan en voor en achter me flikkerde neonlicht tot leven.

'Dit was vroeger een donkere kamer,' zei Roger. 'Mijn vader was een enthousiast fotograaf. Hij heeft deze kamer gemaakt. Geen raam, maar wel een stevige deur die op slot kan.'

'Je kunt me hier niet vasthouden.'

'Doe de deur dicht, Toby.'

'Ik moet vanavond optreden. De leiding van de schouwburg weet waar ik ben. Ze zullen me komen zoeken.'

'Gelul. Je hebt vast tegen niemand gezegd wat je van plan was. Deur dicht.'

'Nee.'

'Ik ben bereid je dood te schieten, Toby. Om je de waarheid te zeggen, zou het me verheugen als je me ertoe dwong. De keus is aan jou.'

We staarden elkaar een trage, lange seconde aan. Ik was er niet van overtuigd dat hij zou schieten als ik op hem dook. Maar ik was er wel van overtuigd dat Roger Colborn in staat was om me te vermoorden.

'Doe de deur dicht.'

'Je begaat een grote vergissing.'

'Ik zeg het niet nog een keer.' Hij hief zijn andere hand om zijn greep op de kolf te verstevigen. Ik zag de witte knokkel van zijn wijsvinger om de trekker. Zijn blik was kil en intens.

'Oké,' zei ik. 'Jij je zin.' Ik deed de deur dicht.

Een seconde later hoorde ik dat de sleutel in het slot werd omgedraaid. Daarna niets meer.

De kamer was ongeveer vier bij vier. Aan twee wanden en de helft van de derde zaten werkbladen met allerlei fotografisch materiaal zoals droog- en snijapparaten, diaraampjes, licht- en ontwikkelbakken. Bij een gootsteen in een van de werkbladen stond een kruk. Er stond ook een droogkast en hoog in de muur zat een ventilator. Sir Walter had het degelijk aangepakt. Dat was wel duidelijk. En zijn grondigheid had zich ook tot de veiligheid uitgestrekt. De deur was solide. Ik ben in de loop der jaren door heel wat nepdeuren van sigarenkistjeshout gelopen. Een echte deur met je schouder rammen is andere koek. Deze deur voelde alsof hij pas zou zwichten voor een stormram met zes man.

Ik deed de kast open en controleerde de kastjes onder de werkbanken. Leeg. Wat ik kon zien was alles wat er was. Somber ging ik op de kruk bij de gootsteen zitten en overdacht de dwaasheid van wat ik had gedaan. Jenny verstopte zich niet in Wickhurst Manor en werd hier ook niet vastgehouden. Ik geloofde Roger wel wat dat aanging. Maar ík werd wel gevangengehouden en had geen idee voor hoelang en waarom. De meest verontrustende reden die ik kon bedenken was dat Roger zou terugkomen om met me af te rekenen nadat zijn personeel naar huis was gegaan. Icts minder verontrustend, maar op zich deprimerend genoeg, was de mogelijkheid dat hij me wilde vernederen door ervoor te zorgen dat ik de voorstelling van *Lodger in the Throat* van vanavond zou missen. Zo ja, dan was zijn strategie op het wrede af ironisch. Nog maar een paar uur geleden had Moira me op het hart gedrukt om tot elke prijs te vermijden dat ik Leo tegen me in het harnas joeg. Zonder verklaring wegblijven uit de schouwburg was onder de gegeven omstandigheden zo'n beetje het ergste wat ik kon doen. En Roger kon ervoor zorgen dat ik dat deed.

Ik maakte mijn gezicht nat met wat water uit de kraan en daarna masseerde ik mijn voorhoofd in de absurde hoop dat ik mijn brein op de een of andere manier kon dwingen een ontsnappingsmethode te bedenken uit de val waarin was gelopen. Er wilde me geen helder idee te binnen schieten, zelfs geen suf idee. Roger had gelijk. Ik was inderdáád een grotere malloot dan hij al dacht.

En toen kreeg ik opeens een idee, net toen ik het had opgegeven, of misschien wel juist daarom. De gootsteen. Mijn beste kans om de ontsnappen was als het personeel er nog was. Roger kon het zich niet veroorloven om zijn mensen te laten weten dat hij een gevangene had. Maar hoe kon ik dat uitbuiten? Door een overstroming, een noodsituatie die de aandacht van iedereen in huis zou trekken.

Ik duwde de stop in de afvoer en zette beide kranen wijdopen. De warme stiet niets anders uit dan wat droog gehoest, maar dat gaf niets: de koude liet een gezonde stroom los. De gootsteen vulde zich. Ik ging op het werkblad ertegenover zitten om te wachten op de dingen die komen gingen.

Toen werd de stroom minder. Binnen enkele seconden was het een dun straaltje geworden. Weer een paar seconden later was het straaltje helemaal gestopt. Vervuld van afschuw keek ik naar de kraan. Het water in de gootsteen was alleen maar de hoeveelheid die nog in de leiding aan deze kant van de afsluitkraan had gezeten. Roger had het water afgesloten omdat hij deze truc had voorzien. Weer was hij me een stap voor geweest.

Ik liet mijn hoofd in mijn handen rusten en stiet een mantra van verwensingen uit. Wat moest ik doen? Wat moest ik in godsnaam doen?

Toen ging het licht uit.

Volgens de lichtgevende wijzerplaat van mijn horloge – de enige lichtbron in de kamer – was het 16.38 uur toen ik mijn jas uittrok, tot een kussen opvouwde en op de grond ging liggen. Opgesloten zijn in een kamer waaruit je niet weg kunt is angstaanjagend, zelfs als je geen aanleg voor claustrofobie hebt. De angst is dat je nooit meer vrijkomt en dat dit je sterfkamer wordt. Waarschijnlijk heeft elke gevangene vroeg of laat dezelfde nachtmerrie: dat de cipiers 's nachts verdwijnen en de deur nooit meer opengaat. Daar, in m'n eentje in die stille duisternis, besefte ik dat vrijheid niet het grootste verlies was. Het is de zeggenschap over je eigen lot – al was het nog zo gedeeltelijk – die je plotseling en schrijnend het meest mist.

Ondertussen wordt de tijd een martelwerktuig. Je weet niet hoeveel je nog hebt. Je toekomst ligt niet meer in jouw handen. En er is geen uitweg, behalve als je cipier zich verwaardigt om je er een te bieden. Er is geen ontsnappen aan. Hoelang je ook over het probleem maalt, er is geen oplossing.

Maar slapen kun je wel. Ik had kennelijk geen idee hoe moe ik was. Op een gegeven moment won de vermoeidheid het van de zorgen en viel ik in slaap.

Ik werd wakker van het geknipper van het neonlicht voordat het aanging. Daarna baadde ik in het kille, felle witte licht en het vage gezoem van de buis bevestigde dat de elektriciteit weer was ingeschakeld. Ik knipperde met mijn ogen en vertrok mijn gezicht van de pijn in mijn nek. Ik wentelde me op m'n zij en keek op mijn horloge. Het was 21.43 uur. Ik had vijf uur geslapen. *Lodger in the Throat* was in de tweede akte van zijn vrijdagavondvoorstelling. *Sans* Toby Flood.

'Shit,' mompelde ik terwijl ik me met moeite overeind worstelde. Ik werd bestormd door gedachten aan de paniek en chaos die mijn afwezigheid moest hebben veroorzaakt. De anderen laten zitten was op zich al erg genoeg. Maar nu hadden ze geen vervanger. Ik had hen behoorlijk in de steek gelaten. 'Shit, shit, shit.'

Toen hoorde ik dat de sleutel in het slot werd omgedraaid. Ik staarde naar de knop en verwachtte dat hij zou draaien, dat de deur open zou gaan. Maar er gebeurde niets. Ik hoorde niet eens een vloerplank in de gang kraken.

Ik stak mijn hand uit, draaide aan de knop en trok. De deur ging open.

Aan de andere kant wachtte niemand. Ik liep de gang in en op hetzelfde moment viel de deur van de trap aan het eind dicht.

'Colborn?' riep ik.

Er kwam geen antwoord, geen enkele reactie. Ik ging weer terug om mijn jas te pakken en daarna liep ik door de gang, eerst aarzelend, maar gaandeweg sneller.

Op de trap was geen mens. Ik daalde af naar de eerste verdieping en liep door de gang naar de overloop van de hoofdtrap. De deur van de huiskamer stond open. Binnen was de open haard aangestoken. Ik hoorde het geknetter van brandende blokken hout.

'Kom binnen Toby,' klonk de stem van Roger Colborn honingzoet.

Ik ging de kamer in. Roger zat in een leunstoel bij het vuur en glimlachte me toe. De stoel tegenover hem was nietig geworden door de persoon die erin zat: een kolossale man met brede schouders in een zwartleren pak. Zijn lange grijze haar zat in een paardenstaart, zodat ik het volle zicht had op een gelaat vol putjes van waaruit twee donkere ogen neutraal mijn kant op keken. Hij gooide de sigaret die hij had zitten roken in het vuur en stond langzaam op. Zijn leren pak kraakte. Hij moest ongeveer twee meter lang zijn en mijn eerste indruk was dat hij zonder zich al te veel in te spannen korte metten had kunnen maken met de deur van de donkere kamer. Hij was natuurlijk Michael Sobotka. Maar dat hoorde ik niet te weten.

Roger stond op. 'Blij dat je van de partij kunt zijn, Toby.'

Sobotka was niet alleen groot, maar ook snel. Hij stond in twee stappen bij me, pakte me bij de schouders en sleurde me naar de bank, waar hij me zonder veel plichtplegingen op kwakte alsof ik een weerbarstig kind was.

'Wat moet je?' vroeg ik, en ik probeerde minder machteloos te klinken dan ik me voelde.

'Nog een klein beetje van je tijd, Toby,' zei Roger. 'Dat is alles. Dat beloof ik je.'

'Wie is die vent?'

'Hij is iemand die je overleden vriend Denis Maple van de week tegen het lijf is gelopen. In aanmerking genomen hoe het met Maple is afgelopen, kun je maar beter op je tellen passen. Mijn vriend hier heeft een opmerkelijk gelijkmatig humeur, maar hij is van nature wreed. Is het niet?'

De laatste vraag was aan Sobotka gericht, wiens enige reactie een vluchtige blik op Roger was, terwijl hij een paar strakke, leren handschoenen aantrok.

Die handschoenen joegen me meer angst aan dan zijn norse, dreigende houding. Heel wat meer.

'Als je maandagavond gewoon was opgekomen en in die aantrekkelijke valstrik was gelopen,' vervolgde Roger, 'had ik niet zo diep in mijn bron van gulheid hoeven tasten om je af te kopen. Maar je was zo onverstandig om er je voordeel niet mee te doen, of zelfs maar om bij Jenny uit de buurt te blijven, en als haar aanstaande had ik het recht om dat van je te verwachten. Je hebt me overlast bezorgd, Toby. Je hebt mijn verdraagzaamheid op de proef gesteld. Je hebt me hier zelfs toe gedwongen, vergeet dat niet. Je hebt me geen keus gelaten. Hier.' Hij gooide iets naar Sobotka, die het handig opving in een gehandschoende hand. Het was een wijnglas in een transparante plastic zak.

'Wat is hier verdomme aan de hand?'

'Dat zul je zo wel zien.'

Sobotka haalde het glas uit de zak, greep mijn rechterhand met de kracht van een bankschroef en drukte mijn vingers en duim tegen het glas, dat hij ondertussen draaide. Het glas voelde vettig. Na een paar seconden hield Sobotka het tegen het licht, knikte tevreden, deed het terug in de zak en gooide die weer naar Roger, die het op de schoorsteenmantel zette.

'Je bent dit huis vanmiddag stiekem binnengedrongen,' zei Roger. 'Ik heb de video van de beveiligingscamera om dat te bewijzen. Je hebt je verstopt tot het personeel naar huis was. Daarna ben je tevoorschijn gekomen en heb je me aangevallen.'

'Wat?'

'Je overdonderde me. Het was een laaghartige aanval zonder aanleiding.'

'Je bent gek. Dat gelooft geen mens.'

'Ik denk het wel.' Hij knikte naar Sobotka. 'Ik ben zover.'

Sobotka liep terug naar de plek waar Colborn stond en stompte hem tot mijn verbijstering in zijn gezicht. De klap raakte Colborn bij zijn linkerwenkbrauw. Hij wankelde, maar herstelde zich en ging weer rechtop staan. Een tweede klap trof hem ergens tussen zijn kaak en zijn jukbeen. Hij slaakte een kreet, wankelde, schudde zijn hoofd, stak zijn hand op in een gebaar van overgave en liet zich langzaam in zijn stoel zakken.

Bloed gutste uit zijn mondhoek. Hij depte het met een zakdoek en bracht zijn andere hand naar de plek boven zijn oog die al rood opzwol. Zijn gezicht vertrok bij het contact met zijn vingertoppen. 'Volgens mij krijg ik gegarandeerd een spectaculair blauw oog,' zei hij een beetje lispelend. 'En er zit ook een tand los. Die gebarsten lip zal er heel indrukwekkend uitzien. Jenny zal denken dat je gek bent geworden, Toby. Je hebt het verloren.'

Ik staarde hem aan en zat even met mijn mond vol tanden. De man was krankzinnig. Dat moest wel. Een zeer gevaarlijke gek. Als hij bereid was zichzelf dit aan te laten doen, wat kon hij dan met mij laten doen?

'Laat me jouw avond even uittekenen, Toby. Nadat je me hier hebt achtergelaten om mijn wonden te likken, ben je teruggegaan naar Brighton en heb je een paar uur gedood door je een flink stuk in de kraag te drinken. Je bent niet naar de schouwburg gegaan en hebt zelfs de moeite niet genomen om ze te waarschuwen dat je niet kwam. Daarna heb je een prostituee aan de haak geslagen en ben je met haar mee naar haar huis gegaan. Daar is iets ernstig misgegaan. Misschien kon je hem niet omhoog krijgen door al die drank. Hoe dan ook, je bent kwaad geworden en hebt een wijnglas in haar gezicht gestoken. Akelig, heel akelig. En nog stom ook. Ze heeft je herkend van het aanplakbiljet bij de schouwburg. En je hebt het gebroken wijnglas niet meegenomen toen je wegging. Ik vrees dat het onder de vingerafdrukken zit. Die van jou.'

'Daar zul je niet ongestraft van afkomen,' protesteerde ik.

'Als Jenny hoort waartoe jij in staat bent, zal ze niets meer met je te maken willen hebben, Toby. Het zal je carrière weinig goed doen, hè? Je zult niet lang de bak in draaien, hoor. Eerste delict, voorheen van onbesproken gedrag, enzovoort. Misschien kom je er wel met een voorwaardelijke straf vanaf. Maar het toneel? Vergeet het maar. Ik heb contact gehad met je baas, Leo Gauntlett. Ik heb aangeboden wat geld in *Lodger in the Throat* te steken. Voldoende voor een kans in het West End. Maar ik heb wel voorgesteld iemand anders de rol van James Elliott te laten spelen; om iemand aan te trekken die betrouwbaarder is. Misschien heb je dat al gehoord. Misschien ben je daarom vanmiddag wel hierheen gekomen. Om het me betaald te zetten. Zo ja, dan is het enige wat je hebt bereikt dat hij mijn suggestie zeker zal overnemen.'

'Vuile klootzak.' De woede had het uiteindelijk gewonnen van angst en schrik. Ik stortte me boven op hem, maar Sobotka kwam tussenbeide, greep me vast en draaide een arm op mijn rug zodat er een pijnscheut door mijn schouder trok.

'Weg met hem,' zei Colborn. 'Wij zijn klaar.'

Sobotka hield beide armen met zo'n gemak op mijn rug, dat ik de indruk had dat de geringste tegenstand van mijn kant m'n armen uit de kom zou wringen of nog erger. Hij duwde me voor zich uit, de overloop op en de trap af. Onderaan bleef hij even staan om Colborn te laten passeren, zodat die de voordeur open kon doen. Daarna ging Colborn voor over het terras naar een Ford Transit die al achteruit was gereden en aan de rand van de oprijlaan klaarstond. Hij deed een van de achterdeuren open en draaide zich naar me om.

'Hij gaat je aan de rand van de stad afzetten. Wat je vervolgens doet moet jij weten. Het zal geen enkel verschil maken. Je kunt proberen meteen naar de politie te gaan met je verhaal, maar dat zullen ze snel genoeg doorzien. De bewijzen wijzen allemaal jouw kant op. Op den duur zullen ontkenningen en tegenbeschuldigingen tegen je pleiten. Je kunt er natuurlijk ook vandoor gaan. Dat is ook een mogelijkheid. Met de trein zit je in een halfuur op Gatwick. Misschien lukt het je op het vliegtuig naar de een of andere exotische bestemming te stappen voordat ze alarm slaan. Of je kunt natuurlijk ook rustig in het Sea Air afwachten tot ze je komen halen. Wat je ook doet, je kunt het niet winnen. Ik heb aan alles gedacht.'

'En als ik aanbied Brighton nu, vanavond, voorgoed te verlaten?' De smeekbede moest even wanhopig hebben geklonken als hij ook was. 'Dat bespaart je de moeite om me erin te laten lopen.'

Colborn grinnikte.

'Daar is het te laat voor.'

'Dit hoef je niet te doen.'

'O, jawel hoor. Je bent te ver gegaan, Toby. Zo eenvoudig is het.'

'En Derek Oswin? Wat ga je met hem doen?'

'Maak je maar geen zorgen over Derek Oswin. Je hebt genoeg aan jezelf.' Hij knikte naar Sobotka. 'Toe maar.'

Sobotka trok me schuin naar achteren en tilde mijn voeten van de grond totdat ze boven het niveau van de vloer van het busje zweefden, ramde me vervolgens naar binnen en gaf me nog een laatste zet waardoor ik pijnlijk tegen het omtimmerde wielhuis tuimelde. De deur sloeg achter me dicht en ging op slot.

Ik ging rechtop zitten en kroop op de tast naar voren tot ik het schot van multiplex voelde dat de cabine van de laadruimte scheidde. De laadruimte was leeg. Ik was de enige vracht.

Het busje zakte naar één kant toen Sobotka achter het stuur kroop. Hij startte en wachtte vervolgens even om een sigaret op te steken. Ik hoorde de klik van de aansteker door het schot heen. Er klonken twee klappen op de zijkant van het busje; een teken van Colborn. Sobotka schakelde met veel geknars in zijn eerste versnelling en reed weg.

Het comfort van zijn passagier was duidelijk niet Sobotka's prioriteit. De rit naar Brighton schudde me op een helse manier door elkaar. Het enige wat ik kon doen was me vastklampen aan de bekisting van een van de wielhuizen en wachten tot het afgelopen was.

Ik had geen idee waar we ons bevonden toen het busje gas terugnam, een berm in hotste en tot stilstand kwam. De motor bleef draaien toen Sobotka uitstapte. Een paar seconden later ging een van de deuren open. Sobotka's kolossale silhouet doemde voor me op.

'Eruit,' zei hij. Het was het eerste en het laatste woord dat hij tegen me zei.

Ik liep gebukt naar de deur. Toen ik eruit klauterde, deed hij een stap naar achteren. Daarna liep hij snel langs me heen en sloeg onderweg de achterdeur dicht.

Even later hoorde ik het portier aan de bestuurderskant dichtslaan. De versnellingsbak knarste. Het busje hotste de weg weer op en scheurde weg. Ik keek het na terwijl ik me langzaam bewust werd van mijn omgeving. Ik stond in de berm van een onverlichte tweebaansweg. Verderop was een rotonde die in het natriumlicht baadde. Het busje maakte een snel rondje en sloeg af aan de overkant.

Daarna maakte een donkerblauwe personenauto een langzaam rondje en nam dezelfde afslag als het busje. Verder was er in geen van de richtingen enig verkeer. Het was een merkwaardig, hypnotisch tafereel. Het busje. Daarna die auto. Ik wist niet wat ik ervan moest denken. En mijn hoofd had het te druk met andere zaken om er lang bij stil te staan.

Ik zette me in beweging naar de rotonde.

Sobotka had me vlak bij een klaverblad op de randweg van Brighton afgezet. Aan beide kanten van de vierbaansweg was een rotonde. Ik keek omlaag naar de verkeersstroom toen ik over het viaduct liep, de kant van de amberen koepel van de stad op.

Ik bevond me op Dyke Road en liep door verlaten buitenwijken in zuidelijke richting. Ik wist niet goed waarheen, en mijn vastberadenheid had me verlaten. De alternatieven die Colborn zo royaal voor me uiteengezet had waren allemaal even giftig. Ging ik naar de politie, dan verloor ik het beetje ruimte om te manoeuvreren dat ik nog over had. Het leek erop dat ik niets kon doen voor de prostituee die ik zogenaamd ging mishandelen. Olga waarschijnlijk. De politie was Sobotka natuurlijk op het spoor, wat me weer aan de auto op de rotonde deed denken. Maar dat wilde niet zeggen dat ze me zouden geloven, want om enige hoop te koesteren dat ik hen kon overtuigen, zou ik moeten bekennen dat ik vanmorgen had gelogen toen Addis en Spooner me uithoorden. Ervandoor gaan was een idioot idee, hoewel het onmiskenbaar verleidelijk was. Maar waarhéén moest ik vluchten? En wat moest ik daar doen? Ik moest Jenny bewijzen dat ik de waarheid sprak. Maar hoe? En hoe moest ik overleven tot ik de kans kreeg?

Ik liep minstens een kilometer of drie langs stille huizen, waarheen ieder moment schouwburgbezoekers konden terugkeren, klagend over de verandering die op de valreep in de bezetting van *Lodger in the Throat* had plaatsgevonden.

Inmiddels was het ruimschoots over elven. In de Dyke Tavern was het al de hoogste tijd. Ik passeerde het Dyke Road Park en het Sixth Form College. In zeker opzicht wist ik waar ik heen ging, maar in een ander opzicht helemaal niet. Ik was min of meer tot de slotsom gekomen dat terugkeren naar het Sea Air zo'n beetje de beste manier was om blijk te geven van mijn onschuld. Misschien kon ik daar de politie bellen. Maar ik wist het niet zeker. Ik wist niets zeker.

Bij Seven Dials tuurde ik bij een van de bushaltes naar de dienstregeling. Er bleek om 11.50 uur een bus naar de Old Steine te gaan. Ik had het koud, mijn voeten deden pijn en ik liep mank vanwege de verrekte dijspier, dus besloot ik daar te wachten.

Ik tastte in mijn zak naar een pond voor het buskaartje en vertrok van de pijn toen er iets scherps in mijn vinger prikte. Ik haalde de schuldige tevoorschijn: het was Derek Oswins kapitein Haddock-button. Ik had me geprikt aan de speld.

In het oranje licht van een nabije straatlantaarn keek ik naar het emaillen gezicht van de stripkapitein. Ik was vergeten dat ik hem woensdagavond had opgeraapt van de deurmat van Viaduct Road 77. Ik moest hem onbewust in mijn zak gestoken hebben.

Op dat moment kwam er een andere herinnering bovendrijven: Derek die me toevertrouwde dat hij Wickhurst Manor de bijnaam Molensloot had gegeven. Hij had me verteld dat Kuifje in de boeken van Hergé weliswaar op Molensloot woonde, maar dat kapitein Haddock de eigenaar van het huis was. En er zou een soort toevallige overeenkomst zijn met het feit dat Roger Colborn de eigenaar van Wickhurst Manor was. Ik kon me niet precies herinneren wat het was – ik wist niet eens of Derek het wel had gezegd – maar hij had het zeker aangeroerd. Sterker nog, hij had er de nadruk op gelegd.

Ik stelde me het tafereel voor waarin Derek van de trap werd gesleurd en de voordeur van nummer 77 uit, waarschijnlijk door Sobotka. Hoe was de Haddock-button op de vloer beland? Was hij er gewoon in het voorbijgaan afgescheurd? Of had Derek hem met opzet van zijn jas gescheurd... en laten vallen... in de hoop dat ik hem zou vinden? Was kapitein Haddock zijn uitverkoren boodschapper voor mij? Het was een bizarre keus, maar echt iets voor hem.

Het was een absurd, maar onweerstaanbaar idee. Ik klampte me aan een strohalm vast. Maar wat kon ik als drenkeling anders? Ik had Dereks sleutels. Ik kon gemakkelijk naar Viaduct Road gaan om te kijken of er echt iets was wat ik over het hoofd had gezien, de een of andere aanwijzing voor mij die Derek had bekokstoofd en die het mysterie zou ontsluieren. Bovendien zou niemand raden dat ik daarheen was gegaan. Ik kon me geen beter onderduikadres wensen. En het was duidelijk dat ik een onderduikadres nodig had.

Ik liet de bushalte voor wat hij was en zette koers van Seven Dials heuvelafwaarts naar Preston Circus en... Derek Oswins huis.

Op Viaduct Road 77 was niets veranderd, op de elektriciteitsrekening die was bezorgd na. Ik raapte hem van de mat en speldde de Haddock-button weer op Dereks achtergebleven duffelse jas zodat de scheur bedekt was. Vervolgens ging ik naar de keuken in de hoop, tegen beter weten in, iets alcoholisch te vinden. Ik had in elk geval behoefte aan iets wat heel wat sterker was dan chocolademelk.

Een speurtocht door de kastjes bracht een halfvolle fles zoete sherry boven water. Misschien Valerie Oswins drankje. Of misschien was Derek een tikje verslaafd. Maar ik kon niet kieskeurig zijn. Ik schonk wat in een glas en nam het mee naar de zitkamer.

Het geheim van de eenhoorn was het boek waarin zijn helden uiteindelijk naar Kasteel Molensloot verhuizen. Ik viste het uit de chaos van Kuifje-boeken op de grond en ging zitten om er een blik op te werpen. De werftekst achterop verwees naar het vervolg, *De schat van Scharlaken Rackham*. Dat viste ik ook uit de stapel.

De Kuifje-personages kwamen me vagelijk bekend voor, maar de verhalen hadden zelfs geen vaag spoor in mijn herinnering achtergelaten, hoewel ik er heel wat had gelezen in mijn kinderjaren. Ik bladerde door *Het geheim van de eenhoorn* om gaandeweg achter de intrige te komen die aan het spel van plaatjes ten grondslag lag. Dat duurde niet lang. Weldra kon ik door met *De schat van Scharlaken Rackham*. Zoals de titel doet vermoeden, gaat het verhaal over de jacht op een schat, en aan het eind zijn Kuifje en kapitein Haddock in staat om te verhuizen naar Kasteel Molensloot, Haddocks voorouderlijke huis. Een reis naar het Caribisch gebied voor een speurtocht naar de begraven rijkdommen van de piraat Scharlaken Rackham draait op niets uit, en Haddock kan Molensloot in feite alleen maar kopen dankzij het geld dat zijn vriend professor Zonnebloem heeft verdiend door de verkoop van een kostbaar patent. Pas als Kuifje en Haddock bezit hebben genomen van het huis, ontdekken ze de bewuste schat, verborgen in een marmeren wereldbol in de kelder.

Ik leunde achterover en nam een paar slokjes sherry, hoewel ik net als Haddock veel liever whisky had gehad. Ik werd overspoeld door een gevoel van zinloosheid en erger nog, stompzinnigheid. Waarom zat ik hier in godsnaam over de kinderboeken van Derek Oswin gebogen, terwijl mijn leven als een kaartenhuis instortte? Die arme Olga liep waarschijnlijk al met een opengereten wang rond om de zaak tegen mij hard te maken, terwijl Leo ongetwijfeld had besloten me te ontslaan uit de productie van *Lodger in the Throat* en me nooit meer in dienst zou nemen. Schandaal en ontluistering staarden me in het gezicht en daar voelde ik me allerminst kalm onder. Misschien had ik Colborns aanbod moeten aannemen toen het op tafel lag. Ik durfde niet stil te staan bij de vraag wat er dankzij mijn weigering met Derek Oswin was gebeurd. En nog minder bij wat er met míj ging gebeuren.

Het ergste was dat ik niets kon doen om het te voorkomen. Het idee dat de Haddock-button een soort boodschap was van Derek was uit pure wanhoop geboren. Er was geen boodschap, geen aanwijzing, geen hoop, geen wereldbol die wachtte om op mijn aanraking open te springen om...

'Krijg nou wat,' zei ik hardop en zat plotseling kaarsrecht. 'De wereldbol.'

Hij stond op Dereks bureau voor het raam van zijn slaapkamer: een wereldbol met een doorsnede van dertig centimeter op een standaard, waarschijnlijk een cadeau van zijn ouders toen hij nog op school zat. In elk geval was de Sovjet-Unie op deze versie nog niet uiteengevallen in zijn deelrepublieken. Ik draaide de bol langzaam rond en vroeg me af of ik echt iets op het spoor was, of dat me gewoon een loer was gedraaid door een holle toevalligheid.

De Oswins waren niet gierig geweest tegenover hun zoon, dat was duidelijk. De wereldbol was verlicht. Ik zag een snoer naar het stopcontact naast het bureau lopen. Ik bukte me naar de schakelaar om hem aan te zetten, maar er gebeurde niets. Toen zag ik de knipschakelaar in het snoer zelf en probeerde die. Weer vergeefs. Waarschijnlijk had de lamp in de wereldbol het begeven. Derek had niet de moeite genomen om hem te vervangen.

Maar dat was Dereks stijl niet, dat wist ik. Hij nam die moeite wel. Hij zou hem wél vervangen hebben. Tenzij de lamp het niet had begeven, natuurlijk. Tenzij hij de lamp had verwijderd. Met een bepaalde reden. Een heel goede reden. De schat van Scharlaken Rackham had in een wereldbol gezeten.

Ik tilde de bol op en schudde hem zachtjes. Binnenin gleed iets heen en weer. Op de spil van de noordpool zag ik een soort vergrendeling. Ik peuterde eraan zodat een spie in de spil loskwam en ik de bol van zijn standaard kon tillen. Toen ik de bol van zijn sikkelvormige houder hief, viel er iets uit het gaatje van de zuidpool op het bureau.

Het was een minicassette, identiek aan de exemplaren die ik had gebruikt. Maar op de voorkant van deze zat een papieren etiketje geplakt, waarop met een balpen in hanenpoten was geschreven: 1/10/95. Wat er op het bandje stond, was in de herfst van 1995, ongeveer een maand voor de dood van Sir Walter Colborn opgenomen.

Waar een cassette was, moest een apparaat zijn om die af te spelen. Dat leek me logisch. Ik keek in de bureauladen. En daar had je hem: achter in de onderste la; een apparaat dat iets groter en waarschijnlijk heel wat jaren ouder was dan het exemplaar dat ik in het Sea Air had gelaten, maar dat vast nog werkte. Toen ik op de playknop drukte, ging het afspeelasje draaien. Er zat nog voldoende energie in de batterijen.

Ik stopte de cassette erin, zette het apparaat op het nachtkastje en ging op bed zitten. Daarna drukte ik weer op play.

Er klonken twee stemmen: die van een man en een vrouw die met elkaar praatten. De man klonk oud, schor en korzelig; de vrouw jonger, vriendelijker en afstandelijker. Eerst kon ik niet vaststellen wie ze waren. Vervolgens maakte onwetendheid plaats voor ongeloof toen hun identiteit duidelijk werd. Die twee mensen konden niet zitten te praten in oktober 1995. Dat was uitgesloten, en toch deden ze het. Ik hoorde hen. Woord voor woord.

MAN: Ann?

VROUW: Ja?

MAN: Ben jij dat echt, Ann?

ANN: Ja, Walter. Ik ben het echt.

WALTER: Het klinkt... niet zoals jij.

ANN: Ik spreek door iemand anders. Bovendien is er zowel voor jou als voor mij veel tijd verstreken. Nou, niet precies tíjd. Maar lang. Ja, dat is zeker. Bovendien ben ik veranderd. Ik ben Ann, maar niet de Ann die jij je herinnert. Niet helemaal. Hoewel ik dat natuurlijk...'

WALTER: Nou?

ANN: ... nooit ben geweest. Niet echt. Niet de Ann die jij geloofde dat ik was. Dat weet je natuurlijk, als je eerlijk bent tegenover jezelf. Zoals ik hoop. Zoals ik hoop... dat het feit dat je op deze manier contact met me zoekt... bewijst dat je dat bent.

WALTER: Hoe weet ik zeker dat jij het bent?

ANN (*grinnikend*): Nog steeds dol op zekerheid, hè, Walter? Kale, onopgesmukte feiten. Daar kun je mee leven. Maar je kunt er niet mee sterven.

WALTER: Ik wil alleen... absoluut zeker...

ANN: Ik herinner me de blik op je gezicht toen je mijn kamer binnenkwam in de kraamkliniek en Roger in mijn armen zag. Ik weet dat nog precies. En jij?'

WALTER (*na een korte stilte*): Ja, natuurlijk.

ANN: Wat wil je van me, Walter?

WALTER (*na weer een stilte*): De waarheid... waarschijnlijk.

ANN: De waarheid?

WALTER: Ja.

ANN: Maar die weet je al.

WALTER: Niet waar.

ANN: Je bedoelt dat je het niet wílt weten.

WALTER: Je hebt geen briefje achtergelaten. Geen... verklaring.

ANN: Een briefje zou... publiek eigendom zijn geworden. Bestudeerd door de rechter van instructie. Vermeld in het dossier. Zou je dat echt liever hebben gehad?

WALTER: Ik heb het me al die jaren afgevraagd.

ANN: Wat heb je je afgevraagd?

WALTER: Waaróm?

ANN: Ik kon het gehuichel niet langer verdragen, Walter. Zo eenvoudig is het. Het werd... ondraaglijk. Dat hoefde het niet te zijn. Maar jij hebt het zover gekregen.

WALTER: Ik?

ANN: Het doet er niet toe. Ik vergeef het je. Ik heb het je al vergeven op het moment dat ik met de auto van het klif reed. Het was niet allemaal jouw schuld. Deels was het ook mijn schuld. Je kunt zeggen dat ik ben begonnen. Ja, dat kun je, Walter. Waarom doe je dat eigenlijk niet? Waarom scheld je me niet uit, zoals je dat vroeger deed, als je dronken was... en brandde van schaamte?

WALTER: Daar meende ik niet echt... iets van.

ANN: Jawel, hoor. Ik neem het je niet kwalijk. Het was een zware klap voor een trots iemand. En je bent altijd zo... enorm trots geweest.

WALTER: Nu niet meer.

ANN: Wanneer ben je veranderd?

WALTER: Het is begonnen... toen jij wegging. En de laatste tijd, nu ik ouder word...'

ANN: Heb je over de dood nagedacht?

WALTER: Ja.

ANN: Treed die met een schoon geweten tegemoet, Walter. Ik raad je aan, nee: ik smeek je: bevrijd jezelf van schuldgevoel. Ik ben voor het mijne weggehold. Bega niet dezelfde vergissing.

WALTER: Jij hebt niet zo heel veel om je schuldig over te voelen, Ann.

ANN: O, jawel hoor. Ik heb ertoe bijgedragen dat je een onaardiger mens bent geworden dan je misschien had kunnen zijn.

WALTER: (*na een bitter lachje*): Roger is in zoveel opzichten mijn evenbeeld geworden. Dat is de ironie van het lot. Jij hebt hem... tot mijn evenbeeld gemaakt. Je hebt geen idee hoe onaardig we allebei zijn geweest. Een heleboel mensen hebben... geleden.

ANN: Ik ben hier alleen maar voor jou, Walter. Het is onmogelijk uit te leggen. Ik voel niets. Maar ik begrijp alles. Wat je ook verkeerd hebt gedaan, het is nog niet te laat om het recht te zetten.

WALTER: Ik ben bang van wel. In de meeste gevallen veel te laat.

ANN: Maar niet in allemaal?

WALTER: Nee. Niet allemaal.

ANN: Zorg daar dan voor. Onmiddellijk.

WALTER: Zoals je vroeger altijd zei?

ANN: Toen luisterde je niet naar me.

WALTER: Nu wel.

ANN: Ooit heb ik van je gehouden. Maar je hebt de liefde uitgedreven. En alle ziekten van mijn en jouw leven zijn naar binnen gestormd om haar plaats in te nemen.

WALTER: Wat moet ik doen?

ANN: Weer liefhebben. Dat is alles. Sluit vrede met de wereld.

WALTER: Ik zal het proberen. Echt. Maar... er is nog iets. Roger. O, God. (Hij hoestte.) Heb jij het hem verteld, Ann? Heb je hem... voordat je...? Weet hij het? We hebben er nooit over gesproken, hij en ik. En ik heb het me altijd afgevraagd... of hij het misschien heeft geraden, of... Ik wil het gewoon zeker weten, Ann?

ANN: (*fluisterend*) Hij weet het.

Daar eindigde de opname en het laatste woord werd zo abrupt afgebroken, dat je makkelijk kon geloven dat er nog meer te horen viel in een andere, vollediger versie van die hoogst merkwaardige conversatie. Sir Walter Colborn, pratend met zijn overleden vrouw, amper een maand voor zijn eigen dood. Het moest een soort seance zijn geweest. Sir Walter had gezegd dat Ann niet als zichzelf klonk. Dat was omdat ze via een medium had gesproken. Hij had iemand bezocht die haar geest, haar ziel, haar... wat hij ook geloofde dat het was op kon roepen. Ik zou gedacht hebben dat Sir Walter Colborn de laatste persoon was om voor zoiets te vallen. Maar wat wist ik nu echt van hem? Of over zijn relatie met Ann? Of over Ann zelf, trouwens?

Ik luisterde nog een keer naar de opname. Als het medium een charlatan was, zoals ik van alle mediums vond, was ze een uitgekookte, dat stond vast. Sir Walter was ervan overtuigd dat hij voor het eerst in dertien jaar met Ann zat te praten. Die zekerheid kon je in zijn stem horen groeien. De verwijzing naar iets wat niemand behalve hij zich kon herinneren was de klap op de vuurpijl. En het verleidde hem tot een gesprek over een of ander geheim dat ze lang hadden gedeeld, over... Roger. *Heb je het hem verteld, Ann? Weet hij het?* Ja, dus. Uiteindelijk had hij dus haar woord. En ik ook. *Hij weet het.*

Maar wat weet hij? Wat hebben zijn vader en hij nooit met elkaar besproken, zonder te weten dat de ander het wist? En wist iemand anders het? Was er iemand anders ingewijd in het geheim?

'Hoe zit het met jou, Derek?' vroeg ik hardop. 'Heb je het al die tijd hierop aangestuurd?'

Ik ging dwars op het bed liggen met mijn hoofd tegen de muur en staarde omhoog naar schaduwen op het plafond. Ergens in de nabijheid blafte een hond. Het geluid weergalmde in de een of andere achtertuin die leek op de andere achtertuinen die ik zou zien als ik het raam opendeed en naar buiten keek. Vervolgens wedijverde de sirene van een politieauto of een ambulance met het geblaf, en overstemde het toen die dichterbij kwam.

Ik schoot overeind. Opeens werd ik overvallen door de irrationele zekerheid dat ze voor mij kwamen. Maar nee. Ze namen een andere route naar een andere bestemming. Het gehuil van de sirene stierf weg. De hond bleef blaffen. Voorlopig was ik hier veilig, Maar meer ook niet. Voorlopig. De rest van de nacht. Een deel van morgen. Zoveel tijd had ik om de wereld van Roger Colborn te laten instorten. En het bandje, dat Derek Oswin had verstopt op een plek waar bijna niemand – behalve ik – het kon vinden, was mijn enige hoop om dat te doen.

Maar wat vertelde het? Wat was de werkelijke boodschap? Wat wás dat geheim?

Ik vroeg me af hoe Derek aan het antwoord was gekomen, als hij het wist. Wat had hij gemeen met wijlen Ann Colborn? Colbonite natuurlijk, zij het indirect. Maar dat gold voor het hele personeel. En ik had trouwens geen reden om aan te nemen dat Ann daar ooit kwam. Er moest iets anders zijn. Er moest iets méér zijn.

Anns leven had zich ver van de kleine, saaie kringetjes waarin Derek zich bewoog afgespeeld. Hun levens kruisten elkaar niet, behalve via de fabriek van háár man en zíjn werkgever. En zelfs dat gold slechts voor de zes jaar tussen Dereks indiensttreding in 1976 en Anns zelfmoord in 1982. Verder was er niets. Ik moest denken aan de locatie van Colbonite aan Hollingdean Lane, ingeklemd tussen de spoorbaan en het gemeentelijk abattoir. Daarna moest ik denken aan het hoge, witte klif van Beachy Head, de blauwe zee eronder, het groene gras erop. En toen...

Ik zakte op mijn knieën en pakte het fotoalbum van de plek waar ik het daags tevoren had gelaten tussen de verspreide inhoud van de houten kist in het midden van de kamer. Ik bladerde haastig door, op zoek naar de kiekjes die ik me herinnerde. 1955. 1958. 1965. Beet.

Beachy Head, juli 1968. Er waren twee foto's van een tienjarige Derek in een gestreept t-shirt en een korte broek met omgeslagen pijpen. Op de ene zat hij op een picknickkleed en op de andere stond hij met een cricketbat in de aanslag. De locatie werd alleen in het onderschrift bevestigd. De achtergrond kon iedere willekeurige heuvel in het landschap van Sussex zijn. Het was onmogelijk vast te stellen hoe dicht bij het klif de Oswins hun picknickplek hadden gekozen. Ik bladerde verder en weldra vond ik nog een kiekje van Beachy Head. Augustus 1976. Het jaar en misschien zelfs de maand waarin Derek bij Colbonite was begonnen. Hij stond op de foto met zijn vader. Ze poseerden glimlachend. Achter hen daalde de grond en rees vervolgens weer, waardoor er een witte flank van het klif zichtbaar was voor de camera, plus de vuurtoren met zijn zuurstokstrepen verder de kant van de zee op, die hun locatie net zo precies als kaartcoördinaten fixeerde. De weg beschreef een wijde boog, eerst naar het klif achter hen, en dan ervandaan. Op een parkeerterreintje vlak voorbij het punt waar de weg het klif het dichtst naderde, stonden een stuk of drie auto's. Was een daarvan van de Oswins? vroeg ik me af. Nee. Dat kon niet. Derek had toch gezegd dat zijn vader de auto waarin hij Sir Walter had overreden, pas had gekocht toen hij ziek was geworden? Alsof ze daarvoor helemaal geen auto hadden gehad. Ik stelde me voor dat ze makkelijk met de bus naar Beachy Head hadden kunnen gaan. Ze zouden niet...

Mijn gedachten stokten toen mijn oog op het kenmerkende profiel van een van de auto's op de parkeerplaats viel. De soepele lijn van achterklep, dak en motorkap en de zon die op het glanzende lakwerk blonk. Het was een Jaguar 2.4. En ik wist absoluut zeker van wie die was. En ook, nadat ik even had nagedacht over de implicaties van wat ik zag, wie de foto had genomen, naar wie Kenneth en Derek Oswin zo warm lachten in de zomerzon van zoveel jaar geleden, wíe ik éigenlijk geacht werd te zien.

ZATERDAG

Omstandigheden kunnen subtieler samenzweren dan mensen. Ze schrijven vreemdere verbintenissen en ordeningen voor dan wij kunnen bedenken. De afgelopen nacht heb ik doorgebracht op Derek Oswins bed in het huis waarin hij vierenveertig jaar geleden is geboren, starend in de duisternis die hem vertrouwd en vriendelijk voorkwam, maar die voor mij nieuw en dreigend was. Ik heb zíjn dictafoon gebruikt om míjn ervaringen op te nemen. Mijn eigen apparaat was onbereikbaar in het Sea Air, waarheen ik niet veilig kon terugkeren. Ik wist zeker dat de politie me op de hielen zat, op jacht naar de gevaarlijke gek voor wie ze mij op instigatie van Roger Colborn hielden. Daarbij vergeleken was mijn onvergeeflijke en onverklaarde afwezigheid in het Theatre Royal een trivialiteit. Maar dat op zich werd weer tot trivialiteit gereduceerd door mijn ontdekking van de waarheid over de schakel tussen de Oswins en de Colborns; de waarheid, en al die andere waarheden waarheen zij wenkte.

Maar tot nu toe waren die waarheden alleen maar vermoedens. Ik moest bewijzen te pakken krijgen, voordat de politie mij te pakken kreeg.

Het was amper licht toen ik het huis op Viaduct Road 77 verliet, voorzover ik wist ongezien door mevrouw Lumb op nummer 76. Het was een kille, klamme ochtend en een lichte motregen trok een waas voor het licht van de straatlantaarns, die nog brandden. Ik liep over Ditchling Road naar The Level en daarna stak ik over en liep de kant van de St. Bartholomew's Church op, in de vroegere voetsporen van Derek Oswins grootvader, als hij naar huis ging na een dienst van tien uur bij Colbonite. Zijn dag zou erop gezeten hebben. De mijne begon pas.

Ik stapte in een taxi bij het station en vroeg om me naar het adres van Ray Braddock in Peacehaven te brengen, Buttermere Avenue 9. De chauffeur wierp me een paar veelzeggende blikken toe in zijn spiegeltje, en mijn hart sloeg geschrokken over. Misschien had de politie via de plaatselijke radio omgeroepen dat ze mij zochten. Maar toen hij iets zei, was dat meer in de trant van: 'Ken ik u niet ergens van?' wat ik al honderden keren had gehoord.

'Nee,' antwoordde ik met een gedwongen glimlach. 'Ik heb nu eenmaal zo'n gezicht.'

Buttermere Avenue in Peacehaven was een lange, rechte straat met gekloonde twee-onder-een-kapbungalows van grindsteen. Het was er zo stil als het graf waar veel bewoners ongetwijfeld al met één been in stonden. Nummer 9 had een onberispelijk onderhouden tuin, waardoor het huis zelf havelozer leek dan het in wezen was. Het hek piepte zo luidruchtig toen ik het opende, dat ik me serieus afvroeg of Ray Braddock het expres niet smeerde om gewaarschuwd te worden als er bezoek kwam. Het bordje met GEEN VERTEGENWOORDIGERS EN GEEN RECLAMEDRUKWERK deed in elk geval niet vermoeden dat hij onverwacht bezoek op prijs stelde.

Door het matglas van de voordeur zag ik licht branden en binnen hoorde ik het vage gebabbel van een radio. Ik drukte lang en hard op de bel. Ik kon geen halve maatregelen nemen. Het gebabbel ging direct uit.

Er verscheen een vage en groeiende gestalte achter het glas en de deur ging met een ruk open. Braddock keek nijdig naar buiten. Hij had zich niet geschoren en droeg een sleetse trui en een vest. Toen hij zag wie hij voor zich had, werd zijn gezicht vriendelijker.

'Meneer Flood. Heeft u nieuws van Derek?'

'Nee, maar ik heb wel nieuws óver hem.'

'Komt u binnen.'

Hij ging me voor door een smalle gang naar een keuken achter in het huis. Het rook er naar gebakken spek. Naast de gootsteen stonden een bord met eigeelvlekken en een broodplank vol kruimels. Op de tafel in het midden stonden een theepot en een dampende, halfvolle beker. Daarnaast was een open exemplaar van

The Argus neergegooid. Ik kon alleen maar hopen dat de krant te vroeg ter perse was gegaan om te berichten dat de ster van de vrijdagavondvoorstelling van *Lodger in the Throat* om mysterieuze redenen afwezig was geweest.

'Er is nog thee in de pot als u een kopje wilt,' zei Braddock.

'Nee, dank u,' antwoordde ik.

'Wat weet u dan over Derek?'

Ik haalde de foto die ik had meegenomen uit mijn zak en legde hem op tafel. Braddock ging zitten, diepte een bril met een dik montuur uit zijn vest, zette hem op en tuurde naar de foto. Nadat hij hem een poosje had bestudeerd, keek hij me met een argwanende frons aan.

'Hoe komt u hieraan?'

'Hij zat in een album in Viaduct Road.'

'Ja, maar...'

'Ik heb een sleutel.'

Zij frons werd dieper. 'Dat had u niet gezegd.'

'Er zijn dingen die u me ook niet heeft verteld.'

'Ik weet niet waarover u het heeft.'

'Kijk maar naar de foto.'

'Dat heb ik al gedaan.'

'Wat ziet u?'

'Ken en Derek bij Beachy Head. Een hele poos geleden.'

'Zesentwintig jaar geleden, om precies te zijn. Augustus 1976.'

'Als u het zegt.'

'Wat ziet u nog meer, afgezien van uw vroegere vriend en petekind?'

Hij bekeek de foto met veel vertoon nog een keer en haalde zijn schouders op. 'Niets.'

'Er staan auto's op het parkeerterrein.'

'Het zou wel raar zijn als dat niet zo was.'

'Een daarvan is een jaguar 2.4.'

'Kan.'

'De auto van Ann Colborn.'

'Hij kan wel van iedereen zijn.'

'Nee. Het is de hare. Dat weet u best.'

'Niet waar.'

'Zij heeft die foto genomen.'

'Wát?'

Ik ging naast hem zitten. 'Het heeft geen zin om je van de domme te houden, Ray. Ik heb het uitgevogeld. Met een beetje hulp van Derek. Je vriend Ken Oswin en de vrouw van je baas, Ann Colborn, hadden een verhouding, nietwaar?'

Hij keek me aan alsof de aantijging hem boos had gemaakt. Maar geschokt? Nee. Zo keek hij niet. 'Probeert u de draak met mij te steken, meneer Flood?'

'Integendeel. Ik vraag je gewoon om te bevestigen wat je volgens mij al vele jaren weet. Dat Roger Colborn een kind van Ann en Ken is en niet van Ann en Walter. Wat hem tot Dereks halfbroer maakt. Hij weet het ook. Ze weten het allebei.'

Braddock wreef bedachtzaam over zijn kin. Het was duidelijk dat hij met zichzelf overlegde of hij voor ontkennen of bekennen moest kiezen. Zijn instinct ried hem aan om me voor leugenaar uit te maken. Maar uiteindelijk kreeg zijn angst over wat er met Derek was gebeurd de overhand. 'Hoe bent u erachter gekomen?' vroeg hij uiteindelijk.

'Maakt dat iets uit?'

'Er is geen bewijs. Dat kan niet.'

'Tegenwoordig wel, moet ik zeggen. Maar Roger zal zich waarschijnlijk niet aan een DNA-test onderwerpen, dus blijven we zitten met sterke verdenkingen en rotsvaste overtuigingen. Ann, Walter en Ken hebben er nooit aan getwijfeld. Jij toch ook niet?'

'Ken heeft het... nooit met zoveel woorden gezegd.'

'Maar...'

'Hoor eens, alleen Ann Colborn zou het toch zeker weten? Misschien zij zelfs niet. En wat maakt het trouwens uit? Ooit hebben zij en Ken iets met elkaar gehad, dat is waar. Misschien was hij Roger Colborns biologische vader. Misschien. Maar Roger blijft in de ogen van de wet Walters zoon. Maar wat doet het er nu in godsnaam nog toe, als ze alledrie allang dood zijn?' Hij keek me uitdagend en boos aan, maar we beseften allebei hoe hol zijn woorden klonken. Het deed er wel degelijk toe. Beslist. 'Weet je zeker dat Derek het weet?' mompelde hij.

'Ja.'

'En Roger weet het ook?'

Ik knikte.

'Christenenzielen.'

'Hoe zit het met Dereks moeder? Wist zij ervan?'

'Nee. Dat weet ik zeker. Val was geen... nieuwsgierig type. Het heeft zich voor hun huwelijk afgespeeld. En het duurde niet lang.'

'Het duurde tot ze stierf, Ray. De foto bewijst dat.'

'Ik bedoel...' Braddock kauwde op zijn lip. 'Ik bedoel... dat ze niet lang minnaars zijn geweest. Maar waarschijnlijk zijn ze het niet snel vergeten, zeker niet als Roger...' Hij haalde hulpeloos zijn schouders op.

'Was Beachy Head hun vaste trefpunt?'

'Hoe weet ik dat nou?'

'Wil je soms beweren dat je dat niet weet?'

'Nou...' Hij schraapte zijn keel. 'Val ging daar nooit heen. Ze had hoogtevrees. Maar Ken en Derek hielden van wandelen. 's Zomers gingen ze op zondag vaak met de trein naar Seaford. Dan liepen ze om de kliffen naar Eastbourne en namen vandaar weer de trein naar huis. Ik denk dat Ann Colborn dat... misschien wel geweten zal hebben.'

'Dit alles werpt een nieuw licht op de dood van Sir Walter Colborn, vind je niet?'

'Ik zou niet weten hoe,' stoof hij op.

'Misschien gaf Ken Sir Walter de schuld van Anns zelfmoord.'

'Zo ja, dan heeft hij daar tegen mij nooit iets over gezegd. En dan heeft hij er verdomd lang mee gewacht om er iets aan te doen, hè?'

'Hij heeft gewacht tot hij zelf stervende was. Tot hij niets meer te verliezen had.'

'Ik geloof er niets van.'

'Dat mag je. Hoe dan ook, het doet er niet toe. Wat er wel toe doet is de vraag of Derek het gelooft.'

'Als hij dat allemaal heeft opgerakeld...' Braddock schudde zijn hoofd. 'Wie hem dat heeft verteld, heeft heel wat op zijn geweten.'

'Misschien heeft niemand het hem verteld. Misschien heeft hij het gewoon uitgedokterd.'

'Heeft hij het in dat verrekte boek van hem geschreven, denk je?'

'Ik denk het wel. Tezamen met een verklaring voor het hoge sterftecijfer onder de arbeiders van Colbonite. Dat is geen verteerbare combinatie als je Roger Colborn heet.'

'Wat heeft die man met Derek gedaan?'

'Ik weet het niet. Hopelijk niets.' Ik hield natuurlijk het een en ander voor de oude man achter, en nog wel schaamteloos. Maar als ik hem Dereks boodschap liet horen, zou hij erop aandringen dat ik me neerlegde bij Colborns eisen en met de noorderzon zou vertrekken, en dat kon ik niet meer. Voor mij was het alles of niets. En hoewel Braddock mijn vermoedens had bevestigd, had hij me niet geleverd wat ik nodig had: bewijs. Sterker nog, hij had duidelijk gemaakt dat hij niet geloofde dat er bewijs bestond. Maar daar nam ik geen genoegen mee. Dat kon ik me niet veroorloven. 'Wie wist er nog meer van, Ray? Wie wist het zeker?'

'Niemand. Zoals ik al zei: hoe kan iemand het überhaupt weten? Ik bedoel zeker weten?'

'Denk na, man; denk na.' Zonder het te beseffen had ik zijn pols gegrepen, merkte ik opeens. Hij leek zich daar net zomin van bewust als ik. Met een schaapachtig gezicht liet ik hem los. 'Ik moet dit oplossen.'

'Waarom?'

'Voor Dereks bestwil.'

'Denk je dat de jongen gevaar loopt?'

'Ja.'

'Nou...' Hij ging aarzelend met zijn tong langs zijn lippen.

'Wat?'

'Misschien Delia Sheringham.'

'Delia?'

'Walters zus.'

'Ik weet wie ze is,' snauwde ik en besefte meteen dat Braddock terecht gedacht kon hebben dat ik het niet wist. Tegelijkertijd herinnerde ik me dat Syd Porteous had gezegd hoe dik die twee met elkaar waren geweest. 'Wat is er met haar?'

'Ik ben haar een keer tegen het lijf gelopen toen ik Ken opzocht in het ziekenhuis. Dat was maar een paar weken voor zijn dood. Hij was inmiddels op borgtocht vrij vanwege zijn toestand. Delia kwam net van de afdeling toen ik naar binnen ging. Zij herkende mij niet. Nou ja, dat had ik ook niet verwacht. Maar ík herkende háár wel. Ik bleef met een ruk staan toen ik haar zag. Waarom bezocht ze een man die werd verdacht van de moord op haar broer?'

'Heb je het hem gevraagd?'

'Dat was niet nodig. Ken vertelde het meteen. Hij leek het grappig te vinden. Ik bedoel, hij lag te grinniken toen ik aan zijn bed kwam. "Wat vind je hiervan, Ray?" zei hij. "Sir Walter is gestorven zonder een testament na te laten. Zijn zus is het me net komen vertellen. Ze vond dat ik het moest weten." Dat scheen hij geestig te vinden. Wat een hele toer was, gezien de pijn die hij leed. Ik deed alsof ik het niet begreep, maar het was zo duidelijk als wat waar hij heen wilde. Sir Walter had geen testament opgesteld omdat hij net zomin een vrouw had om iets aan na te laten als...'

'Een zoon.'

Braddock keek me aan en knikte vervolgens langzaam. 'Zo interpreteer ik dat.'

'En Delia wilde ervoor zorgen dat Ken op de hoogte was van het feit dat Sir Walter geen testament had?'

'Kennelijk. Ik weet niet waarom. Het heeft tenslotte geen verschil gemaakt, of wel? Roger heeft de hele bups geërfd, testament of geen testament.'

'Maar het bewijst dat zij het wist.'

'Inderdaad.'

Ik dacht even na en vroeg toen: 'Mag ik even bellen? Ik moet een taxi bestellen.'

'Waar wil je heen?'

'Terug naar Brighton, met grote spoed.'

'Bij Delia op bezoek, zeker?'

'Ja.'

'Ik kan je wel even brengen met de auto, als je wilt.'

'Oké, graag.'

Tien minuten later reden we met Braddocks opgelapte oude Metro over de South Coast Road in westelijke richting naar Brighton. De eerste paar kilometer zeiden we niets. We hadden allebei voldoende stof tot nadenken, wat in Braddocks geval nog ingewikkelder werd door een voortdurend gevecht met een beslagen voorruit.

Toen we Saltdean uit waren en ons op de open strook voor Black Rock bevonden, begon de betekenis van het feit dat Sir Walter zonder testament was overleden tot me door te dringen. Het ging verder dan bevestigen dat hij wist dat Roger zijn biologische zoon niet was, veel verder. Braddock had de bal aan het rollen gebracht door te zeggen dat het niet uitmaakte. Dat deed het wel. Potentieel maakte het alle verschil van de wereld.

'Ik heb het,' zei ik plotseling hardop.

'Je hebt wat?' vroeg Braddock met een blik opzij.

'Begrijp je het niet? Roger heeft van Sir Walter geërfd onder de wettelijke regels voor intestate sterfgevallen. Als destijds was aangetoond dat hij zijn zoon niet was, zou hij niets gekregen hebben. Dan zou de nalatenschap vermoedelijk naar... Gavin en Delia zijn gegaan. Dat zou nog steeds gelden, nu ik erbij stilsta. Gavin zou zijn recht kunnen doen gelden, ook als Delia dat niet deed. Dan zou hij Roger bij de ballen hebben.'

'Weet je dat zeker?'

'Ik ben geen advocaat. Misschien zou Gavin een been hebben om op te staan, misschien ook niet. Maar wat ik wel zeker weet, is dat Roger geen zin heeft in jarenlange rechtszaken om daarachter te komen.'

'Bedoel je dat Derek een grotere bedreiging voor hem is dan we dachten?'

'Daar heeft het veel van weg.'

'Wat moeten we dan doen?'

'Jíj gaat niets doen. Laat het maar aan mij over. Ik denk dat ik een manier weet om het kleed onder Rogers voeten weg te trekken. En dat zal me een waar genoegen zijn.'

Ik liet me afzetten op Clifton Terrace, vlak om de hoek van Powis Villas. Het was duidelijk dat Braddock nog moeite deed om mijn redenering te volgen, omdat hij in beslag werd genomen door een vraag die al zijn andere gedachten naar de achtergrond drong: waar was zijn peetzoon?

'Het kan me niet schelen of Roger Colborn hier ongeschonden of gebroken uitkomt, Toby, zolang Derek maar niets overkomt.'

'Ik denk dat Derek is ondergedoken,' loog ik. 'Dat hij zo verstandig is om te wachten tot het stof dat hij heeft opgerakeld is overgewaaid.'

'En wanneer zal dat zijn?'

'Als het aan mij ligt vandaag nog.' Ik glimlachte hem hopelijk geruststellend toe.

Pas toen ik bij de voordeur van Powis Villas 15 was, besefte ik hoe hol die geruststelling was. Ik kon Delia niet dwingen om mij wat dan ook te vertellen. Haar man was een onbekend element. En misschien waren ze allebei gewoon niet thuis.

Dat laatste moest ik mistroostig concluderen toen ik een paar keer langdurig had aangebeld. Ik deed een stap naar achteren om door de erker aan de voorkant een blik in de huiskamer te werpen. Er was niemand.

Opeens was ik me bewust van een beweging achter me, vaag weerspiegeld in het glas. Ik draaide me om en zag Delia Sheringham verwonderd naar me staan kijken op de stoep. Ze had zich op het weer gekleed in een regenjas, handschoenen, sjaal en hoed. Door de welgevulde boodschappentassen van Waitrose in beide handen hoefde ik me niet af te vragen waar ze was geweest.

'Toby,' zei ze. 'Dat is een verrassing.' Ze liep via de oprijlaan op me af. 'En een opluchting.'

'Hoezo opluchting?'

'In de rij bij de kassa hoorde ik twee vrouwen over *Lodger in the Throat* praten. Een van hen was gisteravond geweest.'

'Anders dan ik.'

'Precies. Maar ik zie dat je bent hersteld van... wat er ook aan scheelde.'

'Nauwelijks.'

'Maar vanavond ben je vast weer van de partij. Had ik je verteld dat John en ik kaartjes hebben?'

'Ja. Maar ik zou er maar niet op rekenen dat je mij te zien krijgt. Of dat je je in de stemming voelt voor een avondje in de schouwburg.'

'Waarom niet, in hemelsnaam?'

'Ik moet je iets vertellen.'

'Wil je niet binnenkomen?'

'Dat lijkt me beter van wel, ja. Het is het soort onderwerp dat je het beste achter gesloten deuren kunt bespreken.'

'Je klinkt heel mysterieus, Toby.'

'Ik moet wel.'

Ze slaakte een zucht en liep langs me heen naar de voordeur.

Binnen ging ze me door de gang langs de eetkamer voor naar een grote keuken aan de achterkant. Over haar schouder vroeg ze me of ik de post die op de mat lag wilde meenemen. De keukenramen zagen uit op een kleine tuin met een hoge muur eromheen. Ik legde de post op tafel terwijl zij een paar bederfelijke etenswaren in een koelkast ter grootte van een klerenkast borg. Daarna trok ze haar jas uit, deed haar hoed en sjaal af en vulde de ketel.

'Koffie?'

'Graag.'

'John speelt golf. Dat is een soort zaterdagochtendritueel, of het nu regent of niet. Het zal hem spijten dat hij je heeft gemist.'

'Ik betwijfel het.'

Ze keek me scherp aan. 'Hoezo dat?'

'Omdat ik betwijfel dat je hem zult vertellen dat ik ben geweest.'

Ze bleef me aankijken zonder iets te zeggen. Toen kwam de ketel aan de kook. Ze deed oploskoffie in de kopjes. 'Wat wil je erin?'

'Niets.'

'Net als ik.' Ze gaf me mijn kopje, nam een slokje van haar koffie en nam de post vluchtig door.

Plotseling ongeduldig geworden haalde ik de foto uit mijn zak en liet hem op de stapel post vallen. Ze stopte.

'Wat is dit?'

'Die heb ik gevonden in een album in huize Oswin. Dat is Derek. En zijn vader. In Beachy Head, in de zomer van 1976.'

'Heus? Ik begrijp niet goed wat...'

'En dat is de auto van je schoonzus.' Ik wees op de Jaguar op het parkeerterrein. 'Zij heeft die foto gemaakt.'

'Dat lijkt me bijzonder onwaarschijnlijk.' Delia ging zitten en nam nog een slokje koffie. 'Ik geloof niet dat Ann die familie kende.'

'Zij en Kenneth Oswin zijn minnaars geweest.'

'Doe niet zo absurd.' Ze keek me misprijzend aan.

'Als jij dat ook niet doet.' Ik ging tegenover haar zitten. 'Ik heb het uitgedokterd, Delia. Ik begrijp het. Ik wéét het.'

'Wat weet je?'

'Dat Roger de zoon is van Kenneth Oswin, niet van Walter.'

'Dat is uitermate bespottelijk.' Ze nam nog een slokje koffie. 'Ik denk dat het maar beter is als je weggaat.'

'Ik kan het bewijzen.'

Ze keek me fronsend aan. 'Ik dacht het niet.'

Ik haalde Dereks zakdictafoon tevoorschijn en zette hem op de tafel. 'Ik heb een bandje waarnaar je even moet luisteren. Als je het hebt gehoord, zul je een ander liedje moeten zingen. Dat kun je net zo goed nu doen.' Haar enige reactie was een smalende hoofd-beweging. 'Je weet dat het waar is, Delia. Je hebt het van meet af aan geweten. Ann had je in vertrouwen genomen. Het ligt voor de hand dat Gavin het niet weet, anders...' Ik zweeg. 'Zal ik het maar afspelen?'

'Als je het nodig vindt.'

'O ja. Ik vind zeker dat het nodig is.' Ik drukte op de play-knop en leunde naar achteren.

Delia herkende Walters stem onmiddellijk. Haar aanzienlijke zelfbeheersing kon een verraste blik niet onderdrukken. Ze keek me aan met een mengeling van verontwaardiging en verbazing, en er lag ook iets van fascinatie in haar ogen. Maar toen het ge-sprek tussen haar reeds lang overleden broer en haar nog langer geleden gestorven schoonzus zich voortzette, ging haar blik naar het apparaat zelf en bleef erop gefixeerd. Ze luisterde geconcen-treerd, alsof het bandje in het apparaat meer was dan alleen maar een registratiemiddel, alsof het de ziel en geheimen bevatte van die twee dode mensen van wie ze nog altijd hield.

De opname eindigde met Anns gefluisterde woorden *Hij weet het.* Ik boog me naar voren, drukte op stop en vervolgens op re-wind. 'Wil je het nog een keer horen?'

Delia ging met haar tong langs haar lippen. 'Nee.'

'Er staat een datum op het etiket. Zeven oktober negentienvijf-ennegentig.'

'Mag ik het zien?'

'Ja hoor.' Ik haalde cassette eruit en liet hem zien.

'Ik ken het handschrift niet.'

'Ik ook niet. Misschien van het medium.'

'Denk je dat wat we net hebben gehoord... een seance was?'

'Kan niet anders. En het kan amper een schok voor je zijn, Delia. Ik zag aan je gezicht dat je de context onmiddellijk begreep. Ik denk dat Walter je heeft verteld dat hij naar een helderziende ging in de hoop om contact met Ann te leggen.'

'Goed dan.' Ze rechtte haar rug. 'Wat dat aangaat heb je gelijk. Ongeveer in het laatste jaar van zijn leven heeft Walter belangstelling voor spiritisme gekregen. Hij had me verteld van zijn plan om een medium dat hem was aanbevolen te raadplegen en vroeg mijn mening.'

'En wat vond je ervan?'

'Dat zulke mensen charlatans zijn die parasiteren op de goedgelovigheid van mensen in de rouw.'

'Kennelijk heb je hem niet overtuigd.'

'Dat was me destijds al duidelijk. Waar komt dit bandje vandaan?'

'Zelfde plek als de foto.'

'Hoe kan Derek Oswin er de hand op hebben gelegd?'

'Hij heeft jaren aan zijn zaak tegen Roger gewerkt. Vermoedelijk komt het bandje bij het medium vandaan. Hoe Derek eraan is gekomen weet ik niet. Ik zal het hem graag vragen. Althans áls ik hem kan vinden.'

'Ik zie niet in hoe deze... opname van een zwendelaarstruc... Roger schade kan berokkenen.' Ze trok een gezicht alsof ze het zelf geloofde. Maar ik wist dat ze het níet geloofde. Dat kon ze niet.

'Het medium heeft het over de blik op Walters gezicht in de kraamkliniek. Dat overtuigde Walter ervan dat hij werkelijk met Ann praatte. Jou niet, dan?'

Delia haalde haar schouders op. Haar mond verstrakte.

'Ze komen er zo goed als rond voor uit. Roger was hun kind niet. Dat blijkt impliciet uit alles wat ze zeggen.'

'O ja?'

'En jij weet het. Ook al zou het medium maar een rol spelen, Walter doet dat niet. *Weet Roger het?* vraagt hij. *Heb je het hem ver-*

teld? Waar heeft hij het anders over, Delia? Waarover maakt hij zich zo bezorgd?'

'Ik zou echt niet kunnen...'

'Ja, dat kun je godverdomme wel.' Ik sloeg met mijn vuist op tafel waardoor de kopjes op hun schotel rammelden. Delia deinsde naar achteren. 'Walter is zonder testament overleden. Hij had geen voorzieningen voor Roger getroffen. Hij heeft geen testament achtergelaten waarin hij als zijn zoon wordt genoemd. Zou je niet zeggen dat zoiets op het onbegrijpelijke af onverantwoordelijk is, voor een goed georganiseerde zakenman met een grote nalatenschap?'

'Dat was een... betreurenswaardige omissie.'

'Kletskoek. Het was een stilzwijgende erkenning van de waarheid. In tegenstelling tot jouw bezoek aan Kenneth Oswin in het ziekenhuis om hem te vertellen dat Walter geen testament had opgesteld. Daar was niets stilzwijgends aan.'

Eindelijk was ze uit haar evenwicht. Ze leek verward en misselijk door de overdaad aan tegenspraak en ontwijking. Braddock had gelijk. Ze had hem niet herkend.

'Je bent gezien door een oude vriend van Ken van Colbonite.'

'Die moet zich... hebben vergist.'

'Ken vertelde hem waarom je hem had bezocht. Hij moest erom lachen.'

Delia deed haar ogen even dicht en haalde diep adem. Daarna keek ze me aan en was haar kalme weloverwogenheid grotendeels hersteld. 'Waarom doe je dit allemaal, Toby?'

'Maakt het iets uit?'

'Ik denk het wel. Je motief is nogal doorzichtig. Je wilt Jenny terug. Zo eenvoudig ligt het.'

'En dat lijkt me vrij redelijk, gezien het soort man – het soort familie – waarin ze verzeild is geraakt.'

'En wat voor soort is dat?'

'Zeg jij het maar, Delia.'

'Er zijn inderdaad spanningen geweest. Moeilijkheden. Dat zal ik niet ontkennen. En omdat je dat met alle geweld wilt, geef ik toe dat je gelijk hebt wat Rogers biologische ouders betreft. Ann had de zomer voordat Roger werd geboren een relatie met Kenneth

Oswin gekregen. Walter was vaak van huis voor zaken. Kenneth was opzichter bij Colbonite en Ann beschouwde zichzelf als een soort socialiste. Zij en Walter maakten een moeilijke tijd door. Ik denk dat hij haar verwaarloosde. En zij voelde zich altijd al aangetrokken tot... risico's. Haar zwangerschap was voor Walter een klap in het gezicht. De artsen hadden hem namelijk al verteld dat hij zelf geen kinderen kon verwekken. Dus...' Delia spreidde veelzeggend haar handen. 'Je kunt wel nagaan hoeveel hartzeer dat teweegbracht. Ann heeft me het hele groezelige verhaal verteld. Op een merkwaardige manier leek ze er nog trots op ook. Ze schonk het leven aan de zoon die Walter zo graag had gehad. Onze ouders waren verrukt. Die hadden geen idee dat de baby in feite hun kleinkind niet was.'

'En Gavin? Wist hij er helemaal niets vanaf?'

'Ik was het enige lid van de familie dat het geheim kende. Walter was natuurlijk diep gekwetst, maar op een erbarmelijke manier kuste hij de grond waarop Ann liep. Hij kon de gedachte dat hij haar zou verliezen niet verdragen. Hij stemde er zelfs in toe om Kenneth Oswin niet te ontslaan, omdat Ann dreigde hem te verlaten als hij dat deed. En hij heeft Roger als een liefhebbende vader grootgebracht. Hij heeft de pijn die hij moet hebben gevoeld nooit op hem afgereageerd. In zekere zin...' Ze maakte haar zin niet af. Ze glimlachte zwakjes. Daarna vervolgde ze: 'Ik denk dat dit zijn wraak was: Roger tot het evenbeeld van zichzelf maken. Om hem van Ann te stelen. En hij werd natuurlijk nog genadelozer. Daar heeft het personeel van Colbonite – inclusief Kenneth Oswin – onder geleden.'

'Waarom heeft Ann zelfmoord gepleegd?'

'Ze had een zelfvernietigende kant. Wat de directe aanleiding betreft, kan ik alleen maar gissen. Kort voor haar dood vertrouwde ze me toe dat ze had besloten Roger de waarheid te vertellen. Misschien reageerde hij niet zoals ze had gedacht.'

'Hoezo?'

'Ik denk dat ze zijn vergiffenis wilde voor het feit dat ze Walter had bedrogen. Ik denk dat ze hem... terug wilde. Dat ze als het ware zijn zegen wilde.'

'En die heeft ze niet gekregen?'

'Misschien niet. Ik weet het niet. Roger en ik hebben het er nooit over gehad. Ik weet zelfs niet zeker of ze het wel met hem heeft besproken.'

'Je hebt het bandje gehoord.'

'En jij mijn mening over mediums.'

'Heb je Kenneth Oswin daarom in het ziekenhuis bezocht? Om erachter te komen of Roger hem had verteld dat hij wist dat hij zijn zoon was?'

Er verscheen weer zo'n flauwe glimlach, en ze gaf een vaag knikje. 'Heel scherpzinnig van je, Toby. Inderdaad. Het had me lang dwarsgezeten. Toen Walter dood was, had ik het gevoel dat ik de vraag veilig kon stellen.'

'En wat was zijn antwoord?'

'Een onbevredigend antwoord. Kenneth zei dat Roger nooit iets over het onderwerp tegen hem had gezegd. Nooit. En toch... wist ik niet of ik hem wel geloofde.'

'Waarom zou hij liegen?'

'Aha. Je scherpzinnigheid heeft duidelijk grenzen. Maar zoals ik al eerder heb gezegd, zijn je drijfveren vrij mager. Jij bent alleen maar uit op verzoening met Jenny. Wees zo fatsoenlijk om dat toe te geven. Als zij nu binnen zou komen om te zeggen dat ze jullie huwelijk nieuw leven in wil blazen, zou je maar al te graag die hele Derek Oswin en Rogers zogenaamde lelijke trekjes vergeten.'

'Het zijn wel meer dan lelijke trekjes. Weet je waarom ik gisteravond de voorstelling heb gemist? Omdat jóuw nééf me gevangen heeft gehouden en een plan op de rails heeft gezet om mij te laten arresteren wegens de mishandeling van een prostituee.' Met die uitbarsting was ik te ver gegaan. Maar het was te laat om er nog iets aan te doen. 'Roger is bang, Delia. En weet je waarom? Niet omdat hij vreest dat ik Jenny van hem af zal pikken, maar omdat hij bang is dat Gavin zijn geërfde rijkdom van hem zal stelen, tezamen met Wickhurst Manor, als die kan bewijzen dat Walter níet Rogers vader en Roger derhalve geen wettige erfgenaam was.'

'Onzin.'

'Je weet dat het geen onzin is.'

'Integendeel. Ik weet dat het dat wel is. Luister goed naar me, Toby. Je hebt duidelijk geen kaas gegeten van de wet. Ook al zou

Gavin kunnen bewijzen dat Kenneth Oswin de vader van Roger is, wat vrijwel uitgesloten is, dan nog maakt hij geen schijn van kans om een rechtbank zover te krijgen Walters nalatenschap aan hem over te dragen, omdat Roger tijdens het huwelijk is geboren en door Walter als zijn zoon is erkend.'

Nu had zij míj uit mijn evenwicht gebracht. 'Weet je dat zeker?' mompelde ik.

'Ik heb dat helemaal uitgezocht. En ik weet zeker dat Roger dat ook heeft gedaan. In dat opzicht heeft hij nicts te vrezen.'

'Maar...'

'Wat betekent dat hij geen reden heeft om riskante en illegale acties te ondernemen die zijn bedoeld om jou of Derek Oswin ervan te weerhouden zaken aan het licht te brengen die hem op zijn slechtst louter gêne kunnen bezorgen.'

'Hij heeft me gisteravond opgesloten in een kamer van Wickhurst Manor. En hij heeft een bekende van hem, een drugsdealer genaamd Sobotka, instructie gegeven om me een aanklacht wegens mishandeling in de schoenen te schuiven.'

'Heus?' Ze keek me aan met gepaste scepsis.

'Heus. Zo waar als ik hier zit.'

'Het lijkt me erg onwaarschijnlijk.'

'Maar het is wel gebeurd.'

'Dat zeg jij. Maar...' Delia werd het zwijgen opgelegd omdat de telefoon aan de muur ging. Het geluid werd gemoduleerd door getjilp en gerinkel van diverse extra toestellen elders in huis. Ze fronste, stond vervolgens kwiek op, liep erheen en nam op. 'Hallo?... O, dag schat. Nog steeds op de club?' Blijkbaar had ze haar man aan de lijn. Mijn aandacht dwaalde af.

Als Delia gelijk had wat betreft de wettelijke positie – wat ik niet ernstig betwijfelde – bewezen het bandje en de foto niets anders dan een geval van ontrouw in het grijze verleden dat geen bedreiging voor Roger Colborn kon vormen. Maar iets was dat wel. Dat wist ik zeker. Iets anders dan mijn liefde voor Jenny en de eventuele genegenheid die ze nog voor me koesterde. Maar wat kon dat zijn? Wat...

'Weet je het zeker?' Delia's stem had iets gejaagds gekregen. Toen ik naar haar keek, zag ik bezorgdheid en verbazing op haar gezicht afgetekend. 'Wat kunnen ze in godsnaam hebben gezocht?'... Vast niet. Dat is ondenkbaar... Ik heb niets van hem gehoord... Natuurlijk... Goed, schat... Ja... Tot straks. Dag.'

Ze hing weer op en keek me aan. Haar frons week maar langzaam. Ze bracht haar hand naar haar mond.

'Wat is er?'

'Heel merkwaardig,' mompelde ze.

'Wát?'

'John heeft iemand op de golfclub gesproken die in Fulking woont. Een eindje voorbij Wickhurst Manor. Hij zei... Nou, ja, het schijnt...' Ze liep langzaam terug naar de tafel, maar ging niet zitten. Ze bleef naast haar stoel staan en staarde naar buiten. 'Het schijnt dat de politie gisteravond op Wickhurst Manor is geweest. Met een heleboel agenten. Het werd beschreven als... een inval.'

Ik moest denken aan de donkerblauwe personenauto die het busje van Sobotka naar Brighton was gevolgd nadat hij me in de buurt van de randweg had afgezet, en voelde een golf van opluchting. Misschien had de politie Sobotka wel aangehouden voordat hij zijn snode plan ten uitvoer kon brengen. Misschien ging ik toch vrijuit. En Roger misschien niet. 'Hebben ze iemand gearresteerd?'

'Blijkbaar niet. Maar ze zijn er wel een paar uur geweest. John vroeg zich af of ik iets van Roger had gehoord. Of van onze advocaat. Die is namelijk ook Rogers advocaat.'

'Ze proberen hem in verband te brengen met Sobotka, Delia. Ze waren op zoek naar drugs en andere aanwijzingen die ze boven water konden krijgen.'

'Ik geloof er niets van.'

'Ik denk dat je geen andere keus hebt.'

'Nee, er moet een andere ver...'

Ze werd onderbroken omdat iemand gebiedend aanbelde. Ze keek om zich heen en vervolgens naar mij. De frons was weer terug, en nu ernstig. 'Dat kunnen ze zijn,' zei ik zacht. En dat wás een stellige mogelijkheid, een mogelijkheid die ik vagelijk verwelkomde, terwijl ik vóór dit telefoontje... Er werd nogmaals gebeld. 'Ga je nog opendoen?'

'Wacht hier,' zei ze bruusk. Toen verdween ze in de gang, uit het zicht en hoorde ik haar hakken op de houten vloer tikken. Net toen er voor de derde keer werd aangebeld, was ze bij de deur. Het bellen stopte zodra ze de kruk omdraaide en de deur opentrok.

Het was de politie niet. Dat wist ik voordat Delia één woord had gezegd. Ik wist het door de korte stilte die viel. 'Roger,' zei ze kalm, maar verrast. 'Wat doe jij hier?'

'Kan ik binnenkomen?'

'Natuurlijk.'

Ik hoorde de deur dichtgaan en Roger schraapte zijn keel. Er viel weer een stilte, die even veelzeggend als kort was. Ik verroerde geen vin. Misschien hield ik zelfs de adem in.

'Lieve hemel,' zei Delia. 'Wat is er met je oog?'

'Ik ben mishandeld,' antwoordde Roger een beetje lispelend. 'Door Toby Flood.'

'Dat is vreselijk. Waarom zou hij...'

'Domweg uit jaloezie. De man is door het lint gegaan. Daarom moet ik Jenny spreken. Dringend.'

'Weet je dan niet waar ze is?'

'Ze is weggegaan voor het weekeinde. Om na te denken, zei ze. Ze wilde niet gestoord worden. Na alle leugens en toespelingen waarmee Flood haar heeft opgezadeld, kan ik haar dat niet kwalijk nemen. Maar nu staat het er anders voor. Ze heeft haar mobiel uitgeschakeld, dus moet ik weten waar ze heen is. Ik heb haar ouders en zus gebeld, maar daar is ze niet.'

'Ik zie niet hoe ik je kan helpen.'

'Ik dacht, misschien heeft ze jou verteld waar ze heen is. Voor noodgevallen.'

'Nou, ik...'

'Dat klopt, hè? Je weet waar ze is.'

''Het is een moeilijke situatie. Ik... heb beloofd jou noch Toby Flood te vertellen waar ze is, tenzij... tenzij...'

'Waar is ze?'

'Ik weet niet of ik wel...'

'Wáár ís zé?'

'Laat me los, Roger, je doet me pijn.'

'Cólborn!' riep ik, terwijl ik opsprong van mijn stoel en naar de deur van de gang stevende.

Ze stonden aan het eind van de gang aan de voet van de trap. Colborn had Delia's pols gegrepen. Hij hield haar vast terwijl hij zich omdraaide en naar mij keek. Hij was bleek en ongeschoren, in het zwart gekleed, en om zijn linkeroog zat de stralenkrans van een blauwe plek.

'Laat je tante los,' zei ik met de klemtoon op elk woord. Langzaam en met een flauwe glimlach liet hij haar los. Opeens wilde ik hem maar al te graag stangen. 'Natuurlijk gebruik ik het woord *tante* met opzet. Jullie zijn geen bloedverwanten van elkaar, hè?'

'Dit is nergens voor nodig,' zei Delia met een geïrriteerde blik naar mij.

'Wat heb je hem verteld?' blafte Roger.

'Niets,' antwoordde ik voor haar. 'Ik had het al uitgevogeld.'

'Daar geloof ik geen snars van.'

'Toby heeft me een bandje gebracht dat hij me wilde laten beluisteren,' zei Delia. 'Misschien moet jij het ook maar horen.'

'Wat voor bandje?' Colborn kwam door de gang mijn kant op, gevolgd door Delia. Ik liep terug naar de tafel en toen zij de keuken betraden, drukte ik op de play-knop van de dictafoon.

De stemmen van Sir Walter en het medium van wie hij duidelijk geloofde dat ze contact had gelegd met zijn dode vrouw deden Roger Colborn met een ruk stilstaan. Maar niet lang. Halverwege Anns herinnering aan de uitdrukking op het gezicht van haar man in de kraamkliniek liep Roger naar de tafel om op de stopknop te drukken. Hij keek naar mij en vervolgens opzij naar Delia. Het viel niet te peilen wat er in hem omging en evenmin wat zijn plan was. Ik vroeg me af of hij zijn pistool bij zich had. Het was lastig te zien of er zoiets zwaars in een zak van zijn lange, losse jas zat.

'Ik hoef het niet nog een keer te horen,' zei hij kalm.

'Heeft Derek je soms een kopie gestuurd?'

'Iemand heeft dat gedaan,' antwoordde Colborn effen.

'Je hebt Sobotka gestuurd om het origineel op Viaduct Road te zoeken, hè? Maar hij heeft niet goed genoeg gezocht.'

'Ik ken geen Sobotka.'

'Dat heb je vast ook tegen de politie gezegd, maar die tekst is niet aan ons besteed. Waarschijnlijk ook niet aan hen. Ze moeten Sobotka gisteravond hebben gearresteerd, voordat hij me een oor aan kon naaien. Daar heb ik mee geboft. Maar jij niet. Ik ben bang dat ze hem al naar en van Wickhurst waren gevolgd, om een verband te leggen tussen jou en die drugsvoorraad in Fishersgate. Hebben ze nog iets belastends gevonden toen ze het huis ondersteboven haalden? Daar weten we namelijk ook van, zie je. Dankzij de roddels aan de bar op het golfterrein.'

'Dat klopt,' zei Delia die een blik van Roger opving. 'John belde net uit het clubhuis. Alan Richards had hem verteld dat de politie... je een bezoek had gebracht.'

'Het spijt me dat ik je niet heb verteld dat ze Sobotka in de peiling hadden, Roger,' zei ik. 'Het zal me ontglipt zijn.'

Hij drukte op de EJECT-knop van het apparaat en haalde de cassette eruit.

'Ik denk dat Derek verschillende kopieën heeft gemaakt. Hij is een degelijke jongen. Wat hij je ook heeft verteld, dat is vrijwel zeker niet het origineel.'

'Hij heeft me niets verteld.'

'Dus je hébt hem gesproken?'

'Dat zei ik niet.'

'Waar houd je hem gevangen?'

'Ik weet niet waar je het over hebt.'

'Misschien heb je hem wel vrijgelaten nu de politie in je nek hijgt. Dat zou in elk geval het verstandigste zijn. Maar het is niet altijd makkelijk om verstandig te zijn, hè?'

'Heb jij voorkomen dat Toby gisteravond in de schouwburg optrad, Roger?'

Roger keek haar van opzij aan. 'Heeft hij je dat verteld?'

'Nóu?'

'Natuurlijk niet.'

'Maar die man... Sobotka... ken je wel?'

Roger zuchtte kunstmatig. 'Goed dan. Ja. Ik ken Sobotka. Ik heb hem gebruikt voor wat... verbouwingswerkzaamheden op Wickhurst. Hij is een beetje een ruwe klant. Misschien zou het me niet helemaal moeten verrassen dat hij met drugs schnabbelt. Hij was er gisteren. De politie had hem kennelijk gevolgd. Ze schenen te denken, in de wáán te verkeren dat ik de grote jongen ben in zijn operatie. Het kan enige tijd duren om ze ervan te overtuigen dat ik er niets mee te maken heb. In zeker opzicht spijt het me dat ze niet eerder zijn gekomen. Dan hadden ze kunnen voorkomen dat Flood me een blauw oog sloeg.'

Zo te zien was het mogelijk dat ze Rogers versie van de gebeurtenissen echt geloofde. Ik spreidde mijn handen. 'In jezusnaam.'

'Heb jij iets te maken met de verdwijning van Derek Oswin?' hield Delia vol.

'Ik weet niet waar hij is en het kan me ook niets schelen,' antwoordde Roger bestudeerd vermoeid. 'Hij betekent niets voor me.'

'Hij is je halfbroer,' corrigeerde ik.

Roger keek me nijdig aan. 'Gefeliciteerd dat je dat brokje vuiligheid over mijn familie hebt opgegraven, Flood. Ja. Kenneth Oswin was mijn biologische vader. Delia weet dat al veel langer dan ik, dus door haar dat nieuws te brengen ben je weinig opgeschoten. Wat het bandje betreft... Als mijn vader – de man die ik altijd heb beschouwd en nog steeds beschouw als mijn vader – goedgelovig genoeg was om de eerste de beste koffiedikkijker te betalen om een *conversazione* met de geestenwereld te verzinnen, nou ja, je weet wat ze zeggen, hè? Geen groter dwaas dan een oude dwaas.' Hij gooide de cassette op de tafel. 'Hier heb je niets aan. Helemaal niets.'

Hij had gelijk. De gedachte trof me als een klap in het gezicht. Mijn onwetendheid omtrent de subtiliteiten van intestaat overlijden had de poten onder mijn stoel vandaan gezaagd.

'Ik moet Jenny spreken, Delia,' zei Roger. 'Ik vind dat dit als een noodgeval geldt, denk je niet?'

'Eh... waarschijnlijk wel.'

'Ik neem aan dat je geen woord van Floods aantijgingen gelooft?'

'Nou, ik...'

'Ze heeft Ken Oswin kort voor zijn dood in het ziekenhuis bezocht,' viel ik haar in de rede, en daarmee greep ik de enige kans die me nog leek te resten om een wig tussen hen te drijven. 'Ik durf te wedden dat ze je dat nooit heeft verteld.'

Roger fronste. 'Is dat zo?'

'Ja.' Delia ging zitten op de stoel tussen ons in. Ik zag het als een poging om enige consideratie te winnen voor haar leeftijd en geslacht. Maar ze had zeker alle reden om slappe knieën te voelen. 'Jou kon ik niet vragen of je wist dat hij je echte vader was, voor het geval je dat niet wist. Maar ik achtte het waarschijnlijk dat je er vroeg of laat met hem over gesproken zou hebben, als je het wel wist. Dus... ben ik het hem gaan vragen.'

'Ik wist het. Dankzij mama,' zei Roger. 'Maar ik heb er nooit met Ken Oswin over gesproken.'

Delia knikte. 'Dat zei hij ook.'

'Maar je geloofde hem niet,' zei ik.

'Ik had... zo mijn twijfels; dat is waar.'

'Waarom?' vroeg Roger.

'Dat weet ik niet zeker. Ik had hem duidelijk verkeerd beoordeeld. Zijn... ontwijkende houding had misschien meer te maken met zijn verantwoordelijkheid voor Walters dood dan met iets anders. De ontmoeting met de zus van de man die hij had gedood... heeft hem misschien van de wijs gebracht.'

'Dat zal het dan zijn geweest,' zei Roger.

'Ik denk het ook.'

'Hij heeft tegen mij nooit met één woord gerept over zijn relatie met mama.' Roger pakte het kiekje van vader en zoon Oswin en keek er even naar. 'In al die jaren. Geen woord.'

'Dat moet heel moeilijk voor je zijn geweest,' zei Delia zacht. 'Het spijt me dat ik...'

'Vergeet het maar.' Roger liet de foto vallen. 'Toby hier heeft geen belangstelling voor míjn problemen.'

'Je verbergt nog iets,' zei ik, vastbesloten om hem te laten zien dat louter gebrek aan bewijs mij de mond niet kon snoeren. 'En ik ben van plan erachter te komen wat dat is.'

'Natuurlijk ben je dat van plan.' Hij wierp me een vermoeide blik toe. 'Ik zou niets minder verwachten.' Met een zwier van zijn jas liep hij langs me heen en ging op mijn stoel tegenover Delia zitten. 'Ik moet Jenny spreken. Wil je me vertellen waar ze zit?'

'Het Spa Hotel in Tunbridge Wells.'

'Niet eens zo ver weg dus.'

'Ze wilde alleen... ruimte om na te denken.'

'Dankzij het feit dat Toby en ik haar suf gezeurd hebben.' On-

278

gelooflijk genoeg klonk Roger oprecht rouwig. 'Arme Jenny.'

'Als ik een boodschap op haar voicemail inspreek, zal ze me terugbellen.'

'Hoeft niet. Ik heb een beter idee.' Hij keek mij aan. 'Het is maar iets meer dan vijftig kilometer naar Tunbridge Wells. We kunnen er binnen een uur zijn. Met wij bedoel ik jij en ik, Toby. Wat denk je ervan? Jij kan jouw stukje tegen Jenny zeggen, en ik het mijne. Jij kunt haar alles over mijn dubieuze afkomst en kennelijk criminele contacten vertellen. Je mag alle registers opentrekken. En ik heb het recht op weerwoord. En als we klaar zijn, jij en ik, zullen we weleens zien wie van ons ze meer vertrouwt. Van wie van ons tweeën ze werkelijk houdt.'

'Ik weet niet of dat wel zo verstandig is,' zei Delia. 'Als...'

'Laat dit maar aan ons over,' zei Roger met stemverheffing. Zijn toon duldde geen tegenspraak. Hij had zijn blik niet van mij af gehaald. 'Wat zeg je daarvan, Toby? Het is een eerlijk aanbod.'

Dat was het ook, in zekere zin. Het feit dat hij het deed riekte naar radeloosheid, of zelfs naar iets arglistigs. Hij voerde iets in zijn schild, dat wist ik zeker. Maar hij daagde me uit om te geloven dat ik hem te slim af kon zijn.

'Laten we alle kaarten op tafel leggen. En Jenny de keuze laten. Jou of mij. Of geen van beiden, misschien. Ik leg me neer bij haar besluit. En jij?'

Ik kon de uitdaging moeilijk verwerpen, zoals Roger natuurlijk al had berekend. In zekere zin had ik al de hele week op iets dergelijks aangestuurd. Ik moest het accepteren. Hij wist het. Wat inhield dat hij zeker wist wat de uitkomst zou zijn. Het was geen eerlijk aanbod. Dat kon niet. In feite kon het alleen maar allesbehalve eerlijk zijn. Niettemin... 'Goed,' zei ik. 'Ik ga met je mee.'

'Mooi.' Roger stond op. 'Kom op dan maar.' Hij liep langs me heen naar de deur. Toen bleef hij staan en keek over zijn schouder. 'Vergeet niet die cassette en dictafoon mee te nemen, Toby. Je wilt Jenny vast laten horen wat er op het bandje staat.'

Zijn sarcasme gaf de doorslag: wat zich in Tunbridge Wells ook zou afspelen, hij had een manier bedacht om te winnen. Het enige wat ik nu nog kon doen, was me vastklampen aan de hoop dat Jenny hem uiteindelijk zou doorzien. Ik deed de cassette weer in het apparaat en stak het in mijn zak, tezamen met de foto van Beachy Head. Delia wierp me een bezorgde blik toe, maar zei niets. Ik bleef haar even aankijken en mompelde: 'Ik spreek je later wel.' Daarna liep ik achter Roger aan.

'Maak je geen zorgen, Delia,' riep hij toen hij me voorging door de gang. 'Dit is het beste, geloof me.'

Ze gaf geen antwoord en Roger leek dat ook niet te verwachten. We kwamen bij de voordeur. Hij hield hem voor me open en ik liep naar buiten. Zijn Porsche stond op de oprijlaan. De deur viel achter me dicht en Roger richtte zijn afstandbediening op de auto, die van het slot ging en een groet knipperde. Hij liep langs me heen naar de bestuurderskant.

'Kom je nou, of niet?' Zijn toon was neutraal, op het onverschillige af, alsof mijn beslissing er op de een of andere manier niet toe deed. Hij glimlachte. 'Je zou natuurlijk wel gek zijn.'

'Wat?'

'Maar aan de andere kant zou je wel gek zijn om het niet te doen. Ik ga bij Jenny op bezoek. De vraag is: wil jij erbij zijn?'

Een poosje keken we elkaar boos aan over het dak van de auto. Er viel niets meer aan toe te voegen. Hij brak zich het eerst los, deed het portier open en schoof achter het stuur. Hij zei niets toen ik naast hem ging zitten. Hij startte slechts en reed achterwaarts de straat op.

En daar stopte hij onverwacht. De Porsche bleef een paar seconden ronkend in zijn vrij bij de stoeprand staan. Toen zei hij: 'Wacht even.' Hij gooide het portier open en sprong eruit.

'Waar ga je...' Het dichtslaan van het portier onderbrak me. En het antwoord op mijn vraag werd gauw duidelijk. Hij stevende de oprijlaan van nummer 15 weer op en belde aan. Hij wierp geen blik in mijn richting terwijl hij wachtte tot Delia opendeed. Vervolgens zag ik de deur opengaan. Hij stapte naar binnen.

Ik bleef zitten staren naar de wig van de zee die tussen de huizen zichtbaar was. Wat voerde hij in zijn schild? Wat kon ik doen om hem te slim af te zijn? Ik pijnigde mijn hersens voor een antwoord.

Er verstreken een paar minuten. Opeens bedacht ik dat Roger iets onder vier ogen tegen Delia wilde zeggen, iets wat de weegschaal van haar sympathie naar zijn kant zou doen doorslaan. Dom genoeg had ik hem niets in de weg gelegd. Er was geen tijd te verliezen. Ik moest tussenbeide komen.

Te laat. Hij haastte zich al de oprijlaan af, 'Wat is er aan de hand?' snauwde ik toen hij achter het stuur plofte.

'Ik wilde me ervan verzekeren dat Delia de gebeurtenissen van vanochtend voor zich houdt.'

'Maak je je zorgen over de last die Gavin je kan bezorgen als hij erachter komt dat je niet de zoon van zijn broer bent?'

'Geen zorgen. Maar ik mag het graag voorkomen. Dat is iets anders.'

'En heeft Delia beloofd je te zullen helpen?'

'Haar lippen zijn verzegeld.' Hij zette de auto in de versnelling en spurtte weg, de hoek om en over Clifton Terrace naar de kruising met Dyke Road, waar hij links afsloeg en in noordelijke richting reed.

Toen we bij Seven Dials waren en in oostelijke richting naar Preston Circus afsloegen, was de stilte tussen ons zwanger van de spanning. Ik verbrak die zo uitdagend als ik kon. 'Hoe je het ook gaat draaien, Jenny zal je niet geloven, Roger. Besef je dat wel?'

'Denk je van niet?'

'Ik ken haar heel wat langer dan jij.'

'Dat is waar. Maar ken je haar ook beter?'

'Ik hou van haar. Dat heb ik altijd gedaan.'

'Vertel eens waarom.'

'Wat?'

'Vertel maar eens waarom je van haar houdt.' Het verkeer voor ons bewoog zich langzaam dankzij de stoplichten onder de spoorbrug achter het station van Brighton. 'Ik wil het echt graag weten.'

'Ik... eh...'

'Ook geen vloeiende aanloop, hè Toby? *Ik... eh...* Waarschijnlijk hebben acteurs geschreven tekst nodig om overtuigend te klinken. Volgens mij hou je namelijk niet van haar. Niet zoals ik althans. Volgens mij wil je haar alleen maar terug om te bewijzen dat je de belangrijkste relatie van je leven niet hebt geruïneerd.'

'Iemand als jij kan niet weten wat liefde is,' kaatste ik terug. 'Dáárom kan ik het je niet uitleggen.'

'Ik had dat aarzelende liever. Dat was tenminste eerlijk. Bij onze eerste ontmoeting heb ik je verteld dat ik van Jenny hou omdat ze een betere persoon van me maakt dan ik ooit zonder haar zou kunnen zijn. Ik heb je dat verteld omdat het zo is.'

'Die *betere persoon* is de man die me gisteravond gevangen heeft gehouden en me erin probeerde te luizen voor mishandeling.'

'Daar had je me toe gedwongen.'

'O ja, echt? Ongetwijfeld heb ik je ook gedwongen om Denis Maple de dood in te jagen.'

'Ik wist niet dat hij het aan z'n hart had. Zijn dood was betreurenswaardig.'

'Betreurenswaardig? Is dat het beste wat je kunt verzinnen?'

'Het was aan Sobotka te wijten, niet aan mij.'

'Maar Sobotka werkt voor jou.'

'Hij is me beslist van pas gekomen.'

'Je bedoelt zoals toen hij Derek Oswin heeft gekidnapt?' Het verkeer was wat minder geworden en nu snelden we over Viaduct Road, en langs de voordeur van nummer 77.

'Daar zit je naast, Toby. Na de dood van Maple heb ik Sobotka teruggeroepen. Hij is niet in de buurt van Oswin geweest. En ik ook niet.'

'Straks vertel je me nog dat je niet hebt ingebroken in het Sea Air om mijn bandjes te stelen.'

'Inderdaad, als ik dacht dat het zou helpen. Ik heb geen idee over welke bandjes je het hebt.'

'Je hebt Sobotka donderdagochtend ontmoet op het parkeerterrein van Devil's Dyke. Daar ben je gezien door Ian Maple. Dus geloof ik niet dat je de dag daarvoor Sobotka hebt teruggeroepen.'

'*Ian* Maple? Wie is dat?'

'Hou je maar niet van de domme, Roger. Dat is zinloos.'

'Sobotka is gearresteerd, Toby. Er staat hem een langdurige gevangenisstraf te wachten voor drugshandel. Ongetwijfeld doet hij nu zijn uiterste best om een stel bonuspunten te vergaren. Mij iets aanwrijven zou hem een heleboel bonuspunten opleveren. Dus als hij de politie naar de plek kan brengen waar jij schijnt te denken dat ik Derek Oswin vasthoud, zal hij dat zeker doen. Maar dat kan hij niet. Omdat ik net zomin weet waar Oswin is als jij. Zo mogelijk nog minder.'

We waren de weg naar Lewes op gereden en passeerden de afslag die vroeger naar Colbonite voerde. Roger reed harder naarmate het verkeer op de vierbaans uitvalsweg door de buitenwijken minder werd.

'Jij bent de afgelopen week dikke maatjes geworden met Oswin, niet ik,' vervolgde hij. 'Jij weet hoe zijn benepen breintje werkt. Dus zou het je verstandelijke vermogens niet te boven moeten gaan om uit te dokteren waarom hij 'm is gesmeerd. Of waarheen.'

Kon dat waar zijn? Was Derek uit eigen beweging verdwenen? Had hij zijn eigen ontvoering in scène gezet? Ik haalde me het tafereel in zijn huis voor de geest: de tekenen van een worsteling; de voorzichtig verspreide aanwijzingen. Het kon nep zijn. Zelfs de 'commotie' die zijn buurvrouw woensdagavond had gehoord kón het werk zijn geweest van één slimme, berekenende, nauwgezette persoon.

'Wil je horen wat ik denk, Toby? Volgens mij heeft Oswin je de hele week als een marionet bespeeld. Een trekje hier, een rukje daar. En hup, daar ging je, om me meer problemen te bezorgen dan hem ooit zou zijn gelukt.'

'Nee, je bent bezorgd over dat manuscript. Het gaat erom wat hij daarin over Colbonite zegt. Daarom heb je het origineel weggehaald op Viaduct Road en de kopie die ik naar mijn agent heb gestuurd gestolen.'

'Vertel me maar hoe me dat laatste gelukt zou zijn, gezien het feit dat ik niet wist dat jij het had en had opgestuurd. Ik weet niet eens wie je agent is. Het kan me ook niets schelen.'

'Dat kun je van Jenny hebben gehoord.'

'Nou, dat kunnen we haar zo meteen vragen, nietwaar?'

'Derek kan dat... niet allemaal zelf hebben gedaan.' De woorden stokten in mijn keel toen de consequenties van die mogelijkheid tot me doordrongen. Ik moest met meer dingen rekening houden dan zijn schijnbare ontvoering. De gestolen bandjes die waren teruggebracht met een dreigende boodschap waarin alleen zijn stem voorkwam. En het verdwenen manuscript, waardoor de schade die het Colborn kon berokkenen fascinerend onmeetbaar werd. Ik had de pest aan Colborn omdat Jenny hem meer zag zitten dan mij. Zo eenvoudig was het. En Derek wist dat. De vraag was: had hij mijn haat uitgebuit ten dienste van die van zichzelf?

'Weet je wat het meest ironische is in deze hele toestand, Toby? Dat die vuilspitterij van jou er niets toe gedaan zou hebben als Sobotka zich niet in zijn kraag had laten grijpen. Hij is nuttig geweest. Maar niet nuttig genoeg om de risico's te rechtvaardigen waaraan hij mij heeft blootgesteld. Ik kan het me niet veroorloven dat de politie haar neus in mijn zaken steekt. Misschien komen ze erachter dat er hier en daar een luchtje aan zit. De kans bestaat dat ik me teweer kan stellen. Maar niet als jij je verdachtmakingen er ook nog eens aan toevoegt. Ik heb het afschuwelijke gevoel dat die hun onderzoek meer vaart kunnen geven dan ik aankan.'

'Ik kijk ervan op dat je denkt dat er iets is om je zorgen over te maken,' zei ik verbitterd. En dat was waar. Ik keek er echt van op.

'Dat komt omdat jij niet weet wat er waarschijnlijk aan het licht zal komen. Oswin misschien, ik weet het niet. Hoe dan ook, het wordt tijd dat ik jou van de hoed en de rand vertel.'

'Hoe bedoel je?'

'Ik bedoel dat het tijd wordt om je de waarheid te vertellen.'

'Dat meen je niet. Jíj die míj de waarheid vertelt?'

'Natuurlijk is het aan jou om me te geloven. Maar ik denk van wel.'

'Ik betwijfel het.'

'Wacht maar af.'

Hij zweeg even om zich te concentreren op de verkeersstroom toen hij de A27 opreed, de Porsche in de buitenste rijstrook manoeuvreerde en in een oogwenk boven de maximumsnelheid zat, terwijl we in oostelijke richting naar Lewes reden. Daarna vatte hij de draad van het gesprek weer op en zijn stem klonk absurd ontspannen.

'Jij en Jenny zouden nog bij elkaar zijn als jullie je zoon niet hadden verloren. Laten we eerlijk zijn. Dat is een feit. Peters dood was een schok die jullie incasseringsvermogen te boven ging. Jullie gaven jezelf en elkaar de schuld. En de schuldvraag dreef een wig tussen jullie. Maar het verlies heeft dat nog wel het meest gedaan. Het verdriet. De pijn. Het feit dat je een kind had en toen opeens niet meer.'

'Als je verwacht dat ik je dankbaar ben voor je psychologie van de koude grond, dan...'

'Ik wil ergens heen, Toby. Heb nog even geduld. Als ik op de leeftijd van vierenhalf was doodgegaan, denk je dan dat mijn ouders uit elkaar waren gegaan? Ik niet. Ik vermoed zelfs dat het hen dichter bij elkaar had gebracht. Wéér bij elkaar. Omdat ik hun kind niet was. Niet helemaal althans. Ik wás hun zoon niet. Ik was achtentwintig toen mama me vertelde wie mijn echte vader was. Achtentwintig! Ik dacht precies te weten wie en wat ik was. Daarna nam ze me dat af. Ze had het gevoel dat ik haar moest begrijpen. Ze was egocentrisch tot op het laatst. Zelfmoord is een vrij egoïstische daad, vind je niet?'

'Hangt ervan af wat de aanleiding is.'

'In mijn moeders geval het besef dat ik het haar niet ging vergeven. Zich van Beachy Head storten, waar ze zoveel berekende indiscrete ontmoetingen met Kenneth Oswin heeft gehad, was haar manier om mij me schuldig te laten voelen omdat ik haar niet wilde vergeven.'

'Maar je hebt je vader nooit verteld dat je de waarheid wist.'

'Mijn wettelijke vader, bedoel je? Nee.'

'Dus de kans dat híj jou de schuld zou geven heèft nooit bestaan.'

'Ha. Jij denkt zeker dat dit de reden was dat ik niets tegen hem heb gezegd. Leuk geprobeerd, Toby, maar je zit er heel ver naast. Ik heb niets gezegd omdat hij niets zei. Ik wilde een zo echt mogelijke zoon voor hem zijn. En ik gcloofdc dat hij dat ook wilde.'

'Niet dan?'

'Niet sterk genoeg, naar later bleek. Hij miste mijn moeder. Steeds meer naarmate hij ouder werd. Ik wist niets van dat medium voordat me dat bandje werd toegestuurd. Had ik het wel geweten, dan had ik er een stokje voor gestoken. Maar zoals het was, heb ik de consequenties zo goed mogelijk het hoofd geboden.'

'Welke consequenties?'

'Zijn abrupte verandering. Zijn ommezwaai van honderdtachtig graden wat betreft de schadeloosstelling van arbeiders van Colbonite die aan kanker leden, zogenaamd door blootstelling aan een hardingsmiddel op basis van het chlooraniline dat we in de verfwerkplaats gebruikten. Opeens was hij er helemaal voor om ze elke cent te geven die hij had. Dus elke cent die ik van hem zou erven. De seance was doorgestoken kaart, dat weet ik zeker. Het medium was waarschijnlijk een van onze voormalige werknemers, of een familielid. *Wat je ook verkeerd hebt gedaan, het is nog niet te laat om het recht te zetten.* Herinner je je die zin? Het ging om geld. Een artikel dat weinig gewicht heeft in de geestenwereld.'

'Je gelooft dus niet dat het medium in contact was met je moeder?'

'Natuurlijk niet. Het was nep. Ik geef toe, het was knap gedaan. Vader heeft het voor zoete koek geslikt. Opeens zag hij een manier om het schuldgevoel te lenigen dat hij had omdat hij mama niet had gered, door met geld te smijten in een verlate aanval van gulheid. Ik heb geprobeerd het hem uit zijn hoofd te praten, maar zijn besluit stond vast.'

'Sommige mensen zouden zeggen dat hij zich bewust werd van zijn feilen.'

'Alleen onnozelaars met een week hart. We hebben een ziekenfonds voor zieken en stervenden. Geen van die zogenaamde slachtoffers had aanspraak op mijn geboorterecht.'

'Ook al was een van hen je echte vader?'

'Wat had Kenneth Oswin ooit voor mij gedaan? Ik was hem niets verschuldigd. De schuld was geheel andersom.' Roger grinnikte. 'Hoewel je kunt zeggen dat hij die uiteindelijk wel heeft ingelost.'

'Hoe bedoel je?' vroeg ik, maar de betekenis begon al tot me door te dringen.

'Ik kon niet toestaan dat vader het kapitaal over de balk zou gooien dat de verkoop van Colbonite hem had opgeleverd. Ik was hem trouw geweest. Ik had zijn vuile werk gedaan. En ik was niet van plan me van mijn beloning te laten beroven. Ik kon hem niet tot rede brengen. Hij was vastbesloten. Dus daar moest ik een stokje voor steken.'

'Je bedoelt...'

'Dat Oswin hem op mijn verzoek heeft vermoord, Toby. Juist, je hebt het geraden.'

'Maar... waarom zou hij...'

'Ik heb hem beloofd voor Derek te zullen zorgen. Financieel, bedoel ik. Oswin was stervende. En hij maakte zich zorgen dat zijn zoon het zonder hem niet zou redden. Zoals blijkt, heeft hij de vindingrijkheid van mijn halfbroer onderschat, zoals jij hem zo vriendelijk hebt betiteld. Dus was de afspraak dat ik Dereks financiële bedje voor de rest van zijn leven zou spreiden... vooropgesteld dat Oswin ervoor zou zorgen dat ik daar de middelen voor kreeg.'

'Je... hebt de ene vader tegen de andere uitgespeeld.'

'Zo kun je het stellen. En ik zal je eens wat vertellen, Toby. Ze hebben het allebei verdiend.'

'Je bent je afspraak niet nagekomen, hè?'

'Jawel hoor, maar Valerie Oswin heeft hem getorpedeerd. Ik had haar man een aanbetaling gedaan, anders zou hij het nooit hebben gedaan. En naderhand heb ik nog een som betaald, maar de cheques zijn nooit verzilverd. Na zijn dood heeft ze die teruggestuurd. Ik heb geen idee hoeveel ze precies wist.'

'En wat weet Derek?'

'Niets, denk ik. Zijn vader had alle reden om de transactie onder z'n pet te houden. En dat is waar die had kunnen en moeten blijven. Ons geheim. Het mijne en dat van een dode. Maar nu ben ik natuurlijk gedwongen om het met jou te delen.'

'Ik heb je nergens toe gedwongen.' Dat was natuurlijk waar. Sterker nog, ik begreep niet waarom hij me zoveel had onthuld. Hoewel ik blij was dat hij het had gedaan, om meer redenen dan hij hoefde te weten. Maar op dat moment zette mijn verbazing me niet aan het denken, verbijsterd als ik was dat hij zo gevoelloos en bijna achteloos de moord op zijn vader had beraamd, zoals hij me zelf net had bekend.

'Wijt het dan maar aan de omstandigheden. Misschien is dat wel zo eerlijk,' vervolgde hij. 'Ze hebben tegen ons allebei samengespannen, vrees ik. Heb je trouwens in de gaten dat we niet op de juiste weg naar Tunbridge Wells zitten?'

'Wat?'

Hij trapte hard op de rem en zette zijn clignoteur aan. 'We hadden op de een na laatste rotonde links af moeten slaan.' De auto vertraagde scherp tot een slakkengang. Roger reed de berm in en kwam hotsend tot stilstand bij een overwoekerd boerenhek. 'Dit is de weg naar Eastbourne.'

Ik probeerde nog altijd alle implicaties van zijn bekentenis tot me door te laten dringen en de vraag waaróm hij had bekend drong zich aan me op. De plotselinge verandering van onderwerp naar de alledaagsheid van de juiste route had ik amper in de gaten. Wat dat aanging geloofde ik hem op zijn woord en ik besefte dat ik me een aantal kilometers ook niet van mijn omgeving bewust was geweest. Ik nam aan dat hij op het punt stond rechtsomkeert te maken, al leek er nauwelijks genoeg ruimte voor een u-bocht. Maar hij deed geen poging. In plaats daarvan sprong hij uit de auto, liep om naar mijn kant en trok het portier open.

Toen hij dat deed, zag ik het pistool in zijn hand. Hij hield het laag, zodat een passerende automobilist het niet kon zien, maar ik wel. 'Opschuiven. Toby.'

'Wat is er in godsnaam aan de hand?'

'Opschuiven naar de bestuurderskant!'

'Waarom?'

'Doe het nou maar. Of anders schiet ik, daar kun je van op aan.'

Ik keek hem aan en zag dat hij bloedserieus was. De angst voor de naderende dood greep me bij de strot. 'Oké,' zei ik. 'Oké.' Ik maakte mijn gordel los, tilde mezelf behoedzaam over de versnellingspook en de handrem en kroop achter het stuur.

'Maak je gordel vast,' zei Roger. Ik gehoorzaamde. Daarna zette hij zich in de stoel die ik net had verlaten en trok het portier dicht om het verkeerslawaai buiten te sluiten. Hij schoof een eind bij me vandaan met het pistool nog steeds in zijn hand en op mij gericht.

'Ik dacht dat we een afspraak hadden,' zei ik met onvaste stem.

'Die hebben we ook. Ik heb alleen niet alle kleine lettertjes genoemd. Maar jij ook niet. Zoals het feit dat je ons gesprek hebt opgenomen.'

'Ik weet niet waar je het over hebt.' Dat wist ik natuurlijk wel en ik kon ook niet echt verbaasd hebben geklonken. Maar ik moest een beetje doen alsof.

'Je hebt bij Delia het bandje naar het eind van de seance laten draaien, vervolgens ben je gaan opnemen toen ik weer naar buiten kwam. Ik zag dat je je hand in je zak stak om het knopje in te drukken. Ik zou het waarschijnlijk niet gezien hebben als ik er niet op had gelet. Maar dat deed ik wel omdat ik het verwachtte, snap je.'

'Waarom heb je het dan niet verhinderd?'

'Hoefde niet. Wat je op kunt nemen, kun je net zo makkelijk weer wissen.'

'Moet je het bandje hebben?'

'Nog niet. En je hoeft het apparaat ook niet uit te zetten. Laten we maar gewoon zo doorgaan. Rijden.'

'Waarheen?'

'Rechtdoor.'

'Naar Eastbourne?'

'Ga gewoon maar rijden. Ik navigeer wel.'

Ik zette de auto in de versnelling, voegde me langzaam in het verkeer en gaf gas tot we tachtig reden.

'Iets harder. Ze houdt van de kruissnelheid.'

Ik gaf gas. Een bordje flitste langs. EASTBOURNE 16, HASTINGS 35. De weg voor ons was door de motregen een glimmend zwart lint door de matgroene akkers geworden. Een laag grijs wolkendek was over de heuvels rechts gedaald. De gedachte dat ik de zon misschien nooit meer zou zien deed me huiveren. Deze grauwe winterdag kon mijn laatste op aarde zijn.

'Ben je je tong kwijt, Toby? Misschien moest je die opname toch maar stopzetten.'

'Waarom praat jij niet?' Ik wierp even een blik opzij. 'Tot nu toe heb je niet anders gedaan.'

'Waarom denk je dat ik je de waarheid heb verteld?'

'Ik weet het niet.'

'Denk eens na.'

'Ik wéét het niet.'

'Ik meen het. Denk eens na, Toby. Welk doel kan daar in godsnaam mee gediend zijn? Neem de tijd. Kauw d'r maar even op. We hebben nog een eindje voor de boeg.'

'Ik zou nooit kunnen bewijzen dat jij met Kenneth Oswin hebt samengezworen om je vader te vermoorden.'

'Bedoel je zonder dat bandje? Nee. Ik denk het ook niet. Maar je zou wel tegen Jenny kunnen vertellen wat ik je heb verklapt. Als jij haar ervan kon overtuigen dat het waar is, zou het afgelopen zijn tussen haar en mij.'

'Ze zou me niet geloven.'

'Misschien wel. Misschien niet. Wie zal het zeggen? Als iemand anders het verhaal zou bevestigen, zou ze het natuurlijk wel moeten geloven. Ze zou geen keus hebben.'

'Niemand anders is op de hoogte. Dat heb je zelf gezegd.'

'O ja? Dan ben ik Delia zeker vergeten.'

'Délia?'

'Ze draaide eromheen toen je haar het bezoek aan Oswin in het ziekenhuis voor de voeten wierp. Het viel me op dat ze mijn blik meed toen ze zei dat ze "een paar twijfels" over Oswins eerlijkheid had. Ik zag wel dat het meer was dan dat. Ze wist dat hij had gelogen toen hij ontkende dat ik met hem over mijn afkomst had gesproken. En ze wist waarom hij had gelogen.'

Plotseling was het mij net zo duidelijk als Roger. *Waarom zou hij liegen?* had ik haar gevraagd. *Aha*, had ze geantwoord. *Je scherpzinnigheid heeft kennelijk grenzen*. Inderdaad. Mijn scherpzinnigheid had te wensen overgelaten. Maar de hare blijkbaar niet.

'Ik vraag me af wanneer ze me door heeft gekregen,' zei Roger peinzend. 'Ter plekke, in het ziekenhuis bij Oswin? Of later? Nou ja, het doet er niet meer toe. Helemaal niet meer. Ik heb een oplossing voor al mijn problemen bedacht. En dat ben jij, Toby.'

'Wat?'

'Ik zal het je uitleggen als we op de plaats van bestemming zijn. Nu ik het zeg, ik moet ons rendez-vous met Jenny aldaar nog regelen.' Met zijn vrije hand haalde hij een mobiel uit zijn zak.

'Laat haar erbuiten, Roger.' Ik wierp hem van opzij een smekende blik toe. 'In godsnaam.'

'Maak je geen zorgen.' Hij wierp me een scheve grijns toe. 'Althans niet over Jenny. Die zal niets overkomen. Daar zorg ik wel voor. En nu je kop houden.' Hij stak zijn arm uit zodat de loop van zijn pistool pijnlijk tegen mijn ribben drukte. Daarna toetste hij een nummer in en drukte de telefoon tegen zijn oor. Een paar seconden later werd er opgenomen. 'Goedemorgen. Ik moet dringend een van uw gasten spreken. Ze heet Jennifer Flood. Mijn naam is Roger Colborn. Ja, ik wacht wel even.' Er verstreken nog een paar seconden. 'Dank u.' Nog een paar seconden. Toen hij weer het woord nam, was het op een toon die ik amper herkende. 'Dag lieveling... Hoor eens, het spijt me, maar ik heb Delia overgehaald om me te vertellen waar je logeert... Ik weet het, maar... Nou, dit ís ook een noodgeval, vrees ik. Het gaat om Toby. Die is totaal buiten zinnen... Nee, ik zweer je, daar heb ik niets mee te maken... Ik ben nu op weg naar hem toe... Daar moest ik mee instemmen voor Delia's bestwil... Nou, dat is natuurlijk best een probleem na wat er gisteren is gebeurd... Hij is naar het huis gekomen... Niet aangenaam, nee... Luister, ik zie dit slecht aflopen als jij er niet bent om hem tot rede te brengen... Je komt echt, hè?... Dat is het allerbeste. We moeten hier een punt achter zetten... Beachy Head.' Zo. We gingen dus naar de plek waar Ann Colborn zichzelf twintig jaar geleden van het leven had beroofd. Mijn hart bonsde inmiddels in mijn keel en het zweet parelde op mijn bovenlip. Het merendeel van wat Roger tegen Jenny zei leek hij gaandeweg te verzinnen. Maar zijn voorspelling was de spijker op zijn kop. Dit liep slecht af. 'Ik weet het niet,' vervolgde hij. 'Het slaat nergens op. Maar aan de andere kant is hij niet erg samenhangend... Ja... Het parkeerterrein dat het dichtst bij de vuurtoren is... Precies... Je ziet de auto wel... Oké... Ja, komt in orde... Tot straks... Ik hou van je... Dag.' Hij verbrak de verbinding en stopte het toestel weer in zijn zak.

Er volgde een stilte van een paar minuten. Toen stelde ik een vraag, maar ik wist niet zeker of ik het antwoord wel wilde horen. 'Waarom gaan we naar Beachy Head?'

'Dat vertel ik je daar wel.'

'Maar we gaan niet zomaar met Jenny praten, hè? Dat hadden we ook in Tunbridge Wells kunnen doen.'

'Nee, Toby, we gaan niet alleen maar praten.'

'Je zei dat als ik haar ervan kon overtuigen dat jij Kenneth Oswin hebt betaald om je vader te vermoorden, het voorbij zou zijn tussen jou en haar. Je moet beseffen dat hetzelfde zeker zal gelden als je mij vermoordt.'

'Dat is zo. Dus misschien ga ik je niet vermoorden. Misschíen. Daar zul je gauw genoeg achter komen. Tot die tijd weet ik niet of we elkaar nog iets te zeggen hebben. Blijf gewoon maar rijden. Ik zeg wel hoe je moet rijden als dat nodig is.'

'Maar...'

'Kóp dícht!' riep hij zo hard dat ik schrok. 'Het vragenuurtje is voorbij.'

Behalve zeggen waar en wanneer ik moest afslaan, zei Roger Colborn geen woord toen we om Eastbourne heen reden en door het verlaten heuvellandschap naar het einde van het land en onze bestemming koersten.

Mijn angst nam niet af naarmate we vorderden. Integendeel. Maar langzaam maar zeker kreeg ik hem onder controle. Ik begon mijn brein rustig genoeg te krijgen om te proberen uit te dokteren wat hij in zijn schild voerde.

Ik schoot er weinig mee op. Als hij me wilde vermoorden, zou hij Jenny zeker niet hebben verteld waar we heen gingen. Maar als hij me wilde laten leven, hoe kon hij dan zeker weten dat ik haar niet vroeg of laat zou vertellen wat hij me had opgebiecht en het bandje zou afdraaien om het te bewijzen? En nu ik erbij stilstond, hoe kon hij zo zeker weten dat Jenny Delia niet zou bellen om een versie van de gebeurtenissen te horen die in de verste verte niet strookte met wat hij haar net had wijsgemaakt?

Alle logica ontging me. En toch moest die er zijn. Colborn was rustig en vol zelfvertrouwen. Hij wist precies wat hij deed. Hij had aan alles gedacht. Hij had een plan. En daarvan was ik de spil.

De volgende woorden die ik sprak, waren: 'Is dit de plek waar je moeder heen is gegaan?' We stonden op een parkeerterrein in een scherpe bocht in de weg langs Beachy Head. Achter een laag talud glooide het terrein nog geen honderd meter omhoog naar de rand van het klif. Het was koud en grauw en nat. De wolken dreven als kruitdamp over het heuvelachtige veen en de door de wind misvormde doornstruiken. De in onbruik geraakte vuurtoren op de steile kaap naar het oosten lag in een waas van mist. In geen velden of wegen was een andere auto – noch een ander mens – te bekennen.

'Ja,' antwoordde Colborn traag. 'Volgens getuigen heeft ze hier een paar minuten in de Jaguar gezeten terwijl de motor draaide en daarna is ze recht de helling op en over de rand gereden.'

'Als je een soort dubbele zelfmoord in gedachten hebt...'

'Nee. Zet de motor maar af als dat je geruststelt.'

Dat deed het, althans een beetje. De stilte daalde over ons heen, slechts verbroken door het klagende gejammer van de misthoorn van de nieuwe vuurtoren, die we niet zagen omdat hij aan de voet van het klif stond.

'Toen mijn moeder zelfmoord pleegde, was er geen talud om de parkeerplaats,' vervolgde Colborn. 'Maar dat is eigenlijk alleen maar bedoeld om ongelukken te voorkomen. Als je een paar aanloopjes neemt kun je er makkelijk overheen. Vervolgens rij je gewoon rechtdoor naar een loodrecht ravijn van meer dan honderdzestig meter. Je valt gegarandeerd dood. Het is een populaire plek voor zelfmoordenaars. Ongeveer twintig stuks per jaar. En het aantal neemt toe. Het trekt. Het is dicht bij de weg. De zekerheid. De symboliek. Het einde van het land. Het einde van het leven.'

'Wat doen we hier?'

'Jij moet hier een keuze maken, Toby. Over wat er met ons gebeurt: met jou, mij en Jenny.'

'Wat voor keus heb ik nou? Jij hebt het pistool.'

'Het zal minstens nog een halfuur duren voordat Jenny er is. We hebben dus nog even de tijd. Net voldoende, zelfs.' Hij boog zich naar voren, maakte het handschoenenkastje open, haalde een paar dunne, leren rijhandschoenen tevoorschijn en gooide die in mijn schoot. 'Trek die aan.'

'Waarom?'

'Doe het nou maar. Dan leg ik het je uit.'

'Oké.' Ik trok ze aan. 'Dus waarom?'

'Omdat ze op de een of andere manier een reden moeten hebben waarom jouw vingerafdrukken niet op het pistool staan. Áls het ooit gevonden wordt.'

'Waar heb je het over?'

'Misschien heb je erbij stilgestaan dat Jenny zal beseffen dat ik haar heb voorgelogen, als ze Delia belt.'

'Inderdaad.'

'Maar dat is niet echt een probleem, omdat Jenny Delia niet te spreken zal krijgen als ze haar belt.'

'Waarom niet?'

'Delia is dood, Toby. Daarom niet.'

Ik keek hem van opzij aan. 'Je...' De afgrijselijkheid van zijn woorden drong in alle hevigheid tot me door. 'Heb jij... haar vermoord... toen je terugging... naar het huis?'

'Ik moest wel. Zij wist wat ik op mijn kerfstok had. Maar vanmorgen wist ze het zeker. En met jou als bondgenoot zou ze het er niet bij hebben laten zitten. Geloof me maar. Het was zij of ik. Ik heb haar het nummer van het Spa Hotel gevraagd. Ze had het op een geeltje geschreven dat ze op een keukenkastje had geplakt. Toen ze het pakte, heb ik haar door haar achterhoofd geschoten. Er was een heleboel bloed. Meer dan ik had verwacht.' Hij haalde iets uit zijn zak – een klein, verfrommeld stukje felrood papier – en plakte het op het dashboard: het was het geeltje. Toen het opkrulde, zag ik dat de achterkant nog de oorspronkelijke gele kleur had. 'Gelukkig stond ik in de gang. Ik heb geen spatje op m'n kleren gekregen.'

'Mijn god.'

'Ik heb de motor laten draaien zodat je het schot niet zou horen.'

'Je bent gek. Dat kan niet anders. Om... je tante te vermoorden.'

'Ik voel me anders helemaal niet gek. En jij hebt me eraan herinnerd dat ze mijn tante eigenlijk helemaal niet is. Bovendien heb ik het niet gedaan, maar jij, Toby. Jij bent weer naar binnen gegaan om haar te vermoorden, en vervolgens heb jij mij met dit pistool gedwongen om hierheen te rijden en Jenny onderweg te bellen.'

'Dat gelooft geen mens.'

'Ik denk het wel. Jij was van plan ons allebei van het leven te beroven, om Jenny bij haar komst te confronteren met de tragische gevolgen van het feit dat ze je had afgewezen. Maar je werd overweldigd door de enormiteit van wat je met Delia had gedaan. Je hebt me op het laatste moment laten uitstappen. Daarna ben je van het klif gereden.'

'Dat doe ik niet.'

Ik kan je niet dwingen. Maar als je het niet doet en Jenny arriveert, vermoord ik jullie allebei.'

'Wát?'

'Je krijgt haar niet, Toby. Dat is wel het laatste wat ik zal laten gebeuren. Als jij probeert me ten val te brengen, sleep ik iedereen mee.'

'Je hebt gezegd... dat je van haar houdt.'

'Dat doe ik ook. Meer dan van het leven zelf.'

'Je bent echt krankzinnig.'

'Dat is jouw mening. En dit is jouw keus. Bewijs maar dat je van haar houdt. Door jezelf op te offeren om haar te redden. Ik zorg wel voor haar. Ik help haar wel om eroverheen te komen. Ik zal haar gelukkig maken. Gelukkiger dan jou ooit is gelukt. Ik zal zelfs zo ver gaan om het bandje in een kluis te bewaren zodat de waarheid ooit, na mijn dood, aan het licht kan komen. Dan ben je een held. Een postume held weliswaar, maar toch een held.'

Ik staarde hem aan, misselijk van de zekerheid dat hij niet blufte. Hij had al iemand vermoord. Twee keer zelfs, als je zijn vader meetelde. Hij had niets te verliezen. Als ik niet de schuld op me nam van wat hij had gedaan, zou hij ons allemaal vernietigen. Het aanbod om ooit mijn reputatie te redden was zo onwaarschijnlijk dat het misschien wel oprecht was. Maar dan zouden we allebei dood zijn; ik allang, al was ik waarschijnlijk niet vergeten. Jenny aan haar lot overlaten met een man van wie ik wist dat hij een moordenaar was, was een merkwaardige manier om mijn liefde voor haar te bewijzen. Maar het alternatief was nog erger. Er was maar één vraag die ertoe deed. Zou hij het doen? Zou hij haar vermoorden als ik weigerde mee te werken? Zou hij dat echt?

'Wat gaat het worden, Toby? Dood en roem? Of alleen maar dood?'

'Je zei dat ik een keus had.'

'Die heb je toch?'

'Zo voelt het anders niet.'

'Moet ik dat opvatten als ja tegen dood en roem?'

'Misschien.' Het was een ja tegen iets. Maar tegen geen van beide keuzes die hij me had geboden. Ik zag maar één uitweg. En die was allerminst zeker.

'Dan laat ik het verder aan jou over. Geef me dat bandje.'

'Als jij me dat pistool geeft.'

'Leuk geprobeerd, Toby. Maar dat pistool blijft bij mij. Misschien dacht je dat mij vermoorden slimmer is dan zelfmoord. Of misschien knijp je er op het laatste moment tussenuit door weg te rijden. Dat kan ik niet riskeren.'

'De politie zal je verhaal niet geloven als ze dat pistool niet bij mij aantreffen.'

'Ik gooi het je wel na over de rand van het klif. Dan zullen ze concluderen dat het door de klap naar buiten is gesprongen.'

Mijn vluchtroute was afgesneden. Het was een ijle hoop geweest die in feite een illusie was. 'Doe dit niet, Roger. Alsjeblieft.'

'Het is te laat voor een appèl op mijn betere kant, Toby. Veel te laat. Mijn besluit staat vast. En het jouwe?'

'Wacht even. Laten we...'

'Nee. Laten we niets. Ik wil je antwoord. NU.'

'Oké. Ik...' Hij keek me recht aan zonder met zijn ogen te knipperen. 'Ik doe het.'

'Mooi. Ik wist wel dat je het van mijn kant zou bekijken.'

'Je bedoelt dat je wist dat ik wel moest.'

'Precies. Staak die opname nu maar en geef me dat bandje.' Hij stak zijn hand uit. 'De rest... is stilte.'

Flood, Toby (1953-2002)
Middelmatig Engels acteur. Begonnen op het podium en vervolgens doorgebroken op tv als *Hereward the Wake*. Een stuk of wat filmoptredens, maar Hollywood viel niet op hem. Hij keerde terug naar het podium, maar zonder zijn vroegere succes. Pleegde zelfmoord op Beachy Head na de moord op een vrouw in Brighton, waar hij optrad.

Of woorden van gelijke strekking in een toekomstige uitgave van *Halliwell's Who is Who in the Movies* spookten door mijn hoofd toen ik achter het stuur van Roger Colborns Porsche zat en hij langzaam uitstapte en het portier met perfect berekende kracht achter zich dichtdeed. Ik zag hem weglopen en vervolgens stilstaan om naar me te kijken.

Ik voelde me onpasselijk. Mijn hand trilde toen ik het contactsleuteltje pakte. Mijn ademhaling was oppervlakkig en mijn hart ging tekeer. Mijn handen waren nat van het zweet. Ik vervloekte Colborn en het lot en mijn eigen stompzinnigheid, omdat ik me op maar enkele minuten van mijn dood bevond, die hij voor me had bekokstoofd. Ik ging op Colborns voorwaarden een eind aan mijn leven maken. Ik moest wel. Omdat ieder alternatief erger was. Dit zou blijkbaar Toby Floods genadeslag worden.

Ik startte de motor, zette de pook in z'n achteruit en reed een stukje terug van het talud om de parkeerplaats. Nu bewolkten tranen mijn blikveld, tranen van woede, angst en abjecte radeloosheid. Ik knipperde ze weg en keek omhoog naar de gebroken rand van het klif. Daarachter wist ik de ijle lucht en de zee in de diepte: een loodrechte duik naar een wisse dood. 'Christenenzielen,' mompelde ik. 'Wat een klotemanier om te gaan.' Ik zette de pook in z'n vrij.

Toen zag ik een beweging voor me. Er dook een gestalte op achter de groepjes steekbrem en doornstruiken op de helling, een gestalte die zich door het gras mijn kant op haastte. Het was een man met een wilde haardos, in een duffelse jas, spijkerbroek en booties. Het was Derek Oswin.

Ik wierp een blik op Colborn en besefte dat hij de naderende figuur nog niet had gezien. Ik kon niet eens gissen wat hij zou doen als hij hem zag. En ik had maar een paar seconden om hem de voet dwars te zetten. Ik rukte de handrem omhoog en sprong uit de auto.

'Wat doe je, goddomme?' riep Colborn. 'Ga terug in de auto!'

'We hebben gezelschap, Roger,' antwoordde ik toen ik om de motorkap liep. 'Je kunt dat pistool maar beter wegstoppen.'

Colborn wierp een blik opzij en zag meteen wat ik bedoelde. Hij drukte zijn rechterarm tegen zijn zij om het pistool aan Dereks blik te onttrekken. Er trok een uitdrukking van kille razernij over zijn gezicht en hij wierp me een blik toe die impliceerde dat ik op de een of andere manier verantwoordelijk was voor deze geestverschijning.

'Meneer Flood!' riep Derek. 'En... meneer Colborn.' Hij had de top van het talud bereikt en keek van boven op ons neer. Hij hijgde en zijn wangen waren rood van de inspanning. 'Ik d-d-dacht wel... dat ik jullie hier zou t-treffen.'

'Waar heb je de afgelopen dagen gezeten, Derek?' vroeg ik. 'Ik heb je gemist.'

'In... een pension in Bognor Regis. Echt... niet duur... omstreeks deze tijd van het jaar. Het... spijt me... als ik u... ongerust heb gemaakt.'

'Je hebt zelf die troep in je huis gemaakt, hè?'

'Dat is waar... ik heb een beetje rommel gemaakt.'

'En mijn bandjes gestolen.'

'G-geleend... meneer Flood.'

'En het manuscript bij mijn agent gestolen.'

'T-teruggevraagd.'

'Ik zei het toch,' zei Colborn met een ijzige ondertoon.

'Waarom?' vroeg ik zacht. De woede die ik had moeten voelen over het feit dat Derek Oswin me had gemanipuleerd, was vervangen door een groeiende hoop dat zijn tussenkomst op de een of andere manier mijn redding zou zijn.

'Om... te zien wat er zou gebeuren.'

'Om te zien wat er zou gebéuren?'

'Maar ik... denk dat ik te ver ben gegaan.'

'Dat is het understatement van de eeuw, Derek.'

'Het is een b-beetje vroeg om dat te zeggen, d-denkt u niet...

meneer Flood? M-met nog achtennegentig jaar v-voor de boeg, bedoel ik.'

'Hoe wist je dat we hier waren?'

'Dat w-wist ik niet. Althans niet zeker. Het was maar... een voorgevoel. Ik ben elke dag thuis w-wezen kijken... om te zien of u het b-bandje in de wereldbol had gevonden. Vanmorgen... moeten we elkaar net zijn misgelopen. Toen ik zag dat het bandje weg was, wist ik dat u met de laatste etappe bezig was. Bedankt dat u kapitein Haddock weer op mijn jas hebt gespeld, meneer Flood.' Hij praatte inmiddels wat zekerder; het gestotter en geaarzel ebde weg. 'Ik ben bij oom Ray geweest om te horen of u met hem... over papa... en mevrouw Colborn had gesproken.' Terwijl Derek sprak, draaide Roger Colborn zich langzaam zijn kant op met zijn arm op zijn rug om het pistool te verbergen. 'Hij vertelde dat u naar mevrouw Sheringham was gegaan, dus heb ik hem gevraagd om me daarheen te brengen. P-powis Villas was afgezet door de politie. Er was een m-moord gepleegd. Op mevrouw Sheringham... zei een buurvrouw. Zij had meneer Sheringham gezien, die erg van streek was. En er was een P-Porsche gezien... die wegreed. Nou, ik wist wel wat dat betekende. Ik gokte erop dat... meneer Colborn... u hierheen zou brengen... v-vanwege zijn moeder. Ik heb oom Ray... op het parkeerterrein... van het Bezoekerscentrum gelaten.' Hij maakte een hoofdbeweging naar het gebouw waarvan ik het dak door het grauwe weer net kon zien op de skyline in het oosten. 'Ik... Logischerwijs had ik waarschijnlijk beter niet kunnen komen. Ik bedoel... je kunt beredeneren dat mijn plan.... b-beter is uitgepakt dan ik ooit had kunnen hopen.'

'Toe dan,' zei Roger. 'Beredeneer het maar.'

'Nou, u bent... toch uitgerangeerd; niet dan, meneer Colborn?' Voor het eerst richtte Derek zich rechtstreeks tot zijn halfbroer. 'Ik heb u t-ten val gebracht.'

'Het zou niet zijn gelukt als je was weggebleven, Derek,' zei ik, terwijl ik langzaam dichter naar Colborn toe schoof. 'Hij had een manier bedacht om me die moord in de schoenen te schuiven. Nadat ik voor zijn plezier van het klif was gereden.'

Derek keek me aan en knipperde verrast met zijn ogen. En vervolgens keek hij naar Colborn. 'H-heus?'

'Ja,' zei Roger. 'Heus.'

'Dat is v-verschrikkelijk. Ik z-zou... gezorgd hebben dat hij daar niet... ongestraft... vanaf kwam... meneer Flood.'

'Nee,' zei Roger. 'Dat denk ik ook. Waardoor het een... gelukkige bijkomstigheid is, dat je nu hier bent.'

Ik zag de beslissing vorm krijgen in de plotselinge spanning in Colborns gezicht. Hij kon het nog steeds voor elkaar boksen, door mij deze tweede moord in de schoenen te schuiven, wat bovendien zijn kans vergrootte om ook nummer één op mijn bord te leggen. Hij draaide zich met een ruk om naar Derek en haalde het pistool achter zijn rug vandaan, waarbij hij zijn ogen van mij afwendde.

Met een gebukte duik ramde ik hem in zijn middenrif en profiteerde daarmee van het enige voordeel dat ik had: mijn gewicht. Hij verloor zijn evenwicht en viel. Het pistool ging af met een oorverdovende knal. We sloegen hard maar zonder geluid op het asfalt. Ik hoorde zelfs minder dan ik zag. Ik keek op, radeloos op zoek naar Derek. En daar was hij, vlak voor me. Hij sprong van het talud en bukte zich om het pistool op te rapen dat uit Colborns hand was geschoten toen hij viel.

'Rennen!' schreeuwde ik. De kreet klonk mezelf in de oren als een brul in een emmer. En Derek zette het inderdaad op een lopen. Hij stoof het talud op en over het gras in de richting van het klif. Hij had het pistool bij de loop in zijn rechterhand.

Toen trof Colborns elleboog me hard onder de kin waardoor ik zijwaarts vloog en de pijn door me heen vlamde omdat mijn tong tussen mijn tanden zat. Ik rolde op mijn rug, richtte me met moeite op en zag dat Colborn inmiddels over het talud was en in volle vaart de achtervolging van Derek had ingezet. Ik krabbelde overeind en holde hen achterna.

Derek had een voorsprong van een meter of tien en dat bleef zo. De angst gaf Derek vleugels, zodat het eventuele voordeel dat Colborn had door zijn atletische bouw teniet werd gedaan. Ze holden hard over het natte gras, recht op de rand van het klif af. Mijn longen deden zeer toen ik ze volgde, mijn borst verkrampte en mijn oren suisden. Ik hoorde niets anders dan mijn eigen gehijg en zag niets anders dan de twee figuren voor me, een in het zwart, de ander in het bruin, die zich in de dichter wordende mist voortbewogen als vlietende geestverschijningen.

Een klein stukje voor de rand kwam Derek wankelend tot stilstand en hij gooide het pistool in de diepte. Daarna draaide hij zich om naar Colborn, die op hetzelfde moment bleef staan, met die vitale achterstand van tien meter. Maar ik bleef rennen.

Derek glimlachte. Hij deed zijn mond open om iets te zeggen, maar wat precies ontging me. Of Roger iets terugzei, wist ik evenmin. Hij wierp een blik over zijn schouder om mijn afstand te schatten en zijn kans te wegen. Daarna keek hij weer voor zich en stoof hij recht op Derek af.

Dereks enige kans was om weg te hollen van de rand van het ravijn, naar Roger toe. Maar hij deinsde terug, zo mogelijk nog dichter naar de rand toe. Misschien had hij niet beseft wat Rogers ultieme uitweg uit al zijn problemen was. Of misschien juist wel. Misschien probeerde hij daarom juist de omhelzing van zijn broer niet te ontlopen.

Ze gingen met zijn tweeën over de rand, Roger met zijn armen om Dereks middel. Door de vaart vlogen ze ongeveer een meter recht naar voren in de grijze leegte voordat ze omlaag stortten.

Ze waren nog steeds verstrengeld toen ik de rand bereikte. Ik viel happend naar adem op mijn knieën en volgde de laatste seconden van hun val.

Ze raakten de voet van het klif en rolden afzonderlijk over het strand naar beneden. De branding kwam aanrollen en het water klotste om hen heen. En trok zich rood schuimend weer terug.

Dat was toen. Dit is nu. Laat. Heel laat. Te laat voor Derek Oswin en Delia Sheringham. En ook voor Roger Colborn. Drie sterfgevallen. En ik had ook een van die drie kunnen zijn. Maar dat was ik niet. Ik weet niet goed waarom. Ik weet überhaupt niet veel.

Laat, zoals ik zei. Maar nog steeds te vroeg om een nuchtere volgorde aan te brengen in de gebeurtenissen die volgden op de dubbele val van het klif. Ik herinner me de vuurtoren uit de kust met zijn gordels van bloed en krijt; de zijkant van het klif, zo wit als verbleekte botten; de zeemeeuwen, gedempt door mijn doofheid, die als spoken de mist in gleden en er weer uit opdoken; en Dereks vreemde, triomfantelijke glimlach. Ik herinner me al die dingen. Hun helderheid lijkt zelfs nog toe te nemen, terwijl veel andere dingen verbleken.

Ik hield een auto aan en de chauffeur belde de politie met zijn mobiel. Hij bracht me het kleine stukje naar het Bezoekerscentrum, waar ik Ray Braddock vond die geduldig op de terugkeer van zijn peetzoon wachtte. Ik weet niet meer hoe ik hem het nieuws vertelde, noch hoe hij reageerde. Hij zat ineengedoken achter het stuur van zijn auto recht voor zich uit te staren toen ik wegliep.

Ik liep terug naar de parkeerplaats en wachtte bij de Porsche op Jenny. Misschien was het onder de gegeven omstandigheden maar goed ook dat de politie er eerder was dan zij.

Aanvankelijk was het maar één patrouillewagen. De twee agenten die erin zaten moesten zo hard mogelijk schreeuwen om zich verstaanbaar te maken voor me. Uiteindelijk begrepen ze de boodschap dat dit geen routinezelfmoord was en namen ze contact op met de recherche van Brighton. Er volgde een ploeg van de kustwacht die vanboven het tafereel op het strand in de diepte in zich opnam. Ze installeerden een soort bok als voorbereiding op het neerlaten van brancards om de lijken op te hijsen.

Toen arriveerde Jenny wel. Ik kon niet goed horen wat de politie precies tegen haar zei. Maar wat het ook was, het was duidelijk dat ze het aanvankelijk niet allemaal kon bevatten. De agenten probeerden ons uit elkaar te houden. Ik herinner me nog de blik op haar gezicht toen ze me over de parkeerplaats aankeek tussen hun brede schouders. Waarschijnlijk dacht ze nog steeds dat Roger haar de waarheid had verteld toen hij haar vanuit de auto belde. Waarschijnlijk dacht ze dat ik gek was. Ze begon te schreeuwen. 'Wat heb je gedáán?' En te huilen. 'Wat heb je gedáán?'

Er arriveerden nog twee politieauto's. Ik werd in een daarvan geduwd en naar het General Hospital van Eastbourne gebracht. Onderweg merkte ik dat mijn rechteroor bloedde. Ik werd snel naar een kamertje op de EHBO gebracht en een stevige politieman hield de wacht. Een jonge arts onderzocht me. Hij verklaarde dat mijn trommelvlies intact was en dat mijn gehoor de komende vierentwintig uur langzaam zou terugkeren. Dat proces was al op gang gekomen trouwens, hoewel de shock voorkwam dat de verbetering zich ook in mijn samenhangendheid aftekende.

Toen dook er een bekend gezicht op: brigadier Spooner. Ik werd in een andere politieauto geladen en naar het hoofdkwartier van de recherche aan de noordelijke rand van Brighton gebracht. Daar zetten ze me in een verhoorkamer met blanco muren, ik kreeg een beker thee en een broodje ham en ze lieten me ruim een uur met rust. Misschien wachtten ze af tot ze me konden verhoren zonder te hoeven schreeuwen. Maar waarschijnlijker was dat ze naar het bandje luisterden dat ze volgens mijn inlichtingen in Roger Colborns zak hadden gevonden, en probeerden ze zelf vast te stellen wat er die ochtend in Powis Villas was voorgevallen en waarom.

Uiteindelijk kwam Spooner binnen met inspecteur Addis en het verhoor begon. Ze wisten inmiddels dat ik hen gisteren had voorgelogen toen ze naar Ian Maple informeerden. Maar dankzij het bandje wisten ze ook dat ik gestopt was met liegen. We namen alles stap voor stap door. Althans, dat neem ik aan. Ik kan me maar een fractie herinneren van wat we bespraken. Waarschijnlijk had ik om de aanwezigheid van een advocaat moeten vragen. Misschien hebben ze me dat zelfs aangeraden. Maar daar zag ik het nut niet van in. Er viel nu maar één verhaal te vertellen: de waarheid.

Uiteindelijk leek Addis maar niet te kunnen besluiten of hij me moest berispen, of met me te doen moest hebben. Wat hij zei kwam erop neer dat Ian Maple en ik donderdag met onze verdenkingen bij hem hadden moeten komen. Dan had niets van dit alles hoeven te gebeuren. Dan zouden drie mensen die nu dood waren nog in leven zijn, Ian niet met een verbrijzeld been in het ziekenhuis liggen en zou ik niet... Volgens mij liet hij de samenvatting van mijn toestand aan mijzelf over. Ik bracht er niets tegen in. Daar had ik de kracht niet voor, laat staan de wil.

'U kunt nu gaan, meneer,' zei hij op een gegeven moment, nadat ik een verklaring had getekend en nog wat thee had gedronken. 'Wanneer gaat u naar Londen terug?'

'Morgen, denk ik.'

'Ik weet haast wel zeker dat we daar contact met u zullen opnemen. Het is zeker dat de pers zich op u zal storten, omdat u min of meer een beroemdheid bent en zo. Maar mondje dicht. Als ik hoor dat u uw verhaal aan een van de roddelbaadjes hebt verkocht, moet ik misschien serieus overwegen of u een aanklacht wegens inbraak verdient, of wegens het tegenwerken van de politie, of... maakt niet uit wat. Snapt u wat ik bedoel?'

'Dacht u nou echt dat ik dit breeduit in de krant wil zien?'

'Ik weet het niet, meneer. Misschien vindt u het wel nuttig voor uw carrière.'

'Nu we het daar toch over hebben, meneer,' zei Spooner. 'We hebben met een zekere meneer Sallis in de schouwburg gesproken en de situatie zo goed mogelijk uitgelegd.'

'Bedankt.'

'Wilt u ergens heen gebracht worden? We kunnen wel een auto regelen.'

'Ik zou graag... mijn vrouw spreken.'

'Ik weet niet of dat wel raadzaam is, meneer. Ik heb begrepen dat ze met alle geweld ter plaatse wilde blijven tot ze de lijken omhooggehaald hadden. Ik denk dat ze zich ervan wilde vergewissen dat meneer Colborn echt een van de slachtoffers was. Dat moet haar behoorlijk van streek hebben gemaakt, gezien de toestand waarin de lijken verkeerden en het feit dat meneer Braddock er ook bij was. Een politieagente is momenteel bij haar op Wickhurst Manor om de komst van mevrouw Floods zuster af te wachten. Een zekere mevrouw Butler. Ik neem aan dat u die dame kent.'

'Ja. We kennen elkaar.' Het was vrij logisch dat Jenny zich in deze crisis tot Fiona had gewend.

'Later zullen we mevrouw Flood onze voorlopige conclusies melden. Het is misschien het beste dat u uw bezoek tot na ons gesprek uitstelt.'

'Misschien kan ik haar... bellen.'

'Gaat uw gang.'

'En wat zijn die... voorlopige conclusies?'

'Die weet u al, meneer,' zei Addis. 'U wist ze eerder dan wij.'

Spooner bracht me een telefoon en ze lieten me alleen. Ik staarde een poosje naar het apparaat en probeerde uit alle macht woorden tot een zin te vormen die op de een of andere manier in verhouding stond tot de vreselijke ravage die vanochtend in haar leven was aangericht, en waarin ik niet zo'n kleine rol had gespeeld. Het was me nog steeds niet gelukt toen ik de telefoon pakte en haar mobiele nummer belde. Het toestel was uitgeschakeld en ik liet geen boodschap achter. In plaats daarvan probeerde ik het huisnummer.

De vrouwelijke politieagent nam op en leek zelfs weinig zin te hebben om Jenny te vragen of ze me wilde spreken. Ze kwam terug om te melden dat Jenny te zeer van streek was om aan de telefoon te komen. Ik had het gevoel dat er een muur tussen ons werd opgetrokken. Maar voorlopig kon ik niets doen om die muur af te breken.

Uiteindelijk sloeg ik het aanbod van een lift af en verliet ik het politiebureau te voet. Het was razend druk in de naburige supermarkt. Ik liep langs het bomvolle parkeerterrein en bekeek het winkelende publiek dat zijn volgeladen karretjes naar buiten duwde. Voor hen was het een gewone zaterdagavond voor Kerstmis. De moord in Powis Villas en de doden van Beachy Head waren kruimelnieuws. Hun toekomst bleef ongewijzigd, hun leven onaangetast. Het leven ging door. Zoals altijd.

Ik kan me niet herinneren hoe ver ik wilde lopen. Ik betwijfel zelfs of ik überhaupt plannen had. Ergens in de schijnbaar eindeloze buitenwijken waar ik doorheen zwierf, stapte ik op de bus naar de Old Steine. Ik ging achterin zitten, maakte me klein en niemand zag me.

Ik voelde me verdoofd, ontwricht en overweldigd door de gebeurtenissen. Mijn gehoor was hersteld, maar mijn brein niet. Ik sloop een drukke kroeg in St. James's Street in en sloeg een paar glazen whisky achterover. Waarschijnlijk meer dan een paar. Daarna ging ik naar het Sea Air.

Eunices welkom was ambivalent. Ze was opgelucht om me heelhuids terug te zien, levend en betrekkelijk wel. Maar ze was ook boos omdat ik haar niets had laten weten.

'Ik heb het alleen aan Brian Sallis en de politie te danken dat ik me niet dodelijk ongerust over je maakte. Hoewel het niet bepaald geruststellend was wat ze over je vertelden. Blijkbaar heb je het voor je kiezen gehad, Toby en flink ook, dus misschien moest ik je maar niet zo op je duvel geven als ik wel zou willen. Kom maar mee naar beneden, dan maak ik iets te eten voor je.'

Protesteren dat ik geen trek had had geen zin en weldra zat ik aan de ontbijtbar in gegratineerde bloemkool te prikken en moest ik toegeven dat van alle mogelijke slotscènes die vandaag de revue waren gepasseerd, deze er beslist niet bij was geweest.

'Wat zei Brian?' vroeg ik terwijl ik me schrap zette.

'Dat je betrokken was bij een verschrikkelijke toestand en gegijzeld bent geweest door een moordenaar. Is dat echt waar, Toby?'

'O, ja zeker. Dat klopt.'

'Maar heeft de moordenaar zich van Beachy Head gestort?'

'Ja.'

'En jij bent daarbij geweest?'

'Ja, inderdaad.'

'Het is te gruwelijk om bij stil te staan.'

'Zo is dat.'

'De dingen die zich afspelen terwijl fatsoenlijke mensen als wij ons dagelijks leven leiden.'

'Ik zal je alles vertellen... als het niet meer zo rauw op m'n maag ligt.'

'Maar de moordenaar... was de vriend van je vrouw...'

'Kunnen we het laten rusten, Eunice? Ik kan echt niet...'

'Sorry.' Ze gaf me plotseling een warme knuffel. 'Je wilt natuurlijk niet dat ik maar doorzeur.'

'Dat is niet erg. Ik... Wat heeft Brian... over het stuk gezegd?'

'Niets. Alleen dat... nou ja...'

'Nou?'

'Dat ze het wel redden zonder jou.'

Ik wist een flauw, melancholiek glimlachje op mijn gezicht te toveren. 'Dat was ongetwijfeld geruststellend bedoeld.'

'Je kunt hem altijd... bellen.'

'Ik dacht het niet.'

'Ben je nog steeds van plan morgen naar Londen terug te gaan?'

'Ik denk het wel. Waarschijnlijk is dat het beste. Kijk maar wat er allemaal is gebeurd in de zes dagen dat ik hier ben geweest.' Terwijl er een hap gegratineerde bloemkool op mijn bord stolde, dacht ik daar een poosje over na. 'Ja. Dat is waarschijnlijk het beste.'

Dat was niet zo lang geleden. Dit is nu. Laat. Erg laat. Te laat voor Derek Oswin en Delia Sheringham. En ook voor Roger Colborn. Maar voor Jenny en mij? Ik weet het niet. Ze zou me dankbaar moeten zijn dat ik Colborns ware aard heb ontsluierd. Maar ik betwijfel of ze iets van dankbaarheid voelt. Dat betwijfel ik ten zeerste.

Ik moet haar natuurlijk de kans geven om over de shock heen te komen, zodat het verdriet plaats kan maken voor het inzicht in wat hij was en wat hij heeft gedaan. Ik moet teruggaan naar Londen en afwachten. Ik moet wachten tot haar wonden zijn geheeld, én de mijne.

Ja. Dat moet ik doen. Dat is beslist wat ik moet doen. Dat is het beste.

Waarschijnlijk.

ZONDAG

Ik kan me niet herinneren dat ik tot de kleine uurtjes wakker heb gelegen, piekerend over alles wat er was gebeurd. Ik had verwacht dat de slaap net zo'n schaars artikel was als hoop en troost, maar vreemd genoeg was dat niet het geval. De uitputting deed zich gelden. Ik zakte weg in een diepe, louterende bewusteloosheid.

Ik had de gordijnen van mijn kamer niet dichtgetrokken en werd gewekt door een sluipende, grijze dageraad. Even later besefte ik dat ik de gebeurtenissen van gisteren niet had gedroomd. Ik had alleen een snel vervagende droom gehad waarin ik met Derek Oswin over een spoorwegviaduct hoog boven Brighton liep en hem wegtrok van de rand toen hij op het punt leek te vallen. In de echte wereld, waar ik leefde en moest blijven leven, was hij reddeloos. En hij was niet de enige.

Ik douchte en schoor me snel, kleedde me vervolgens aan en pakte mijn bagage voor mijn vertrek. Ik had het gevoel dat het misschien het beste was om gewoon mijn tas te grijpen en weg te gaan als ik hier later terugkwam. Hoewel logica en berekening me de verstandigste koers hadden laten uitstippelen, was ik toch van plan iets anders te doen. Ik moest Jenny spreken. Ik móest haar zien. Onverwijld.

Maar iemand anders had besloten míj op te zoeken, ook onverwijld. Toen ik de voordeur van het Sea Air zachtjes achter me dichttrok en naar buiten ging, waar de klamme, koude en stille ochtend me begroette, werd er even getoeterd door een van de auto's die aan de overkant geparkeerd stonden.

Het was een gedeukte oude Metro. Het raampje aan de chauffeurskant was omlaag gedraaid. En daar zat Ray Braddock naar me te staren.

Ik liep langzaam naar de overkant om met hem te praten en vroeg me af wat ik moest zeggen. Ik moest denken aan Colborns treiterige opmerking over acteurs die geschreven tekst moesten hebben voordat ze overtuigend konden klinken.

'Met de noorderzon terug naar Londen?' vroeg Braddock. Hij had zich niet geschoren, zijn ogen waren roodomrand en hij was bepaald niet opgewekt.

'Het spijt me van Derek, Ray,' zei ik zonder weg te kijken. 'Het spijt me echt.'

'Je had gezegd dat je een oogje in het zeil zou houden.'

'Ik denk niet dat ik...'

'Je zei dat het allemaal wel zou overwaaien.'

Ik liet zijn verwijtende blik tot me doordringen. 'Ik heb me vergist.'

'Ik probeerde hem er nog van te weerhouden om naar het klif te gaan om jou en Colborn te zoeken. Maar daar wilde hij niet van horen. "Ik heb meneer Flood hierin betrokken," zei hij. "Dus moet ik hem er ook weer uithalen."'

'Heeft hij dat gezegd?'

'Ja.'

'Nou, hij heeft woord gehouden, Ray. Hij heeft me eruit gehaald.'

'Hij heeft je leven gered.'

'Ja.'

'Ten koste van dat van zichzelf.'

'Je zou vast willen dat het andersom was.'

'Precies.'

'Maar je kunt trots op hem zijn. Echt waar. Telt dat niet?'

'Als je oud, arm en eenzaam bent... schiet je daar geen fluit mee op.'

'Het spijt me.' Het was waar. Het speet me echt. Maar het was ook een feit dat mijn spijt niet voldoende was. Voor geen van beiden.

'Volgens mij had Derek jou niet ergens in betrokken,' zei Braddock. 'Volgens mij heb jij jezelf erin gewerkt. En bij God, ik wou dat je dat niet had gedaan.'

'Misschien heb je wel gelijk. En in dat geval...' Ik haalde mijn schouders op. 'Zou ik dat ook willen.'

'Echt?' Braddocks boosheid ebde plotseling weg. Zijn trekken werden iets vriendelijker. Hij schudde mismoedig zijn hoofd. 'Hij is er niets wijzer van geworden, die jongen. Hij was net zijn vader.'

'Je kunt ergere dingen zijn.'

'Wat je zegt.' Hij zuchtte. 'Als je hem... de laatste eer wilt bewijzen... voor wat hij heeft gedaan...'

Opeens zag ik dat hij me iets door het raampje toestak: een wit kaartje. Ik pakte het aan en zag de naam, adres en het telefoonnummer van een plaatselijke begrafenisondernemer.

'Die kunnen je wel vertellen wanneer de begrafenis is.'

'Dankjewel, ik...'

'Het is aan jou.' Braddock startte de auto. 'Ik moest maar eens gaan. Ik denk dat iemand anders je wil spreken.'

'Wat?' Ik draaide me om en zag Brian Sallis in zijn joggingtenue op de stoep voor het Sea Air staan.

'Goeiemorgen, Toby,' zei hij ernstig.

'Brian. Ik...' Ik liep naar hem toe en keek opzij toen ik de Metro hoorde wegrijden.

'Wie was dat?'

'Derek Oswins peetvader.'

'Aha.' Brian gaf me een klopje op de schouder dat kennelijk meelevend bedoeld was. 'Dit is een kwalijke toestand geweest.'

Ik knikte. 'Zeg dat wel.'

'Ik heb geprobeerd je op je mobiel te bereiken.'

'Die... ben ik kwijt.'

'Waar ga je nu heen?'

'Naar de taxistandplaats in East Street.'

'Mag ik met je meelopen?'

'Ja, hoor.'

We gingen op pad en waren al aan het eind van Madeira Place voordat er weer iets werd gezegd. We hadden allebei moeite de juiste woorden te vinden.

'Het spijt me... dat ik geen contact heb gehouden,' zei ik toen we de hoek omsloegen naar St. James's Street.

'Zit daar maar niet over in. Op het moment zelf waren we allemaal behoorlijk pissig, maar... nou ja, van wat ik van de politie hoor, konden de omstandigheden niet verzachtender zijn.'

'Ik heb begrepen dat jullie het zonder mij hebben gered.'

'Ik ben voor je ingevallen.'

'Ja.' Ik kromp een beetje van de gedachte aan Brian die door mijn rol struikelde met het scenario in de hand. 'Er zal niets anders op gezeten hebben.'

'Het is vrij lang geleden dat ik zelf op de planken heb gestaan, maar... ik vond het eigenlijk best leuk.'

'Ik heb nog nooit meegemaakt dat iemand met het scenario op moest. Maar ik kan me niet voorstellen dat het leuk is.'

'Nou, eigenlijk...'

'Wat?'

'Gisteravond zat de rol helemaal in mijn hoofd. Ik had er namelijk al op geblokt. Denis was er niet meer en jij... gedroeg je onvoorspelbaar... dus ik...'

We staken net de Old Steine over toen Brian de naam van Denis liet vallen, hooguit vijftien meter van de fontein waar ik hem dinsdagavond had gevonden. Maar ik hield de blik op oneindig en recht voor me. 'Je hebt het dus zien aankomen, Brian?'

'Niet... wat er is gebeurd. Natuurlijk niet. Ik bedoel...'

'Het is niet erg. Ik begrijp het wel. Hoe reageerde Leo op het nieuws van mijn afwezigheid?'

'Hij sprong uit zijn vel. Maar hij weet de reden nog niet. Als hij de omstandigheden kent...'

'Zal hij wel dimmen. Maar niet voldoende om me een-twee-drie weer in dienst te nemen.'

'Dat zou ik niet zeggen.'

'Je hoeft de pil niet te vergulden.'

'Hoor eens, Toby, je hebt een traumatische ervaring gehad. Ik wil daar niet nog een schepje bovenop doen. Ik zal er wel voor zorgen dat Leo begrijpt dat je de laatste drie voorstellingen volkomen buiten je schuld hebt gemist.'

'Dankjewel.'

'Wanneer ga je weer terug naar Londen?'

'In de loop van de dag.'

'Wel zo verstandig, denk ik. Ik heb nog niets van de pers gehoord, de plaatselijke noch de landelijke. Dus ik neem aan dat ze jou nog niet in verband hebben gebracht met de gebeurtenissen van gisteren. Maar dat zal niet lang duren. Je zult makkelijker in Londen kunnen onderduiken dan hier. Behalve als je ergens anders heen gaat, natuurlijk.'

'Zo ver heb ik nog niet vooruitgedacht.'

'De meesten van ons nemen de trein van tien voor twaalf naar Victoria Station; als je wilt...'

'Er zijn een paar dingen die ik eerst moet doen, Brian.' Ik bleef op de hoek van East Street staan en wenkte de chauffeur van de enige taxi die er stond. 'Ik denk niet dat je me op de trein van tien voor twaalf zult zien.'

'Hoe is Jenny onder deze hele toestand?'

'Dat weet ik niet. Dat is een van de dingen die ik moet doen.'

Bij Wickhurst Manor was ook geen spoor van de pers en dat was een zegen. Als extra veiligheidsmaatregel liet ik me door de chauffeur – goddank een zwijgzaam persoon – afzetten aan het begin van het weggetje naar Stonestaples Wood en ging te voet verder naar de stevig gesloten hekken.

Eerst werd er niet gereageerd toen ik op de knop van de intercom drukte. Maar ik hield vol, want ik ging ervan uit dat het vrijwel uitgesloten was dat Jenny ergens anders zou zijn dan thuis. Althans, als je Wickhurst Manor strikt genomen nog als haar thuis kon beschouwen.

Uiteindelijk werd er wel gereageerd. Ik herkende Fiona's stem. 'Ja?' Waarschijnlijk verwachtte ze de pers en ze klonk alsof ze korte metten wilde maken met wie het ook was.

'Ik ben het, Fiona. Toby.'

Er viel een korte stilte. Ik meende een zucht te horen. 'Je had niet moeten komen, Toby.'

'Ik moet Jenny spreken.'

'Dat is echt geen goed idee.'

'Laat me alsjeblieft binnen, Fiona.'

'Ik... denk niet dat dat gaat.'

'In hemelsnaam...'

'Je had eerst moeten bellen.'

'Ik wil wel naar Fulking gaan en daar in een telefooncel een afspraak maken, als je wilt.'

'Doe niet zo gek.'

'Laat me dan binnen.'

'Nee.'

'Fiona...'

'Het spijt me, Toby. Ik moet Jenny voor laten gaan. Bel maar.. Vanavond misschien. Of morgen. Maar niet nu.'

Ze zette de intercom uit en ik staarde naar het roostertje. Om me heen krasten kraaien in de bomen en een lichte motregen bracht een vochtig laagje aan op het metalen plaatje in de zuil voor m'n neus. Ik drukte weer op de knop. Er werd niet gereageerd.

Ik deed een stap naar achteren om het hek te bekijken. Het zag eruit alsof iemand die jonger en leniger was dan ik er wel overheen kon klimmen.

Maar die ging het niet proberen. Ik wel.

Vijf minuten later deed Fiona de voordeur van Wickhurst Manor open met het vermoeide gezicht van iemand die wist wie ze voor zich zou zien. Haar zusterlijke gelijkenis met Jenny had zich nooit uitgestrekt tot genegenheid jegens mij. Ze had acteurs altijd beschouwd als per definitie verdacht, labiel, onbetrouwbaar en eigenlijk ongewenst.

'Had je niet voor één keer mijn raad kunnen opvolgen?' snauwde ze met een geërgerd mondje.

'Het klonk me niet als raad in de oren.'

'Dat komt omdat je niet goed luisterde.'

'Mag ik binnenkomen?'

'Wat heb je met je been gedaan?' Ze keek naar mijn linkerenkel. Er zat een v-vormige scheur vlak boven de zoom van mijn broekspijp waar die aan een punt van een van de hekspijlen was blijven hangen. Toen ikzelf omlaag keek, zag ik dat er bloed door het gat sijpelde. Fiona slaakte een diepe zucht. 'Kom maar mee naar de keuken. En hou je gedeisd, want Jenny slaapt en dat wil ik zo houden.'

Ik volgde haar de gang in en we liepen naar de grote keuken op het noorden aan de achterkant van het huis. De ramen zagen uit op het gazon dat ik vrijdagmiddag in het halfduister was overgestoken. Mijn vorige bezoek aan Wickhurst Manor leek veel langer geleden dan het in werkelijkheid was; bijna in een vorig leven.

'Ga daar zitten,' zei Fiona en ze wees op een stoel aan de keukentafel toen ze de deur achter zich dichtdeed. 'En rol je broekspijp op.'

De volgende paar minuten was ze in de weer met water en zeep, Dettol en pleisters, op een manier die haar twee zoons waarschijnlijk bekend voor zou komen. Terwijl ze me opkalefaterde, bleef ze maar zinnetjes mompelen als: 'Wat een stommiteit.' De hond kwam uit de bijkeuken binnenlopen, keek ons mistroostig aan en liep weer de keuken uit. Vervolgens zei Fiona dat ze klaar was en ging ze kordaat over op serieuzer zaken.

'Je had niet moeten komen, Toby, echt niet. Heb je enig idee wat een schok dit allemaal voor Jenny is geweest?'

'Gisteren is ook niet precies gelopen zoals ik had verwacht.'

'Maar jij hebt geen verloofde verloren, of wel? Of een goede vriendin. Delia's dood heeft haar bijna net zo diep geraakt als die van Roger. En het valt haar momenteel niet mee om jou niet de schuld van beide te geven.'

'Míj?'

'Ze hield van Roger, Toby. Erachter komen dat hij tot moord in staat was, verandert dat niet van het ene moment op het andere.'

'Meer dan in staat tot. Schuldig aan.'

'Ja, ik weet het. Hij was een monster. Een groter monster dan ik ooit had gedacht. Maar laten we eerlijk zijn, als jij niet...'

De deur ging open en Jenny kwam binnen. Ze droeg een ochtendjas en pantoffels. Haar haar zat strak naar achteren en haar gezicht was bleek op het asgrauwe af, afgezien van de vochtige rode randen om haar bloeddoorlopen ogen. Ze had gehuild en het was duidelijk dat ze nog steeds op de rand van de tranen was. En ze trilde. Haar vingers beefden toen ze de kraag van haar ochtendjas glad trok en haar lippen trilden toen ze naar me keek en iets probeerde uit te brengen.

Fiona en ik stonden allebei op. Fiona liep op haar af. Maar Jenny stak haar hand op ten teken dat ze iets van afstand wilde om tot zichzelf te komen.

'Ik dacht dat je sliep,' zei Fiona.

'Ik hoorde de voordeur,' antwoordde Jenny na een korte stilte, als iemand die via een tolk praat. 'En Toby's stem.'

'Ik moest komen,' zei ik, terwijl ik Jenny over haar zusters schouder dwong niet weg te kijken.'

'Dat zal wel.'

'Kunnen we even praten?'

'Zou jij... Toby naar Brighton kunnen brengen, Fiona?'

'Natuurlijk,' antwoordde Fiona.

'Mooi. Zou je ons dan... een paar minuten alleen kunnen laten?'

'Oké, ik...' Fiona wierp een blik opzij naar mij en keek daarna weer naar Jenny. 'Oké.'

Ze glipte de keuken uit en trok de deur zachtjes achter zich dicht. In de stilte die volgde hoorde ik mezelf nerveus slikken. Toen trippelde de hond weer naar binnen en hij liep op Jenny af, om haar hand te besnuffelen.

'Hij mist zijn meester,' zei ze neutraal, bijna afstandelijk.

'Hoe is...'

'Néé. Alsjeblieft niet.' Haar stem brak. Ze haalde diep adem. En nog een keer. 'Luister alleen maar naar me, Toby. Alsjeblieft. De politie heeft me alles verteld. Ik weet het allemaal. Wat Roger met zijn vader heeft gedaan. Met allebei zijn vaders. En met Delia. En met Derek Oswin. Wat hij ook met jóu heeft geprobeerd. Ik heb... die kant van hem nooit gezien. Het schijnt dat ik nooit... iets van zijn ware aard heb begrepen. Ik ben gek geweest. Volslagen gek. Misschien moest ik je dankbaar zijn dat je me hebt gedwongen dat in te zien.'

'Het is nooit m'n bedoeling geweest om het hierop uit te laten draaien.'

'Natuurlijk niet. Van niemand toch? Maar als je had gewacht tot ik terug was... als je alleen maar geduld had geoefend... had er gisteren niemand hoeven sterven, hè? Dat blijft maar door mijn hoofd spoken, zie je. Delia, Derek Oswin, Roger. Die zouden allemaal nog leven. Met heel wat op hun bord, dat is zo. En in Rogers geval met heel wat om verantwoording over af te leggen. Maar ze zouden wel in léven zijn. Levend en wel. Hoe verschrikkelijk het ook zou zijn, we zouden er tenminste over kunnen praten, Roger en ik... tenminste...' Ze onderdrukte een snik. 'Ik verwijt het mezelf, omdat ik jou erbij heb betrokken. Omdat ik jou... weer in mijn leven heb gehaald. Ik had beter moeten weten. Echt. Jij vermoordt alles wat je aanraakt.'

Verdriet en woede en een zekere mate van schaamte lagen ten grondslag aan haar woorden. Ik wist het. Het enige slachtoffer dat ze niet had genoemd – onze zoon – was impliciet aan de lijst toegevoegd. Fiona had gelijk. Ik was te snel gekomen. En Jenny had ook gelijk. Ik had niet beseft wanneer ik geduld had moeten opbrengen. Dat had ik nooit gekund. Er viel niets te zeggen op haar aanklacht. Ik keek haar aan met een tederheid die ik niet kon uitdrukken. Ik vergaf het haar. Dat ze het mij niet vergaf.

'Nu kan ik niet aan de toekomst denken,' vervolgde ze. 'Ik heb gewoon... te veel aan mijn hoofd. John – Delia's man – is overstuur. De politie is niet voor het laatst geweest. En de pers zal erbovenop springen. Het is allemaal... afschuwelijk. Te afschuwelijk voor woorden. Daarom kan ik er geen tussen jou en mij verdragen. Woorden, bedoel ik. Ik kan het... gewoon niet.' Ze drukte de muis van haar hand tegen haar ogen en keek me aan. 'Ga alsjeblieft weg. We zullen heus wel praten. Natuurlijk zullen we dat. Dat kan niet anders. Maar niet hier en niet nu. Het kan... een poosje duren. Begrijp je dat?'

Ik zei niets. Ik knikte niet eens. Maar het feit dat ik mijn ogen een fractie toekneep vatte ze op als een soort bevestiging. Ik was het er niet mee eens en ik accepteerde het niet. Toch... begreep ik het.

'Ga alsjeblieft weg.'

Tijdens de rit naar Brighton werd er niets gezegd. Fiona, die nooit ergens veel woorden aan vuilmaakte, nam niet de moeite om erop te wijzen dat mijn komst naar Wickhurst Manor een grote vergissing was geweest. Het was precies gegaan zoals ze me had gezegd. Het was te vroeg geweest. En het was waarschijnlijk ook te laat.

'Zal ik buiten wachten als jij je bagage ophaalt en je dan naar het station brengen?' vroeg Fiona toen we over de Grand Parade naar het Sea Air reden. Ik merkte dat ze haar langdurige stilzwijgen alleen maar om praktische redenen had doorbroken.

'Graag,' antwoordde ik. Daarna herinnerde ik me wat ik door

de doffe pijn van mijn afscheid van Jenny was vergeten. Ik kon nog niet weg, al had ik het gewild. 'Nee, toch maar niet. Zet me maar af bij het ziekenhuis. Er is iemand die ik moet opzoeken.'

Ian Maple had een eigen kamer aan een gang diep in het labyrint van het Royal Sussex Hospital. Zijn rechterbeen zat niet in het gips, zoals ik had verwacht. In plaats daarvan werd het gedeelte tussen knie en enkel bijeengehouden door een ministellage van pennen en draden. Geen kleinigheid, maar verder zag hij er goed uit. En zijn begroeting was iets warmer dan ik had gedacht.

'Ik vroeg me al af of ik je voor je vertrek nog zou zien,' begon hij licht ironisch.

'Ik moet je een hoop ellende hebben bezorgd door de politie niet het hele verhaal te vertellen,' antwoordde ik, terwijl ik op een stoel naast het bed ging zitten. 'Dat spijt me écht.'

'Ik nam aan dat je daar een goede reden voor had.'

'Die dacht ik te hebben, ja.'

'Ik denk trouwens niet dat ze ooit serieus hebben gedacht dat ik iets zakelijks met Sobotka had. Ze konden alleen niet het hele plaatje zien, dat is alles.'

'Dat zien ze nu wel.'

'Ja. Drie doden, inclusief Roger Colborn.' Ian schudde zijn hoofd. 'Ik wilde iemand laten boeten voor wat er met Denis is gebeurd. Maar dit... gaat me te ver.'

'Jenny geeft mij de schuld van alles.'

'Jij hebt Colborn niet gedwongen zijn tante te vermoorden. Noch Derek Oswin. Je had niet kunnen voorspellen hoe hij zou reageren als hij in het nauw werd gebracht.'

'Nee, maar ik zal je wat vertellen, Ian. Ik was vastbesloten om daarachter te komen.'

'En nu weet je het.'

'Ja.' Ik staarde langs hem heen. 'Inderdaad.' Mijn blik dwaalde naar de beugels om zijn ondersteunde been. 'Wat zegt de dokter daarvan?'

'Dat het wel goed komt. Langzaam. Misschien moeten ze me nog een keer opereren. Ik zal in elk geval heel wat fysiotherapie nodig hebben. Ik zal maanden... niet kunnen werken.' Wat deed hij eigenlijk? Ik besefte dat ik het nooit had gevraagd. 'Ik zal in een rolstoel naar de begrafenis van Denis moeten.'

'Wanneer is die?'

'Donderdag. Golders Green Crematorium.'

'Dan zie ik je daar wel.'

'Ja. Daarna hebben we tijd genoeg om ons zorgen over de toekomst te maken, hè?'

'O ja,' knikte ik. 'Tijd zat.'

Toen ik het ziekenhuis had verlaten, liep ik naar Marine Parade en vervolgens langzaam de kant van Madeira Place op. Het was een koude, vochtige ochtend. Zee en lucht waren twee grijze vlakten die in elkaar overliepen en de horizon was even grauw en ondefinieerbaar als de toekomst. Voor me doemde de pier op waar ik Jenny een week geleden had ontmoet, net zoals onze ontmoeting en de dwaze hoop die ik erin had geïnvesteerd, achter me in het verleden vervaagde. Het werd tijd om te vertrekken, maar ik had geen plek die op me wachtte.

Het was bijna twaalf uur toen ik bij het Sea Air arriveerde. Brian en het merendeel van de cast en crew van *Lodger in the Throat* zaten inmiddels al in de trein naar Londen. Nu kon ik Brighton veilig op eigen houtje achter me laten en met de noorderzon vertrekken. Ik ging meteen naar de kelder om afscheid van Eunice te nemen en me klaar te maken. Dat zou het zijn, dacht ik. Daarna zou ik alleen zijn.

Ik kon er niet verder naast zitten. Eunice had bezoek. Beter gezegd: ík had bezoek.

Hij zat op een kruk aan de ontbijtbar in haar keuken met een beker thee in de ene hand en een grijns op zijn gezicht. Syd Porteous droeg een blazer, een broek van keperstof en een sjaaltje, en zat op mij te wachten.

'Daar ben je dan, Tobe,' zei hij met een knipoog. 'Eunice had me bijna laten geloven dat je me zou laten zitten.'

'Wat doe jij hier, Syd?'

'Onze lunchafspraak, weet je nog?'

Zondag lunchen bij Audrey, met Syd. Ja, ik wist het weer, zij het vaag, hoewel ik me absoluut niet kon herinneren waarom ik erin had toegestemd. 'Het spijt me. Ik zal het moeten annuleren.'

'Vanwege die radeloze toestand waarover Eunice me heeft verteld? Begrijpelijke reactie, Tobe, volkomen begrijpelijk. Maar ik zou je willen aanraden om erop terug te komen. Niet alleen vanwege Auds legendarische gebakken piepers, maar ook omdat een beetje gezelschap precies het juiste medicijn kan zijn, gezien de mistroostige omstandigheden. Je moet er even uit. En daar kan ik nou net voor zorgen.'

'Ik denk het niet.'

'Syd heeft gelijk, Toby,' zei Eunice. 'Ga mee lunchen.'

'Kennen jullie elkaar?' vroeg ik. De gezellige sfeer was eindelijk tot me doorgedrongen.

'Syd en ik hebben op Elm Grove Primary School bij elkaar in de klas gezeten,' jubelde Eunice.

'Tot de ouweheer de jackpot won en me inschreef op Brighton College,' zei Syd. 'Wie weet wat er allemaal had kunnen gebeuren als ze ons niet uit elkaar hadden gehaald?' Hij draaide met zijn ogen.

'Het spijt me, Syd. Ik doe het nog steeds niet. Ik moet terug naar Londen.'

'Vanwaar die enorme haast?'

'Dat is... ingewikkeld. Ik... moet gewoon.'

'Neem maar van mij aan dat je er geen spijt van zult krijgen als je nog een paar uur blijft.'

'Maar toch...'

'Feit is dat je móet blijven, Tobe.'

'Pardon?'

'Je kunt niet weg. Althans nog niet.'

'Wat?'

'Want zie je...' Syd schraapte zijn keel en werd opeens serieus. 'Er is iets wat ik je moet vertellen. En jij móet dat horen.'

Ik kon niet vaststellen of Syd maar wat blufte of niet. Uiteindelijk leek het me makkelijker om hem het antwoord te laten onthullen als hij de tijd rijp achtte. We stapten in zijn te kleine en te trage Fiat en vertrokken naar Woodingdean. Daar woonde Audrey, naar hij zei, en ze stond op dat moment voor onze bestwil achter een heet fornuis te zwoegen.

'Verdomd akelig wat er gisteren allemaal is gebeurd, Tobe,' zei Syd. Nu we weg waren uit het Sea Air, was zijn joligheid grotendeels geweken. 'Voor jou het ergst natuurlijk, maar toch ook een flinke schok voor iedereen die de betrokkenen kende.'

'Hoe heb je ervan gehoord?'

'Gav heeft me gisteravond de bloedige bijzonderheden verteld. Wat een harteloze eikel, die man. Hij kon Roger weliswaar niet luchten, maar je zou toch zeggen dat de dood van Delia hem iets zou doen. Ik was in elk geval ondersteboven. Maar Gav niet hoor. Het enige wat hem bezighield was de erfenis.'

'Erfenis?'

'Rogers nalatenschap. Gav is de enige overlevende erfgenaam. Tenzij Roger de hele bups heeft nagelaten aan het dierenasiel van Battersea. Wat ik betwijfel. Je zou denken dat Gav de hoofdprijs had gewonnen, als je hem hoorde praten.'

'Wat je zegt. Harteloos. Net als zijn neef.'

'Ik moet je vertellen dat ik vanmorgen met Ray Braddock heb gebabbeld. Hij heeft me verteld wat er op Beachy Head is gebeurd. Ik heb ook gepraat met een smeris die ik ken. Blijkbaar heb je geboft, Tobe.'

'Zo voelt het anders niet.'

'Derek heeft je leven gered.' Syd keek me even van opzij aan. 'Zo zie ik het althans.'

'Dat heb je goed gezien.' Iets in Syds stem en de blik op zijn gezicht toen hij Dereks naam liet vallen was merkwaardig familiair, bijna... warm. 'Je praat alsof je hem hebt gekend.'

'Dat is ook zo.'

Syd nam abrupt gas terug. We reden nu langs de open noordzijde van de renbaan. Hij zette zijn richtingaanwijzer aan, reed een poort in en stopte. De slipstream van het passerende verkeer rukte aan de auto. De motregen legde een waas over de voorruit. Ik zei niets.

'Ik heb je onder valse voorwendselen meegelokt, Tobe. Er wacht ons geen lunch bij Aud. Ze is te zeer van streek om te eten, laat staan te koken.'

'Waarom?'

'Omdat zij Derek ook heeft gekend.'

'Hoe dat zo?'

'Ze is helderziend, Tobe. Een medium.'

'Is Audrey Spencer een medium?'

'Jawel.'

'Praktiserend?'

'Ja. Nu én zeven jaar geleden. Toen Sir Walter Colborn haar raadpleegde.'

'Mijn god.'

'Ik weet niet of God er iets mee te maken heeft, Tobe. Hemel. Hel. Vagevuur. Dat hangt allemaal af van de godsdienst die je kiest, áls je er een wilt kiezen. Persoonlijk ben ik een trouw lid van de Kerk van Agnostici. Maar de geestenwereld? Die bestaat daar ergens. Daarvan heeft Aud me overtuigd. Haar... gaven... laten weinig ruimte voor twijfel, dat kun je van me aannemen.'

'Bedoel je dat ze Sir Walter echt in contact heeft gebracht met zijn overleden vrouw?'

'Ik kende Aud toen nog niet. Maar ze is geen flessentrekster, dat staat als een paal boven water. Zij geloofde het. Wally geloofde het. Maar dat weet je, hè? Je hebt het bandje zelf gehoord.'

'Ja. Ik heb het gehoord. Maar ik heb de stem van de vrouw niet als die van Audrey herkend.'

'Dat begrijp ik. Ze klinkt anders... als ze in trance is. Ergens halverwege zichzelf en... de persoon met wie ze contact heeft gelegd.'

'Wacht eens even.' Er schoot me iets te binnen. 'Jij moet van meet af aan geweten hebben dat er een bandje op Viaduct Road verstopt was.'

'Ik had Derek moeten beloven dat ik buiten zijn... campagne zou blijven. Dat ik jou in de Cricketers tegen het lijf liep, was stom toeval. Zien waar een en ander op uit kon draaien wilde niet zeggen dat ik mijn belofte aan Derek verbrak, zolang ik hem maar niet zou verlinken.'

'Had hij dat bandje van Audrey?'

'Wally had er geen twijfel over laten bestaan dat hij het juiste zou doen voor de arbeiders van Colbonite die ziek waren en de gezinnen van hen die al waren overleden, waarop Ann van gene zijde had aangedrongen. Toen hij kort daarop zelf werd begraven, rook Audrey lont. Aanvankelijk heeft ze niets gedaan. Maar toen die gevallen van kanker zich maar bleven opstapelen en Roger wat-ben-ik-toch-slim Colborn maar op de societypagina's van *Sussex Life* bleef verschijnen, besloot ze... in actie te komen. Ze nam contact op met Derek om te vertellen wat ze wist. Ze neemt al haar seances op. Toen Derek de opname die ze van Wally had bewaard had beluisterd, was er geen houden meer aan. Toen is hij achter Roger aan gegaan... op een verrassend effectieve wijze.'

'Je had het me moeten zeggen.'

'Ik ben een man van m'n woord, Tobe. Al vind je dat misschien nog zo moeilijk te geloven. Ik was aan handen en voeten gebonden.'

'Je had tussenbeide moeten komen. Voordat alles... uit de hand liep.'

'Dat zou ik ook hebben gedaan. Als ik had geweten wat er ging gebeuren. Net als jij, neem ik aan.'

'Voorzien Audreys gaven niet in het voorspellen van de consequenties van ingrijpen in het leven van mensen?'

'Nee,' glimlachte Syd melancholiek. 'Het is dat je het vraagt, maar dat doen ze niet.'

We zaten een poosje zwijgend naast elkaar. De boosheid die me had overvallen was even snel weer verdwenen. Kennelijk hadden we allebei voldoende om rouwig over te zijn.

'Hoe is het met Jenny?' vroeg Syd uiteindelijk.

'Zoals je wel kunt verwachten.'

'Ze is er zeker kapot van?'

'Wat denk je?'

'Ik denk het wel. Aud net zo. Daar moet je je op voorbereiden.'

'Ik dacht dat de lunch niet doorging.'

'Dat is ook zo. Maar het bezoek gaat wel door. Ze wil je graag spreken.'

'Met een bepaalde bedoeling?'

'O, ja.' Hij tuurde in zijn zijspiegeltje. 'Met een heel specifieke bedoeling.'

Een moderne twee-onder-een-kap in een doodlopend straatje van Woodingdean is niet precies zoals ik me de *locus operandi* van een medium voorstel, authentiek of niet. Toen Syd en ik arriveerden, bespeurde ik in ieder geval geen beroepsattributen. Audrey Spencer wachtte ons op in haar keurig ingerichte huis. De sprankeling in haar ogen die ik me herinnerde had plaatsgemaakt voor opwellende tranen.

Die kwamen deels op mijn wang terecht toen ze me een welkomsknuffel gaf. 'Ik kan met geen mogelijkheid beschrijven wat ik voel, Toby,' zei ze, toen ze me voorging naar de huiskamer. 'Dat zul jij ook wel hebben. Wat zijn er een vreselijke, vreselijke dingen gebeurd.'

'Tobe vindt dat we eerder open kaart hadden moeten spelen, schat,' zei Syd.

'Het is zinloos om zulke dingen te denken,' antwoordde Audrey, terwijl ze zich op een divan liet zakken. 'Al kun je dat niet tegenhouden.' Ze gebaarde naar een leunstoel aan de andere kant van de haard en keek me aan. 'Je kunt het mij niet moeilijker maken dan ik het mezelf al maak, Toby. Je mag het me kwalijk nemen; dat vind ik niet erg.'

'Ik neem het ons allemaal kwalijk,' zei ik naar waarheid.

'Nou, daar zit iets in,' zei Syd die naast Audrey op de bank ging zitten en zijn worstvingers om haar ineengeslagen handen met een klam zakdoekje sloot. 'Maar met kwalijk nemen los je niets op, als je begrijpt wat ik bedoel.'

'Ik wilde Roger Colborn straffen voor het saboteren van de goede bedoelingen waartoe Ann Walter had geïnspireerd,' zei Audrey. 'Het komt niet vaak voor dat mijn roeping zo'n overduidelijk gunstig gevolg heeft. Het heeft me erg dwarsgezeten dat dit werd gefrustreerd. Via Derek zag ik een manier om daar iets aan te doen.'

'Dat is je gelukt,' zei ik. 'Roger heeft zeker zijn trekken thuis gekregen.'

'Ja. Maar dat Derek ook moest sterven... en die arme mevrouw Sheringham...' Ze werd door tranen overmand. Syd liet haar handen los zodat ze haar tranen kon stelpen met het papieren zakdoekje, sloeg een arm om haar schouders en fluisterde iets liefs en sussends in haar oor. 'Het spijt me, Toby. Vergeef me alsjeblieft. Ik voel de dingen... misschien iets zwaarder dan zou moeten.'

'Maak je geen zorgen. Ik vind het niet erg.'

'Vertel het hem nu maar, lieveling,' zei Syd, 'Over het bandje.'

We waren dus aanbeland bij Audreys *heel specifieke reden.* Syd draaide zich om en pakte een paar verse papieren zakdoekjes uit een doos op de plank achter de bank. Ze droogde haar tranen en snoot haar neus.

'Nou, Toby, het gaat om het volgende. Niemand van ons heeft die verschrikkelijke gebeurtenissen voorzien, maar blijkbaar had... Derek een voorgevoel... dat het allemaal weleens vreselijk mis kon lopen.'

'Hoe weet je dat?'

'Ik... voel bepaalde dingen aan, Toby. Dat hoort bij mijn roeping. Of bij mijn vloek; het is maar hoe je het bekijkt. Hoe dan ook, vanmorgen heb ik het bandje dat ik van de seance met Walter heb gemaakt... nog eens afgespeeld. Derek had het origineel een paar maanden geleden gekopieerd en aan me teruggestuurd. Iets liet me dat bandje helemaal afspelen. En daar wachtte me... ons... een boodschap. Van Derek.'

'Wat zei hij?'

'Luister zelf maar.' Ze pakte de afstandsbediening die me niet was opgevallen van de leuning van de bank, richtte deze op een geluidsinstallatie in de hoek van de kamer en drukte op een knopje.

Er klonk een klik van de bandrecorder, een paar seconden later gevolgd door Dereks stem.

'Ik weet niet of jullie dit ooit zullen horen. Misschien ben ik wel slimmer dan goed voor me is. Dat heeft papa dikwijls gezegd. En die had meestal gelijk. Maar niet met alles. Hij had Roger Colborns aanbod moeten weigeren. Hij had er niet mee in moeten stemmen om Sir Walter te vermoorden. Het feit dat hij het voor mij heeft gedaan maakt het alleen maar erger. Maar hij was ziek. Hij kon niet goed nadenken. Ik heb het hem vergeven. Maar Roger Colborn was niet ziek. Hij wist precies wat er gaande was. Hem vergeef ik het niet. En dat zal ik ook niet tot hij heeft geboet voor wat hij op zijn geweten heeft. Nu weet ik een manier om hem te laten boeten. Het heeft met de acteur Toby Flood te maken. In december komt hij met een toneelstuk naar Brighton. Zijn vrouw Jennifer, van wie hij vervreemd is, woont samen met Roger Colborn. Die schakel wil ik gebruiken. Ik zal jullie er spoedig over vertellen, maar niet álles. Er zijn namelijk risico's aan verbonden. Meer dan ik kan vertellen. Maar ze zijn de moeite van het lopen waard. Ik hoop meer te bereiken dan Roger alleen maar te straffen. Ik hoop dat ik hem zijn fouten kan doen inzien. En dat hij ze goedmaakt. Ik hoop hem ook zover te krijgen dat hij mij als broer erkent. Dat zijn we namelijk. Broers. En broers moeten niet in onmin leven, integendeel. En als alles goed gaat, kan dat met Roger en mij uiteindelijk gebeuren. Maar als het niet goed gaat, wil ik dat jullie weten dat het mijn schuld is. Niet die van u, mevrouw Spencer, noch van meneer Porteous, of zelfs maar van meneer Flood. Maar van mij. Ik aanvaard de volledige verantwoordelijkheid van de consequenties van mijn handelingen. Papa zou gezegd hebben dat dit het wezen van volwassen worden is. Bedankt dat u mij heeft laten inzien wat me te doen stond, mevrouw Spencer. En voor het geval ik het moet zeggen: vaarwel.'

'Derek ontheft ons van schuld, Toby,' zei Audrey toen het bandje was afgespeeld en de afspeelknop terugsprong. 'Ons allemaal.'

Ik keek haar aan. 'Maar kunnen we dat zelf ook?'

'Ik weet het niet. Ik weet alleen dat hij dat wil. En dat we het daarom... misschien moeten doen.'

'Ga je contact met hem leggen?' vroeg ik Audrey een poosje later toen ik in de deuropening van haar huis stond. Syd zat al in zijn auto met een draaiende motor te wachten. Ik had lang gewacht met die voor de hand liggende vraag. Maar niet te lang.

'Natuurlijk,' antwoordde ze. 'Maar de doden spreken – of niet – naar het hun belieft. Ik neem geen contact met hen op, maar zij met mij. De vraag is echter: doet hij dat ook? Misschien heeft hij wel alles gezegd... wat er te zeggen valt.'

'Denk je echt dat hij wist wat er zou gebeuren?'

'Ja. Maar zonder per se zich daarvan bewust te zijn. Ze zijn toch samen gestorven, hij en Roger? Samen. Niet gescheiden.'

Dat was waar. Ik had hen zien vallen. Ik wist het. Derek was door zijn broer erkend. Ten langen leste.

Syd noch ik voelde de behoefte om veel te zeggen toen we naar het Sea Air terugreden. Syds spraakzaamheid had allang daarvoor zijn grens bereikt. En mijn gedachten lieten zich niet meer in woorden uitdrukken.

In zekere zin was het een opluchting om te merken dat Eunice niet thuis was. Ik haalde mijn tas van mijn kamer, liet de sleutel, een afscheidsbriefje en een cheque achter op het tafeltje in de gang en ging naar buiten.

'Dat was vlot,' zei Syd toen ik weer instapte.

'Eunice was er niet,' legde ik uit.

'Als je wilt, kunnen we wel even wachten.'

'Hoeft niet.'

'Je buik vol van afscheid nemen, Tobe?'

'Ja, ik denk het wel.'

'Begrepen.' Hij startte en reed weg. 'Ik zal het onze kort en krachtig houden.'

'Dank je. Als dank zal ik het je niet kwalijk nemen dat je niet al te nauwkeurig met de feiten bent omgesprongen in de Cricketers.'

'Ik heb je nooit voorgelogen, Tobe.'

'Echt niet?'

'Nou, één keer misschien. En dat stelde weinig voor.'

'Wat was dat?'

'Toen we elkaar afgelopen zondag voor het eerst tegen het lijf liepen in de Cricketers, heb ik je verteld dat ik Joe Orton daar had ontmoet op een zondagavond in de zomer van '67. Ik moet bekennen dat dit niet helemaal waar was. Helemaal niet, eigenlijk.'

'Had je dat verzonnen?'

'Ben bang van wel.'

'Waarom?'

'Ik had het gevoel dat onze toevallige ontmoeting me ontglipte. Ik moest iets hebben om je aandacht te trekken. Om je aan de praat te houden. Zo eenvoudig was het.'

'Maar hoe wist je dat het je zou lukken? Ik heb Ortons dagboeken gelezen. Hij was het laatste weekeinde van juli '67 inderdaad in Brighton. En hij was zondagavond in zijn eentje gaan stappen. Dus theoretisch had je hem kunnen spreken. Ik kan niet geloven dat je gewoon bofte met de dag die je had genoemd.'

'Ach, nou ja...' Syd wierp me van opzij een sluwe grimas toe. 'Ik moet je bekennen dat er in hetzelfde pension waar ik destijds woonde een dwerg logeerde. Die placht op de pier op te treden. Wat hij aan lengte tekortkwam, maakte hij goed qua persoonlijkheid. Toen de moord op Orton breeduit in de krant stond, vertelde hij me dat hij...'

'Het is al goed,' viel ik hem in de rede. Ik moest denken aan Ortons nonchalante verslag van de orale seks in een openbaar toilet op zondag 30 juli 1967. 'Ik zie het voor me.'

'Echt waar?'

'In geuren en kleuren. Bovendien...' We waren inmiddels voorbij het Royal Pavilion. Het was nog maar een klein stukje naar het station. '... heb je geen tijd om het verhaal recht te doen, Syd. Laat de bijzonderheden maar aan mijn verbeelding over.'

Een kwartier later zat ik alleen aan een tafeltje op het terras van Bonaparte's Bar aan de rand van de stationshal aan een whisky te lurken om het halve uur te doden voordat de volgende trein naar Londen vertrok. Ik haalde mijn exemplaar van *The Orton Diaries* uit mijn tas om Syds verhaal nog eens te controleren. Ortons ontmoeting met de cruisende dwerg was grotendeels zoals ik me die herinnerde.

Maar wat ik was vergeten, was dat Orton naderhand naar het station was gegaan voor een kop thee. Het koffiehuis waar hij had gezeten, had zich sindsdien waarschijnlijk tot Bonaparte's Bar getransformeerd. Natuurlijk zou destijds de verkoop van whisky op zondagmiddag zowel onvoorstelbaar als illegaal zijn geweest. Maar die verandering was voornamelijk oppervlakkig, net als de meeste. Vijfendertig jaar, vier maanden en een week geleden had Orton op precies dezelfde plek kunnen zitten als ik vandaag.

Ik heb een kop thee gedronken op het station, schreef hij. *Veel nagedacht over* Prick Up Your Ears [het volgende stuk dat hij wilde schrijven, maar waar hij uiteindelijk nooit aan toe kwam] *en de dingen in het algemeen.*

Ach ja, de dingen in het algemeen. 'Die kunnen je verrekte dwarszitten, hè, Joe?' mompelde ik.

Mijn trein werd omgeroepen. Ik liep door de controle en nam plaats in een van de voorste wagons, in de hoop dat er niemand naast me kwam zitten. Ik had een *Observer* gekocht om me desnoods achter te verschuilen.

Ik keek naar buiten. Ik had uitzicht over het parkeerterrein van het station dat kletsnat was van de regen en verder, op de torenhoge flank van St. Bartholomew's Church. Ik keek op mijn horloge. Over een paar minuten zouden we onderweg zijn. Ik nam afscheid van Brighton. Mijn week zat erop. Mijn tijd zat erop. In veel meer dan één opzicht.

Toen zag ik iets wat ik amper geloofde. Over het parkeerterrein haastte zich een vrouw naar het station: een vrouw in een spijkerbroek en een korte regenjas, een vrouw die ik op slag herkende.

Gebiologeerd zag ik hoe ze, haar pas steeds versnellend, in de regen naar de stationsoverkapping liep, en via het verste perron naar de stationshal.

Toen kwam ik ook in beweging.

Ik baande me een weg dwars door een groep passagiers die naar Londen moest naar de kaartcontrole. Daarachter in de hal stond Jenny tussen hun schouders en opgehesen bagage door naar me te kijken. Ze bewogen zich duwend en botsend langs me heen, maar in een ander opzicht waren ze er helemaal niet.

Het draaihekje werkte niet op mijn kaartje. Ik bleef naar Jenny kijken terwijl ik naar een bemande uitgang liep, een verzoek om doorgelaten te worden mompelde en de hal in werd gelaten.

'Ik had je niet verwacht,' was het enige wat ik uit kon brengen toen ik haar zag.

'Dat zou ik ook niet van je gedacht hebben,' zei ze zacht.

'Hoe wist je welke trein ik zou nemen?'

'Dat wist ik niet. Ik ben eerst naar het Sea Air gegaan. Eunice was net terug en had je briefje gevonden. Maar ze was niet lang weggeweest, dus we dachten dat het de moeite waard zou zijn als ik hierheen zou gaan. Ik wilde het er... niet zo bij laten.'

'Hoe dan?'

Ze haalde haar schouders op. 'Ik weet het niet.'

Ik ging weer terug naar Bonaparte's Bar. Maar deze keer niet alleen. Ik haalde een kop koffie voor Jenny en nog een whisky voor mezelf. We namen het tafeltje waarvan ik daarnet was opgestaan. De trein naar Londen vertrok. Het geroezemoes dat eraan vooraf was gegaan stierf weg. Het werd stil genoeg in de stationshal om het gekoer van een duif ergens hoog in de nok van het station te horen.

'Ik weet niet wat ik moet zeggen,' bekende ik.

'Ik ook niet,' zei Jenny.

'Zullen we dan gewoon maar een beetje zitten?' stelde ik voor. 'Tot ons iets te binnen schiet?'

We keken elkaar aan. Er verstreken een paar seconden. Toen glimlachte Jenny aarzelend. 'Ja,' zei ze. 'Laten we dat maar doen.'

En dat deden we.

[*Einde van het transcript*]

LATER DAGEN

Lodger in the Throat bleef vijf maanden in Londen. De rol van James Elliott werd al die tijd vertolkt door Toby Flood. Hij sloeg geen voorstelling over.

Het gerechtshof heeft een claim van twaalf voormalige werknemers van de NV Colbonite op de nalatenschap van Roger Colborn – die intestaat was overleden – toegekend. Onder de voorwaarden van intestate sterfgevallen viel zijn nalatenschap toe aan zijn halfbroer Derek Oswin, die samen met hem was overleden, maar omdat hij de jongste van de twee was, werd hij geacht als tweede te zijn gestorven. Derek Oswin echter had wel een testament laten opmaken en de voorwaarden daarvan werden derhalve van toepassing geacht op de nalatenschap van Roger Colborn. Het eigendom van Derek Oswin werd uiteindelijk verdeeld onder oud-werknemers van de NV Colbonite die financiële steun behoefden. Gavin Colborn, Roger Colborns oom en enige overlevende bloedverwant, is tegen het vonnis in beroep gegaan, maar overleden voordat de zaak kon voorkomen. Het navolgende gerechtelijke onderzoek wees uit dat hij een fatale hoofdwond had opgelopen bij een val van een steile trap in zijn huis in Brighton onder de invloed van alcohol.

Jennifer Flood heeft nooit de vereiste aanvraag bij het gerechtshof ingediend om haar echtscheiding van Toby Flood definitief en onbetwistbaar te maken. Het paar is getrouwd gebleven.

WOORD VAN DANK

Ik ben de volgende personen dank verschuldigd voor hun royale hulp bij het schrijven van dit boek. Mijn goede vriendin Georgina James heeft me voorzien van waardevolle inlichtingen over Brighton en van kostbare brokjes juridische informatie. Peter Wilkins, David Bownes en de grote man zelf, Duncan Weldon, hebben ervoor gezorgd dat mijn portret van een acteur niet al te ver van de realiteit, die ze zo goed kennen, is afgedwaald. Veronica Hamilton-Deeley gaf me inzicht in het perspectief op de gebeurtenissen van een ijverige rechter van instructie. En Renée-Jean en Tim Wilkin hebben ervoor gezorgd dat die fictieve gebeurtenissen zich in een echt Brightons klimaat hebben afgespeeld. Ik dank jullie allemaal.